BASTEI
LÜBBE

BASTEI LÜBBE JACKE FINNEY IM TASCHENBUCH-PROGRAMM:

13 996 Von Zeit zu Zeit
14 165 Im Strom der Zeit

JACK FINNEY

IM STROM DER ZEIT

An Bord der Titanic entscheidet sich das Schicksal der Welt

Roman

Ins Deutsche übertragen
von Karl-Heinz Ebnet

BASTEI
LÜBBE

BASTEI LÜBBE TASCHENBUCH
Band 14 165

Erste Auflage: November 1998

Deutsche Lizenzausgabe 1998 by
Bastei-Verlag Gustav H. Lübbe GmbH & Co.,
Bergisch Gladbach
Originaltitel: From Time to Time
Lektorat: Stefan Bauer
Titelbild: Transglobe Agency
Umschlaggestaltung: QuadroGrafik, Bensberg
Satz: KCS GmbH, Buchholz / Hamburg
Druck und Verarbeitung:
Groupe Hérissey, Évereux, Frankreich
Printed in France
ISBN 3-404-14165-2

Der Preis dieses Bandes versteht sich einschließlich der gesetzlichen Mehrwertsteuer

DANKSAGUNG

Zwei Frauen waren mir bei der Arbeit an diesem Buch eine große Hilfe; Susan LaRosa aus New York fand alle Photos, die ich benötigte, und noch ein paar wunderbare mehr, von denen ich nicht gewußt hatte, daß ich sie brauchte, bis ich sie sah. Gleiches tat Susan Ferguson in den kalifornischen Archiven.

Willkommen, Annelise!

ANMERKUNG DES AUTORS

Dieses Buch ist eine Fortsetzung des Romans *Von Zeit zu Zeit*. In jenem Buch wurde ein junger Mann namens Simon Morley dazu eingeladen, an einem geheimen, von der Regierung finanzierten Projekt mitzuarbeiten, dessen Sitz sich in einer alten Lagerhalle in Manhattan befindet. Ziel dieses Projekts ist es, die Theorie eines emeritierten Physikprofessors aus Harvard in die Praxis umzusetzen. Dr. E. E. Danziger glaubt nämlich, daß die Vergangenheit nach wie vor existiert und man unter gewissen Bedingungen wieder in sie zurückkehren kann.

Si Morley gehört zu den wenigen Teilnehmern des Projekts, denen dies gelingt. Er erreicht die achtziger Jahre des 19. Jahrhunderts, ... kehrt in die Gegenwart zurück, um seinen Bericht abzuliefern, ... und geht dann wieder in die Vergangenheit, um ein Mädchen aus dieser Zeit, Julia, zu heiraten und für immer dortzubleiben.

Aber er bleibt nicht. Dieses Buch erzählt, was geschah, als Si aus reiner Neugier in die Gegenwart zurückkehrte.

Historiker behaupten: Die Jahre zwischen 1910 und 1915 waren die schönsten, die dieses Land jemals erlebt hat …

Allen Churchill
Remember When

Prolog

Der Mann am Ende des langen Tisches – er trug einen gestutzten schwarzen Vollbart, der um die Mundwinkel graumeliert war – sah auf die Uhr an der Wand: drei Minuten nach sieben. »Okay«, sagte er zu den etwa zehn Frauen und Männern am Tisch, »wir sollten nun anfangen.« Dennoch drehte er sich ein weiteres Mal zur offenen Tür hinter sich; alle anderen taten dasselbe. Aber niemand kam, auf dem Parkettboden draußen im Gang waren keine Schritte zu hören. Er wandte sich wieder der Gruppe zu. Er war der Älteste unter ihnen, ein schlanker, jugendlicher Vierziger, mit blauen Jeans und einem gebügelten Baumwollhemd – der einzige unter ihnen, der ein richtiger Professor war. »Audrey, würden Sie beginnen?«

»Klar.« Sie öffnete einen Umschlag aus Manilapapier, der auf dem Tisch neben ihrer Tasche lag, und zog eine doppelt gefaltete Zeitung so heraus –, daß ein Teil der Titelzeile zu erkennen war: *w York Courier* war zu lesen. Einige der Anwesenden lächelten über die scheinbar bewußt gewählte theatralische Geste. Die Männer und Frauen waren leger gekleidet, saßen zwanglos auf ihren Stühlen und waren zwischen vierundzwanzig und vierzig Jahre alt. Sie befanden sich in der kleinen Bibliothek des Instituts für Chemie, umgeben von einer freundlichen Einrichtung aus Bücherregalen und gerahmten Sepia-Photographien, die alte Laboratorien zeigten. Es war frühabends im September und noch immer hell; hier in Durham war es noch warm. Jemand hatte die drei hohen Rundbogenfenster geöffnet, man hörte das Geschrei der Vögel in den Bäumen.

»Mein Informationsnetz besteht bislang aus nur vier Leuten«, sagte Audrey. Ihre Hand, an der ein schlichter Ehering zu sehen war, lag auf dem Tisch, der gekrümmte Zeigefinger berührte das Wort *Courier*. »Mein Schwager gehört dazu, und ehrlich gesagt, dachte ich nie, daß er jemals etwas finden würde. Aber er hat etwas gefunden. Ein Freund von ihm besitzt einen Laden für Bodenbeläge in Brooklyn, New York. Einer seiner Männer arbeitete dort in einem alten Haus, wo er den alten Linoleumboden einer Küche herausriß. Und darunter –«

Sie hielt inne: schnelle Schritte kamen draußen über den Holzboden. Alle drehten sich zur Tür. Aber die eilige Gestalt warf nur einen kurzen Blick zu ihnen in den Raum und ging weiter.

»Unter dem Linoleum war der Boden etwa einen Zentimeter dick mit alten Zeitungen bedeckt. Ich nehme an, um ihn zu dämpfen. Natürlich blätterte er in einigen der Zeitungen, las die alten Comics – man kennt das. Ich beneidete ihn. Sie waren alle wirklich alt, seit Jahrzehnten lagen sie dort. Diese hier hob er auf.« Sie zog nun die gefaltete Zeitung ganz aus dem Umschlag und reichte sie dem Mann neben ihr.

Er schlug sie auf und breitete sie flach auf dem Tisch aus; die anderen am Tisch drängten sich nach vorne, um einen Blick erhaschen zu können. *The New York Courier* lautete die vollständige Titelzeile. Der Mann, der sie aufgeschlagen hatte, las nun laut die Schlagzeile vor. »›Präsident drängt auf Handelsaus…‹«

»Nein, nicht die Schlagzeile, das Datum.«

»Dienstag, 22. Februar 1916.«

Nach einer Weile sagte sie, leicht mißmutig und enttäuscht. »Nun, sehen Sie es nicht? 1916 *gab* es keinen *New York Courier*. Die Zeitung wurde – ich habe das nachgeschlagen – am 8. Juni 1909 eingestellt.«

»Hey«, murmelte eine Frau ihr gegenüber. »Das sieht gut aus«, sagte jemand anderes. »Lassen Sie doch mal sehen«, und die Zeitung wurde ihm gereicht.

»Ist es das, Audrey – das Datum?« fragte der Vorsitzende.

»Ja.«

»Okay, nun, nicht schlecht. Halten Sie das fest. Auf unseren neuen Formularen – wir haben nun neue, wir organisieren uns allmählich. Können wir die Zeitung behalten?«

»Sicher.« Ihr Gesicht rötete sich vor Freude; sorgfältig schloß sie ihren Umschlag.

Eine Frau um die Dreißig, klein, mit glattem, dunklem Haar, sagte: »Dick, ich muß früher gehen; ich habe einen Babysitter, der nicht so lange bleiben kann. Kann ich fortfahren?«

»Klar, machen Sie weiter.«

Sie berührte eine Aktenmappe aus Pappe, die vor ihr auf dem Tisch lag. »Ich habe das von meiner Tante in Newton, Kansas. Die Stadtbibliothek hat eine kleine Geschichtsabteilung. Lokalgeschichte; die Einwohner geben ihnen alte Photographien, Abzüge, und so weiter. Eines der Photos hat sie für mich kopiert.« Sie öffnete die Mappe und zog eine große, glänzende Schwarzweißphotographie heraus. »Es wurde 1947 aufgenommen«. Sie wies auf das Datum, das in weißer Schrift in der unteren Ecke der Photographie eingetragen war. »Es zeigt die Main Street. Wie sie damals war, natürlich. Darunter das Kino, dessen Programmtafel zu erkennen ist. Ich werde das Photo gleich herumgehen lassen, zuerst möchte ich euch aber etwas vorlesen.« Sie nahm die Brille vom Tisch, setzte sie auf, beugte sich über die Photographie und schob die Brille etwas höher auf die Nase. »Es heißt hier: ›Clark Gable und Mary Astor in Devil's Judgement, Cartoons und Pathé News.«

Sie lehnte sich zurück, nahm die Brille ab und gab die Photographie dem Mann neben ihr. »Ich habe hier in den Bibliotheken jedes Buch über alte Kinofilme nachgeprüft, in New York habe ich diesen Sommer in der Main Library weiter recherchiert. Dieser Film ist nirgends aufgeführt. Ich schrieb dem Studio und bekam keine Antwort. Also telefonierte ich, kam schließlich zu jemandem durch, der mir versprach, es nachzuprüfen, und mich dann zurückrufen wollte.

Zu meiner Überraschung tat er es auch. Einige Tage später rief er mich an. Sehr freundlich, er besaß eine nette Stimme. Über diesen Film hätten sie keine Aufzeichnungen, sagte er. Und – nun, das ist mein Beitrag.« Sie lehnte sich zurück und sah die anderen an.

»Nun, interessant«, sagte der Vorsitzende. »Aber wir müssen peinlich exakt sein. Die Filmlisten können unvollständig sein. Oder das Studio hat sich geirrt. Oder, so nett die Stimme des Mannes auch gewesen sein mag, vielleicht hat er nicht sorgfältig genug gesucht. Alte Filme, die nicht besonders populär waren, werden schnell vergessen. Und gehen verloren.«

»Aber einer mit Clark Gable?«

»Ich weiß, aber« – abweisend zuckte er mit der Schulter – »wir müssen uns absolut sicher sein. Vielleicht wurde nur der Titel geändert. Er wurde als *Devil's Judgement* herausgegeben und lief dann aus irgendeinem Grund unter anderem Namen weiter. Ich denke, das kommt vor.«

»Okay.« Sie faßte über den Tisch und nahm ihr Bild wieder in Empfang. »Ich hatte sowieso vor, dies noch weiter zu prüfen. Aber ich wollte es zu diesem Treffen mitbringen, damit Sie sehen können, daß ich den Sommer über nicht untätig gewesen bin.«

»Nun, es klingt gut. Bleiben Sie dran, und sehen Sie zu, daß Sie es wirklich handfest machen können. Steve, haben Sie was?«

»Ja. Hab' den ganzen Sommer dafür benötigt.« Er war erst fünfundzwanzig Jahre alt, doch sein dünnes blondes Haar zeigte auf dem Hinterkopf schon lichte Stellen. »Mußte einen Haufen Briefe schreiben.« Mit den Knöcheln klopfte er auf einen kleinen Papierstapel. »Soll ich sie vorlesen oder nur erzählen?«

»Erzählen Sie uns davon. Können Sie für das nächste Mal die Briefe kopieren?«

»Klar. Ben Bendix hat mich auf das hier gebracht. Ihr erinnert euch an Ben? Er war in meiner Klasse. Besitzt genau wie ich einen Abschluß in Parapsychologie.«

»Natürlich«, sagte jemand. »Ich erinnere mich.«

»Nun, er ist mittlerweile verheiratet und lebt in Stockton, California. Er brachte mich mit dieser Familie zusammen. Sie heißen Weiss; Vater, Mutter, zwei erwachsene Töchter. Eine ist verheiratet, die andere geschieden und nun wieder in Stockton, wo sie bei ihrer Familie lebt. Nun, die geschiedene erinnert sich an eine weitere Schwester. Irgendwie.«

»Steve.« Der Vorsitzende schüttelte den Kopf. »Das *irgendwie* sagt mir nichts. Ist das eines dieser kleinen Erinnerungsbruchstücke?«

»Ich fürchte ja.«

»Nun … erzählen Sie.«

»Sie glaubt, die andere Schwester hieß Naomi. Oder Natalie. Sie ist sich nicht sicher. Ein Jahr jünger als sie, vielleicht. Glaubt sich zu erinnern, daß sie zusammen gespielt haben, als sie etwa zwölf waren.«

»Sie sagt, es sei so, als ob sie versuchen würde, sich an einen Traum zu erinnern?«

»Ja, genau. Kleine Erinnerungsfragmente – der gemeinsame Schulweg. Das Essen mit der Familie. Solche Dinge. Und Sie kennen den Rest: niemand in der Familie erinnert sich an diese andere Schwester, es *gab* niemals eine andere Schwester. Die Tochter überprüfte sogar die Geburtsregister. Schließlich beschloß die Familie, das Thema nicht mehr anzusprechen, sie reden nicht mehr darüber.«

Er berührte die Briefe vor sich. »Was ich hier habe, sind drei Briefe, drei sehr lange Briefe von ihr; woran sie sich erinnert, woran nicht. Und jeweils einen Brief von den anderen. Sie wollten nicht schreiben, aber ich bin ihnen so lange auf die Nerven gegangen, bis sie es doch taten.«

»Ich denke, Steve, daß wir das übergehen müssen. Es tut mir leid.«

»Ist schon okay.«

»Die vagen Fälle, die sich nur an kleine Teile erinnern können – was sollen wir mit ihnen anstellen? Trotzdem Dank für Ihre Mühe.«

Von draußen erklangen schnelle Schritte, zwei Männer stürzten herein, der jüngere von ihnen – in einem weißen verknitterten Anzug – war lang und spindeldürr. »Es tut mir leid«, sagte er, »wir kommen zu spät, viel zu spät! Aber das wird Sie hoffentlich nicht stören.« Stolz nickte er seinem Begleiter zu, als sie zum Vorsitzenden traten, der sich erhoben hatte, um sie zu begrüßen. »Meine Schuld«, sagte der andere; er war etwa fünfundvierzig, hatte ein schmales Gesicht und trug eine blaue Nylon-Windjacke über einem sauberen weißen T-Shirt. »Ich mußte arbeiten und kam erst spät zum Abendessen.«

»Das hier ist Lawrence Braunstein«, sagte der jüngere zur Gruppe. »Larry«, sagte Braunstein. »Larry ist von Drexel hierhergefahren«, fügte der jüngere hinzu.

Die Teilnehmer neben dem Vorsitzenden standen auf oder lehnten sich über den Tisch, um Braunstein die Hand zu schütteln, vom anderen Ende des Tisches lächelten und winkten sie ihm zu. Sie mochten ihn; er wirkte sehr sympathisch, nickte und machte den Eindruck, als freue er sich, hier zu sein. Er hatte fast keine Haare mehr, nur ein lichter, gerader Streifen braunen Haars zog sich von der Stirn zum Hinterkopf.

Jemand stellte ihm seinen Stuhl zur Verfügung; als er saß, sagte der Vorsitzende: »Larry, viele von uns kennen Ihre Geschichte, Carl hat bereits davon erzählt. Ich nehme aber an, daß Sie heute abend einiges hinzufügen können. Einige von uns haben sie allerdings noch nicht gehört; macht es Ihnen etwas aus, sie noch einmal zu erzählen? Von Anfang an?«

»Sicher. Okay. Und, Leute, wenn ihr lachen wollt, dann lacht. Es macht mir nichts aus, ich bin daran gewöhnt.«

»Wir werden nicht lachen«, sagte der Vorsitzende.

»Gut.« Braunstein öffnete den Reißverschluß seiner Jacke, lehnte sich im Stuhl zurück und machte es sich bequem; ein Arm lag entspannt auf der Tischoberfläche, die Hand war leicht nach innen gebeugt. »Eigentlich gibt es nicht viel zu erzählen; es ist nur, daß ich mich an die zweite Amtszeit von Kennedy erinnere.« Die Gruppe lauschte ruhig und aufmerksam, einige beugten sich nach vorne, um ihn besser sehen zu können. »An vieles erinnere ich mich nicht, um die Wahrheit zu sagen. Ich gehe zur Wahl. Manchmal. Aber ich kümmere mich nicht sonderlich um Politiker. Hab' ich nie getan; wozu auch. Sie sind alle – nun, das wissen Sie so gut wie ich. Aber ich erinnere mich, wie er zum zweiten Mal antrat. Bekam ein wenig von der Parteiversammlung mit. Sie war in Atlanta. Hörte einige der Reden während der Wahlkampfkampagne. Nicht viele.«

»Wer ist gegen ihn angetreten?« fragte jemand.

»Dirksen – ist das nicht ein Hammer? Ich erinnere mich an

Kommentatoren, an Cronkite, der meinte, die Republikaner stellten Dirksen nur auf, weil er gegen Kennedy keine Chance hat. Und sie hatten vollkommen recht. Kennedy gewann in neunundvierzig Staaten und war im fünfzigsten, Illinois oder so, nahe dran. Und das war es dann. Ich sah Dirksen, der sich nicht einmal eine Stunde, nachdem die Wahllokale in Kalifornien geschlossen hatten, geschlagen gab. Und ich erinnere mich an das Kennedy-Hauptquartier, das Mayflower Hotel in Washington, wie er vor den Mikrophonen stand, lächelte, allen zurief, seine Arme hob und seinen Leuten dankte – Sie kennen das; das ganze Zeug. Jackie war dabei, und ich glaube, seine Mutter. An Bobby oder Edward kann ich mich nicht erinnern.«

Einen Moment lang waren alle still. Dann sagte einer der Männer: »Ich weiß, daß Sie das bereits gefragt worden sind, aber erinnern Sie sich auch –«

»Daß er niemals eine zweite Amtszeit hatte? Sicherlich. Carl hat mich das als allererstes gefragt, und natürlich erinnere ich mich, wie alle anderen auch. Er wurde erschossen. In Dallas … 1963? Dann wurde Oswald erschossen.« Entschuldigend zuckte er mit den Schultern. »Ich weiß, es ergibt keinen Sinn, aber – ich habe beide Erinnerungen; was soll ich sagen?«

»Erinnern Sie sich, wo Sie waren, als er erschossen wurde?«

»Nein.«

»Okay«, sagte der Vorsitzende. »Und heute abend haben Sie uns etwas Neues zu erzählen?«

»Ja. Einige Tage, nachdem Carl zu mir kam und wir miteinander redeten, erinnerte ich mich an etwas, konnte aber im ersten Augenblick nicht genau sagen, was es war. Ich leite den Versand bei Vector drüben in Drexel, und wir mußten viele Überstunden machen; es gab viel zu verschicken. Aber letzten Sonntag hatte ich Zeit, zog die oberste Schublade meiner Kommode heraus und stellte sie auf das Bett.« Er lächelte einladend. »Über meine Schublade machen sich bei mir zu Hause alle lustig, sie amüsieren sich darüber. Sie ist voll Gerümpel vollgepackt mit lauter Krimskrams; man kann sie kaum öffnen. Sie kennen das: alte Kinokarten, Quittungen von Dingen, die bereits vor Jahren kaputtgingen. Schnappschüsse, Bilder, die ich aus Zeitschriften ausgeschnitten habe, einige Uhren, die ich niemals mehr tragen werde, alte Brillengläser, nachdem mir neue verschrieben wurden. Mein High-School-Abschlußphoto. Und der Schwanz eines Waschbären, den ich in der High-School am Kühlergrill befestigt hatte. Schnürsenkel, Stifte, die nicht mehr schreiben, Taschenbücher, Seifen von Motels, alte Batterien von Taschenlampen. Alles mögliche.

Ich leerte die Schublade über dem Bett aus und begann, jedes Teil wieder einzuräumen. Eins nach dem anderen, bis ich das hier gefunden hatte.« Er öffnete die leicht geballte Hand und zeigte die Handinnenseite; die anderen schoben ihre Stühle zurück, Füße scharrten auf dem Holzboden, als sie aufstanden, um zu sehen, was dort war. In seiner Hand befand sich ein flaches, rundes Objekt, ein wenig größer als eine Halbdollarmünze; es war weiß, aus Plastik oder lackiertem Metall. In blauer Farbe waren die Porträts zweier Männer aufgedruckt, die sich gegenseitig anschauten. Der Mann links war ein vertrauensvoll lächelnder John Kennedy, der andere, ein ernst, fast finster dreinblickender Estes Kefauver. Über den Photos stand in weißen Lettern auf einem roten Band, das der Krümmung des Buttons folgte: *Eine gute Amtszeit.* Und auf einem ähnlichen blauen Band am unteren Rand stand: *Verdient fortgesetzt zu werden!* Direkt unter den Photos: *Kennedy – Kefauver, '64.*

»Ein Wahlkampf-Button«, sagte jemand leise. »Ich werd' verrückt«, ließ eine andere Stimme verlauten. »Darf ich?« sagte jemand anderes. Braunstein nickte, und der Button ging langsam von Hand zu Hand um den Tisch. Wie gewöhnlich gab es Kaffee, den sie in einem zylinderförmigen Glasbehälter und einem Glasaufsatz mit Filterpapier zubereiteten. Sie standen am und um den langen Tisch oder saßen auf den Tischkanten, während sie aus Styroporbechern Kaffee schlürften; der Button machte seine Runde, die Vorderseite mit den Photos und der Aufschrift wurde nahe an die Augen gehalten, die Rückseite mit der Anstecknadel wurde berührt.

»Okay«, sagte der Vorsitzende schließlich, »machen wir weiter. Wenn Sie wollen, können Sie Ihre Becher mit zum Tisch nehmen.« Als sie wieder Platz nahmen, sagte er: »Mr. Braunstein hat noch eine kleine Autofahrt vor sich. Noch irgendwelche Fragen?«

»Ja, bitte«, sagte Audrey. »Mr. Braunstein, haben Sie jemals jemanden getroffen, der ebenfalls diese … Erfahrung gemacht hatte?«

Braunstein, der mit dem Vorsitzenden am Kopfende des Tisches stand, nickte. »Ja, einmal. Mit meinem Bruder. Er war Spieler in einem Softball-Team, und ich habe ihn einmal zu einem Spiel begleitet. Es gab dort einen anderen Spieler, einen Typen, der aus Chicago stammte. Mein Bruder wollte, daß ich ihm meine Geschichte erzähle, und der Junge sagte, er habe so was schon einmal gehört. In Chicago.«

Steve, der junge Mann mit dem dünnen blonden Haar, sagte: »Nun, stellte es sich als dasselbe heraus? Ich meine, Kefauver und Dirksen. Und die Parteiversammlung in Atlanta?«

Braunstein schüttelte den Kopf. »Ich fragte ihn, er sagte aber, daß er es nicht wüßte oder sich nicht mehr erinnern könnte. Vielleicht machte er sich auch nur über mich lustig – ›Was ist so faszinierend an deiner Geschichte? Ich habe sie schon einmal gehört!‹ Aber das glaube ich nicht. Ich denke, es ist wahr, er hat sie tatsächlich gehört.«

Sie bedankten sich bei ihrem Gast, und er ging, begleitet von Carl. Der Button blieb auf dem Tisch liegen, gelegentlich nahm ihn jemand auf und inspizierte ihn, während die Versammlung fortgesetzt wurde. »Okay,« sagte der Vorsitzende, »wir hören heute von Teddy Lehmann, aber« – er nickte und lächelte der jungen Frau in der Uniform eines Lieutenants zu, die neben ihm saß – »Sie sind ein neues Mitglied?«

»Ja, das hoffe ich.«

»Wenn Sie wollen, dann sind Sie es. Haben Sie hier studiert?«

»Nein, aber mein Ehemann. Wir sind nun geschieden, aber – ich interessierte mich dafür. Und bin noch immer interessiert.«

»Schön. Nun, ich bin mir sicher, daß Sie – wer immer Sie eingeladen hat – auch unterwiesen hat. War es Frank?«

Frank nickte. »Woher wissen Sie das?«

»Einfach geraten«, sagte der Vorsitzende; einige lächelten. Zur jungen Frau sagte er: »Ich möchte nur sicherstellen, daß alles klar ist. Sie wissen, was wir hier tun? Momentan sammeln und zeichnen wir lediglich gewisse Ereignisse auf und dokumentieren sie, soweit es möglich ist. Wir wissen noch nicht, was sie zu bedeuten haben. Wenn sie überhaupt etwas zu bedeuten haben. Vielleicht werden wir das niemals erfahren. Jeder von uns hat hierüber natürlich seine eigenen Vorstellungen; es scheint allerdings offensichtlich zu sein, daß manchmal zwei Versionen derselben Zeitspanne existieren. Oder existiert haben, von denen die eine die andere ersetzte. Zumindest *sieht* es so aus, sollte ich hinzufügen. Vielleicht ist es auch etwas ganz anderes. Wir sind noch lange nicht in der Lage, eine Theorie zu formulieren, wir verfolgen nur Ereignisse, die uns zufällig unterkommen. Dazu sind wir sehr lose organisiert. Und wir verhalten uns sehr unauffällig. So geheim, wie es vernünftigerweise möglich ist, ohne das allzu ernst zu nehmen. Jeder von uns baut ein kleines Netzwerk von Freunden, Verwandten, Bekannten auf – jeder, von dem Sie glauben, daß er von einem Vorfall der Art, wie wir sie sammeln, gehört hat oder davon weiß. Also beginnen Sie mit Ihrem eigenen Netzwerk. Wenn Sie das nicht schon getan haben. Vertrauen Sie Ihrem eigenen Urteilsvermögen, wen Sie dafür geeignet halten und wen nicht. Das ist alles, was ich Ihnen sagen kann. Und erklären Sie so wenig wie möglich. Erwecken Sie den Anschein, als seien Sie alleine; tun Sie so, als sei es nur eine kleine verrückte Marotte von Ihnen, nichts Wichtiges. Denn vor allem …« Er hielt kurz inne, um das folgende stärker zu betonen. »Wir sind *keine* offizielle Abteilung des Instituts für Parapsychologie. Offiziell weiß niemand von uns; wir sind eine private Gruppe …, die ein Hobby verfolgt. Wir haben uns niemals in Institutsräumen getroffen. Ich muß Ihnen dafür nicht die Gründe angeben, wenn Ihr Ehemann hier studiert hat. Vierzig Jahre lang haben sich Akademiker über uns lustig gemacht« – seine Augen verengten sich –

»Akademiker aus den *respektablen* Abteilungen, die Beweise oder Tatsachen nicht anerkennen würden – oder sich *weigern* würden, sie anzuerkennen, was noch schlimmer ist –, wenn wir sie ihnen vorlegen, um ihnen gehörig in den Arsch zu treten.« Er lächelte ihr zu – und über sich selbst. »Tut mir leid, ich werde mich gleich abreagieren. Aber wir legen großen Wert darauf, offiziell nicht in Erscheinung zu treten. Und so geheim wie möglich zu bleiben. Okay? Bereit für den heiligen Bluteid?«

Die junge Armeeangehörige lächelte und nickte.

»Dann willkommen an Bord. Und nun zu Ihnen, Ted. Ich habe gehört, Sie haben diesen Sommer für uns eine große Reise unternommen. Nach Arizona?«

»Nun, ich war sowieso in Kalifornien. Urlaub. In L. A.« Ted, ein Forscher an der Universität, war ein hübscher Mann, der das nicht zu wissen schien; sein braunes Haar war kurz geschnitten, die Locken kamen nicht zur Geltung, seine Brille war ein drahtiges Metallgestell mit kreisrunden Gläsern. Er sah wie dreißig aus, und in seiner Hemdtasche trug er einen Taschenrechner. »Ich nahm mir einige Tage Zeit, flog nach Phoenix, mietete einen Wagen und fuhr hinaus zu diesem Mann.«

»Okay, erzählen Sie uns davon.«

»Meine Mutter hatte vor Jahren von einer Freundin, einer Frau ihren Alters, davon gehört; sie lebten damals beide noch in New York. Ich rief diese Frau an und erhielt von ihr den Namen des Mannes – meine Mutter konnte sich nicht mehr an ihn erinnern. Er war ein Rechtsanwalt, ein richtig großer, berühmter Rechtsanwalt in New York, Partner in einer großen Kanzlei, und so weiter. Man erinnert sich noch gut an ihn, fand ich heraus. Nun ist er pensioniert. Ich habe ihn aufgespürt, was nicht schwer war. Mit ihm am Telefon geredet und ein Treffen für diesen Sommer vereinbart.« Ted faßte nach unten an seinen Stuhl und holte eine abgetragene Ledertasche herauf, die einen abgewetzten Stanford-Sticker trug, öffnete sie auf dem Tisch und holte einen kleinen, chromverzierten grauen Plastikrecorder heraus. Er drückte auf einen Knopf, eine kleine Birne leuchtete bernsteinfarben auf. »Ich habe alles, was er mir erzählte, aufgezeichnet; Sie können also alles aus erster Quelle hören. Sie müssen sich vorstellen, wir saßen an seinem Pool, an einem schönen Morgen in Arizona, es war heiß, aber sehr trocken. Einfach schön. Hier und da standen Kakteen herum, manche in Töpfen, manche wuchsen auf dem Boden. Wir saßen im Schatten des Hauses, die Ziegel waren so weiß gestrichen, daß sie blendeten.

Er ist ein alter Mann, aber klug; es fällt leicht, ihn sich als verdammt guten Rechtsanwalt vorzustellen. Intelligentes Gesicht. Ich glaube nicht, daß es daran lag, daß ich in Arizona war, aber er sah wirklich – nun, nicht genau wie Barry Goldwater aus, aber wie jemand, der vielleicht sein Cousin hätte sein können. Er besitzt noch sein volles Haar, schneeweiß, und die gleichen buschigen weißen Koteletten. Trug teure sandfarbene Leinenhosen und ein dunkelblaues Hemd. Und heißt Bertram O. Bush. Während er ausgestreckt in einem Liegestuhl lag, saß ich auf einem gewöhnlichen Stuhl, von wo aus ich den Recorder bedienen konnte. Der Recorder stand auf einem Tisch mit einer Glasplatte, der sich zwischen uns befand. Wir tranken Kaffee aus richtig großen Tassen. Ein schöner Ort, etwa zwanzig Meilen außerhalb von Phoenix. Seine Frau und er hatten sich dort einst zur Ruhe gesetzt, nun ist er Witwer. Lebt allein, hat aber erwachsene Kinder mit Familien, von denen zwei in der Nähe von Phoenix wohnen. Die anderen leben in Kalifornien. Scheint, daß er sie oft sieht. Ob er reich ist? Nun, offensichtlich ist er es; ein schöner Ort.

Nachdem wir den anfänglichen Small talk beendet hatten, meinte er, ich könnte den Recorder anschalten; hier ist nun, was ich bekommen habe. Klar und deutlich, ich beherrsche diese Dinge.« Er drückte auf einen weiteren Knopf, nach ein oder zwei Sekunden kam seine eigene Stimme aus dem Apparat. »Okay, Mr. Bush, erzählen Sie, wenn Sie wollen. Obwohl Sie es wahrscheinlich leid sind, diese Geschichte immer wieder erzählen zu müssen.«

»Nun, das war einmal, es ist schon eine ganze Weile her, daß ich sie erzählt habe.« Seine Stimme war tief, getragen und selbstsicher; sie klang nicht alt. »Als Kind in der Grundschule wurde ich, wenn ich diese Geschichte erzählte, dafür gehänselt und verspottet; was nur natürlich war, so einfühlsam und sensibel wie Jungs in diesem Alter nun mal sind. Aber es machte mir nichts aus, ich spottete zurück, und meine Beleidigungen waren oft besser als ihre. Auf dem College war es ähnlich. Die meisten nahmen an, daß ich das erfunden hatte, zumindest hielt man mich für einen phantasievollen, unterhaltsamen und klugen Burschen. Aber es gab auch immer Leute, die aufmerksam zuhörten. Manche waren sogar beeindruckt. Auch ein Mädchen war darunter, und als ich herausfand, daß ihr Interesse und ihre Aufmerksamkeit auch mir galten, begann ich, so fürchte ich, meine Geschichte für die falschen Zwecke einzusetzen, obwohl ich mich dessen nicht schäme. Als ich aber in New York anfing, als Rechtsanwalt zu arbeiten, und mir die Möglichkeit bewußt wurde, in die Firma als Partner einzusteigen, was später schließlich auch geschah, hörte ich auf, die Geschichte zu erzählen. Sie schadete mir nun, ließ mich als komisch und exzentrisch erscheinen; also hielt ich meinen Mund, sprach nur äußerst selten davon, wenn ich wußte, daß jemand wirklich interessiert war und ich ihm vertrauen konnte. Aber das spielt heute natürlich keine Rolle mehr; ich bin pensioniert und alt.«

»Oh, ich glaube nicht –«

»Nichts davon. Und wenn Sie es wagen sollten, den Ausdruck ›Senior‹ zu verwenden, dann werde ich Ihnen zeigen, daß ich durchaus noch in der Lage bin, Sie in diesen Pool zu werfen. Mit dem Kopf voraus. Und Sie unter Wasser zu halten. Ich bin *alt*. Ich wurde um die Jahrhundertwende geboren, deswegen hatte ich nie Schwierigkeiten, mich an mein Alter zu erinnern.

Jedenfalls lebte ich als Junge in New York. An der Madison Avenue. Wir hatten ein Haus – es steht schon lange nicht mehr –, ein vierstöckiges braunes Sandsteinhaus. Mein Vater, Mutter, zwei Geschwister und ich. Und ein Hund namens Fido. Und mehrere Hausangestellte. Mein Vater war ein erfolgreicher Versicherungsmakler im Schiffahrtsbereich, und es ging uns ziemlich gut. Jeden Morgen nahm im Speisezimmer die gesamte Familie – unter väterlicher Leitung – das Frühstück zu sich. Eines Morgens im Frühling, an einem Mittwoch, wie ich mich erinnere, fragte mich mein Vater, ob ich an diesem Tag die Schule schwänzen wollte. Ich war zwölf Jahre alt und mußte zugeben, daß ich das wollte; aber warum?

Nun, ein Schiff lief ein, sagte er, ein Linienschiff, und er dachte sich, daß ich von seinem Büro aus sehen wollte, wie es das tat. Er wußte ganz genau, daß ich das wollte. Ich war, nehme ich an, damals genauso verrückt nach den großen Linienschiffen wie heutzutage meine Enkel und Urenkel nach Flugzeugen. Obwohl, wenn ich darüber nachdenke, sie es gar nicht sind. Sie scheinen alles im Vorbeilaufen aufzunehmen und sind nur schwer zu beeindrucken. Sie wissen mehr als ich damals mit zwanzig Jahren. Und manche Dinge, bin ich mir sicher, die ich niemals wissen werde.

Aber ich liebte die großen Linienschiffe. Dachte über sie nach, las über sie, betrachtete mir ihre Bilder und zeichnete meine eigenen. Und hätte alles, was ich besaß oder einmal besitzen würde, dafür gegeben, auf ihnen zu fahren. Was wir alle vier oder fünf Jahre später getan haben. Nach Europa auf der *Leviathan*. Das war die alte *Vaterland*, wie Sie wissen. Das *wissen* Sie doch natürlich?«

»Natürlich. Wer weiß das nicht?«

Der alte Mann lachte. »In den darauffolgenden Jahren fuhr ich auf der *Mauretania*. Mehr als einmal. Der alten *Mauretania*, natürlich. Und der *Normandie*, der *Laurentic*, der *Ile de France*, Gott möge sie schützen, und viele Male auf der *Queen Mary*. Ein wundervolles Schiff, die *Mary*, eines der ganz großen. Nur zu vergleichen mit der *Mauretania*, und es gefällt mir nicht, daß sie in Südkalifornien ohne Motoren vor Anker liegt, wohin sie nicht gehört und niemals gehört hat. Ich nehme an, wir sollten dankbar sein, daß sie noch existiert. Alle anderen sind verschwunden. Abgewrackt, als ihre ertragreichen Tage vorbei waren. Stellen Sie sich vor, wir hätten sie bewahren können! Alle in Southampton aufgereiht, von der, sagen wir, *Kaiser Wilhelm* angefangen bis hin zur *Mary*. Das wäre doch wundervoll, oder? Und eines Tages fügen wir die letzte und neueste hinzu, die *Queen Elizabeth II.*: die *QE II*. Die, ich bin froh, dies sagen zu dürfen, ganz in der großen Tradition steht. Modern, ja. Wie sie auch sein sollte. Aber eine sehr würdige

Nachfolgerin ihrer Vorfahren. Sie müssen auf ihr einmal fahren, mein Junge, falls Sie das noch nicht getan haben.«

»Kann ich mir nicht leisten.«

»Dann fahren Sie als blinder Passagier, aber tun Sie es. Denn wenn auch sie verschwunden sein wird, wenn sie die *QE II* verschrotten, was sie natürlich tun werden, ihre Knochen zerlegen und ihr Skelett für einen Groschen verhökern, dann wird es keine Atlantikliner mehr geben. Nie mehr. Sie ist Ihre letzte Chance, um eine der schönsten menschlichen Erfahrungen zu machen, inklusive Sex, obwohl ein junger Mann wie Sie in der Lage sein sollte, die beiden Dinge zu verbinden und nicht zu vergleichen: Ich kann Ihnen versichern, Sie werden eine wundervolle Überfahrt erleben. Fahren Sie auf der *QE II*, solange Sie noch können; ich bestehe darauf. Wo war ich?«

»Bei Ihrem Vater.«

»Ja, mein Vater. Natürlich wußte er, wie ich auf seine Einladung reagieren würde, aber er sei sich, sagte er, meines brennenden Interesses für die Schule bewußt; vielleicht wollte ich es dennoch vorziehen, in die Schule zu gehen? Er würde dies verstehen. Mein Vater liebte es, uns ein wenig zu necken, und wir genossen es, zumindest ich.

Nach dem Frühstück gingen wir in sein Büro am Battery Place und der West Street – das Whitehall Building, es war damals noch neu; man hatte von dort einen guten Blick über den Hafen von New York und die alte Battery. Ich trug Knickerbocker aus Kord, lange schwarze Strümpfe, eine Art Norfolk-Jacke und eine Stoffkappe mit Spitze. Alle Jungen trugen dies, es war vorgeschrieben. Wir nahmen die Hochbahn zu seinem Büro, das ein großes rechteckiges Fenster besaß, durch das man den ganzen Hafen und die Bucht überblicken konnte – so weit das Auge reichte. Er besaß ein großes, in Leder eingeschlagenes Messingteleskop auf einem hölzernen Dreifuß. Ich nehme an, jedes Büro an dieser Seite des Gebäudes besaß ein solches Teleskop.

Das Schiff war bereits zu sehen, als wir ankamen, noch weit draußen, kaum größer als ein Fleck, aber mein Vater fand es im Teleskop, stellte es sorgfältig scharf und überließ es dann mir. Ich wagte kaum zu atmen, um das Teleskop nicht zu verändern, und beobachtete das Schiff, das in meinem kleinen Gesichtskreis anwuchs. Es kam direkt auf uns zu, vor ihm eine kleine weiße Bugwelle, die Schornsteine rauchten. Ich konnte den schwarzen Rauch fast greifen, der senkrecht aufstieg und sich nach hinten wegkräuselte. Das Schiff wurde mit Kohlen betrieben, und ich nehme an, es stand voll unter Dampf. Es wurde größer, füllte den Kreis, wuchs dann darüber hinaus; ich richtete mich auf und fand es dann mit meinen Augen; es war wieder zusammengeschrumpft. Aber wieder wuchs es, sehr schnell, und dann konnte ich die Farben der Wimpel erkennen, die für das Ereignis aufgezogen worden waren. Löschboote erschienen, fuhren hinaus, wendeten und eskortierten es in den Hafen; ihre langen Löschrohre aus Messing waren nach oben gestellt und verströmten hohe weiße Wasser- und Gischtfontänen. Es war das erste Mal, daß ich das sah, wenn auch nicht das letzte Mal.

Die Schlepper erreichten es als nächstes, wie ich mich erinnere, und – es schien nun sehr nah – es drehte jetzt zum Hafen bei, und ich sah seine ganze erstaunliche Länge. Die großen Kamine verströmten ihren Rauch direkt über die Backbordseite. Diese Schiffe hatten alle vier Schornsteine, wie Sie wissen, und ich denke noch immer, daß es so sein sollte. Das ist das einzige, was mit der *QE II* nicht stimmt; sie sollte vier Schornsteine haben, wie Gott es eingerichtet hat. Genau wie Er bestimmt hat, daß Automobile Trittbretter haben und Flugzeuge zwei Flügel. Richtig, mein Junge? Natürlich stimmen Sie mir zu.«

»Natürlich«, sagte Teds Stimme. »Genau das sage ich auch immer.«

»Natürlich tun Sie das, aber Sie dürfen dabei nicht langweilig werden; Sie sind dazu noch nicht alt genug. Das Schiff drehte bei, sagte ich. Ich sah seine wunderbare Länge, die Sonne beleuchtete die Millionen von Bullaugen, und natürlich ließ es in diesem Moment sein Horn erklingen. Zuerst sah ich den Dampfstrahl, ein plötzlicher weißer Strahl, und dann, oh, die Herrlichkeit dieses tiefen Klangs. All diese verlorenen Töne; Wagenräder, die Hörner von Dampfschiffen, das Pfeifen der Lokomotiven. Ja, in der Tat. Gott wollte auch, daß Lokomotiven nur mit Dampf betrieben werden.«

»Ich weiß. Dieselmaschinen sind Erfindungen des Teufels.«

»Sie haben recht! Sie haben recht! Wissen Sie, Sie sehen gar nicht aus, als ob Sie achtzig Jahre alt wären.«

Der Vorsitzende lachte. »Sie beide haben sich ausgezeichnet verstanden, nicht wahr?«

Ted drückte auf einen Knopf und stoppte das Band. »Ja, das haben wir. Natürlich, er ist ein Anwalt, der instinktiv versucht, einen auf seine Seite zu ziehen, und der weiß, wie er das schafft.«

Ted schaltete das Gerät wieder ein, die Spule drehte sich einen Moment lang, dann fuhr die Stimme des alten Mannes fort. »Der Klang, der Ruf dieses Schiffes ließ die Fenster vibrieren; ich erinnere mich deutlich daran, daß ich das Vibrieren in meinem Brustkorb spürte. So tief war es, ein tiefer, dumpfer, durch und durch gehender Klang.

Dann wurde es von den Schleppern umringt, die Schornsteine bliesen schwarzen Rauch, und es war verschwunden; Gebäude verstellten uns die Sicht. Das Beste aber, so erfuhr ich, sollte erst noch kommen. Mein Vater besaß Pässe, verkündete er nun, die uns erlaubten, zu seinem Dock auf dem Hudson zu gehen; es war ein White Star Liner. Und wenn ich wollte, könnten wir zusehen, wie es anlegte.

Das einzige, was diesen Tag für mich noch hätte wunderbarer machen können, wäre ein Automobil gewesen, das unten am Taxistand gestanden hätte. Aber an diesem Morgen warteten nur zwei Pferdedroschken; wir stiegen ein und fuhren den Broadway hinauf, über den Washington Square und auf der 14th hinüber, glaube ich, dann auf der West Street entlang des Hudson zu den Docks.

Wir gingen die Treppen zum Pier hinunter, eine teilweise überdachte, ansonsten aber offene Plattform aus dicken, rauhen Planken. Soweit ich weiß, ist sie noch immer da, eine lange Konstruktion ohne Seitenwände. Unser Schiff war draußen auf dem Fluß bereits in Sicht. Es drehte zum Pier bei. Einen Moment lang, während es die Vierteldrehung machte, stieß es schneller als sonst schwarzen Rauch aus – ich liebte das – und starrte wie hypnotisiert über das Wasser. Sehr schnell ließ der Rauch nach und verschwand fast ganz, während die Schlepper ihre Arbeit begannen und das Schiff hereinzogen. Nun verströmten deren Schornsteine schwarzen Rauch, langsam brachten sie es herein, sehr langsam, und je näher sie kamen – sie schienen direkt auf das Pier zuzusteuern –, desto langsamer wurden sie. Ich beobachtete sie, starrte zu ihnen hinüber und konnte nicht glauben, daß es etwas so Großes geben konnte. Die Schlepper drehten es nun leicht bei, und ich sah es nicht mehr von vorne. Ich sah jetzt seine Schornsteine, die, wie ich mich erinnere, beigefarben bemalt waren, oben lief ein schwarzes Band entlang. Vier Schornsteine, die fast zusammenliefen, wie die Latten eines Zauns, den man aus einem spitzen Winkel betrachtet. Es wurde größer. Und größer. Gewaltiger und gewaltiger, je näher es kam, fast furchterregend groß, bis – es lag nun parallel zum Dock, nur einige wenige Meter von uns entfernt – bis es so groß war, seine Seiten so hoch hinaufragten, daß ich die Aufbauten nicht mehr sehen konnte. Ich stand da und staunte über dieses gewaltige Ding.

Der Schlepper weit draußen am Heck des Schiffes ließ plötzlich Wasser aufkochen, riesige wirbelnde Strudel aus öligen grauen Blasen. An den anderen Seiten schoben die Schlepper es mit rollendem Dröhnen seitwärts; das dreckige Wasser zwischen Schiff und Dock wurde zusammengedrückt und immer schmaler, ein Meter, zehn Zentimeter, Zentimeter, und dann – ganz leicht, schmiegsam wie ein Elefant, der eine Erdnuß aufnimmt – legte es an. Durch die Sohlen meiner Schuhe spürte ich die Bewegung des ganzen Docks, hörte das Ächzen und Stöhnen der Planken und Nägel und bekam eine Vorstellung von dem enormen Gewicht, das uns soeben kaum berührt hatte.

Das Schiff stand nun still, riesige Taue wurden aus Öffnungen an seiner Seite nach unten gelassen, die von wartenden Männern an den Pollern befestigt wurden. Eine Gangway, die zu seinem schwarzen Rumpf hinaufreichte, wurde eilig herangerollt, und bevor sie noch richtig befestigt war, lief bereits ein Schwarm uniformierter Dienstmänner in weißen Jacken und Kappen mit schwarzen Schilden die Planken hinauf.

Fast augenblicklich, mit kaum einer Minute Verzögerung, kamen die ersten Passagiere der Ersten Klasse herunter; Dienstmänner trugen das Handgepäck, auf dem farbige Aufkleber mit den Namen fremder Hotels klebten. Glauben Sie nicht, daß diese Leute in ›Freizeit‹- oder ›Sport‹-Kleidung die Gangway herabschritten, wie Touristen aus Hawaii, die Papiergirlanden um ihren Hals tragen. Es gab *keine* Freizeit- oder Sportkleidung, wenn man die weißen Flannellanzüge nicht rechnet, in denen die Männer damals Tennis spielten. Diese Leute, die von diesem großen Schiff kamen – manche lächelten, andere blickten hochmütig – waren für die Ankunft in New York gekleidet, der City, der Metropole. Die Frauen trugen Hüte. Weite Räder, deren Krempen so breit waren wie kleine Schirme, glauben Sie mir. Andere besaßen juwelenbesetzte Turbane aus kompliziert gefalteten Tüchern, an denen Federn steckten. Sie hatten sie bis zu den Augenbrauen gezogen. Und trugen Kleider, die gerade über die Knöchel gingen, und welche … mit gewölbtem Saum. Kleider zum Stolpern, ja. Sie trugen Mäntel, manche aus Pelz oder mit Pelz besetzt. Diese Frauen, glauben Sie mir, waren *gekleidet*. Gekleidet, nehme ich an, für die Augen all derer, die unten auf dem Dock standen, und für die Reporter mit den Presseausweisen, die sie sich hinter die Hutbänder gesteckt hatten. Sie waren vom Lotsenschiff aus zugestiegen und interviewten nun einige der Passagiere.

Die Männer trugen Anzüge, die meisten jedenfalls. Mit Westen und Krawatten. Einige wenige hatten schwarze Smokings mit grauen, gestreiften Hosen und steifen Flügelkragen an. Andere hohe schimmernde Seidenhüte – Banker und Leute von der Wall Street, nahm ich an, die sofort in ihr Büro gingen. Mein Vater trug, wie die meisten jüngeren Männer, einen Filzhut.

Als diese ›gottähnlichen‹ Passagiere das Dock betraten, wurden sie bereits erwartet, sie wurden umarmt und geküßt. Blumenbouquets wurden ihnen überreicht, und uniformierte Jungen gaben ihnen Telegramme und Kabel. Daneben standen, wartend und lächelnd, eine Menge Diener; die Frauen trugen nicht unbedingt eine Uniform, aber man konnte die Haus- von den Kindermädchen unterscheiden. Die Chauffeure, manche hielten zusammengelegte Decken in Händen, trugen Livres und polierte lederne Wickelgamaschen. Draußen, direkt vor dem Eingang zum Dock geparkt – wir waren an ihnen vorbeigegangen, als wir kamen –, standen die Limousinen. Ich kannte jedes Automobil: Isotto-Fraschinis, Pierce-Arrows, ein Stutz-Roadster und so weiter.

Das schwere Gepäck dieser Leute kam auf Planken mit einer Art Gleitrollen vom Schiff, schwitzende Männer in Fuhrmannskitteln hievten es am Ende herunter. Schwere Reisekisten, auf denen die Namen oder Initialen standen, gefolgt von den Namen der Städte: *New York, Wien, Konstantinopel, London.*

Erst nachdem die Erste-Klasse-Passagiere, bis auf einige Nachzügler, das Pier verlassen hatten und zum Zoll gegangen waren, wurden für die Passagiere der zweiten und dritten Klasse und des Zwischendecks weitere Gangways herangefahren. Jetzt kamen sie herunter, und ich erinnere mich, daß sie einfach uninteressant waren. Sie waren, als sie nun herabschritten, gekleidet wie die gewöhnlichen Menschen, die man in den Straßen sehen konnte. Und sie unterhielten sich nicht – so, als hätten sie nicht das Recht dazu. Einige winkten wartenden Freunden zu, lächelten, riefen aber nicht. Für mich war dies alles ... öde geworden. Diese Leute, das glaube ich wirklich, kannten ihren Platz in der Gesellschaft. Ohne sich darüber zu beklagen. Und als ein kleiner Snob, der ich damals war, der ich allerdings nicht geblieben bin, hatte ich an ihnen kein Interesse mehr.

Dennoch wollte ich nicht gehen. Ich konnte nicht, obwohl mein Vater mich dazu drängte. Ich ging in Richtung des Bugs – wanderte darauflos, blieb manchmal stehen und reckte mein Kinn, um die riesige Fläche der geschwungenen schwarzen Platten zu betrachten, die zusammengenietet waren und ein Schiff ergaben. An dieser Stelle des Docks waren nur wenige Menschen, als ich ganz vorne am Schiff ankam, war niemand mehr um mich. Doch hoch oben lehnten einige Offiziere in ihren Schirmmützen auf der Reling und schauten herunter. Ich wollte ihnen zuwinken, tat es aber nicht, da ich fürchtete, sie könnten einfach herabstarren und meinen Gruß nicht erwidern.

Dann stand ich am Bug des großen Schiffes, eine vollkommen vertikale Schnittfläche, so wie sie Schiffe damals noch besaßen. Weit oben am Rumpf, vom Bug etwas nach hinten versetzt, waren die weißen Blocklettern befestigt, die den Namen dieses großen neuen Schiffes bildeten. Sie waren weit weg, diese weißen Buchstaben; aber ich konnte sie deutlich erkennen und ohne Schwierigkeiten entziffern. Noch heute sehe ich sie klar vor mir, sieben große weiße Buchstaben, die absolut klar und deutlich vor mir stehen, und natürlich wissen sie, wie sie lauten: Deswegen sind Sie ja hier.«

»Ja, aber ... sagen Sie es.«

»Die weißen Buchstaben hoch oben am schwarzen Rumpf dieses Schiffes lauteten *Titanic*, wie ich es mein ganzes Leben lang den Leuten erzählt habe. Das ist meine Geschichte. Wenn Sie Fragen haben, stellen Sie sie ruhig, auch wenn es mich überraschen sollte, wenn Sie eine Frage haben, die mir noch nicht gestellt worden ist.«

»Könnte es sich hier um einen ... besonders lebhaften Traum handeln? Einen dieser Träume, die so real sind, daß sie zur Erinnerung realer Ereignisse werden.«

»Ein Traum? Könnte es ein Traum sein? Natürlich müssen Sie das fragen. Hier ist meine Antwort: Gelegentlich hatten auch Sie einen Traum – jeder kennt sie –, der ungewöhnlich real war. Nichts Phantastisches. Und so blieb er in Ihrem Gedächtnis, klar und deutlich. Vielleicht werden Sie ihn nie vergessen.«

»Ja.«

»Aber auch das folgende ist unbestreitbar: trotzdem werden Sie immer wissen, daß es ein Traum war. Niemand verwechselt einen Traum mit der Realität. Das Erlebnis, das ich Ihnen beschrieben habe, *ist* passiert – wirklich.«

»Sie wissen auch, daß die *Titanic* niemals den Hafen erreicht hat?«

»Ja. Ich erinnere mich, als Junge die Nachricht gehört zu

haben. Die *Titanic* war auf einen Eisberg gelaufen. Auf ihrer Jungfernfahrt. Und gesunken, zwei Drittel ihrer Passagiere und Besatzungsmitglieder ertranken. O ja, ich erinnere mich daran. Ich kann das natürlich nicht rational erklären, aber … ich erinnere mich auch daran: Ich sah die *Titanic* andocken.«

Einige Sekunden Schweigen, nur das Band lief weiter. »Eine letzte Frage. Sind Sie jemandem begegnet, der ebenfalls –«

»Zweimal. Einmal ja; der andere vielleicht.«

»Und –?«

»Beide hörten meine Geschichte. Eine Frau, damals in mittlerem Alter, die sagte, ja, sie hätte auch immer diese beiden Erinnerungen gehabt. Ich glaubte ihr. Der andere, ein Mann in meinem Alter, sagte dasselbe. Ich war mir, was ihn anbelangt, einfach nicht sicher. Vielleicht mag es so gewesen sein.«

Ted drückte auf einen Knopf. »Das Band war zu Ende. Auf der anderen Seite ist auch noch ein Stück, aber Sie haben eigentlich alles gehört. Er redet noch ein wenig weiter.«

»Ja, schön. Ein gutes Beispiel. Ein gutes Beispiel. Machen Sie uns einen Bericht, Ted, und – können wir das Band haben?«

»Oh, sicher, dafür ist es da.«

»Okay. Nun, es ist ein wenig spät geworden, Leute. Ich hatte einen Bericht vorbereitet, aber der hat Zeit bis zum nächsten Mal. Ein bißchen was über das alte Buch, das ist alles: die Turnbull-Biographie. Für diejenigen, die das letzte Mal zu spät kamen oder einschliefen – es geht um Amos Turnbull, einen Freund von Jefferson und Franklin, Mitglied des Continental Congress. Der aber sonst nirgendwo erwähnt wird, auch von meinem Buch gibt es anscheinend kein zweites Exemplar. Mein Bericht handelt eigentlich nur davon, daß ich diesen Sommer viele Stunden damit verbracht habe, Zeitungen aus der Kolonialzeit auf Mikrofilm zu lesen. Was einen entweder blind oder verrückt macht. Und ich habe nichts gefunden, nirgendwo wird Amos erwähnt. Oh, Irv – Sie hatten einen Film?«

»Ja, aber keinen Projektor: das hier ist ein Fünfunddreißig-Millimeter-Film. Ich habe einen Projektor ausgeliehen, leider funktionierte er aber nicht. Ich habe hier etwa dreißig Meter eines alten Schwarzweißfilms.«

»Der was zeigt?«

»Einige Straßenzüge von Paris; 1920, '21. Sehr scharf und klar. Geschäfte, Leute, die spazierengehen, nicht viel. Aber am Ende dieser Straße sollte man den Eiffelturm sehen.«

»Und er ist nicht da?«

»Richtig.«

»Okay, würde ich gerne sehen. Das nächste Mal?«

»Verlassen Sie sich darauf.«

»Gut, dann machen wir jetzt Schluß. Wir sehen uns wieder in einem Monat, bis auf diejenigen, die ich morgen wieder sehe. Audrey wird Notizen verschicken. Will jemand mitgenommen werden?«

Niemand wollte es. Sie unterhielten sich – weniger über das Treffen, mehr über Arbeit, Studium, Kinder, Kleidung, den letzten Urlaub –, sammelten ihre Sachen auf dem Tisch ein und schoben Stühle zurück. Der bärtige Vorsitzende stand an der Tür und wünschte ihnen eine gute Nacht, während sie gingen. Als der letzte durch die Tür war, als die Schritte auf dem Holzboden im Gang verklangen und die Stille der Nacht anbrach, warf er einen Blick auf den Wahlkampfbutton in seiner Hand, drehte dann das Licht aus und schloß die Tür; er stand im Gang und horchte, bis er das Schloß einschnappen hörte.

1

Wir standen dichtgedrängt in der kleinen Menge, die auf dem Balkon unten rechts zu sehen ist – sehen Sie sie? –, gerade über dem Eingang zum Everett House, der mit Säulen umrahmt war: Julia, ihre Hände steckten in einem Muff, ich und unser vier Jahre alter Sohn, der mit dem Kinn auf der Balkonbrüstung lehnte. Als ich mich über ihn beugte, um sein Gesicht im Licht der vorbeiziehenden Fackeln unter uns zu sehen, war er völlig eingenommen von dem Wunder. Ich war beruflich hierher bestellt worden, doch dies war auch ein Teil des

Lebens im neunzehnten Jahrhundert: eine große Parade. Ich mochte sie sehr. Es gab keine Filme, kein Radio oder Fernsehen, aber wir hatten Paraden, und dies nicht gerade selten. Jeder Fleck unten auf dem Union Square war besetzt: man blickte auf dichtgedrängte Schultern, Melonen, Zylinder, Pelzkappen, Hauben und Tücher. Hunderte von Männern, Festwagen, Flaggen, Kapellen und Pferde schlängelten sich auf der Straße durch die dichte Menge. Am Straßenrand waren in Reihen Tonnen mit rauchenden Flammen als Lichtquellen aufgestellt, die ein flackerndes Licht auf den Zug warfen.

Die Geräusche waren mitreißend: die schmetternden Töne der Blaskapellen und die Rufe der Menge. Was sie riefen – ich hörte es immer und immer wieder –, war »Hurra!« – ein wirkliches *Hurra*. Wir standen da, hörten das Pfeifen der Feuerwerkskörper und sahen sie vor dem schwarzen Himmel mit einem dumpfen Knall farbenprächtig explodieren. Raketen schossen durch diese Explosionen, drehten ab und verglühten. Wo landeten sie? Da waren Ballons aus Papier, an denen schaukelnde Körbe mit orangefarbenem Licht befestigt waren. Hier und da erfaßte das Feuer das Papier, fraß sich hinauf, und der Ballon ging hellflackernd nieder. Wo? Gab es Männer, die auf den dunklen Dächern um den Platz herum mit Wassereimern warteten? Wahrscheinlich, wahrscheinlich.

Es war herrlich, alles tiefschwarz, dazwischen glühende Farben, Leder, das gegen Pflastersteine schlug, Trommelschläge.

Es war nur eine politische Parade, denn Wahlen standen bevor, aber es machte Spaß. Eine weitere Kapelle marschierte nun vorbei; die Männer trugen hohe Hüte mit Federn und dünnen Schirmen. Die kleinen Trommeln wirbelten, viele mächtige Hörner und Trompeten und dieses glockenartige Ding, das alles übertönte. Herrliche, volle Klänge, ganz nah, und wieder spürte ich in dieser Nacht, wie es mir über den Rücken lief, dieses leicht wallende Gefühl. Eine Erregung, die sich aus dem Nichts speist.

Nun kam eine Kapelle eines Turnvereins in seltsamen Kostümen, wir warteten sie noch ab – Willy bestand darauf.

Dann gingen wir, drängten uns durch die Menge. Ich mochte das Hotel, nachdem mir jemand erzählt hatte, daß die paar alten Männer, die in der Lobby herumsaßen, Veteranen aus dem Krieg von 1812 waren; heute abend aber waren sie nicht zu sehen. Durch den Seitenausgang des Hotels hinaus, über die Straße, um den Platz herum; an den Bordsteinen warteten die Kutschen, ihre Lichter waren angezündet, gelegentlich stampfte ein Hufeisen gegen den Stein. Das Pferd, dem wir uns näherten, begann zu urinieren; fasziniert wollte Willy stehenbleiben und zuschauen. Julias Arm, der sich bei mir untergehakt hatte, zog uns aber weiter; ich grinste. Einige Kutschen weiter blieben wir stehen und hielten Willy hoch, damit er die weiche Nase eines etwas vornehmeren Pferdes streicheln konnte; das mochte er ganz besonders.

Dann gingen wir nach Hause. Die Straßen waren fast ausgestorben, bis auf gelegentliche Fußgänger oder das Klippklapp einer Kutsche. Es war schön draußen, nicht zu kalt. Der Mond war zu sehen gewesen, nun konnte ich ihn aber nicht mehr finden. Viele Sterne allerdings, der Himmel war ein großes, alles überspannendes schwarzes Zelt über dieser niedrigen Stadt, und Millionen von Sternen, nahe am Horizont, schimmerten und glitzerten.

Willy war eingeschlafen, sein Kopf lag schwer an meiner Schulter, als wir den kleinen grünen Platz erreichten, der Gramercy Park hieß. Wir bogen in eine Straße und gingen um ihn herum. Auf der anderen Seite des Parks gegenüber von Julias Tante hatten wir ein Haus gemietet, ein dreistöckiges braunes Sandsteinhaus mit Keller und Speicher. Julia und ich wollten in der Nähe ihrer Tante sein. Ich mochte Tante Ada, die für uns ein angenehmer und bereitwilliger Babysitter war.

Wir kamen an einer Kutsche vorbei, deren Pferd an einem Pfosten festgebunden war; die Lampen des Gefährts leuchteten orangerot; ich machte mir Gedanken. Dann hörte ich eine Tür gehen, drehte mich um und sah Licht im Eingang zum Haus von Bostwick auf die Stufen fallen; ein Mann kam heraus und setzte seinen Hut auf. In seiner Hand hielt er eine Tasche: ein Doktor. »Der alte Mr. Bostwick muß krank sein«, meinte ich. Julia nickte; sie hatte es gestern, als sie mit Willy im Park war, von einer anderen Mutter gehört. Der alte Mr. Bostwick interessierte mich, denn er wurde 1799 geboren, dem Jahr, in dem Washington starb – einige wenige Wochen oder Monate waren sie vielleicht Zeitgenossen gewesen.

Ich heiße Simon Morley, ich bin um die Dreißig, und obwohl ich weit im zwanzigsten Jahrhundert geboren wurde, lebe ich hier im neunzehnten und bin mit einer Frau verheiratet, lange bevor ich oder gar meine Eltern geboren wurden. Weil – nach Dr. E. E. Danziger, einem emeritierten Physikprofessor aus Harvard – Zeit ähnlich einem Fluß ist. Sie trägt uns durch all ihre Windungen weiter, hinein in die Zukunft ... aber die Vergangenheit bleibt hinter den Kurven bestehen. Wenn dem so ist, sagte Dr. Danziger, dann sollte es uns möglich sein, sie auch zu erreichen. Und er schaffte es, von der Regierung finanzielle Unterstützung zu erhalten, um es auszuprobieren.

Wir sind an die Gegenwart gebunden, sagte Dr. Danziger, durch zahllose Fäden – die zahllosen Dinge, welche die Gegenwart *bilden*: Automobile, Fernsehen, Flugzeuge, der Geschmack von Coca-Cola. Eine endlose Liste von winzigen Fäden, die uns an das *Jetzt* binden.

Seine Auffassung war: Studiere die Vergangenheit und beschäftige dich dafür mit alltäglichen kleinen Dingen. Lies in Zeitungen, Zeitschriften und Bücher. Kleide dich und lebe nach der Mode jener Zeit, denke ihre Gedanken – all die Dinge, die das *Damals* ausmachen. Und suche einen Ort, der zu beiden Zeiten gleich und unverändert aussieht; ›Tore‹ nennt er solche Orte. Und lebe an diesem Ort, der auch in der Zeit schon existiert hat, die du zu erreichen versuchst, und schließlich werden die Bindungen, die dich an die Gegenwart fesseln, nachlassen. Dann lösche auch das Wissen über diese Bindungen durch Selbsthypnose. Und laß das Wissen von der Zeit, die du erreichen willst, deine Seele überfluten. Und hier – an diesem Durchgangspunkt, der zu beiden Zeiten existiert – kannst du vielleicht, kannst du einfach den Übergang schaffen.

Den meisten gelang es nicht – dort, am Projekt, wo wir ausgebildet wurden. Sie versuchten es, schafften es aber nicht. Aber mir, zusammen mit wenigen anderen, gelang es. Ich trat in das neunzehnte Jahrhundert, kehrte zurück, um meinen Bericht abzuliefern, und ging wieder zurück – um Julia zu heiraten und mein Leben im neunzehnten Jahrhundert zu verbringen.

An unserem Haus angekommen, ging Julia in bekannter Routine vor mir die Stufen hoch und öffnete für mich die Haustür; im Flur drehte sie das Licht an. Dann überreichte ich ihr Willy, da unser Hund – ein ziemlich großer wolliger schwarzer Hund mit weißen Flecken hier und da – um meine Füße herum tanzte und versuchte, mich zum Lachen zu bringen. Ich ließ ihn hinaus und setzte mich auf die Stufen, während er draußen umherlief, schnüffelte und prüfte, ob sich hier etwas verändert hatte. Er ist ein gutmütiger Kerl namens Rover, ein weitverbreiteter Name, über den sich die Leute noch nicht lustig machen. Große schwarze Hunde, fürchte ich, heißen oft Nig.

Rover kam zurück und setzte sich neben mich; ich kraulte ihn hinter den Ohren, was er dankbar annahm; seine Zunge hing heraus, so zeigte er seine Zustimmung. Wir hatten unsere kleinen Spielchen, Rover und ich, aber es war besser, mußte ich erfahren, sie hier draußen auszuüben. Julia ist klug, von schneller Auffassungsgabe und so sensibel und empfindlich wie jeder andere Mensch auch. Eines Abends, als der alte Rover zu uns ins Wohnzimmer gewandert kam, ein langer Speichelfaden hing ihm von seinen schwarzen Lippen, schlug ich Julia vor, daß sie ihn mit einem feuchten Schmatz von seinem Bann erlösen sollte, er sei bestimmt ein verzauberter Prinz. Alles, was ich dafür bekam, war Streit, denn natürlich war ihr Verständnis von Humor ganz dem neunzehnten Jahrhundert verhaftet. Ein andermal, ziemlich am Anfang unserer Ehe, saßen wir lesend im Bett, als sie plötzlich laut auflachte und auf die Stelle in der Zeitung deutete, die sie gerade gelesen hatte. Ich beugte mich hinüber; ein Witz, ein Füllsel am Ende einer Spalte. Die kleinen Omnibusse auf dem Broadway und der 5th Avenue werden von manchen, in Anlehnung an die alten Postkutschen, als *stage* (= Bühne), von manchen aber auch als Bus bezeichnet. Und der Witz spielte darauf an: ›Glauben Sie nicht, daß ich ein gutes Gesicht für die Bühne habe?‹ fragte eine Lady mit theatralischen Absichten. ›Mit der Bühne kenne ich mich nicht aus‹, erwiderte ihr galanter Begleiter, ›aber Sie haben ein wunderbares Gesicht für einen Bus.‹ Ich imitierte ein Kichern und nickte sehr schnell, um mein Verständnis der Pointe zu zeigen. Genauso tat ich es bei einem Auftritt von Harrigan und Hart, die wirklich schreckliche, peinliche Witze über die Iren brachten. Aber Julia schüttelte sich vor Lachen wie alle anderen auch.

»Ich verstehe, du bist des Menschen bester Freund«, sagte ich zu Rover dort auf den Stufen. Er stimmte mir zu. (›Des Menschen bester Freund‹ war hier eine ernsthafte Angelegenheit, ein Thema für sentimentale Zeitungspoesie, die Julia mir nun nicht mehr laut vorlas.) »Aber es scheint mir«, erzählte ich Rover, der höflich zuhörte, als hätte er das niemals zuvor gehört, »daß dies eine etwas einseitige Freundschaft ist. Wir haben die ganze Arbeit. Wir geben dir dein Essen« – seine Ohren hoben sich bei dem magischen Wort – »geben dir dein Wasser, stellen Bett, Ofen, Bäder zur Verfügung« – die Ohren legten sich wieder an – »all die Notwendigkeiten, nein, all den Luxus eines sorgenfreien Hundelebens.« Ich lehnte mich eng an ihn an. »Aber was tust du dafür, bester Freund?« Ich rückte noch näher. »Wo sind meine Hausschuhe?« Er wußte es nicht, aber nun tat er, was ich erwartet hatte – er strich mir mit der Zunge über die Wange. »Ist das unsere *Abmachung*?« sagte ich.

»Hundespeichel im ganzen Gesicht? Hör zu« – ich faßte ihn um die Schulter, drückte ihn eng an mich heran, während er versuchte, den Kopf zu befreien, aber ich hielt ihn fest. »Woher habt ihr Kerle die Vorstellung, daß ein vor Hundespeichel triefendes Gesicht eine Wohltat darstellt? Tausende von Jahren, aber ihr werdet es nie lernen.« Ich ließ ihn los, er blieb sitzen und wartete aufmerksam auf das, was ich ihm noch sagen würde. Hunde versuchen zu verstehen, sie *wollen* es; Katzen tun das erst gar nicht. Ich gab Rover einen freundlichen Klaps, dann folgte er mir hinein und ging zu seiner Schlafstelle auf der hinten liegenden Veranda.

Oben in unserem großen Schlafzimmer gingen Julia und ich umher und bereiteten uns auf das Schlafengehen vor; wir sagten nicht viel, wir standen noch unter dem Zauber des Abends. Ich mochte diesen Raum, ich mochte sie alle, diesen hier aber besonders: mit Teppichen ausgelegt, von Gaslichtern beleuchtet, möbliert mit fast lächerlich massiven, überaus reich verzierten Tischen, Kommoden, zwei großen Schränken, einem Lederstuhl und unserem großen Bett. Aber dennoch ein Ort, den ich liebte: friedlich, eine Zufluchtsstätte.

Über meiner rechten Schulter – wir saßen nun im Bett, um uns wie gewöhnlich noch ein wenig zu unterhalten – brannte hinter einem Schirm aus graviertem Milchglas eine gleichmäßige offene Flamme. Auf dem kleinen Tisch mit Marmorplatte lag ein Exemplar der neuen Ausgabe von *Leslie's Weekly* vom 11. Januar 1887. Zwei Zeichnungen waren diese Woche von mir darin veröffentlicht; ich liebte es, sie anzuschauen, genau wie Julia, die alle aufhob. Meine Uhr, die angenehm tickte – ich hatte sie soeben aufgezogen –, mitsamt Kette lag auf *Leslie's*. Von unten, draußen von der Straße, drang durch unser leicht geöffnetes Fenster das Geräusch von Schritten – das nicht von Schuhen, sondern von Stiefeln herrührte. Sie traten nicht auf Beton, sondern auf gehauenen Stein auf – ein Klang nicht wie im zwanzigsten, sondern wie im neunzehnten Jahrhundert. Sie kamen näher, gingen dann vorbei, und in der Ferne verlor sich der Klang. Wie so oft spürte ich die *Sensation* und das *Geheimnis*, einfach *hier* zu sein, diese spätabendlichen Fußtritte des neunzehnten Jahrhunderts zu hören. Wessen? Die wohin gingen? Aus welchem niemals zu erfahrenden Grund? Und die wieweit in die Zukunft schreiten würden?

Wir lehnten gegen das dunkle geschnitzte Holz unseres mächtigen Bettes, wohlig warm unter unserer Steppdecke, in unsere Nachthemden gehüllt; ich hatte mich seit langem und entschieden dagegen gesträubt, eine Schlafmütze zu tragen, gleichgültig, wie kalt es wurde, wenn die Kohlen im offenen Kamin an der anderen Wand niederbrannten.

Hin und wieder wird einem für einen Augenblick bewußt, daß man glücklich ist. Aber ich bin abergläubisch, und ich stelle mir das SCHICKSAL – man sollte ihm mit Respekt begegnen und es in großen Buchstaben schreiben – vor als etwas, was oben im Himmel undeutlich anwesend, aber nicht allzu weit entfernt ist. Das immer zuhorcht und gewissenhaft aufpaßt, um verbotenen Optimismus zu bestrafen.

Jetzt konnte ich mir jedoch nicht helfen, ich fühlte mich so zufrieden, wie es, dachte ich, nur möglich sein konnte, und in diesem Moment – manchmal kommt das vor – fragte Julia: »Bist du glücklich, Si?«

»Überhaupt nicht. Warum sollte ich?«

»Wegen mir vielleicht?«

»Nun, ja. Jetzt gerade ... hier in diesem Haus ... Willy schläft drüben, Rover unten, zwei Zeichnungen diese Woche in der Zeitung, und hier in diesem kuscheligen Bett mit dir –«

»Hör auf. Es ist viel zu spät.«

»Ich bin so glücklich« – ich blickte zur Decke und wollte sagen »ich mache nur Spaß!« – »wie es ein Mensch nur sein kann, ohne sich zu übergeben. Reicht dir das?«

»Ein bißchen besser als gar nichts.«

»Besser kann ich's nicht ausdrücken. Warum fragst du – beunruhigt dich etwas?«

»Oh, nein. Es ist nur, daß du wieder singst.«

»Was?«

»Diese seltsamen Lieder.«

»O Gott, das war mir nicht bewußt.«

»Ja. Nachdem du Willy am Sonntag gebadet hast, brachte ich ihn ins Bett, und er versuchte etwas wie ›Raindrops fa' my head‹ zu singen.«

»Verdammt, ich muß das lassen! Ich will den Jungen nicht mit dem Wissen des zwanzigsten Jahrhunderts belasten. Zumindest nicht in der nächsten Zeit. Wenn überhaupt. *Hier* ist die Zeit, in der er aufwächst und lebt. Und ich will, daß er so ist wie alle anderen auch –«

»Ja, ja, mach dir keine Sorgen, er hat es vergessen, es wird keinen Schaden zurücklassen. Nur, *du* bist es, über den ich mir Sorgen mache. Du weißt nicht einmal, daß du das tust.

Manchmal summst du nur, aber ich weiß, daß die Lieder aus deiner Zeit sind, denn die Melodie ist so seltsam.«

Ich lächelte. Julias Vorstellung eines guten Liedes – die Vorstellung aller hier – entsprach dem, was ihre Tante gerade gekauft hatte; die Notenblätter zu ›Baby's Gone to Heaven‹. Es handelte von einem toten Baby, und der Umschlag – eine wirklich schlechte Schwarzweißzeichnung, die ich spät nachts heimlich weggeschafft hatte – zeigte eine Frau mit tränenüberströmtem Gesicht, die ihre Arme zu einem Baby erhoben hat, das in einem himmlischen Schein emporschwebte. Tante Adas Gäste und Freunde, und auch einige unserer Freunde, sangen solche Lieder in Begleitung des Harmoniums. Manche lächelten und demonstrierten gezwungenes Amüsement, aber die meisten seufzten feuchten Auges. Und *meine* Lieder waren seltsam?

Aber ich lächelte nicht nur über die Lieder. Hier mitten im neunzehnten Jahrhundert war ich ohne Zweifel ein Teil davon geworden. Ich wußte, wie diese Zeit lebte, dachte, fühlte und glaubte; all das hatte ich mir angeeignet. Aber wie jemand, der ständig in einem fremden Land lebt, der die Sprache und die Sitten kennt und ununterscheidbar darin aufgeht, trug ich dennoch verborgene Dinge mit mir herum, die immer fremd blieben. Dinge wie meine Vorstellung von Humor oder wie ein Lied sein mußte, Dinge, die in frühester Kindheit geprägt worden waren und daher nicht geändert werden konnten.

»Und wenn ich dich deine Lieder summen höre«, sagte Julia, »weiß ich, daß du an deine Zeit denkst.« Das späte zwanzigste Jahrhundert machte Julia angst; sie haßte alles, was sie davon wußte. Sie wollte, daß ich glücklich war, aber *hier*.

»Nun, natürlich denke ich gelegentlich an meine Zeit.«

»*Könntest* du noch zurückgehen, Si? Kannst du es noch?«

»Nun … ich bin mir nicht sicher; es ist fünf Jahre her. Im Projekt lernten wir, daß, wenn man in eine andere Zeit geht, es gewöhnlich wieder tun kann. Aber ich weiß es wirklich nicht. Außerdem will ich es nicht.«

»Glaubst du, daß andere es getan haben?«

»Martin Lastvogel nahm es an; er war Lehrer beim Projekt. Er zeigte mir einmal eine Anzeige aus einer *New York Times* von 1891. Sie lautete ungefähr: ›Alice, Alice, ich bin hier, kann aber nicht mehr zurück! Grüße mir die Stadt, das MOMA, die Bibliothek und Eddie und Mama. Oh, bete für mich!‹ Und er erzählte, es gebe im Friedhof der Trinity Church einen Grabstein mit der Aufschrift: ›Everett Brownlee, geb. 1910, gest. 1895‹. Martin sagte, man nahm an, daß das ein Versehen sei, aber gewöhnlich irrt man sich nicht bei solchen Dingen auf Grabsteinen. Er glaubte, daß die Daten korrekt seien. Ja, natürlich gab es noch andere. Es ist nicht schwer; Dr. Danziger war wahrscheinlich nicht der erste, der darauf kam. Obwohl es nicht viele gibt, die in der Lage sind, es zu tun«, fügte ich an und entdeckte einen Anflug von Blasiertheit in meiner Stimme.

»Willst du niemals wieder zurück? Nur so … eine Art Besuch in deiner eigenen Zeit?«

»Nein.«

»Wegen dem, was du getan hast!«

Wir hatten in den letzten fünf Jahren dieses Gespräch mindestens ein halbes Dutzend Mal geführt; ich wußte, daß sie bestärkt werden wollte, und ich nickte. »Am 6. Februar 1882, an ihrem achtzehnten Geburtstag: ich *sehe* sie in ihrem neuen grünen Kleid im Theaterfoyer stehen. Gerade achtzehn geworden, und kurz davor, den Mann zu treffen, den sie heiraten würde.«

»Gib dir dafür keine Schuld, Si.«

»Oh, das tue ich nicht, wirklich nicht. Aber ich denke daran. Wie ich da stand und wußte, was passieren wird, und was ich zu tun hatte. Und dann ihn sah, wie er auf die Eingangstüren zuschritt. Der junge Otto Danziger, der das Foyer betrat, wo er ihr vorgestellt werden wollte: er *sah* sogar wie Dr. Danziger aus! Dann sehe ich mich selbst auf ihn zutreten, in der Hand eine Zigarre, und bat ihn um Feuer. Hielt ihn mutwillig auf. Bis ich sah, wie sie das Foyer verließ und nach innen ging. Sie haben sich niemals getroffen, so einfach war es. Sie haben sich niemals kennengelernt und niemals geheiratet, und Dr. Danziger wurde niemals geboren. Und ohne ihn – ein seltsamer Gedanke – gab es natürlich auch niemals das Projekt.« Julia lag neben mir, hörte wie ein Kind der bekannten Geschichte zu; ich lächelte und sagte: »Worüber ich aber gerne nachdenke, ist Rube Prien. Und Esterhazy. Die nun, weit in der Zukunft, ein ganz anderes Leben führen. Und niemals von einer – einer was? – einer anderen Zeitsequenz wissen, in der es ein Projekt gegeben *hatte*. Aber ich mochte Dr. Danziger, Julia. Und er vertraute mir. Was ich tat, war wie ein Mord. Deswegen will ich nicht in meine eigene Zeit zurück, denn weißt du, was ich als erstes tun würde? Ich nähme ein Telefonbuch von New York und würde E. E. Danziger nachschlagen. Mit dem Wissen, daß es ihn nicht geben würde. Daß es ihn nicht geben kann. Weil ich in die Vergangenheit ging ... und die Zukunft verändert habe.«

Einer der Vorzüge des Lebens im neunzehnten Jahrhundert war das Fehlen der dauernden und skrupellosen Selbstreflexionen des zwanzigsten. Und nun – genug! Ich lächelte Julia zu, die mit großen Augen neben mir lag, und sagte: »Deswegen bleibe ich hier. Bei der Frau, die den Eindringling aus dem zwanzigsten Jahrhundert die Hintertreppe in der Pension ihrer Tante Ada hochgeführt hatte. Wobei ich ihre wundervollen Beine in diesen wirklich schönen, dicken, blauweiß gestreiften Wollstrümpfen beobachten konnte.«

»Du hättest woanders hinschauen sollen.«

»Das tat ich. Hierhin.«

»Nun aber.«

»Und dorthin.«

»Si, das ist ein ernstes Gespräch. Und es ist sehr spät. Das ist wirklich nicht die Zeit dafür.« Aber sie war es doch.

2

Die junge Frau sah von der Tastatur ihres Computers auf, lächelte freundlich und wies den nächsten Patienten in das Sprechzimmer des Arztes. Er schien Ende Dreißig zu sein, hatte eine Glatze, nur hinten und an den Seiten war noch etwas rotblondes Haar, und war von kleiner Statur. Allerdings hatte er schwere Schultern und einen breiten Brustkorb. Während er den Raum durchschritt, machte er einen energischen, fast streitlustigen Eindruck.

Freundlich sagte der Doktor hinter seinem Schreibtisch: »Nehmen Sie bitte Platz«, und nickte zur kleinen Couch, die dem Schreibtisch gegenüberstand. »Bin in einer Sekunde bei Ihnen. Seh' mir nur Ihre Unterlagen an.« Der Doktor war etwa fünfunddreißig, trug ein ausgebleichtes grünes Tennis-Shirt, sein Haar war hellbraun und dicht. Aber nicht geföhnt, stellte der Patient anerkennend fest. Auch kein verdammter Alligator auf dem Hemd.

Er setzte sich, sein Rücken berührte kaum das Kissen hinter ihm; er saß sehr gerade. Seine Hände lagen unbewegt auf den Hüften, mit reglosem, rosafarbenen Gesicht blickte er sich um. Mehr ein Wohnzimmer als eine Praxis, dachte er: kleine Teppiche lagen teilweise übereinander, die ganze Wand hinter dem Schreibtisch bestand aus Bücherregalen, ein breites Fensterbrett, auf dem Fachzeitschriften lagen und gerahmte Photographien mit Segelbooten. Holzläden verdunkelten den Raum und schlossen ihn von der Welt ab. Es gefiel ihm nicht. Dann lehnte er sich zurück und zwang sich dazu, die Schultern zu entspannen. Seine Aversion gegen die selbstauferlegte Notwendigkeit, hier zu sein, brachte nichts ein.

Der Mann hinter dem Schreibtisch drehte gleichzeitig Papier und Kopf, um am Rand der Unterlagen zu lesen. »Meine Sekretärin hat notiert, daß Sie es vorziehen, Ihren Namen nicht zu nennen.«

»Wir werden sehen. Sagen Sie mir zuerst: Sind Sie ein richtiger Arzt?«

»Ich bin kein Doktor der Medizin. Ich habe den Doktor in Psychologie.«

»Ich bin immer davon ausgegangen, daß das, was man einem Arzt erzählt, vertraulich ist. Trifft das auf Sie zu?«

»Absolut.«

Der Mann dachte darüber nach, nickte, lächelte dann überraschend, so warm und ehrlich, daß sich der Arzt hinter dem Schreibtisch unmittelbar berührt fühlte, und der Wunsch in ihm aufkam, ihm zu helfen; dennoch war er sich bewußt, daß der Patient hier die Leitung übernahm. »Wir können später meinen Namen hinzufügen, wenn dies nötig sein sollte«, sagte der Patient. »Sie müssen wissen, ich bin Offizier in der Army.«

»Das dachte ich mir.«

»Oh?« sagte er in herausforderndem Tonfall.

»Ich will mich nicht als Sherlock Holmes hinstellen, aber Ihre Hosen haben keine Aufschläge. Eine einfarbige, dezente Krawatte. Weißes Hemd. Und Sie haben ihr Jackett nicht aufgeknöpft. Sie machen einen sehr ordentlichen Eindruck, der mir sagt, daß Sie der Armee angehören. Wenn Ihr Anzug khaki statt blau wäre, würde ich salutieren.«

»Nun, Sie sind sehr gut. Ein bekannter Offizier behauptet, mein Pyjama hätte Epauletten. Ich mag die Army. Der einzige Grund, warum ich nicht die Uniform trage, ist die Arbeit, die ich momentan verrichte. Und der einzige Grund, warum ich hier und nicht bei einem Seelenklempner der Armee – Entschuldigung.«

»Ist in Ordnung. Ich sage es auch.«

»Ich will nicht, daß in meiner Armeeakte auftaucht, daß ich zu einem, äh –«

»Psychologen: Ich bin kein Psychiater. Und das hier wird in keinen Armeeakten auftauchen, nur in meinen. Also fangen Sie an. Sie müssen etwas erzählen, Sie müssen den Anfang machen.«

»Ich weiß. Gut. Vor zehn Tagen, bei der Arbeit – ich bin Historiker, Major der Infanterie, der momentan zum Zentrum für Militärgeschichte abgestellt ist. Ich habe mich auf den Ersten Weltkrieg spezialisiert. Momentan arbeite ich in der Hauptabteilung der New Yorker Public Library an der 42nd und 5th, und dann passierte folgendes.

Ich hatte einen Bücherstapel vor mir liegen und machte mir Notizen. Ich kopierte Namen, deutsche Namen und militärische Ränge, langsam und sorgfältig, um die Schreibweise der Krauts richtig hinzukriegen. Und plötzlich, aus dem Nichts heraus, spürte ich« – er zögerte – »nun, Wut. Und ich meine *Wut*; absolut unerklärlich. Sie überkam mich einfach. Plötzlich. Wie jemand, der auf mich zutritt und mir ins Gesicht schlägt. Und ich sagte – richtig laut; Sie verstehen, ich saß da an einem dieser langen Tische, und alle drehten sich zu mir um. Ich sagte, ›verdammt noch mal, *verdammt* noch mal, du Mistkerl.‹ Ich rang mit mir, warf den Stuhl um und richtete mich auf.

Dann kam ich mehr oder minder wieder zu mir. Ich stand da, jeder starrte mich an; ich mußte ziemlich *laut* gewesen sein. Nun, ich ging schnell hinaus und stand draußen auf den Stufen zur 5th Avenue, wo ich mich beruhigte. Es ist nur, ich weiß nicht, warum ich das gesagt habe. Ich weiß es einfach nicht. Nach einer Weile ging ich wieder hinein, starrte jeden an, bis er wegguckte, und nahm meine Arbeit wieder auf.« Er hielt inne und wartete.

»Fahren Sie fort.«

»Nun, am nächsten Tag passierte nichts. Es kam das Wochenende; es muß Montag gewesen sein, an dem ich meine Arbeit wieder aufnahm. Wieder im Hauptlesesaal. Ich bin dort, wenn sie aufmachen, jeden Wochentag und Samstag. Und ich bleibe, bis sie mich hinauswerfen. Ich war draußen auf den Stufen und trank einen Kaffee. Dort draußen sind Leute, die Kaffee und solche Sachen verkaufen.«

»Ich weiß.«

»Miserabler Kaffee. Aber besser als nichts. Ich gönne mir

eine zehnminütige Pause, auf die Minute genau, am Morgen und am Nachmittag. Und das Mittagessen so schnell wie möglich. Ich trinke den lausigen Kaffee, weil ich nicht rauche. Ich habe einmal geraucht, aber aufgehört. Es ist –«

»Kommen Sie zum Punkt.«

»Okay. Es passierte wieder. Eine fürchterliche Wut. Plötzlich. Aus dem Nichts. Sie überströmte mich. Ich spürte, wie mein Gesicht rot wurde und der Kragen mir die Luft abschnürte. Eine schreckliche Wut, die ich nicht erklären kann. Und ich sagte: ›Du Hurensohn. Oh, du *Bastard. Du hast es getan, du hast es getan!*‹ Eine Frau stand neben mir – auf diesen Stufen ist immer ziemlich viel los – und ich ging einfach die Stufen hinab und warf meine Tasse in einen Abfallkorb, die Tasse mit dem Kaffee, und haute schließlich ab. Ich mußte mich einfach umblicken, und wissen Sie« – er lächelte – »sie stand da noch immer und beachtete mich nicht einmal. Ich war für sie nur ein weiterer der Verrückten in New York, die sie nichts angingen. Aber ich war noch immer wütend. Ich ging schnell durch die Straßen, nach Norden, in eine Gegend, die ich nicht kannte. Und wenn ich ihn zu fassen bekommen hätte, hätte ich ihn nicht mehr losgelassen.«

»Wen zu fassen! Schnell!«

Der Patient schüttelte den Kopf. »Ich weiß es nicht. Ich weiß es einfach nicht. Aber ich wurde das Gefühl nicht los; eine Zeitlang wurde es sogar schlimmer. Schließlich ließ es nach, aber ich kehrte nicht in die Bibliothek zurück. Nicht an diesem Tag. Zum ersten Mal seit Jahren ging ich früh nach Hause. Ich habe ein kleines Apartment im East Village; ich bin oft dort. Die Armee bezahlt es. Eigentlich wohne ich in Washington. Das ist alles. Ich weiß nicht, was zum Teufel los ist. Sie vielleicht?«

»Noch nicht.«

»Ich verstehe. Ich nehme an, Sie wollen, daß ich wiederkomme.«

»Für eine gewisse Zeit, ja.« Der Arzt nahm den Personalbogen vom Schreibtisch zur Hand. »Vielleicht sollten wir das erst vervollständigen. Sind Sie verheiratet?«

»Nein.«

»Waren Sie es?«

»Nein.«

»Gut.« Er machte die entsprechenden Kreuze. »Und Sie sind wie alt: siebenunddreißig, achtunddreißig?«

»Neununddreißig, und wenn Sie wirklich fragen wollen, warum ich fast vierzig bin und niemals verheiratet war – die Antwort ist ganz einfach: Ich hatte keine Zeit. Ich mag Frauen, ziemlich. Sexuell und um ihrer selbst willen. Frauen sind netter als Männer, sie sind die besseren Menschen. Es gibt Frauen, die meine Freunde sind, und Frauen bleiben gewöhnlich auch Freunde. Ich habe viel mit ihnen zu tun und erwarte, daß das auch so bleibt. Ich hoffe, das genügt. Aber was ich noch lieber mag – mehr als Frauen, Männer, Katzen oder Hunde – das ist die Arbeit. Leben ist Arbeit, und Arbeit ist Leben, das ist meine Meinung. Deswegen leben wir; die Fortpflanzung hält alles nur am Laufen. Ich habe meinen Spaß, Vergnügen außerhalb der Arbeit. Ich gehe ins Kino, genehmige mir einen Drink, treffe Freunde, Männer und Frauen. Ich tue, was alle anderen auch tun. Aber das alles ist nur Freizeit und Erholung. Was mir wirklich etwas bedeutet, ist die Arbeit. Manchmal sechzehn Stunden am Tag, und das Tag für Tag, wenn ich weiß, daß es nötig ist. Zwanzig Stunden, falls es sein muß. Da macht es wenig Sinn, verheiratet zu sein.«

»Gut. Sie haben mich nicht danach gefragt, und Sie sind auch deswegen nicht hier. Aber es werden andere Jahre kommen, das wissen Sie, Jahre, die anders verlaufen werden.«

»Ich weiß. Und ich werde alt und einsam sein. Aber diese Jahre hier zählen. Und ich verbringe sie so, wie es mir richtig erscheint. Nichts zählt mehr. Ich habe Dinge zu erledigen, und ich werde sie erledigen. Ich bin ein skrupelloser Hurensohn, Doc, ich scherze nicht. Skrupellos auch mit mir selbst.«

»Ja. Okay.« Er stand auf, auch sein Patient erhob sich, und der Doktor – erfahren, seine Sitzungen zu beenden –, wies den Weg zur Tür; der andere Mann folgte ihm, er öffnete die Tür und wartete dann auf die beinahe unvermeidliche letzte Frage oder gelegentlich auch bis zum Schluß zurückgehaltene Offenbarung.

Dieses Mal war es eine Frage. »Haben Sie eine Vermutung?«

»Nein. Sie wollen nicht, daß ich rate.«

»Okay, Doktor. Sie haben nichts dagegen, wenn ich Sie Doktor nenne?«

»Ich heiße Paul. Nennen Sie mich Paul.«

»Okay, mein Name ist Prien, Ruben Prien. Nennen Sie mich Rube.«

»Okay, Rube. Machen Sie mit meiner Sekretärin einen neuen Termin aus, wenn Sie gehen. Wir sehen uns bald wieder.«

Aber er täuschte sich. Rube Prien kam nicht mehr zurück.

3

Vier Tage später, an einem Freitag, war er unterwegs, um seinen Termin einzuhalten; er ging auf der 5th Avenue nach Norden, zur Praxis des Doktors an der 62nd Street. So oft wie möglich, wenn er sich durch die Stadt bewegte, ging Rube Prien zu Fuß, um in Form zu bleiben. Diesen Morgen trug er einen exakt gebügelten, olivgrünen Garbardineanzug, ein weißes Hemd, eine dunkelblaue Krawatte und eine braune Mütze. Der Tag war sonnig und kühl, und er stellte zufrieden fest, daß er auch nach neunzehn Blocks nicht schwitzte, obwohl er – ungewöhnlich – andere Fußgänger überholt hatte. Er glaubte, dies bewies, daß er noch in Form war.

Schultern, Ellbogen und Beine bewegten sich geschmeidig, ihr Rhythmus war ihm eine Freude, die Luft strich durch sein Gesicht, er fühlte sich entspannt, beinahe frei von Gedanken. Aber etwa zwanzig Blocks weiter, als er die 59th Street überquerte – er schaute abschätzend zum Plaza Hotel hinüber –, um entlang des Central Parks weiterzugehen, empfand er eine Spur von … Besorgnis? Unwohlsein? Irgend etwas. Es nahm zu, und plötzlich hatte es ihn wieder. Er spürte es in seinem Magen, spürte, wie es schnell immer stärker wurde. Er blickte sich um, kurz davor, loszubrüllen, zu fluchen, die Kontrolle über sich zu verlieren. Nach der 62nd Street, er warf nicht einmal einen schnellen Blick auf das Gebäude, in dem er einen Termin bei dem Arzt hatte, bog er an der 72nd Street in den Park ein und durchquerte ihn; er schwitzte nun, eilte, war wütend, von Furcht ergriffen, die Augen leuchteten vor Neugier. Weiter nach Westen, dann wieder nach Norden, Block für Block.

Dann kam er durch ein schäbiges, heruntergekommenes

kleines Industriegelände. Die Autos waren dicht an dicht auf beiden Seiten der schmalen Straßen geparkt. Die Gehwege waren mit Papier und Plastikabfällen, Zeitungsüberresten, Plastiktassen, zerquetschten Dosen, Styroporverpackungen, Flaschen und Glassplittern bedeckt. *Buzzbannisterleuchtreklame* lautete ein nicht erleuchtetes Neonschild in einem Fenster eines schmutzig weißen Gebäudes; in den Fenstern stapelten sich Pappschachteln. *Fiore Brothers. Großhandel;* ein schweres Vorhängeschloß an der Tür, davor ein ausgelatschter Schuh. Niemand war zu sehen, keine Seele. Er ging weiter, schnell, als ob er wüßte, wohin er wollte, an welchen Ecken er abbiegen mußte, um dorthin zu kommen.

Dann war es vorbei. Hilflos stand er auf dem Gehweg, wie ein Hund, der seine Spur verloren hatte. Unsicher ging er weiter. Blieb stehen, um sich umzublicken, nach Merkmalen zu suchen, die ihm bekannt waren, fand sie aber nicht. Lief weiter und suchte nach einem Straßenschild.

Das Gefühl kam wieder über ihn, er drehte sich um und ging einen Block zurück, bog an der Ecke nach Westen ab, und blieb stehen. Dort war es. »Das ist es«, sagte er sich, »das ist das ...« Was? Vor ihm stand ein sechsstöckiges rotes Backsteingebäude, die Wände waren vollkommen kahl, ohne Fenster, abgesehen von einem Büro im Erdgeschoß an der entfernten Ecke. Aber es sah richtig aus. Flaches Dach; oben konnte er die konische Spitze des altmodischen Wasserturms erkennen. Ja. An der Wand, unterhalb der Regenrinne, las er auf einem Band ausgewaschener Farbe: BEEKEY BROTHERS; UMZÜGE UND LAGERUNG 555-8811. Auf einem gemalten Schild: NAH- UND FERNTRANSPORTE. LAGERUNG IST UNSERE SPEZIALITÄT; LKW-VERLEIH. Ein grüner Beekey-Truck mit goldfarbener Schrift stand vor einem Metalltor an der Seite des Gebäudes. Das war es, was immer es auch sein mochte. Rube Prien ging an dem blockgroßen Gebäude entlang zu der Tür, die er in seinem Geiste sah.

Sie war da. Am Ende des Gebäudes. Eine gewöhnliche unbeschriftete, von Wind und Wetter ausgebleichte graue Tür; hier und da schälte sich in schmalen Streifen die Farbe ab.

Er klopfte, hörte Schritte auf einem Holzboden, die Tür öffnete sich, und er sah, was er erwartet hatte: einen jungen Mann in weißem Overall, über der Tasche war sein Name rot aufgestickt. »Hi. Kommen Sie rein.« Der Mann drehte sich um, als Rube eintrat. Bogenförmig stand auf dem Rücken seines Overalls zu lesen: *Beekey Brothers. Umzüge.*

Rube sah sich um und zog die Tür hinter sich zu. Er kannte diesen kleinen Raum: den alten Eichentisch, hinter den sich der junge Mann – sein Name über der Brusttasche war *Dave* – nun niederließ. Kannte den Holzstuhl davor, auf den Dave wies und Rube einlud, Platz zu nehmen. Kannte die gerahmten Photographien an den Wänden: Umzugsmannschaften, die neben ihren Lastern Aufstellung genommen hatten; *The Gang* war eines untertitelt. Einige der Laster waren alt, die Führerkabine ohne Dach, ohne Windschutzscheibe, die Lenkräder groß und vollkommen senkrecht. In weißer Schrift standen unter den Mannschaften die Daten: *1935, 1938, 1912, 1919.*

»Was kann ich für Sie tun?«

Rube drehte sich um, ergriff die Lehne des leeren Stuhls und sagte: »Kennen Sie mich?«

»Nein, das kann ich nicht behaupten.« Höfliche Stimme.

»Ich war bereits einmal hier. Ich weiß, daß ich hier war.« Aber Dave schüttelte den Kopf. »Nun ...« Rubes Gedanken lieferten eine Antwort. »Ich ... ziehe ein kleines Geschäft auf. Habe einige Sachen zum Einlagern. Wenn ich mich umschauen kann?«

»Klar.« Dave stand auf, ging zu einer metallverkleideten, grau gestrichenen Tür, öffnete sie und hielt sie für Rube auf, der hindurchschritt und einen kleinen Raum mit Betonboden betrat, der von einer einzigen hellen, nackten Glühbirne erleuchtet wurde. Dave drückte den Knopf neben dem Aufzugsschacht, sie hörten es oben im Schacht klacken, dann gleichmäßig niedergehendes Summen. Rube verhielt sich ruhig und ausdruckslos; alles hier war ihm äußerst vertraut, bis hin zu den Kratzern auf den grün lackierten Aufzugstüren. Und dennoch – was erwartete ihn dort?

Hinauf zum obersten Stockwerk; die Türen glitten auf,

Rube trat hinaus und blieb so abrupt stehen, daß Dave ihm ausweichen mußte. Sie standen am Anfang des Ganges, der so breit wie eine schmale Straße und so lang war, daß die Wände in weiter Entfernung zusammenliefen. Vergitterte Glühbirnen an den Decken warfen einen fahlen Schein auf den Raum, der kaum erhellte Holzboden war mit den Jahren von Eisenrädern schwer in Mitleidenschaft gezogen worden. An beiden Seiten des Ganges befanden sich – wie Häuser an Straßenseiten – Kabinen, die durch Holzrahmen mit Maschendraht voneinander abgetrennt wurden, ihre einfachen Brettertüren waren mit Nummern und Vorhängeschlössern versehen. Rube marschierte los, die Schultern wütend aus Enttäuschung nach vorne geworfen. Sein Kopf schwenkte von links nach rechts und wieder zurück und besah sich die jeweils nächsten Abteile: Küchenmöbel, Stühle, die umgedreht auf Tischen lagen; ein Raum, der mit schirmlosen Lampen vollgestellt war, ein weiterer, brusthoch gefüllt mit gerahmten Bildern; weitere Möbel. »Was *ist* das«, sagte er wütend. »Verdammt noch mal, was *ist* das!«

Dave ließ sich mit der Antwort Zeit. »Das ist ein Lagerplatz, was glauben Sie, was sonst? Das ist eine Umzugs- und Lagerfirma.«

»Und … was ist mit dem Rest? Den anderen Stockwerken?«

»Drei weitere wie das hier. Und darunter ist das Zwischenlager, Zeug, das auf Laster verladen und woanders hin transportiert wird. Sie sagten, Sie waren schon einmal hier?« Aber Rube wandte sich ab, zurück zum Aufzug.

Draußen auf der Straße – wieder ging er schnell – fand er am Straßenrand der 6th Avenue ein Taxi, öffnete die Tür, wollte schon ›Bibliothek an der 5th‹ sagen, gab dann aber seine Privatadresse an. Eine Weile später, nachdem er sich zurückgelehnt hatte, versuchte er sich an das zu erinnern, was er gesehen und was er nicht gesehen hatte, und murmelte »Oscar …« Er wiederholte den Namen, nun bewußt, »Oscar«, wartete, daß noch mehr kam, aber es kam nichts mehr, leise fluchte er und starrte hinaus auf die Straße.

An diesem Abend, sein Gabardineanzug hing am Schlafzimmerschrank, um die Bügelfalten zu bewahren, saß Rube in dem einen Polstersessel, der zur Ausstattung des möblierten Apartments gehörte, gegenüber dem Fenster. Er war barfuß, trug ein ärmelloses Unterhemd und ausgeblichene blaue Pyjamahosen. Auf seinem Schoß lag ein Clipboard, an das leere Blatt Papier war ein Stift geheftet. Er las nicht, horchte auf nichts Bestimmtes, betrachtete nichts, die Augen waren in eine unbestimmte Ferne gerichtet. Er versuchte, sich von allen bewußten Gedanken frei zu machen – so saß er im fahlen Schimmer orangefarbenen Lichts der Straßenlaterne, das von der Decke reflektiert wurde. In einem Glas hatte er sein abgemessenes Quantum an Bourbon-Whiskey mit Wasser, gelegentlich nippte er daran, starrte aus dem Fenster und wartete. Seine nackten Unterarme und der Bizeps sahen kräftig aus; das erste, was er jeden Morgen tat, Sekunden nachdem der Wecker geklingelt hatte, waren Liegestütze auf dem Boden.

Schließlich sagte er »Dan...« und wartete. »Dan...forth? Dan...bury?« Er schüttelte den Kopf. »Erzwing es nicht«, sagte er sich und ließ Augen und Gedanken wieder abschweifen.

Er schrieb *Oscar* auf das Blatt an seinem Clipboard. Dann *Dan* – er kritzelte an den Buchstaben herum, zeichnete sie nach, malte sie aus und verzierte sie, dann lehnte er sich wieder zurück und starrte auf das Fenster. Er nippte am Glas und stellte es auf das Fensterbrett zurück. »Dan...iel?« sagte er: »Dan... Danboogleboogle? Danblahblahblah? Dandanderakkordionmann? Okay, vergiß es.«

Auf der anderen Seite der Straße war, wie er bemerkte, der Himmel über dem Apartmenthaus wirklich ein Himmel, nicht ein weißliches Nichts, sondern eine blaue Schwärze hinter einer dünn gestreuten Ansammlung von Sternen. In einem Fenster des Gebäudes ging ein Licht an, dann wieder aus. Er stand auf und ging gedankenverloren durch die drei Räume, etwas, was er häufig tat. Oft sang er leise dazu, ein Fragment eines der alten populären Musikstücke, an die er sich nicht mehr vollständig erinnern konnte, die er aber noch verstand. »A new room«, sang er nun, »a blue room for two room ...«

Er wußte, er war ein einsamer Mensch, aber es störte ihn nicht. *Oscar Rossoff.*

Schnell ging er ins Wohnzimmer, zu einem kleinen Holztisch an einer Wand, den er als Schreibtisch benutzte, und nahm aus dem drei Meter langen Bücherregal aus unlackierter Fichte, das er über dem Tisch angebracht hatte, das Telefonbuch von Manhattan. *Rossoff, Michael S. ... Nathan A. ... Nicholas ... Olive M. ... O. V. ... Omin ... Oscar!* Er wählte die Nummer, beim dritten Läuten sagte die Stimme eines Mannes: »Hallo?«

»Mr. Rossoff? Oscar Rossoff?«

»Ja.«

»Mein Name ist Prien, Mr. Rossoff. P-R-I-E-N, Ruben Prien. Ich bin Major in der U.S. Army und rufe Sie an, weil ich einmal einen Oscar Rossoff gekannt habe. In ... New York. Und ich frage mich, ob Sie es sind. Erinnern Sie sich an mich? Rube Prien?«

»Ne-ein«, sagte der Mann langsam, höflich sein Bedauern ausdrückend. Dann: »Eigentlich bin ich mir dessen nicht sicher. Prien. Ruben Prien. Es klingt irgendwie ... nicht unbekannt.« Er lachte über seine eigene vorsichtige Formulierung. »Vielleicht erinnere ich mich. Klären Sie mich auf.«

Alles, was Rube Prien tun konnte, war, auf ein nahezu formloses mentales Bild hinzuweisen. »Nun, der Oscar Rossoff, den ich kannte, war ... in seinen Dreißigern, würde ich sagen. Anfang Dreißig, aber das war ... vor einigen Jahren, denke ich.« Plötzlich fügte er an. »Er hatte dunkle Haare und einen Bart.«

»Ich habe jetzt keinen Bart mehr, aber ich trug wirklich einen. Das ständige Zurechtstutzen ging mir auf die Nerven. Und, ja, ich habe dunkle Haare und bin nun siebenunddreißig. Rube Prien, Rube Prien. Klingt, als sollte ich mich daran erinnern. Wo war es?«

Die Worte kamen wie von alleine. »Beim Projekt«, aber er wußte nicht, was sie zu bedeuten hatten.

»*Welches* Projekt?« Die Stimme am anderen Ende der Leitung war kühl geworden. »Was soll das? Sie sind der zweite, der nun hier wegen dem ›Projekt‹ anruft.«

»*Wer war der andere?*«

»Verstehen Sie, ich würde gerne wissen, was hier vor sich …«

»Mr. Rossoff, *bitte,* ich *muß* es wissen. *Wer war der andere?*«

Die Antwort kam zögerlich. »McNaughton war sein Name. John McNaughton. Aus Winfield, Vermont.«

»Ich danke Ihnen, ich danke Ihnen recht herzlich«, sagte Rube schnell. »Will Sie nicht länger aufhalten, tut mir leid, Sie gestört zu haben«, und er drückte auf den Knopf, um die Leitung zu unterbrechen. Dann ließ er los, wählte die Nummer der Auskunft, bekam die Vorwahl für Vermont und wählte die Auskunft für Ferngespräche. »Es tut mir leid, ein John McNaughton wird bei uns nicht geführt.« Als hätte er es vorhergesehen und erwartet, nickte Rube, nahm wieder das Manhattan-Telefonbuch zur Hand und ging das H durch, für Hertz Autovermietung.

4

Kurz nach neun Uhr am nächsten Morgen bog er von der Durchfahrtsstraße auf die asphaltierte Landstraße ab; fuhr zehn Meilen weiter, bog dann auf eine schmalere, kurvenreiche Straße, deren Ränder mit Gras bewachsen waren und die voller Schlaglöcher war; große Teile des Asphalts fehlten einfach. Für die letzten elf Meilen brauchte er über eine halbe Stunde. Eine letzte langsame Kurve, und die Straße mündete in die betonierte Main Street von Winfield, Vermont.

Langsam fuhr Rube einen Block entlang, den Kopf nach vorne geneigt, um durch die Windschutzscheibe nach draußen zu starren, dann bog er in eine rechtwinkelig zum Bordstein liegende Parkfläche. Er stieg aus, suchte in seiner Tasche nach Kleingeld für die Parkuhr, aber jede Uhr im Block war auf Rot; andere Wagen waren nicht abgestellt. Erst drei Blocks weiter sah er zwei Wagen, beides Kleinlaster. *Zum Teufel damit*, dachte er, *wahrscheinlich leeren sie die gar nicht mehr aus.*

Auf dem Gehweg blickte er nach beiden Seiten. Nichts rührte sich entlang der fünf Blocks der Main Street, niemand war zu sehen. Der Gehweg lag still in der Morgensonne; er ging weiter und hörte nichts außer seinen eigenen Schritten.

Einen Block vor ihm trat ein Mann in blauen Jeans, dunklem Hemd und einer gelben Schirmmütze aus einem Geschäft und ging über den Gehweg. Er war jung, groß, trug einen dicken Schnurrbart, war von schwerer Statur und hatte einen dicken Bauch. Er kletterte in einen roten Laster mit riesigen Reifen. Als er die Tür zuschlug, wurde der metallene Schlag von den Wänden des Geschäfts zurückgeworfen – das einzige Geräusch in der Straße, bis er den Motor anließ und davonfuhr.

Rube ging an dem Herrenbekleidungsgeschäft vorbei, von dessen zwei Schaufenstern eines mit Arbeitsschuhen, Stiefeln und Cowboyboots vollgepflastert war. Vorbei an zwei Bars, in die er nicht hineinschauen konnte und an Geschäften, die mit längst verwitterten Sperrholzbrettern vernagelt waren, deren äußere Schicht schon abblätterte. Die meisten Gebäude, an denen er vorbeiging, bestanden aus zwei Stockwerken, einige wenige hatten drei. An einigen der oberen Fenster hingen Schilder: ein Doktor, ein Rechtsanwalt, ein Fußpfleger. Er blickte in die Seitenstraßen, an denen er vorbeikam: Häuser, aus Holz und alt. Viele von ihnen besaßen Veranden mit reich verzierten Simsen, die oftmals beschädigt waren, Teile davon fehlten ganz. Alle Häuser waren seit langer Zeit nicht mehr gestrichen worden, einige waren mit schwarzer Teerpappe bedeckt. Die Fenster eines Hauses waren mit einer grauen, von der Sonne ausgebleichten Decke verhangen. Der Rasen war verschwunden, nur niedergetrampeltes Gras und der Schlamm des Winters, dazwischen konnte man Spuren von Autoreifen sehen. Auf einigen dieser ehemaligen Rasenflächen standen Autos, andere in den mit Steinen oder Schlamm bedeckten Einfahrten. Alle Autos waren alte, große amerikanische Wagen. Alle Farbe durch die Sonne verschossen, das Blech verbeult, manche mit Schlagseite. Ein neuer Laster mit hohen Reifen stand, halb auf dem Gehweg, in der Straße geparkt.

Vorbei an einem kleinen Stuckkino, die schmalen Posterauslagen waren leer, das Glas zerbrochen, darüber die Buchstaben *Geschlossen*. An einer Ecke befand sich ein kleiner Lebensmittelladen, die Tür stand offen. Innen war eine niedrige Auslage mit Flaschen vollgestellt: Dutzende von Whiskeysorten, daneben Gin, Wodka, Brandy. Alles Halfpint-Flaschen, die gläsernen Schiebetüren des Kastens waren verschlossen. Rube ging hinein und nickte dem Mann im mittlerem Alter zu. »Gibt es hier einen Bürgermeister?«

Der Mann schüttelte den Kopf, seine Augen zeugten von Amüsement. »Gibt's nicht.«

»Gibt es ein Rathaus?«

»Nein. Nicht mehr. Es gibt die Stadt nicht mehr, Freund. Wir sind nur noch eine County. Wonach suchen Sie?«

»John McNaughton.«

Der Mann schüttelte den Kopf. »Nein.«

Draußen an der Straßenecke blickte sich Rube wieder um. Vor ihm teilte sich die Straße und ging im rechten Winkel links und rechts an einem kleinen Platz vorbei, der etwas höher als die Straße lag. Die Pflastersteine des Gehwegs waren vom Frost nach oben geschoben worden und standen nun heraus, einige fehlten. Der Platz war einmal geteert gewesen, der Asphalt aber war inzwischen aufgebrochen, teilweise war der Untergrund zu sehen, daneben die Überreste weißer Linien, die Geister alter Parkplatzmarkierungen.

Was nun? Kaffee. Gerade vor ihm befand sich *Larry's Place*; er ging darauf zu und warf einen Blick hinein. Es hatte geöffnet: hinter der Theke der Besitzer mit Schürze, an der Theke ein Gast über seinen Kaffee gebeugt. Rube ging hinein, bestellte einen Kaffee, während er sich an der Theke niederließ, und drehte sich dem anderen Mann zu, als der ihn ansah. »*Major*! Major Prien? Mein Gott, wie geht es Ihnen!«

»Oh, gut, John, mir geht es gut«, sagte Rube leichthin, aber – kannte er wirklich diesen Mann?

Der lächelte und sagte: »Sie sind sich nicht recht sicher, oder, Major?« Er war groß, hatte breite Schultern und war etwa vierzig; er trug einen abgetragenen braunen Mantel über einem grauen Flanellhemd. Er schob seine Kaffeetasse näher und begab sich dann zum Hocker neben Rube. »Sehen Sie mich gut an«, sagte er.

Ein altmodisches Gesicht, dachte Rube, schmal, mit straffer Haut, die von Wind und Wetter gegerbt war. So wie Amerikaner einmal ausgesehen haben: kurzer Haarschnitt, keine modischen Koteletten, sondern hoch oben abgeschnitten, ein Haarschnitt, der mindestens einen Monat vorhielt. »Sie sehen aus wie einer der Jungs aus dem Ersten Weltkrieg.«

»So fühle ich mich manchmal auch. Nun? Sie kennen mich?«

»Ich weiß es nicht. Vielleicht. Sie sehen aus wie ein Hinterwäldler; sind Sie einer?«

»Kommt darauf an. Unter bestimmten Umständen kann ich zum bäuerischen Hinterwäldler werden. Ja, ich bin Hinterwäldler aus Neigung. Der Haarschnitt ist keine Verkleidung, er gehört zu mir.«

»Sie sind nicht dumm.«

»Nein, aber ich wollte nicht, daß die Karten neu verteilt werden, falls ich dumm wäre. Denn es würde nichts ändern. Ich würde mein Leben genauso führen wie jetzt auch. Ich bin ein einfacher Mann, ich mag das einfache Leben, es gibt also keinen wirklichen Grund, überaus klug zu sein. Einfach eine Verschwendung. Ich muß klug genug sein, um ein einfaches Leben zu führen und nicht unzufrieden zu sein. Genauso, wie ich es führen würde, wenn ich dumm wäre. Können Sie mir folgen?«

»Ich bin mir nicht sicher. Vielleicht bin ich nicht klug genug.«

»Und was sind Ihre Hobbys und Lieblingssportarten, Major?«

»Nun, John, ich mag es, wenn die Dinge so laufen, wie ich es mir wünsche. Ich arbeite dafür härter und länger als die meisten anderen. Was ich nicht mag, ist, wenn jemand versucht, mich herumzuschubsen. Also sagen Sie es mir; ich denke, ich kenne Sie vielleicht. Helfen Sie mir auf die Sprünge.«

»Erinnern Sie sich an Kay Veach? Das dünne, schwarzhaarige Mädchen?«

Rube schüttelte den Kopf.

»Vom Projekt. Ich habe sie angerufen, sie lebt in Wyoming. Aber sie konnte sich weder an mich noch an das Projekt erinnern. Wie steht es mit Nate Dempster? Um die dreißig? Glatzköpfig. Trug eine Brille.« Rube schüttelte wieder den Kopf. »Ebenfalls vom Projekt; auch er konnte sich nicht erinnern. Oscar Rossoff?«

»Oscar, ja. Ich habe mit ihm telefoniert. Er erzählte mir, daß Sie ihn angerufen haben. Und sagte mir Ihren Namen.«

»Das tat er?« McNaughton lächelte. »Oscar war mit mir nicht ganz glücklich. Konnte sich an mich nicht erinnern. Oder an das Projekt. Obwohl … fast. Wurde schließlich ungehalten, als ich ihn drängte, an das Projekt zu denken.«

»Das *Projekt*, das *Projekt*. Was zum Teufel ist das Projekt?«

»Nun.« McNaughton nahm einen Schluck von seinem Kaffee, verzog das Gesicht und stellte die Tasse ab. »Man gewöhnt sich einfach nicht daran, wie schlecht dieses Zeug wirklich ist. Stellen Sie sich ein großes Gebäude vor, Major Prien. Das einen ganzen Straßenblock ausfüllt. Aus Backsteinen, keine Fenster. Draußen *Beekey: Umzüge und Lagerhaltung*. Telefonnummer, etc. Aber das ist nur die Fassade: drinnen ist das Gebäude entkernt, alle Stockwerke bis auf das oberste herausgerissen, das oberste zu Büros umgebaut. Und darunter die leere Schale der Backsteinmauern, einen Block groß. Und unten –«

»Die große Halle.«

»Ja! Sie sind nicht schlecht. Unten in der großen Halle Aufbauten wie Filmkulissen. Durch Wände voneinander getrennt. Ein Indianerzelt auf einem Prärieabschnitt, die Wände entsprechend gestrichen. Schützengräben des Ersten Weltkriegs, davor ein von Stacheldraht durchzogenes Niemandsland. In einem anderen Raum ein richtiges Haus. Die exakte Nachbildung eines Hauses hier in Winfield, aber so, wie es in den zwanziger Jahren ausgesehen hat. Und ein Mann, der darin lebte: ich.« Er grinste zu Rube.

»Ja, ja, ich bin ganz Ohr.«

»Im Zelt lebten richtige Crow-Indianer; allerdings mußte ihnen ihre Sprache erst wieder beigebracht werden. Die Jungs in den Schützengräben trugen Uniformen der U.S. Army von 1917. Wir alle versetzten uns in das Gefühl, wie es damals war. Bevor wir in die wirkliche Welt hinausgelassen wurden. Die Indianer in die wirkliche weite Prärielandschaft. Die Soldaten nach Frankreich, in einen echten Schützengraben des Ersten Weltkriegs, der wieder hergerichtet wurde. Denn das Projekt, Major, beschäftigte sich mit der Möglichkeit, in der Zeit zurückzugehen.«

Er wartete, aber Rube wartete auch und sah ihn mit ausdruckslosem Gesicht an; McNaughton lächelte und rückte näher. »Sie waren es, Major, der mir als erster davon erzählte. Am ersten Tag, an dem ich in das Projekt eintrat. Wir standen oben auf dem Laufsteg über der großen Halle; man konnte auf diesem Laufsteg überall hinkommen und auf die Kulissen herabblicken. Dort oben hingen mächtige Scheinwerfer, um Tag und Nacht, Bewölkung, wolkenlosen Himmel, Regen – einfach alles zu imitieren. Es gab Maschinen, um das Klima zu kontrollieren: Winter in einer Kulisse, Hitzewellen in einer anderen. Sie und ich, wir standen dort oben und schauten hinab, und ich war ein Neuling beim Projekt. Sie sagten, daß gemäß Einstein Zeit einem Fluß mit vielen Windungen gleicht. Und wir alle sind in einem Boot. Alles, was wir um uns herum sehen können, ist Gegenwart. Aber hinter den Windungen, hinter uns ist die Vergangenheit, die noch immer existiert. Wir können sie nicht sehen, aber sie ist da; *wirklich* da, sagte Einstein. Und er meinte es so. Nun, Dr. Danziger –«

»Wie lauteten seine Initialen?«

»E. E.«

»Richtig! Richtig: E. E. Danziger.«

»Major, wir sollten gehen. Der Kerl beginnt uns zuzuhören. Bezahlen Sie ihm – wie nennt er das Zeug? Kaffee, glaube ich.«

Draußen überquerten sie die Straße zu einer einzelnen Bank auf dem geteerten Platz. »Danziger sagte, daß es, wenn die Vergangenheit wirklich existiert – und Einstein sagte, daß sie das tut –, daß es dann eine Möglichkeit geben muß, sie zu erreichen. Er brauchte zwei Jahre, um Geld für das Projekt zu bekommen. Von der US-Regierung.«

»Und von wem noch?«

»Wer bezahlt Sie?«

Rube lächelte.

»Er erhielt wohl einige Millionen. Zog das Projekt auf, und sie kauften diese Stadt, die ganze Stadt. Es lebten hier nicht mehr viele Menschen, sehen Sie sich nur diese Müllkippe an. Hier draußen, mitten im Nichts, nur ausgelaugtes Farmland, das sich wieder in Wildnis zurückverwandelt. Hier lebt keiner mehr außer Alkoholikern, Drogenabhängigen und Aussteigern. Leute, die es sonst nirgends mehr schaffen, sie kommen hierher, leben von der Wohlfahrt und lassen sich vollaufen. Oder bauen auf Land, das ihnen nicht gehört, Marihuana an. Penner.«

»Sie eingeschlossen?«

»Warum nicht? Aber das Projekt stellte diese Stadt wieder so her, wie sie in den zwanziger Jahren war.« Er beobachtete Rube, der sich mit übertriebener Geste die verfallene Stadt besah, und lächelte. »Oh, ich weiß, sie sieht nicht mehr so aus. Klingt ziemlich mysteriös, Major, aber eins nach dem anderen. Lassen Sie sich das gesagt sein, sie restaurierten diesen Ort hier und machten ihn zu einem ›Durchgangspunkt‹ – wie es Dr. Danziger ausdrückte. Der Durchgangspunkt sollte es erleichtern, von der Simulation in die Wirklichkeit überzuwechseln. Ich tat es. Schaffte den Sprung in das wirkliche Winfield der Zwanziger. Verdammt wenige können es, Major. Sie konnten es nicht, versuchten es, aber schafften es nicht. Aber einige wenige von uns konnten es, ich gehörte dazu, und, Major … ich gelangte dahin, wo ich mein ganzes Leben lang sein wollte. Sie sollten diese kleine Stadt in den Zwanzigern sehen. Schön, einfach schön. Ruhige ungeteerte Straßen, Bäume, überall Bäume. Und ein Drugstore, der –«

»Sparen Sie sich die Nostalgie.«

»Ich hasse dieses Wort. Wissen Sie, wer es am häufigsten gebraucht? *Zeitpatrioten*. Die gleichen, die im besten Land der Welt leben. Es muß das beste sein, weil es da ist, wo *sie* leben. Und sie leben in der besten aller Zeiten, weil es die Zeit ist, in der sie leben. Man muß nur vorschlagen, daß es vielleicht bessere Zeiten als das Hier und Jetzt geben könnte, und schon ist es ›Nostalgie, Nostalgie‹. Wissen nicht einmal, was das Wort bedeutet. Herrgott, es bedeutet *allzu* große Sentimentalität.«

»Lassen Sie es gut sein, John.«

»Schauen Sie sich doch die Gegenwart an – *schauen* Sie sich diese Straße an. Sie sollten sie – o Gott – Sie sollten sie in den Zwanzigern sehen. Sagen wir an einem Samstagabend, im Sommer: Die Main Street ist voll, Leute aus der Stadt, Farmer vom Land. Sie *kennen* sich, bleiben stehen, um miteinander zu reden. Andere kommen hinzu und bleiben stehen, auf den Gehwegen finden sich kleine Gruppen. Nicht wie in den verdammten Kaufhäusern. Wenn Sie hundertmal in ein Kaufhaus gehen, werden Sie meistens Fremde treffen, die Sie niemals zuvor gesehen haben und nie wieder sehen werden. In den Zwanzigern war dieser heute heruntergekommene kleine Platz einfach schön: Bäume, Gras, Sträucher, Pfade, grüne Bänke und *Menschen*. Manche der Farmer kamen mit Einspännern oder Kutschen. An den Bürgersteigen standen Pfosten zum Anleinen der Pferde, keine Parkuhren. Natürlich gab es auch Autos. Meist Model Ts. Ich hatte einen Job als Mechaniker bei Pierce-Arrow.«

»Es überrascht mich, daß Sie diese Autos ertragen konnten. All diese Abgase.«

»Mag sein. Vielleicht war Winfield zwanzig, dreißig Jahre früher noch besser gewesen. Wäre glücklich, wenn ich es sehen könnte. Major, ich muß wieder zurück, ich muß einfach.«

»Warum zum Teufel sind Sie denn fort?«

»Ich kam hier in die Gegenwart zurück, nur für einen Tag, dachte ich, um zu sehen, was am Projekt vor sich ging. Sie hatten das Projekt übernommen. Nachdem es erfolgreich war. Sie und Esterhazy. Drängten Danziger hinaus. Er war Ihnen zu vorsichtig: machte sich Sorgen über die Veränderung von Ereignissen in der Vergangenheit, weil, wie er meinte, nicht vorhersehbar war, welche Auswirkungen sie auf die Gegenwart hatten. Gefährlich. Aber Sie und Esterhazy rieben sich die Hände! Sie konnten es nicht erwarten, es zu versuchen, um herauszufinden, was passieren mochte. Als ich zurückkam, habe ich das hier vorgefunden, Major. Es ist kein Durchgangspunkt mehr. Ich kann von hier aus nicht mehr zurück!«

»John, das ist sicherlich interessant. Und Sie erzählen es so schön. Aber ich *war* bei Ihrem Projekt. Gestern. Und Beekeys Lagerhaus ist ein Lagerhaus. Und war es immer gewesen. Man sieht es mit einem Blick!«

»Das ist wahr. Gewissermaßen.«

»Und diese stinkende Stadt brauchte fünfzig Jahre, um so zu werden, wie sie jetzt ist; sie ist niemals restauriert worden!«

»Auch das ist wahr. Gewissermaßen.«

»Was soll das heißen: gewissermaßen?«

McNaughton nickte mehrmals, dann sagte er: »Major, vor vier, fünf Wochen nahm ich den Bus nach Montpelier. Die Hauptstadt des Staats. Ging in die Staatsbibliothek und ließ mir den *Winfield Messenger* herauslegen. Sie haben ihn komplett, von 1851 bis 1950; die Zeitschrift konnte ihr Jahrhundert nicht ganz vollmachen. Ich bekam die Bände von 1920 bis 1926 und habe etwas herausgeschnitten, gestohlen. Ich trage es die ganze Zeit bei mir. Denn es ist alles, was mir geblieben ist.« Aus der Innentasche seines Mantels holte er einen zugeschnittenen Manila-Umschlag und reichte ihn Rube.

Rube schlug ihn auf. Innen lag ein drei Spalten breiter Ausschnitt aus der Zeitung. Ein Teil der Titelzeile lautete *essenger*, darunter, zwischen zwei Linien, stand das Datum: 1. Juni 1923. Darunter die Überschrift zu einer Photographie, die Rube laut vorlas: »›Dichtgedrängte Menge bei der Parade.‹« Er beugte sich über das Photo und besah es sich sorgfältig: mehrere Reihen und Kolonnen von jungen marschierenden Männern, Gewehre über den Schultern, die alle flache Metallhelme und Uniformjacken mit hohem Kragen trugen. Ihnen voraus schritten zwei ebenfalls Uniformierte mit der amerikanischen Flagge und einem Banner. Rube las laut die Inschrift des Banners vor: »›*American Legion Post*–‹«

»Nicht die Parade, die Zuschauer.«

Er sah ihn sofort: am Bordstein, zwischen den dicken Stämmen der alten Bäume, stand die Menge: Männer, Frauen, Kinder, Hunde. Unter ihnen ein großer Mann, der einen flachen Strohhut mit schwarzem Band trug. Und unter der steifen Krempe befand sich – scharf, deutlich, unmißverständlich – das Gesicht des Mannes neben ihm, das in die Kamera lächelte.

Er nickte und griff nach dem Umschlag. »Ja. Das bin ich. Hier in Winfield. Auf dieser Straße. Bei der Memorial-Day-Parade im Frühjahr 1923. Es gibt nun kein Projekt mehr, Major; es existiert nicht. Aber es hatte es gegeben. Es hatte existiert.«

»Schön. Und warum erinnere ich mich nicht mehr daran? Sie erinnern sich doch, sagen Sie.«

»Irgend etwas passierte, Major. Irgend etwas geschah in der Vergangenheit, das die Gegenwart veränderte.«

»Was?«

»Ich weiß es nicht. Irgend etwas. Als es passierte, war ich

in der Vergangenheit, wo es mich nicht berührte. Ich hatte meine Erinnerungen mitgenommen und brachte sie wieder zurück, als ich zurückkehrte. Aber sie passen nicht mehr auf die Gegenwart. Ich kam zurück, aber nicht in das restaurierte Winfield. Ich kam in diese unberührte Müllkippe zurück. Und wurde darüber verrückt. Ging nach New York und *rannte* den letzten Block zum Projekt. Und fand Beekeys Lagerhaus, sonst nichts. Und das Schlimmste von allem« – er beugte sich zu Rube und flüsterte – »und das Schlimmste von allem, Danziger existiert nicht. Er war nicht im Telefonbuch. In der Bibliothek ging ich die alten Telefonbücher bis 1939 durch. Kein E. E. Danziger. Er hat niemals existiert. Keine Aufzeichnungen über seine Geburt im Rathaus. Und niemand kannte ihn in Harvard. Er hat niemals existiert!«

»Er hat es getan ...« Langsam erhob sich Rube, sein Gesicht lief rot an. »Oh, dieser Hurensohn. Er *hat* es getan!«

»Wer?«

»Nun ... Marley? *Morley*! Simon Morley! Wir schickten ihn zurück, oder? In das neunzehnte Jahrhundert, auf eine ... Mission. Und er hat das getan!«

»Was getan?«

»Ich ... ich weiß es nicht.« Hilflos sah er zu McNaughton. »Irgend etwas. Etwas in der Vergangenheit, so daß ... Danziger niemals geboren wurde. Kein Projekt. Das hat es niemals gegeben.« Er setzte sich; die beiden Männer starrten auf die verlassene Straße vor ihnen. »John«, sagte Rube dann, »was hält Sie hier in dieser Geisterstadt?«

»Mein Job als Mechaniker. Zeitweise. Und die billigste Miete westlich von Kalkutta.«

»Haben Sie jemals gekämpft? Geboxt, meine ich.«

»Etwas. In der Army.«

»Schwergewicht?«

»Meistens. Habe einmal auf Halbschwergewicht abgespeckt, aber ich war damals jung und konnte es noch. Leicht gewonnen. Ein Sergeant, weicher Typ. Auf der Waage hatten wir das gleiche Gewicht, aber ich hatte die härteren Knochen.«

»Waren Sie gut?«

»Nicht schlecht. Hab' mehr gewonnen als verloren, aber ich habe auch verloren. Wurde zweimal k.o. geschlagen, dann hörte ich auf. Wollte die Gehirnzellen, die ich noch besaß, nicht verlieren.«

»Haben Sie schon mal jemand getötet?«

»Nein. Ich wollte einmal, aber dann änderten sich die Verhältnisse. Aber ich hätte es getan. Ich hatte alles bereits geplant.«

»War das in der Army?«

»Ja. Aber er wurde befördert und versetzt. Ein glücklicher Umstand für ihn, und für mich auch, ohne Zweifel.«

»Gibt es etwas, John, was Sie nicht machen würden, wenn Sie zurückkehren könnten? In das andere Winfield?«

»Nein, nichts. Nichts, was ich nicht machen würde.«

»Wissen Sie, wie Simon Morley ins neunzehnte Jahrhundert gelangt ist?«

»Er wurde unterrichtet. Lernte alles darüber, bekam ein Gespür für die Zeit. Dann benützte er das Dakota als Durchgangspunkt.«

»Das Dakota?«

»Ein New Yorker Apartmentgebäude. Das gab es bereits im neunzehnten Jahrhundert und steht noch heute. Das Projekt stattete ein Apartment im Dakota aus, besorgte die richtige Kleidung, wandelte es zu einem Durchgangspunkt um –«

»Können Sie das auch? Dorthin zurück, wo Morley ist?«

»Klar.« Er grinste. »Wenn man es kann, dann kann man es, Major. Ist das Ihr Wagen dort oben, der Toyota?« Rube nickte. »Scheint für mich ein wenig klein zu sein.«

»Für die Japaner paßt er, John.«

»Werd's schon schaffen.« Er stand auf. »Fahren Sie mich zu meinem Haus. Und geben Sie mir fünf Minuten, um meine Sachen zu packen. Drei. wenn ich mich beeile. Und ich werde mich beeilen. Glauben Sie mir, ich werde mich beeilen.«

5

Obwohl es Winter war und weit nach Einbruch der Dunkelheit und die Luft naßkalt, saß ein Mann auf einer Bank im Central Park, in der Nähe der 5th Avenue, und beobachtete den Weg zu seiner Linken. Er saß am Rande des Scheins einer Straßenlaterne, eine dunkle bewegungslose Gestalt. Der hochgeschlagene Kragen seines Mantels bedeckte das Kinn, seine Mütze hatte er weit ins Gesicht gezogen, die Hände steckten in den Manteltaschen – so beobachtete er den Pfad, und als er den Mann, der mit schnellen Schritten auf ihn zuging und auf den er gewartet hatte, erblickte – »überaus pünktlich«, sprach er zu sich selbst –, senkte er den Blick und starrte, scheinbar in Gedanken versunken, vor sich auf den Weg.

Der Mann ging vorüber; er trug einen knöchellangen dunklen Mantel und eine braune Pelzkappe. Als er einige Schritte voraus war, stand er von der Parkbank auf und folgte Simon Morley.

... als ich wieder auf die 5th Avenue hinaustrat, ratterte langsam ein kleiner Lieferwagen vorbei, das Pferd war müde, es ließ den Kopf hängen; unter der Hinterachse baumelte eine Kerosinlampe. Auf dem Gehweg kam eine Frau mit einem schwarzen Federhut an mir vorbei, um die Schultern hatte sie ein Pelzcape, ihr langes dunkles Kleid hielt sie etwa zwei Zentimeter über den nassen Pflastersteinen.

Ich wandte mich nach Süden, die enge 5th Avenue hinunter (ebenso tat es der große Mann, der zwanzig Meter hinter ihm war), *und blickte auf meinem Weg in die von gelben Lichtern erhellten Fenster und erhaschte Bilder: ein bärtiger Mann mit Glatze, der die Abendzeitung las; das Licht eines offenen Kamins, den ich nicht sah, spiegelte sich rötlich im Fenster; ein Hausmädchen mit weißer Haube und weißer Schürze ging durch einen Raum; ein monatealter Christbaum, dessen Kerzen eine Frau zur Freude des fünfjährigen Jungen neben ihr anzündete.*

... und dann, vom Madison Square den Broadway in nördliche Richtung hinauf, entlang des Rialto, wo New Yorks Theater standen, als der Broadway noch der Broadway war. Auf der Straße fuhren viele glänzende und polierte Kutschen, die Gehwege waren voller Leute, von denen mindestens die Hälfte Abendkleidung trug. Die Nacht war erfüllt von den Geräuschen dieser Menschen, das Gefühl der Aufregung und des Vergnügens hing in der Luft.

Nur wenige Schritte dahinter sah der große Mann auf die Gesichter der vorüberschreitenden Leute, sah in die Kutschen, blieb manchmal deswegen stehen und lächelte vor Freude, hier zu sein.

... ich eilte an den erleuchteten Theatern, den Restaurants und den großen Hotels vorbei, bis ich zwischen der 29th und der 30th das Gilsey House erreicht hatte. Dort, am Zigarrenschalter des Foyers, kaufte ich eine Zigarre, einen langen dünnen Stumpen, und verstaute ihn sorgfältig in der Brusttasche meiner Jacke unter dem Mantel. Draußen –

Draußen auf dem abendlichen, von Menschen überfüllten Gehweg schlenderte der große Mann nun, er ließ sich Zeit, zum Gilsey House ... bis Simon Morley wieder heraustrat, die Stufen hinabging, seine Zigarre in der Innentasche des Mantels verstaute und weiterschritt. Der lange Mann ging schneller, bis er wieder aufgeschlossen hatte. Dann, er blieb nur ein oder zwei Schritte zurück, folgte er dicht auf; nur ein oder zwei Fußgänger waren zwischen ihnen.

Er wartete auf eine Gelegenheit und sah sie schließlich etwa zwanzig Meter vor sich. Eine kurze steinerne Treppenflucht mit Messinggeländer führte vom Gehweg hinauf zum Eingang im ersten Stock; *Wellmann & Co., Versicherungsmakler* lauteten die vergoldeten Buchstaben an den dunklen Fenstern. Direkt neben diesen Stufen führten steilere Stufen zum Friseurladen hinab, der im Souterrain lag – die spiralfömig gestreifte Stange, das Handwerkerzeichen der Barbiere stand am Randstein.

In diesem Moment, dem halben Schritt, den Simon Morley noch zu tun hatte, um diese zweite Treppenflucht zu erreichen, trat der große Mann neben ihn und rammte dann das volle Gewicht seines massigen Körpers gegen Morley. Er warf ihn um und stieß ihn die Treppen hinab. Morley fiel auf die Kanten der Steinstufen und knallte gegen die geschlossene Tür des Friseurladens.

Die Gestalt ging mit schnellen Schritten weiter und bog an der 30th Street um die Ecke. Einige Leute schauten dem Mann nach, er blickte zurück, starrte in ihre Augen, aber keiner hielt ihn auf.

Eine halbe Minute fast lag Simon Morley bewegungslos; sein Gehirn arbeitete nicht wie sonst. Dann spürte er den Schmerz in den Schienbeinen, in seiner rechten Schulter, der rechten Hüfte und den Innenflächen seiner Hände. Er stöhnte. Langsam rappelte er sich auf; er fürchtete, daß er sich etliche Knochen gebrochen hatte. Mit beiden Händen stützte er sich an der Wand neben ihm ab, sein Kopf hing schwer zwischen den Schultern, und richtete sich auf. Im schwachen Licht der Straßenlaternen betrachtete er seine blutig aufgerissenen, dreckverschmierten Handflächen, dann das zerrissene Hosenbein und die blutende, aufgeschürfte Haut, die darunter zum Vorschein kam. Er drehte sich um und zog sich am schwarzen Eisengeländer die Treppen hoch. Wieder auf dem Gehweg, humpelte er eilig davon.

Ich sah vor mir das Theater, sah das Schild WALLACK'S *und die Plakate, auf den THE MONEY SPINNERS stand. Ich sah Apple Mary, die alte Frau, die vor den Theatern Äpfel verkauft, und versuchte zu sprinten, versuchte verzweifelt, schneller zu gehen, schob, drückte und rempelte erstaunte und verärgerte Passanten an – denn vor der Apple Mary stand der große schlanke Mann in Abendgarderobe. Sie sprach zu ihm, und ich – sah ich es wirklich? Ich glaubte es – ich sah das Aufblitzen von Gold, als er ihr eine Münze überreichte. Ein paar Meter, und zwei oder drei Fußgänger befanden sich zwischen uns. Er wandte sich um, jemand vor ihm blieb stehen und hielt ihm die Foyertür auf, dann schlüpfte er hinein.*

Ich ging nun, nur noch ein paar Meter, ging an Apple Mary vor-

bei, die ›Äpfel, Äpfel! Kauft eure Äpfel, Marys beste Äpfel‹ rief und mir einen hinhielt. Ich schüttelte den Kopf und starrte auf die dichtgedrängte Menge im Foyer und erblickte die Gruppe, von der ich wußte, daß sie da sein mußte: der bärtige Vater mit rubinrotem Kragenknopf an der Vorderseite seines weißen Hemdes, die freundlich lächelnde Mutter, und ihre Töchter; die jüngere in einem wunderschönen schlichten Samtkleid in einem satten hellen Frühlingsgrün. Wenn sie lächelte, wie sie es jetzt tat wegen des jungen Mannes, der Apple Mary die Goldmünze gegeben hatte, dann sah sie reizend aus. Ich mußte hören, was sie sprachen, mußte es einfach; ich trat ein und stellte mich in ihre Nähe. Meine blutverschmierten Hände verbarg ich an den Hosenbeinen.

»Meine Liebe, darf ich dir meinen jungen Freund vorstellen«, sagte ihr Vater. »Mr. Otto Danziger.« Ich sah, wie sich der junge schlanke Mann verbeugte, und wußte, daß es passiert war; daß es zu spät war. Nun hatten sich diese beiden jungen Leute getroffen. Ich war nicht in der Lage gewesen, es zu verhindern. Und nun würden sie, in einigen Jahren, heiraten und einen Sohn haben. Und ich wußte, daß weit in der Zukunft, im zwanzigsten Jahrhundert, das ich verlassen hatte, dieser dann erwachsene Sohn, Dr. E. E. Danziger – das Projekt starten würde, in dem alten Beekey-Lagerhaus, das unter der Leitung von Major Ruben Prien und Colonel Esterhazy fortgeführt wurde.

Aber das waren Gedanken aus einer weit entfernten Zukunft, in die ich nicht länger gehörte. Ich sah noch einmal auf das schöne junge Paar und – ich wußte nicht, was ich tun sollte – begann zu lächeln. Dann drehte ich mich um und ging hinaus.

Der große Mann heftete sich wieder an Morleys Fersen, als dieser zur 30th Street zurückging und sich dann nach Osten wandte. Er beobachtete ihn genau, an den langsamen, schmerzvollen Schritten erkannte er, daß Morleys dringende Eile gewichen war. Nun wußte er, daß es vorüber war; was immer Morley versucht hatte zu verhindern, war nun zunichte gemacht. Einen langen Block folgte er Morley und den nächsten halben, um sich zu vergewissern. Dann – er wußte nicht, was passiert war, wußte nicht, was Morley beabsichtigt hatte, aber er wußte, daß er erreicht hatte, weswegen er hergekommen war. An der nächsten Ecke bog der große

Mann deshalb ab, während Morley langsam weiterging, und er begann, nach einer Droschke Ausschau zu halten.

Als ich zum Gramercy Park hinabschritt, sah ich mich in der Welt um, in der ich mich nun befand. Neben mir waren braune Sandsteingebäude, die von Gaslaternen beleuchtet wurden. Über mir der nächtliche Winterhimmel. Auch das war eine unvollkommene Welt, aber – ich atmete tief ein, scharf und kalt spürte ich es in meinen Lungen – die Luft war noch rein. Die Flüsse führten noch sauberes Wasser, wie seit Anbeginn der Zeiten. Und der erste der schrecklichen Kriege lag noch Jahrzehnte entfernt. Ich erreichte die Lexington Avenue, wandte mich nach Süden – die gelben Lichter des Gramercy Parks erwarteten mich am Ende der Straße – und schritt auf die Nummer neunzehn zu.

Am Fahrkartenschalter des kleinen Backsteingebäudes der Grand Central Station beugte sich John McNaughton zu den vertikalen Messingstäben, die zwischen ihm und dem wartenden Fahrkartenverkäufer waren. »Winfield«, sagte er. »Ein Ticket nach Winfield, Vermont.«

»Hin- und Rückfahrkarte?«

»Nein.« McNaughton lächelte freudig darüber. »Nein, ich werde von Winfield nicht mehr zurückkommen. Nie mehr.«

6

Julia ging in das Eßzimmer, stellte einen großen blau-weißen Teller mit Waffeln ab und ging dann um den Tisch herum an ihren Platz. Sie sagte nichts, ich wußte aber, daß sie nun gleich anfangen würde zu reden und was sie sagen würde. Sie zog ihren Stuhl vor, setzte sich, richtete ihren langen Rock und rückte ihren Stuhl wieder näher an den Tisch. Dann zog sie die Serviette aus dem gravierten Ring aus Fischbein, breitete sie auf ihrem Schoß aus und legte ihre beiden Unterarme auf das weiße Tischtuch – einen Moment lang funkelte der Ehering im Sonnenlicht. Sie beobachtete mich, versuchte, meine Stimmung zu erkunden, und schob dann den Sirup in der geschliffenen Karaffe näher zu mir.

Schließlich sagte sie mit liebenswürdiger Stimme, um mich nicht zu verärgern. »Si, es ist so weit weg. Und geht dich auch eigentlich nichts mehr an. Nicht mehr. Dein Major Prien leitet das Projekt nun seit – seit drei Jahren? Oder noch länger. Und alles, was seitdem passiert ist, ist passiert.«

Ich nickte und wußte, daß ich mich nicht aufregen sollte – denn ich hatte die gleichen Schuldgefühle bereits gehabt. Oft dachte ich monatelang überhaupt nicht an das Projekt, dann schlich es sich wieder in meine Gedanken. Irritiert blickte ich mich im Zimmer um; ich frühstückte hier nicht gern. Der Raum war zu dunkel. Wunderbar am Abend, vor allem im Winter, wenn im offenen Kamin das Feuer brannte. Dann war das hier ein anderer Raum.

Unser Haus stieß an zwei Seiten an andere Häuser, und bis auf den Schein des Kronleuchters über dem Tisch gab es hier kein Licht. Ich mochte den großen runden Holztisch in der Küche mehr; das Zimmer war durch die beiden hohen Bogenfenster, die auf Julias kleinen Garten hinausblickten, voller Licht. Doch in der Küche zu essen geziemte sich für Julia nicht; ich verstand das.

»Julia,« sagte ich, »nichts wäre mir lieber, als das Projekt zu vergessen. Wenn es mir nur gelungen wäre, das zu tun, was ich vorhatte.« Ich dachte darüber nach. »Beinahe wäre es mir *geglückt*, verdammt noch mal.«

»Du sollst nicht fluchen«, sagte sie automatisch.

»Wenn ich es geschafft hätte. Wenn ich nur eine Minute früher am Theater gewesen wäre ...« Ich lächelte sie an und zuckte mit den Schultern. »Ich hätte hierbleiben können und wäre für immer zufrieden gewesen. Aber es kommt immer wieder hoch, Julia: Was *macht* Rube gerade mit dem Projekt? Was hat er *vor*? Es wäre meine Pflicht, nachzusehen und es herauszufinden.«

Sie beugte sich zu mir über den Tisch. »Dann *geh* nachsehen. Und werde damit fertig.« Sie lehnte sich zurück, setzte ein freundliches Gesicht auf und sagte sanft: »Aber komm wieder zurück.«

»Haus«, sagte Willy auf dem Boden. Er saß mit dem Rücken an der Wand, die Beine ausgestreckt, blätterte die Leinenseiten eines seiner Bilderbücher um, berührte jedes Bild mit dem kleinen dicken Zeigefinger und versuchte, den jeweiligen Namen zu sagen. Er war nun mehr als drei Jahre alt, und wir hatten unseren Spaß mit ihm. Natürlich schauten Julia und ich jetzt zu ihm, dann blickten wir uns lächelnd an: Wir hatten diesen kleinen Menschen gezeugt.

»Vielleicht bin ich nicht mehr in der Lage, zurückzugehen.«

»Oh? Warum?« Sie stach mit der Gabel in ihre Waffel.

»Vor einigen Wochen war ich im Central Park. Um die Schwanenboote für die Ausgabe der letzten Woche zu zeichnen.«

»Ja. Ich glaube, ich möchte dieses Bild rahmen.«

»Ja, es ist gut. Aber als ich dort war, in der Nähe des Dakota, wurde es dunkel, und ich schaute zu meinem alten Apartment hinauf. Wie ich es immer tue.«

»Ich schaue auch immer hinauf. Vor einer Woche oder so hatte ich Willy mit dabei und zeigte es ihm.«

»Du hast ihm doch nicht gesagt –«

»Natürlich nicht. Nur, daß Daddy dort einmal gewohnt hat.«

»Jedenfalls, als ich dort hinaufschaute, waren die Fenster erleuchtet. Es wohnen Leute dort. Ich kann es nicht benutzen, wenn ich zurück will.«

»Ist kein anderes Apartment frei?«

»Würde nichts nützen; es kann im zwanzigsten Jahrhundert belegt sein. Es gibt keine Möglichkeit, um das herauszufinden. Um zurückzukehren, brauche ich einen neuen Durchgangspunkt, Jule, einen Ort, der zu beiden Zeiten existiert, damit –«

»Ich weiß, Si, ich weiß.«

»Nun, Einstein sagte –«

»Ich möchte nicht schon wieder von Einstein hören. Oder von Durchgangspunkten oder von –«

»Er lebt, weißt du das?«

»Wer?«

»Einstein.« Sie hielt sich mit beiden Händen die Ohren zu; ich mußte lächeln. »Denk dir nur, er lebt, in diesem Augenblick. Er ist noch ein kleines Kind. Glaube ich. Vielleicht in Willys Alter. Und spielt vielleicht gerade jetzt irgendwo in Deutschland und hat bereits Gedanken, die über meinen Horizont hinausgehen. Vielleicht schaut er sich ein Buch an und sagt ›Haus‹.«

»Möchtest du noch eine Waffel?«

»Ich muß gehen.« Ich schob den Stuhl zurück, Julia erhob sich, wandte sich um, um Willy auf den Arm zu nehmen und mit ihm zum Fenster an der Straßenseite zu gehen, wo er mir zum Abschied zuwinkte – was für ihn und mich äußerst wichtig war.

Ich ging heute nicht zur Arbeit; als ich die Stufen hinabschritt, sah ich auf der anderen Seite des Parks eine Droschke warten und beschloß, sie zu nehmen. Ich drehte mich zu Willy um und winkte ihm zu, er grinste mich durch das Fenster hindurch an und schüttelte seine Hand. Dann ging ich zur Droschke hinüber. Ich trug einen Hut und meinen braunen Anzug.

Vor der Droschke sagte ich »*Leslie's*« und wartete gespannt, ob er wußte, wo es war. Er wußte es, ich stieg ein, während er herabkletterte und den Pferden den Lederbeutel mit dem Futter wegnahm. »Nehmen Sie den Broadway«, rief ich ihm zu und setzte mich.

Ich mochte Droschken. Sie waren nicht unbedingt bequem; besaßen große, sehr harte Blattfedern, und man bewegte sich stetig, aber in einer kaum wahrnehmbaren Reihe von Stößen, die vom langsamen Trott der Pferde herrührten. Manche mochten das nicht, mich aber störte es kaum. Meistens waren

sie schmutzig und rochen sogar ein wenig. Julia und ich stiegen einmal nach einem Theaterbesuch in eine Kutsche ein und flohen sofort wieder. Diese hier aber war in Ordnung.

Die Sonne war nicht zu sehen, kein blauer Himmel, nur eine gleichmäßige graue, fast weiße Dunst- und Wolkenschicht. Seit einer Woche war es nun schon so; kalt war es aber nicht. Auf der 20th Street bogen wir nach Westen, und ich lehnte mich zurück. Ich wußte, ich hatte Angst, wieder in meine Zeit zurückzukehren. Angst davor, was ich beim Projekt vorfinden könnte, Angst vor den schrecklichen Dingen, die ich nicht aufhalten konnte. *Bleib hier, bleib hier,* sagte mir meine innere Stimme; *was du nicht weißt, kann dir nichts anhaben.*

Die 4th Avenue hinunter ... am Union Square vorbei ... auf der 14th nach Westen ... dann auf den Broadway. Nicht die schnellste Route an einem Wochentag morgens, aber ich brauchte die Zeit für mich. Wir schaukelten weiter ins Zentrum der Stadt hinunter, der Broadway füllte sich während der morgendlichen Stoßzeit mit mehr und mehr Wagen, bis es schließlich, gegenüber dem City Hall Park, zu viele wurden.

Das ist der Ort, an dem wir uns befanden, nur war der Verkehr schlimmer, denn die neuen Pferdetramwagen – die nun zusätzlich zu den Omnibussen auf dem Broadway eingesetzt wurden – standen in mehreren bewegungslosen Reihen von drei oder vier Gefährten. Apathisch warteten die Pferde und ließen die Schwänze baumeln, die Fahrer klingelten mit ihren Glocken über den stehenden Verkehr, der ihnen den Weg versperrte.

Das passierte nun oft, denn die Tramwagen, die an Gleise gebunden waren, konnten nicht wie die kleinen Busse ausweichen. Die alte Straße war zu schmal geworden: Ich hatte Busse gesehen, die einfach den Broadway verließen und einen Block weiter den Stau umfuhren, um dann wieder zum Broadway zurückzukehren.

Als ich mich aus der Droschke lehnte, sah ich vor uns einen mit leeren Fässern beladenen Lastwagen, der versucht hatte, eine Reihe stehender Tramwagen zu umfahren und dabei auf einen leichten Lieferwagen gestoßen war, der dasselbe von der anderen Seite her getan hatte. Die beiden Kutscher erhoben sich von ihren Sitzen und taten das, was sie in solchen Fällen immer taten – sie schrien und fuhrwerkten drohend mit ihren Peitschen. Es ist nicht leicht, mit einem Lieferwagen zurückzustoßen, und keiner von beiden wollte es. Ein ziemliches Chaos, das durch die Tramwagen noch verschlimmert wurde. Ich mochte sie früher einmal; nun aber dachte ich, daß sie auf dem Broadway eine nicht unwesentliche Behinderung darstellten.

Hier konnte ich nicht einfach sitzenbleiben und warten: Ich mußte in acht Minuten bei der Arbeit sein; also stieß ich die Türen auf und kletterte hinaus. Ich kannte den Fahrpreis vom Gramercy Park zu *Leslie's* und gab dem Fahrer den vollen Betrag plus zehn Cent als Trinkgeld, was angemessen war. Er dankte mir nicht, und ich verstand warum; er saß hier nun fest und würde keinen Kunden finden, bis er sich wieder freigearbeitet hatte. Ich holte also mein Kleingeld heraus, fand ein weiteres Zehncentstück und reichte es ihm; nun bedankte er sich. Noch einige Blocks hatte ich zu gehen, hinunter, am Park vorbei zum großen alten Postamt und zum Park Place westlich des Broadway.

Während ich durch die morgendliche Menge schritt, wurde mir wieder klar, was ich im Laufe des letzten Jahres widerstrebend wahrgenommen hatte: daß der Broadway hier unten einfach häßlich war. Es war mir nicht bewußt geworden, als ich zum ersten Mal diesen Ort zu dieser Zeit betrat. Damals erregte mich alles: jede Ansicht, jede Person, die ich sah, jedes Geräusch, das ich hörte. Ich schritt über den Lower Broadway in einer Art ekstatischer Trance angesichts der Tatsache, einfach hier zu sein. Sehr schnell – und das passierte als erstes – sahen die Gebäude, die an der Straße standen, nicht mehr *alt* aus. Aus meiner eigenen Zeit erinnerte ich mich an ein oder zwei von ihnen, von denen ich sicher wußte, daß sie auch noch im zwanzigsten Jahrhundert existierten – sie erschienen mir als wahrhaft alt, sie paßten nicht in jene Zeit. Aber hier sah ich, wie einige von ihnen erbaut wurden, sah die irischen Bauarbeiter, die morgens die Leitern bestiegen, während ich vorbeiging, sah, wie die neuen Backsteingebäude in die Höhe wuchsen und schließlich fünf bis sechs Stockwerke erreichten, die nach nassem Mörtel rochen. Viele von ihnen waren keine fünf bis zehn Jahre alt. Nun paßten sie in die Zeit, sahen modern aus und waren es auch. Und sie waren häßlich, auch das sah ich nun, waren Wand an Wand gedrängt, zu hoch für ihre Breite auf den alten engen Grundstücken, auf denen sie errichtet worden waren. Ihre unregelmäßige Höhe glich einer ausgeschlagenen Zahnreihe. Auch die Straße selbst war zu schmal und wurde nun durch die neuen Tramgleise noch schmäler. Eines Morgens im letzten Frühjahr war ich auf das unvorstellbare Gewirr eines Staus gestoßen und hatte gesehen, wie ein wütender Kutscher plötzlich aufstand, seine Peitsche schwingen ließ und einem anderen Kutscher eine Wunde in die Wange hieb, der daraufhin auf seinem Kutschbock in die Knie ging.

Die Straße war schlecht gepflastert, man munkelte von Korruption in der Stadtverwaltung. Unzählige Schlaglöcher. Das endlose, endlose Klappern der eisenbeschlagenen Räder gegen die unebenen Steine konnte einen in den Wahnsinn treiben. Und immer, immer war der Broadway staubig oder schlammig oder beides. Voller Pferdedung, der trocknete und zu grobkörnigem Staub wurde, so daß man an windigen Tagen vorsichtig einatmen und die Augen zu Schlitzen zusammenkneifen mußte. Die Gehwege waren ein Hindernis-Parcours aus Holzpfosten rivalisierender Telegraphengesellschaften, die Querbalken oben waren schwer mit Drahtleitungen behängt. Große, schwarzweiß gestrichene Reklameschilder bedeckten fast jede freie Wandfläche, weitere Schilder hingen über den Gehwegen. Nun, wie schon seit längerer Zeit, sah ich den Broadway so, wie er wirklich war: als eine trübe, zweckmäßige Kommerzstraße, die nicht einmal zu verschleiern versuchte, was sie war – häßlich. Und dennoch mochte ich ihn. Ich liebte ihn.

Ich ging den Broadway entlang, auf den Gehwegen herrschte ein Gedränge von Männern, die zur Arbeit gingen – kaum Frauen –, und ich dachte oder versuchte es zu denken:

Was tun, was soll ich tun, was möchte ich tun? Nun, ich wußte, was ich tun wollte. Hierbleiben, hier, tief im neunzehnten Jahrhundert. Aber irgendwo weit in der Zukunft setzte das Projekt seine Arbeit fort, da ich nicht in der Lage gewesen war, dies zu verhindern. War es deshalb nicht meine Pflicht, nachzusehen, was Rube und Esterhazy taten? Meine Gedanken drehten sich im Kreis, die Frage, erkannte ich, beantwortete sich nicht von selbst. Und alles, was ich zu entscheiden hatte, war, daß ich zu einer Entscheidung kommen mußte – auf die eine oder andere Art, ja oder nein.

Dann, vor mir auf dem Park Place nahe der Ecke zum Broadway, sah ich die *Bird Lady*. Man begegnete ihr nun hier und da in der Stadt, an geschäftigen Orten oder Straßenecken.

Hier eine Zeichnung der *Bird Lady*, die vor einigen Monaten von Pruett Share angefertigt worden war, einer unserer Mitarbeiter bei *Leslie's*. Für fünf Cents ließ sie einen ihrer Kanarienvögel mit dem Schnabel in eine offene Kiste greifen und einen kleinen Umschlag herausholen. Darin stand – nicht besonders schön gedruckt, auf ihrer eigenen kleinen Handpresse, wie ich annahm – die Zukunft, aus der jeder das herauslesen konnte, was er für sich erwartete. Oder, falls man das wünschte, ließ sie den Vogel aus dem hinteren Teil der Kiste eine Ja- oder Nein-Karte ziehen, die Antwort gab auf die Frage, die man sich still stellte. Man sagte, daß sie gute

Geschäfte machte bei Pferderennen oder sonstwo, wo gewettet wurde.

Ich ging an ihr vorüber; heute stand sie im Eingang eines kleinen Textilladens, der noch nicht geöffnet hatte. Niemand nahm ihre Wahrsagerei ernst, zumindest wollte keiner dies zugeben. Die *Bird Lady* diente der Unterhaltung; ich habe keinen gesehen, der ihren Umschlag nicht mit einem Grinsen im Gesicht in Empfang genommen hatte, um der Welt zu zeigen, daß er sie nicht ernst nahm. Dennoch glaube ich, daß unterhalb des neuerdings ausgeprägten rationalen Teils des menschlichen Gehirns die alte, primitive Weise, mit der wir zu unseren Meinungen und Entscheidungen kommen, noch ebenso mächtig fortwirkt wie eh und je. Und gleichgültig, was der gesunde Menschenverstand mir dazu zu sagen hatte, verlangsamte ich meine Schritte, zögerte, kehrte um und war plötzlich felsenfest davon überzeugt, daß die *Bird Lady* mir die richtige Entscheidung mitteilen würde.

Ich blieb vor ihr auf dem Gehweg stehen, und sie lächelte mich an; ich holte eine Handvoll Kleingeld heraus und fand ein Fünfcentstück, das ich ihr reichte, sie lächelte wieder, fragend, und ich sagte: »Eine Frage bitte.« Sie bewegte den Stecken, auf der ihr Vogel saß, an die Rückseite der Kiste und wartete einen Moment, während ich mir still die Frage vorsagte: Soll ich, falls möglich, meine eigene Zeit besuchen? Dann nickte ich der *Bird Lady* zu. Sie ließ den Stock nach unten, zischte ihr Signal, und der kleine runde gelbe Kopf neigte sich augenblicklich und erschien mit dem kleinen Umschlag im Schnabel. Lächelnd überreichte ihn mir die *Bird Lady*.

Ich nahm ihn, dankte ihr und ging langsam – mein Herz klopfte – weiter. Ich lächelte, versuchte über meine abergläubische Furcht zu lachen, konnte es allerdings nicht. Ein paar Meter weiter wollte ich es plötzlich wissen; ich trat aus dem Strom der Passanten und stellte mich mit dem Rücken gegen das Fenster eines Zigarrenladens. Neben mir stand eine fast lebensgroße lackierte Holzfigur eines kilttragenden Schottens, der ein Holzpaket mit Zigarren vor sich hielt. Der kleine Umschlag war nicht gummiert, nur eingesteckt, ich öffnete ihn und nahm das kleine gefaltete, rötlichgraue Papier heraus und zögerte. Ich schaute weg und betrachtete die rote Wange des Holzgesichts neben mir. Dann sprach ich still die Frage: *Soll ich zurückgehen, wenn es mir möglich ist?* Ich öffnete den Papierfetzen, und er lautete: *Ja*.

Ich glaubte daran. Der rauhe Fetzen billigen Papiers mit den schlecht gedruckten zwei Buchstaben, die etwas verschoben waren ... und vor langer Zeit in das Papier gepreßt worden waren ... sagte mir, was ich nun wußte, daß ich es zumindest versuchen würde. Gelassen, in ruhiger Gewißheit ging ich ins Büro, rollte den Papierfetzen zu einer kleinen Kugel und schnippte ihn in den Dreck des Randsteins des Broadway von 1886.

Mittags ging ich die Holztreppe zum Büro unseres Kassierers im Erdgeschoß hinab. Er saß hinter dem schwarzen Metallgitter auf einem hohen Stuhl hinter einem Pult, wo er Geld in Empfang nahm oder auszahlte. Als ich an seinem Fenster stehenblieb, vollzog er eine Vierteldrehung, um mich fragend anzublicken. Er trug ein grünes Sonnenschild und schwarze Ärmelschoner an den Ellbogen. Ich kannte seinen Namen: Ben.

Ben zählte den Vorschuß für zwei Tage von meinem Wochenlohn ab, ließ mich unterschreiben und schob das Geld durch eine kleine Öffnung – ein kleines Bündel Geldscheine, zuoberst ein Zehndollarschein der First National Bank of Galesburg, Illinois. Ben hatte sie abgezählt, ich machte mir nicht die Mühe, sie nachzuzählen, dankte ihm nur, faltete dann die Scheine und schob sie tief in die Hosentasche. Es waren große Scheine, über fünfzehn Zentimeter lang, viel Papier, es machte mächtig was daher und fühlte sich wie richtiges Geld an.

Unten auf der Straße in dem kleinen Textilladen – die *Bird Lady* hatte den Eingang verlassen – kaufte ich einen Geldgürtel. Der Besitzer des Ladens, ein kleiner glatzköpfiger, eifriger Europäer, der noch kaum Englisch sprach, breitete auf dem Ladentisch eine Auswahl an Gürteln aus; einige waren aus Leder, andere aus verschiedenen Stoffen, unter anderem Seide. Sie waren weit verbreitet; kaum jemand begab sich ohne einen solchen Gürtel auf eine Reise. Ich nahm einen aus gutem leichten Segeltuch.

Das Mittagessen nahm ich stehend in einem Saloon östlich des Broadway ein, mit einem halben Glas Bier; den Rest ließ ich stehen – es hatte zuviel Schaum, da das Faß frisch angezapft worden war. Eineinhalb Blocks dann zu meiner Bank, wo ich fast die Hälfte unserer Ersparnisse abhob, die ich zusammen mit meinem Vorschuß – wie viele Reisende auch – in Gold mitnahm, um Platz zu sparen. Dann zurück ins Büro, um den Tag zu Ende zu bringen; ich zeichnete nach einer Photographie – ein weiteres Zugunglück, diesmal in der Nähe von Philadelphia.

7

Zu Hause in unserem Schlafzimmer, kurz vor Mitternacht, zog ich mich an. Julia und ich verständigten uns flüsternd. Kein Mantel, aber ein Anzug aus Wolle, beschlossen wir; falls ich einen Mantel brauchte, würde ich einen modernen kaufen. Mein Anzug war in Ordnung, dachte ich: einreihig geknöpft, mit schmalem Revers, aber sonst akzeptabel. Ein Knopf zuviel, aber ich konnte die Jacke offenlassen. Winterunterwäsche und Stiefel. Ich besaß eine Melone, einen Seidenzylinder, einen Sommerstrohhut und meine Winterkappe, ohne Krempe, doch wir entschieden: keinen Hut. Mein Haar war glatt, fast schwarz, ziemlich lang und dicht – bis auf einige dünnere Stellen, die, wie Julia sagte, kaum wahrnehmbar waren. Die Krawatten waren alle unbrauchbar, aber Julia holte einen Wollschal aus meinem Schrank, den ich unter die Jacke schlug, über der Brust verschränkte und so das Fehlen der Krawatte kaschierte. Ich überprüfte den Geldgürtel, wußte, daß ich ihn trug, überprüfte ihn aber dennoch.

Wir hatten am Fenster einen großen Spiegel, zu dem ich nun hinüberging. Julia, in ihrem langen blauen Kleid, zündete ein Gaslicht an der Wand daneben an, und beide betrachteten wir meine Garderobe. Ich trug in diesen Tagen einen kurzgeschnittenen Vollbart. *Nicht unbedingt schön*, dachte ich, *aber auch nicht sonderlich schrecklich*. Ich versuchte mir vorzustellen, wie ich durch die Straßen des späten zwanzigsten Jahrhunderts ging. »Nun?« sagte Julia. »Auf der Strecke von nur einem Block im Manhattan des zwanzigsten Jahrhunderts«, sagte ich, »triffst du viele, die viel komischer aussehen.« Julia schüttelte den Kopf bei dem Gedanken an das New York, von dem ich sprach.

Die große Standuhr unten im Eingangsflur zeigte elf Uhr vierzig, das Flurlicht war gedämpft, wie immer in der Nacht. Julia sagte ruhig: »Und mach dir keine Sorgen um uns; wir passen auf uns auf.« Ich küßte sie zum Abschied, wandte mich um, kehrte dann allerdings zurück und umarmte und küßte sie noch einmal. Plötzlich hatte ich das Gefühl, als begebe ich mich auf eine lange und gefährliche Reise. Was stimmte, denn mein Ziel lag weit, weit entfernt.

Ich legte die Hand auf die Türklinke. »Warte«, sagte Julia und rannte die wenigen Schritte zum großen Schrank im Flur, suchte etwas in der Tasche ihres Wintermantels, kam dann zu mir zurück, lächelte und reichte mir ein kupfernes Eincentstück. Im ersten Augenblick glaubte ich, sie wollte es mir als Talisman geben, dann erinnerte ich mich. »Danke, ich habe es vergessen.« Und dann ging ich die Stufen hinunter und hinaus in die stille Nacht.

Es war nicht allzu weit; ich ging durch die fahl beleuchtete Nacht, durch Straßen des neunzehnten Jahrhunderts, meine Stiefelabsätze klangen zu laut auf den Gehwegen. Einen langen Straßenblock entlang, vorbei an zwei Reihen massiver brauner Sandsteinhäuser, die auf beiden Seiten der Straße alle gleich aussahen. Hin und wieder blickte ich nach oben zu einem erleuchteten Fenster und dachte an die Leute, die in diesen Straßen lebten, jetzt, wo diese Häuser noch neu waren.

Ich bog um eine Ecke, passierte einen beschädigten Wagen, der am Randstein geparkt war. Das einspännige Pferdegestänge war hochgestellt und lehnte am Kutschbock. In der Mitte des Blocks, unter einer Straßenlaterne, hatten Kinder gespielt; auf dem gepflasterten Gehweg waren Kreidemarkierungen und Schriftzüge zu sehen. Sie lauteten anders als zu der Zeit, die ich nun bald zu erreichen versuchte. Einige verkündeten einfach, daß ein Vorname einen anderen Vornamen liebte, der schockierendste sagte nur, daß *Mildred stinkt.* Am Ende des Straßenblocks kam mir auf der anderen Straßenseite ein Mann entgegen. Ich sah, daß er nach vorne übergebeugt war, etwas Schweres war auf seinen Rücken geschnallt: ein Schleifstein in einer Holzhalterung mit einem

Fußpedal. Er war ein Messer- und Scherenschleifer; warum er so spät noch unterwegs war, wußte ich nicht.

Dann, nachdem ich um die Ecke gebogen war, sah ich sie vor mir in den Himmel aufragen, von einem nicht ganz vollen Mond beschienen. Einen halben Block weiter kam ich von dem gepflasterten Gehweg auf Holzplanken – ein Fußweg, der stetig anstieg. Ich dachte, das kleine Holzhäuschen vor mir wäre schon geschlossen, aber es war noch immer offen; wahrscheinlich würde es erst in wenigen Minuten, um zwölf, geschlossen werden. In dem Häuschen sah ich, als ich vor dem kleinen vergitterten Fenster stehenblieb, einen Mann sitzen, der eine Pfeife rauchte. Ich schob das Eincentstück, die Brückenmaut, an die Julia sich erinnert hatte, über den glänzenden und ausgehöhlten hölzernen Ladentisch. Der Mann sagte: »Danke, Sir.« Etwa hundert Meter weiter, es ging noch immer aufwärts, passierte ich die nun tief unter mir liegende Uferlinie und ging den weiten Bogen der neuen East River Bridge hinauf.

Weit vor mir stand der riesige, mit gotischen Bogen versehene Steinturm, der Brooklyn Tower, der sich schwarz vor dem etwas helleren Himmel abhob. Neben mir zogen sich die klaren und sauberen Trägerkabel hin, weiteten sich zu ihrem fächerförmigen Muster. Streifen von Mondlicht schimmerten auf ihnen. Ich schritt am Geländer entlang, meine Schritte tönten auf den Holzplanken und weit unter mir konnte ich den Fluß sehen, eine von gelben Lichtbrechungen aufgelockerte schwarze Fläche. Das Wasser selbst konnte ich nicht erkennen, aber ich stellte es mir vor – der East River, immer derselbe, trübe und verdreckt, farblos, schwerfällig und träge. In der Ferne, im Süden, konnte ich einen schwach erleuchteten schwarzen Umriß ausmachen: ein Schlepper oder ein Lastkahn.

Fast in der Mitte der langen, langen Brücke, das dicke Kabel neben mir hatte beinahe seinen tiefsten Punkt erreicht, setzte ich mich an den Rand einer Bank und sah durch das Geländer auf den Fluß. Während des vergangenen Tages hatten Tramwagen und Pferdekutschen ohne Unterbrechung die Brücke überquert. Fußgänger hatten diesen Fußweg passiert, jeder hatte seine Eincentmaut bezahlt. Hier ist eine Zeichnung, die ich einige Monate früher für die Zeitung gemacht habe; auch wenn nun weniger Boote zu sehen waren, so war es doch der Ort, an dem ich mich nun befand. Während ich über den Fluß sah, dachte ich an andere Zeiten, an Nächte und Abende, an denen ich hier war, um über genau diesen Fluß zu schauen, dieselben hohen Brückentürme, dieselben Kabel neben mir. Dieser Ort, und alles, was ich in der unmittelbaren Umgebung betrachtete, existierte jetzt … und ebenso in den folgenden Jahrzehnten. Ein Durchgangspunkt, der Teil hatte an beiden Zeiten, der zu jeder Zeit gehörte und existierte. Also begann ich hier auf der Bank, in stiller Dunkelheit, an die Zeit vor mir zu denken, versuchte mich zu erinnern, versuchte, das Gefühl und Gespür für die Zeit in mir wachzurufen, in die ich mich begeben wollte.

Es war einfacher, als sich eine Vergangenheit vorzustellen, die ich niemals gesehen hatte – so wie ich es das erste Mal getan hatte, als ich versuchte, das neunzehnte Jahrhundert zu erreichen. Ich kannte die Zukunft, in die ich wollte. Hatte sie gesehen und war Teil von ihr gewesen; ich wußte, daß sie da war. Von der Straße neben und unter dem Gehweg hörte ich das stetig näher kommende Klappern von Hufen, sah dann einen geschlossenen Lieferwagen näher kommen, die Flammen der schaukelnden Seitenlichter, und beobachtete, wie die Plane unter meinem Blick an mir vorüberglitt, hörte den Wagen rattern und die Hufschläge leiser werden. Dann saß ich da, sah nichts mehr, sondern starrte auf die Planken zu meinen Füßen und ließ vor meinem geistigen Auge Szenen und Bilder, Erinnerungen an das New York des späten zwanzigsten Jahrhunderts entstehen, um das Gefühl für meine eigene Zeit wieder zu erlangen. Ich zwang es nicht herbei, sondern ließ es auf mich zukommen. Und sah mich eines Morgens durch den Regen zur Bushaltestelle laufen, um zur Werbeagentur zu kommen, bei der ich arbeitete. Das rief mir mein Zeichenbrett in Erinnerung und die bekannte Ansicht der 54th Street aus dem Fenster neben mir. Es führte zu weiteren Gedanken an die Tage und die Menschen meiner Zeit. Zu meinem kleinen Apartment an der Lexington Avenue; klein, laut, zu wenig Tageslicht – ich erinnerte mich nur zu gut. Zum kleinen Restaurant an der Straßenseite gegenüber, wo ich gewöhnlich das Frühstück zu mir nahm. Der Waschsalon. Kino …

Sie war da, meine eigene Zeit, das Gefühl dafür; ich hatte sie nicht vergessen. Ich begann mit der beinahe mühelosen Technik, die ich so gut gelernt hatte.

Vielen Menschen ist Selbsthypnose nicht möglich, anderen dagegen fällt sie nicht schwer; sie kann für viele Zwecke sehr effektiv eingesetzt werden. Und ich war darin ziemlich erfahren. Ich saß hier auf meiner Bank, war völlig entspannt, starrte mit weit geöffneten Augen hinaus auf den Fluß, dachte an nichts, und benutzte meine altbekannte Fähigkeit, um mein Leben hier im neunzehnten Jahrhundert … werde still. Werde ruhig, zieh dich zusammen. Werde ganz *klein*, und dann reglos. Und schließlich spürte ich diese unbeschreibbare *Strömung*, den bekannten langen Moment des Gleichgewichts zwischen den zwei Zeiten.

Ich erhob mich, drehte mich in Richtung Manhattan, die Augen nicht ganz geschlossen, aber auf die Schwärze der Holzplanken gerichtet. Noch bevor ich meine Augen nach oben wandte, konnte ich vor mir die sich hoch auftürmende, unvorstellbar glitzernde Silhouette des New Yorks des zwanzigsten Jahrhunderts sehen. Dann hob ich schnell den Kopf, die Augen zwinkerten, und ich stand entgeistert und verwirrt da.

Ich war *gescheitert*. Dort draußen vor mir im Mondschein lag die alte niedrige Stadt, die ich heute nacht verlassen hatte, dunkel und schwarz, bis auf einige wenige flackernde Lichtpunkte der Gas- oder Kerosinlampen, die Kirchtürme hoben sich deutlich gegen den gelblichen Himmel ab. Über den niedrigen Dächern, hinter der gesamten Breite der Insel, sah ich diesen Himmel im Wasser des Hudson gespiegelt. Und ich spürte – ein befreiendes Gefühl! Ich konnte es nicht mehr *tun*. Ich hatte die Fähigkeit dazu verloren! Und konnte zurück in diese Stadt, zu Julia, Willy, Rover, zurück an den Ort und zu dem Leben, das ich liebte und bei dem ich immer bleiben wollte.

Ich tat es nicht. Denn ich wußte, wußte, was ich getan hatte. Wußte, daß ich meinen eigenen Versuch sabotiert hatte, indem ich an die trübsten Aspekte meines alten Lebens gedacht hatte, an Dinge, die ich nicht mochte, zu denen ich nicht zurückkehren wollte. Da saß ich, beobachtete mich selbst und widersetzte mich, daß diese Zeit über mich kam; gab nur vor, daß ich mich in sie hineinversetzte. Ich war *willentlich* gescheitert, weil ich nicht gehen wollte, weil ich Angst hatte. Vor was ..., ich wußte es nicht. Vor dem, was ich im zwanzigsten Jahrhundert finden sollte. Vor dem Projekt.

Aber ich war nun nicht in der Lage, mit dem Wissen, was ich getan hatte, einfach nach Hause zu gehen. Ich ging an das Brückengeländer, legte bequem meine Unterarme darauf, die Hände gefaltet, und starrte auf den schwarzen Fluß hinunter. Jetzt begann ich Erinnerungen zuzulassen und ließ sie lebendig werden – nicht das kleine Apartment oder den Job, den ich nicht gemocht hatte, die einsamen Zeiten, sondern die Erinnerungen, die ich vorhin unterdrückt hatte.

Sie kamen wie von alleine, erschienen einfach, als betrachtete ich einen Film. Ich sah vier von uns auf der großen breiten Treppe des – ja, des Metropolitan Museums an der 5th Avenue sitzen. Sah das riesige blau-weiße Banner, das fünfzehn Meter über uns an der Fassade hing. Wir saßen darunter, und warteten, daß das Museum öffnete. Redeten über irgendwelche Nichtigkeiten, machten Witze, hatten keine Eile und genossen die Sonne und diesen Tag. Ja.

Und – nun, natürlich, das Village. Einfach dort in einer lauen Nacht herumgehen, mit – Grace Wunderlich? Ja, genau: wir beide schlenderten ziellos umher, ein Paar in der langsamen Menge, die in die offenen Lokale hinein- und hinausströmte – den Bars, den Kunstläden, Cafés – die Luft war erfüllt mit lebhaftem Stimmengewirr.

Dann eine Überraschung: ich alleine auf dem Gehweg der 2nd Avenue, mittags, es war warm und feucht, dichtgedrängte Menschenmassen. Dennoch schritt ich schnell durch diese Menge, wie ein Fisch, der sich durch Seegras schlängelt, meine Schultern schwangen zur Seite, die Hüften wichen aus, so glitt ich hindurch, schlängelte mich an anderen vorbei, ging um sie herum. Warum stand ich nun in der Dunkelheit und lächelte darüber? Weil es Spaß gemacht hatte: ich genoß die Fertigkeit, mich schnell durch eine New Yorker Menschenmenge zu bewegen. Verrückt, aber ich lächelte.

In einer Schlange auf dem Gehweg vor dem Kino an der 8th Street mit Lennie Hindsmith, ebenfalls eine Graphikerin. Wir hatten die Hände in den Taschen, die Schultern eingezogen, denn es war ein regnerischer, nebeliger Abend, und wir mußten noch zwanzig Minuten warten und beschwerten uns darüber. Es war langweilig, es lohnte sich nicht, und wir hätten auch gehen können. Aber wir blieben. Und warteten auf die Vorführung eines Filmes, von dem ich mein Leben lang gehört und gelesen hatte, ein Film, der vor meiner Geburt gedreht worden war. Wir nörgelten, trotzdem blieben wir, zufrieden und glücklich mit dem Wissen, daß es keinen Ort auf der Welt gab, wo man gerade dies tun konnte.

Auf dem großen Platz des Lincoln Center in einer Pause mit einem Mädchen, das ich seit einiger Zeit kannte, dort draußen, wo wir nach oben blickten und hinter Glas, auf der von Kronleuchtern erhellten Treppe, Leute sahen, die Abendgarderobe trugen. Uns wurde bewußt, daß das, in diesem besonderen Augenblick, der schönste Ort auf der ganzen Welt war.

Gefolgt von einer Erinnerung an ein Off-Off-Broadway-Stück in einem verfallenen Gebäude im East-Side-Slum. Um von der Straße dorthin zu kommen, mußten wir uns einen Weg durch eine fast geschlossene Wand aus gefüllten schwarzen Müllsäcken bahnen. Das Stück war schrecklich, einfach schlecht. Aber … ein ganz gutes Stück in einem recht guten Theater konnte man fast überall sehen. Wo sonst hatte man eine solche chaotische Vielfalt?

Ich lief über die 42nd Street, geduckt unter einem Regenschauer, unter die Kuppel in die Grand Central Station, die Rampe hinunter, durch das große marmorverkleidete Innere, in einen langen gewundenen Tunnel, hinauf in die Lobby eines Bürogebäudes, durch die Türen und über die Straße zu dem Gebäude, zu dem ich wollte, und war fast wieder trocken. *Damit fertig werden.* Mit der Stadt fertig werden, sie zu *besiegen*! In einer U-Bahn, voller Haß auf die Graffiti und allein schon das Wort, dicht an der Tür, die Hosentasche eng an die Haltestange gepreßt, damit die Brieftasche nicht geklaut werden konnte. Ich kannte meine Haltestelle, ohne daß ich mich ducken und das Schild durch das Fenster entziffern mußte, dann als erster aus dem Wagen und die Treppen hinauf.

Eine große Ratte, die spät nachts den Rinnstein entlangtrottete und mich ignorierte; der Platz gehörte ihr. Mitternacht, der Teer war weich unter meinen Schuhen, denn es war über einen Monat lang heiß gewesen, sogar der weiße, tote Rauch, der aus den Straßenschächten aufstieg, machte einen kraftlosen Eindruck. Heulen und Schreien spät nachts von der Straße, tief unter meinem Fenster, das ich niemals erklären konnte. All das ging mir durch den Kopf. Was *bedeuteten* solche Erinnerungen? Perversionen? *Mochte* ich Ratten? Ich vermochte es hier, auf meiner Brücke, nicht zu sagen. Aber ich dachte an die Zeit, in der ich während meines ersten Jahres in New York für eine Woche nach San Francisco geflogen war. Auf dem Balkon des Apartments eines Freundes vom College blickten wir auf die Bucht hinaus. Der Tag war sonnig, es ging ein schwacher Wind, viele Segelboote. Ich nickte und stimmte ihm zu, daß dies der schönste Ort Amerikas sei. Daß die Bay Area reizend, lebhaft, und doch abgeschieden sei und North

Beach einfach großartig. Daß man hier viel tun konnte, daß es einige sehr gute experimentelle Theater gab. Und daß New York krank war, von der Kriminalität zerfressen, Seite an Seite mit einem degenerierten Pomp, und daß die Stadt fertig, wirklich fertig war. Und ich nickte und sagte ja, und wie ich ihn um sein Leben hier beneidete. Trotzdem flog ich einen Tag früher zurück, zurück in diese Stadt, die keine Ruhe kannte.

Noch nicht lange in New York, und man bekommt das Gefühl, die Stadt allmählich kennenzulernen, spürt ihre Anziehung, die einen nicht mehr losläßt, die einen ergreift und die man anerkennt – oh, so sehr anerkennt – und die sonst nirgends zu finden ist, weil sie nirgends sonst existiert.

Und, ach, wie blasiert ist diese Stadt, aber das kümmerte mich nicht. Ich stand hier oben auf der Brücke und spürte, daß ich mehr über die Stadt wußte als jemals zuvor, genoß dieses Gefühl der Überlegenheit gegenüber allen anderen, die diesen seltsamen Ort und seine unendliche Vielfalt und Aufregung nicht kannten – ich wußte, ich war bereit. Ich wollte zurück, jetzt; ich mußte sie wiedersehen.

Die Angst, das Bedürfnis, hierzubleiben, wo ich sicher war, war nicht verschwunden, aber ruhiggestellt; wurde ignoriert und überwältigt von dem Drang, noch einmal diese Stadt zu sehen. Am Brückengeländer begann ich die Prozedur erneut, diesmal aber mit aller Kraft; ich war meiner sicher und wollte es. Ich wußte, was zu tun war, und tat es schnell. Ich spürte es, diese kleine Bewegung, das seltsame Gefühl, sich in die Verschiebung der Zeiten zu begeben. Reglos stand ich da, starrte auf das schwarze Wasser hinunter und befreite mich aus meiner Hypnose. Ich spürte das Ende der Zeitverschiebung – und dann, abrupt, das plötzliche, erregende und unmißverständliche Gefühl, an einem neuen Ort zu sein.

Ich wußte, wo ich mich befand, wußte es und war nicht überrascht, als ich mich umdrehte, sondern spürte nur ein erhebendes Gefühl, als ich die hohen funkelnden Lichterwände erblickte, die sich wie eine Bergkette vor mir auftürmten und glitzerten, daß einem das Herz stehenblieb. Da war es. Nichts, nichts anderes als Manhattan Island im späten zwanzigsten Jahrhundert.

Der plötzliche Anblick anderer Brücken verwirrte mich einen Augenblick; ich hatte sie vergessen. In meiner Vorstellung kann ich so gut tanzen wie Gene Kelly, dennoch schritt ich gemächlich hinab zur schimmernden Stadt. Dann – ich *kann* wirklich so gut singen wie Gene Kelly – begann ich leise meinen Lieblingssong aller Lieder über New York zu singen. »I'll take Manhattan ...« und meine Lieblingszeile »the Bronx and Staten ... Island, too.« Das war der gesamte Text, den ich parat hatte, aber ich kannte die Melodie: »Dah, dah, dah, *di ... dah*, di!« Ich war die East River Bridge hinaufgegangen, nun schritt ich mit einem guten Gefühl die Brooklyn Bridge hinab.

Manhattan stank ein wenig, nicht viel; ich hatte meine Immunität gegen Abgase verloren. Ein Taxi stand mit hellem Dachlicht direkt an der Brückenzufahrt, ich wußte nicht warum. Vielleicht kamen Leute um ein Uhr morgens von der Brücke herunter, oder vielleicht wollte er einfach nicht arbeiten. Ich nahm den Türgriff, öffnete aber nicht: »Sind Sie frei?« Er schaltete das Dachlicht ab, lehnte sich ein wenig zurück, um mein Fahrziel zu hören, bevor er sagen würde, daß er frei war. »Plaza Hotel«, sagte ich, stieg ein, und er überraschte mich: »Ja, Sir«, sagte er höflich und stellte den Taxameter an. Als wir losfuhren und eine Straßenlampe passierten, sah ich, daß er vollkommen schwarz war. Ein Jamaikaner, dachte ich.

Ich lehnte mich ein wenig durch das offene Taxifenster hinaus, um die Stadt zu betrachten, zu der ich nun zurückgekehrt war. Das Taxi bremste ab, als es in die 5th Avenue einbog. Ich freute mich, das alte Hotel wieder zu sehen. Ich war oft genug im Plaza gewesen, aber im neunzehnten Jahrhundert war es – für mich – verschwunden. Noch nicht erbaut, natürlich, nur der Platz war da. Nun war es – für mich – wieder hier.

Das folgende hatte ich genau geplant. Bevor das Taxi ganz zum Halten kam, sprang ich hinaus und bat den Fahrer: »Kommen Sie mit rein!« Sie können wetten, daß er das tat; er ließ die Handbremse einrasten, Zündung aus, und so schnell er konnte, heftete er sich an meine Fersen.

Der Mann an der Rezeption war groß, schlank – die Figur eines Athleten – und erstaunlich schön; das Namensschild an der Rezeption wies ihn als *Michael Stumpf, Manager* aus. Als ich ihn begrüßte, setzte ich mein bestes Lächeln auf und sagte: »Mein Flug hatte Verspätung, deswegen komme ich so spät. Ich hoffe, Sie haben ein Zimmer für mich.«

»Haben Sie reserviert?«

»Tut mir leid, nein.«

Er ließ einige Karten durch seine Finger gleiten. »Einzelzimmer?« sagte er mit todernstem Gesichtsausdruck; den großen Taxifahrer hinter mir würdigte er keines Blickes; ich mußte lächeln: er verstand es wirklich, den ›ungerührten‹ Portier zu spielen.

»Ja.«

»Nun«, sagte Mike, lächelte sogar ein wenig und zwinkerte dem Taxifahrer zu, der grinste – plötzlich waren wir alle eine fröhliche Gemeinschaft – »ich kann Ihnen ein schönes Einzelzimmer zum Park hinaus geben.« Ich fragte nicht nach dem Preis, er interessierte mich nicht, sondern sagte nur, daß das wunderbar sei. Er wartete eine Weile, ich trug meinen Namen in der Registration ein, und er las ihn, auf dem Kopf stehend. »Und wie wünschen Sie zu zahlen, Mr. Morley? Mit Scheck oder Kreditkarte?«

Ich war bereit für ihn; meine linke Hand lag, leicht zu einer Faust geballt, auf dem Rezeptionsschalter. »Weder noch«, sagte ich. »In Gold«, und ich öffnete meine Hand und ließ ein Dutzend Goldmünzen über den Marmor kullern. Es machte Spaß, seine Augen weiteten sich. Dann übertrumpfte mich Mike Stumpf.

Er streckte den Arm, die Finger breiteten sich aus wie die Beine einer Spinne und sammelten die verstreuten Münzen ein; er hob die Hand, die Finger waren geschlossen, und die Münzen folgten und ordneten sich zu einem sauberen Stapel. Als trennte er ein Kartenblatt, teilte er den Stapel in zwei gleiche kleinere, die nebeneinander standen, dann nahm er sie zwischen seine Finger und ließ die Münzen auf beinahe magische Weise abwechselnd zu einem einzigen Stapel ineinandergleiten. »Ich habe das mein ganzes Leben lang probiert«, sagte ich, »und niemals geschafft.«

»Erfordert nur ein wenig Übung«, sagte er leichthin; der Hotelmanager war nun verschwunden: ohne daß sich eine einzige Faser seines Anzugs oder ein Haar auf seinem Kopf geändert hätte, stand nun lächelnd ›Get-Rich-Quick‹ Wallingford vor mir. Ich wußte, dieser Mann hatte in seinem Leben viel Karten gespielt und kannte sich nicht nur in einer Hotellobby aus.

Meine Geschichte hatte ich parat: Brieftasche, Schecks und Kreditkarten waren am Flughafen gestohlen worden. Aber ich war Münzhändler: nur Gold, amerikanische und englische aus der Zeit Ewards. Einige Male im Jahr komme ich von Chicago nach New York, wo ich hier oder im *Algonquin* abstieg. Etwas, was mich etwas beunruhigte, war die Tatsache, daß es mir Spaß machte zu lügen. Wenn ich erst einmal anfange, kommen die überzeugenden Details wie von selbst; ich mußte darüber nicht einmal nachdenken. Morgen, fuhr ich fort und zog meinen gefalteten Geldgürtel aus der Anzugtasche, legte ihn auf die Rezeption und ließ die Münzen klimpern, würde ich alle meine Münzen für – ich war mir dessen noch nicht sicher – einige hundert Dollar das Stück verkaufen. Er solle soviel wie nötig als Sicherheit nehmen und mir bitte – damit mich der Taxifahrer nicht umbringe – hundert Dollar in bar geben.

G. R. Q. Wallingford Stumpf wußte, was diese Münzen wert waren; er nahm die oberste Münze vom Stapel und sagte: »Eine ist mehr als genug.« Nun lag die Münze auf seinem Handrücken, zwischen Finger- und Handknöchel; und indem er seine Finger leicht wie ein Klavierspieler auf- und abbewegte, ließ er die Münze die Finger entlangwandern, auf und ab, Rückseite, Vorderseite, und so weiter. Ich hätte ihm eines der Goldstücke gegeben, wenn ich das fertiggebracht hätte. »Ich stelle Ihnen dafür eine Quittung aus«, sagte er; die Münze verschwand in seiner geschlossenen Hand. »Und Sie können die hundert Dollar quittieren.«

Ich fühlte mich großartig, als ich die Quittung unterschrieb. Jeder meiner im neunzehnten Jahrhundert hartverdienten Dollar war hier etwa vierzig Dollar wert. Ich besaß über fünfundzwanzigtausend Dollar; von meinen hundert Dollar, die ich in bar hatte, gab ich dem Taxifahrer zehn für die sechs Dollar Fahrgeld und legte weitere zehn darauf. »Das ist, weil Sie ein guter Junge sind.«

»Willkommen in New York, Boss«, sagte er. Dann nahm Michael Stumpf meine Einladung an, und wir gingen in die Oak Bar auf einen Schlummertrunk.

In meinem Zimmer schaltete ich den Fernsehapparat an, klickte langsam durch die Kanäle, nur um das neue Gefühl wieder zu kosten; was ich sah, war nicht besser geworden. Dann holte ich mir das Telefonbuch von Manhattan und besah mir mit Interesse das neue Cover. Auf dem Bett hielt ich in meinem Schoß das Telefonbuch; ich öffnete es und fand dann die Liste der *Danziger*, die ziemlich lang war. Ich zögerte, dann glitt mein Finger die Reihe hinunter … und fand ihn – *Danziger, E. E.* – ich lächelte. Sollte ich ihn sofort anrufen? Ich war versucht, aber es war zu spät. Ich würde ihn morgen anrufen und zum Essen einladen; ich freute mich darauf, Dr. Danziger zu sehen, und wußte, daß er sich auf mich freute. Ich war müde, als hätte ich eine stundenlange Reise hinter mir, die beiden Drinks unten hatten dieses Gefühl noch verstärkt. Ich schaltete die Klimaanlage ein, erfreut, über eine zu verfügen, und ging ins Bett.

Das Licht war aus, und ich wartete; der Schlaf, wußte ich, würde schnell kommen. Ein Polizeiauto oder Krankenwagen heulte irgendwo unten in den Straßen. Ich war wieder hier. War es klug? Ein Wagen fuhr über einen Kanaldeckel, *wump-wump*, und ich lächelte; in meinem Kopf sang es *I'll take Manhattan, the Bronx and Staten …*

8

Rube Prien saß in einem fensterlosen Büro im Erdgeschoß des Projekts; er saß auf der Kante des alten Schreibtischs aus Eichenholz, ließ einen Fuß baumeln und sah sich um: ein abgelaufener Wandkalender, auf dem noch immer *Beekey's* stand, gerahmte Photographien von Umzugsmannschaften, die es längst nicht mehr gab. Er war nervös und daher unruhig; er haßte es zu warten. Er stand auf, ging ein oder zwei Schritte zur Tür auf der Straßenseite, öffnete sie weit und ging zurück zum Schreibtisch. Setzte sich und sprang sogleich wieder auf, zurück zur Tür, um sie bis auf einen Spaltbreit wieder zu schließen. Durch den schmalen Spalt beobachtete er das hereinfallende Tageslicht, öffnete dann die Tür einen Zentimeter mehr und kehrte zu seinem Schreibtisch zurück.

Draußen näherte sich Dr. E. E. Danziger dieser Tür auf dem Gehweg derselben Straßenseite mit schnellen Schritten; ein großer, dünner, älterer, aber noch nicht alter Mann in einem dunklen Mantel und einem braunen Filzhut. Es war spät morgens, die Temperatur betrug um die zehn Grad, der Himmel war gleichmäßig grau. Er schaute zu den verblichenen schwarzweißen Lettern – BEEKEY BROTHERS, UMZÜGE UND LAGERHALTUNG –, die sich unterhalb der Dachrinne über das große, fensterlose Ziegelgebäude zogen, das den Block vor ihm ausfüllte. Es sah aus wie immer: konnte es sein, daß noch immer alles beim alten war? Daß das Projekt in den letzten drei Jahren sehr gut ohne ihn zurechtgekommen war?

Er blieb nun an der Ecke des Gebäudes stehen, betrachtete die verwitterte graue Tür und glaubte zu wissen, warum sie so einladend offenstand. Glaubte zu wissen, daß er damit –

wenn er diese stillschweigende Einladung annahm, wenn er die Tür aufstieß und eintrat – akzeptierte, daß er noch immer hierhergehörte und noch immer das Recht hatte, hier einzutreten. Aber er wollte Rube Prien dieses Treffen nicht so einfach machen; der Major sollte erst eine Kröte schlucken.

Ohne näher zu treten, streckte er seinen Arm aus und stieß die Tür mit seinem großen Zeigefinger weit auf; er blieb stehen, wo er war, sah hinein und erblickte Rube, der schnell vom Schreibtisch aufsprang, dieses wunderbare Rube-Prien-Lächeln lächelte und ihn willkommen heißen wollte. Aber Dr. Danziger kam ihm mit ausdruckslosem Gesicht zuvor. »Darf ich eintreten?«

Es brachte Rube durcheinander; Danziger sah ihn blinzeln. »Natürlich, natürlich! Kommen Sie herein!«

Danziger trat langsam ein. »O nein«, sagte er, »es ist nicht natürlich, daß ich hier uneingeladen eintrete. Sie haben mich hinausgeworfen, nicht wahr?« Und dann, mit neutraler Stimme: »Wie geht es Ihnen, Rube?«

»Gut, Dr. Danziger. Sie sehen gut aus.«

»Nein. Als Sie mich das letzte Mal gesehen haben, war ich alt, und nun bin ich älter.« Er sah sich sorgfältig in dem kleinen Vorzimmer um. »Sieht noch immer wie damals aus. Keine Veränderungen.«

»O doch, die gibt es, die gibt es. Dr. Danziger, wollen wir etwas essen gehen? Wäre angenehmer, um sich zu unterhalten.«

»Nein, ich bin noch nicht bereit, mit Ihnen das Brot zu teilen, Rube; ich muß mir noch immer über meine Gefühle klar werden.«

»Oh?« Rube fühlte sich nicht wohl in seiner Haut; er wollte seinen Gast bitten, Platz zu nehmen, sich als gastfreundlich erweisen, um den toten Punkt zu überwinden. Allerdings traute er sich nicht.

»Natürlich. Ich war verwirrt, als Sie mich anriefen. Und fragte mich, als ich Ihre Stimme hörte, ob ich Sie nicht hassen sollte. Ob ich mich weigern sollte, Ihnen jemals wieder ins Gesicht zu sehen? Oder ob ich hierherkommen sollte, um meinen Haß zu steigern und ihm neue Nahrung zuzuführen. Und an Rache zu denken.« Er lächelte. »Und dennoch, noch während wir sprachen, dachte ich, daß es vielleicht nicht unbedingt Haß war, was ich verspürte, sondern nur ein Gefühl starker Abneigung. Das so beherrschend ist, daß ich nicht einmal Ihren Anblick ertragen könnte. Oder vielleicht, fragte ich mich, als Sie fortfuhren und ich Ihre Stimme hörte, die so glücklich war, mit mir wieder reden zu können, ob die Zeit, die seitdem vergangen ist, nicht einfach eine dauernde, aber ausgeheilte Narbe hinterlassen hat. Deren Schmerz verschwunden ist, so daß ich nun wieder – ja was? – Ihren Anblick tolerieren kann. Daß ich hierherkommen und Sie voller Abscheu anblicken kann? Aus Neugierde, mit verzogenen Mundwinkeln?« Rubes höfliches Lächeln dauerte an und schien davon – er schaffte es – völlig unbeeindruckt. »Oder vielleicht nichts von alledem. Wenn ich in diesen Tagen an Rube Prien denke, so fragte ich mich, geschieht das dann nur mit einem Achselzucken? Mit dem Gefühl: Nun, das war vor einiger Zeit, also was soll's?«

»Und wofür haben Sie sich entschieden?« Rube wies nun auf einen Holzstuhl. »Setzen Sie sich bitte, Doktor.«

»Nein, ich möchte nach oben und mich umsehen. Ich möchte das Projekt wieder sehen. Deswegen bin ich hierhergekommen. Und deswegen, Rube, entschied ich mich für eine Haltung toleranter Neugier. Ich betrachte Sie mit einem Anflug kühlen Amüsements. Ich amüsiere mich über Ihre Unterstellung. Und frage mich, wie zum Teufel können Sie es wagen, mit mir am Telefon zu sprechen. Nicht zu schweigen von der Einladung zum Essen! Also – um ruhig zu bleiben, Rube, und amüsiert über Ihre Unterstellung – was zum Teufel wollen Sie?«

»Ihre Hilfe. Und, wenn möglich … einen Anfang machen, um unsere Freundschaft wieder zu erneuern, die zumindest für mich nach wie vor besteht.«

»Wissen Sie, wahrscheinlich bin ich wirklich amüsiert. Ihre Kaltblütigkeit, Ihre verdammte Kaltblütigkeit. Also, noch einmal – was wollen Sie?«

Einen Moment lang sah Rube Danziger mit freundlichen Augen an. Dann, offensichtlich auf einen Impuls hin, streckte er seine Hand aus. »Um einen neuen Anfang zu machen.«

Danziger schüttelte ungläubig den Kopf. Dann – immer noch kopfschüttelnd – begann er zu grinsen. »Ihre *Kaltschnäuzigkeit*«, sagte er und gab Rube die Hand. »Kommen Sie. Er wandte sich zur Metalltür in der Wand gegenüber. »Lassen Sie uns nach oben gehen.« Rube ging voraus, hielt Danziger die Tür auf, der hindurchging und sich neugierig in dem kleinen Raum vor den geschlossenen Aufzugstüren umblickte. Rube kam nun grinsend nach, und Danziger sagte: »Sie verräterischer Bastard: ich habe es trotz allen Nachdenkens nicht für möglich gehalten, aber es scheint, daß ich noch immer eine Art senilen Gefallen an Ihnen finde. Wer hätte das gedacht?« Er drückte den Aufzugsknopf, die Türen gingen auf.

Im obersten Stockwerk, dem sechsten, gingen sie durch den mit Vinyl ausgelegten Gang, der größere der beiden Männer blickte sich um, seine Augen voller Interesse. Er hielt seinen Hut jetzt in der Hand; er hatte eine Glatze, die Kopfhaut mit Sommersprossen übersät, die Haare an den Seiten schwarz gefärbt.

Der Gang glich den Gängen in Bürogebäuden: Richtungspfeile waren an den Wänden angebracht, darunter Reihen von Büronummern. Schwarzweiße Namensschilder waren neben den geschlossenen Türen angebracht. Danziger deutete auf ein Schild, das K. Veach lautete. »Katherine Veach. Katie«, sagte er. »Ein nettes Mädchen«, und er blieb stehen. »Ich sag' nur mal schnell hallo.«

»Fürchte, sie ist heute nicht da, Doktor.«

Einige Schritte weiter blieb Danziger vor einer unbeschrifteten Tür erneut stehen. »Sie führt zu den Laufstegen, denke ich. Ich würde gerne reingehen, Rube, und die große Halle sehen.«

»Nun –«

Aber Danziger schüttelte stur den Kopf; etwas der alten Autorität, die er einst besessen hatte, schimmerte durch. »Rube, ich möchte sie nur sehen. Es dauert nicht lange.«

»Was ich sagen wollte, Dr. Danziger, ich habe meine Schlüssel heute nicht dabei.«

Einen Augenblick lang blickte Danziger zu Rube; dann gingen sie weiter, bogen um eine Ecke und blieben vor dem

Konferenzzimmer stehen. Danziger wollte die Tür nicht öffnen; Rube ging an ihm vorbei, drehte den Knauf und wies ihn nach drinnen. Danziger blickte noch einmal den langen Korridor auf und ab, dann ging er hinein. »Rube, wo sind sie alle?« sagte er.

»Nun« – Rube folgte ihm und schloß die Tür – »Wochenende, Doktor. Ich nehme an, sie sind zu Hause. Schlafen lange. Lesen die Zeitung. Was weiß ich.« Er trat zu einem Stuhl an dem langen Tisch, auf dem eine Aktentasche lag, und wies Danziger auf den Stuhl gegenüber.

Danziger ging um den Tisch herum, nahm seinen Mantel ab und besah sich die Wände, die Oberlichter und den Teppich. »Wochenenden«, sagte er, »bedeuteten nicht viel, als ich noch hier war, Rube.« Er legte Hut und Mantel auf einen Stuhl und setzte sich; er trug einen blauen Anzug, weißes Hemd und eine blau-weiß gestreifte Krawatte. »Ich war jeden Tag hier, sogar an Sonntagen. Und Sie auch. Und Oscar. Die meisten der Belegschaft. Denn es war der Ort, wo wir sein wollten.« Er sah zu Rube, lehnte sich bequem zurück und streckte einen Arm auf dem Tisch aus – eine Geste, die Rube vertraut war.

»Nun, es ist einige Jahre her, seitdem Sie uns verlassen haben. Und seitdem Si uns verlassen hat.« Rube schob seine Aktentasche zur Seite und legte seine Unterarme, die Hände gefaltet, auf den Tisch. »Die Dinge sind ruhiger geworden. Routine. Wir haben uns alle mehr oder weniger daran gewöhnt …« Seine Stimme verlor sich, denn Danziger, sein Arm lag noch immer auf dem Tisch, schrieb mit dem Zeigefinger seiner fleckigen Hand in den Staub auf der Oberfläche.

Rube mußte sich zur Seite beugen, um den richtigen Winkel zu finden; dann sprang ihm das Wort, das Danziger geschrieben hatte – es hob sich deutlich vom Staub ab –, in die Augen: *Schwachsinn*. Ihre Blicke trafen sich, und der große alte Mann sagte: »Sie werden es mir schließlich doch erzählen müssen, also warum nicht gleich?«

»Okay«, sagte Rube und nickte. »Okay. Ich hatte nicht gehofft, Sie hinters Licht führen zu können, Dr. Danziger, und hatte es auch nicht vor. Ich sagte es nur, weil ich wütend war. Ich fühlte mich gedemütigt. Wenn Sie sich an mir rächen wollten, dann ist das wahrscheinlich bereits geschehen.« Er schob, einem plötzlichen Impuls gehorchend, den Stuhl zurück und erhob sich. »Sie wollten die große Halle sehen? Gut: Ich werde Ihnen die große Halle zeigen!«

Unten im Erdgeschoß bogen sie in einen engen tunnelartigen Flur ein, dessen Betonboden von Glühbirnen beleuchtet wurde, die an der Decke befestigt waren und durch Gitter geschützt wurden. An einer Metalltür mit der Aufschrift *Eintritt strengstens verboten* blieben sie stehen. Rube holte einen Schlüssel hervor, schloß auf, trat ein und hielt mit einem Fuß die Tür auf, während er stehenblieb, um drinnen etwas vom Boden aufzuheben. Danziger, der folgte, war sofort stehengeblieben und wartete; drinnen war es dunkel, völlig dunkel, ohne den kleinsten Lichtschein. Rube schaltete die große Taschenlampe an, die auf dem Boden bei der Tür abgestellt war. Er ließ den starken scharfen Lichtstrahl suchend umherschweifen und sagte: »Damit müssen wir die große Halle betrachten. Wenn überhaupt.« Im Lichtschein tauchte ein kleines Holzhaus auf, an den Seiten Verschalungsbretter, auf dem Dach Holzschindeln – ein altes Haus aus den Zwanzigern. »McNaughtons Hau –« sagte Danziger und brach dann ab. Der zitternde Lichtkreis blieb auf dem niedrigen Veranda-Dach stehen, das eingefallen war, eingesackt über dem Pfostenstumpen, der es einmal getragen hatte. Dann glitt das Licht die Hausseite entlang, über die Fenster, die schwarz glitzerten und spiegelten, und fixierte eine eingeschlagene Fensterscheibe; der Fensterrahmen war mit Glassplittern übersät.

Keiner sprach. Rube senkte das Licht und ließ es rhythmisch vor sich hin- und herschwingen, während sie weiterschritten. Wieder blieb er stehen, ließ sein Licht über ein indianisches Zelt gleiten, das mit Büffelsilhouetten und Strichmännchen bemalt war. Lange, zerrissene Stoffetzen hingen von ihm weg. Innen schimmerte matt das verchromte Drahtgestell eines umgestürzten Einkaufswagens. Der Lichtstrahl ging zu einem weiteren Zelt, das ebenfalls eingefallen war. »Rube«, sagte Danziger, »ich hasse das.« Seine Stimme klang in dem großen Raum, in dem sie sich befanden, dünn und hohl. »Ich hasse es. Schalten Sie das verdammte Ding ab.«

Das Licht verschwand; in vollkommener Finsternis sagte Danziger: »Gut. Was ist passiert?«

»Wir gingen bankrott. Alle Regierungsgelder wurden gestrichen. Jeder Groschen. Und das Projekt eingestellt. Wir sind nicht mehr im Geschäft, Doktor. Es gibt kein Projekt mehr. Manchmal treibe ich mich hier herum; es läßt mich nicht los. Ich nehme an, sie wissen, daß ich manchmal komme. Zumindest haben sie die Schlösser an der Tür unten nicht ausgewechselt. Aber sie haben den größten Teil der Elektrizität abgestellt, alle Hauptleitungen. Das ganze Gebäude befindet sich auf der Verkaufsliste der Regierung. Sie haben einfach noch keinen Käufer für ein ausgeschlachtetes Lagerhaus ohne Zwischendecken gefunden.«

»Rube, das ist noch schlimmer. Schalten Sie das Ding wieder an.« Rube drehte die Taschenlampe an und hielt den Lichtstrahl nach oben. Er suchte und fand die Laufgitter, die fünf Stockwerke über ihnen von der Decke hingen. Der Strahl glitt an ihnen entlang, bis er einen Abschnitt fand, der ein Loch von einigen Metern Länge aufwies. »Das hatte sich gelockert. Ein Bolzen war verrostet oder hatte sich gelockert, es gab keine Inspektionen mehr, das Teilstück löste sich und riß die anderen Bolzen mit heraus, nehme ich an. Der ganze Abschnitt fiel hinunter und schlug durch die Fassade, die ein Geschäft in Denver darstellte. Zerstörte sie vollkommen. Es wird nichts mehr repariert, die Laufgitter sind nun vollständig geschlossen.« Er senkte den Strahl wieder auf den Boden vor ihnen, und sie gingen weiter. Ohne einen Blick darauf zu werfen, kamen sie an einem Abschnitt mit Ackerland und Stacheldraht vorbei, davor stand ein Baum. An manchen Stellen war die Erde abgetragen, und der Betonboden schien durch. Zwei Bierdosen lagen im Niemandsland vor einem Schützengraben des Ersten Weltkriegs. »Okay, Rube. Es reicht. Lassen Sie uns gehen.«

Im Konferenzzimmer sagte Dr. Danziger: »Gut, erzählen Sie es mir.«

»Es begann damit, daß sie sagten, wir hätten keine Ergebnisse erbracht.«

»Keine Ergebnisse!«

»Ja. Daß wir einen Haufen Gel…«

»Keine *Ergebnisse*! Was zum Teufel soll das heißen!«

»Sie sagten, wir hätten keine. Ich weiß nicht mehr, wer damit angefangen hat: irgend jemand. Es war wie mit dem Kind, das sagt, daß der Kaiser keine Kleider hätte – sie alle stimmten darin ein. Ja, schaut! Keine Kleider! Verdammt, es waren meistens Politiker, Dr. Danziger, was erwarten Sie! Erinnern Sie sich an Si? Simon Morley?«

»Natürlich.«

»Nun, er kam nicht mehr zurück, verdammt noch mal. *Blieb* einfach dort in diesem verdammten neunzehnten Jahrhundert. Wenn er nur zurückgekommen wäre! So, wie er es sollte. So, wie er es sagte. Er hatte sich uns verschrieben! Dr. Danziger, wenn er nur mit einem Beweisstück zurückgekommen wäre, verdammt – sie hätten uns alles bis auf das Washington Monument gegeben.«

Statt dessen …«

Statt dessen – woher sollten wir wissen, wo Si war? Oder McNaughton? Vielleicht war alles, was Si tat, daß er für eine Weile – auf Kosten der Steuerzahler – in dem Dakota-Apartment blieb, uns anlog und vorgab, sich auf den Sprung vorzubereiten. Und dann schlich er sich in der Nacht hinaus, um einige Tage später am Projekt aufzutauchen und zu sagen: ›Hurra, ich hab's geschafft!‹ Und wir sind auf ihn reingefallen. Mit unserem Wunschdenken. Dieser Senator, dieser Typ bekam Wind vom Projekt, und eine ganze Weile lang sah es so aus, als würde er uns diese stupide *Golden-Fleece*-Auszeichnung verleihen. Ein hoher General im Pentagon sah seinen dritten Stern gefährdet und zog schnell den Schwanz ein und sagte, er hätte uns niemals geglaubt und ließ uns das auch wissen, dieser Hurensohn von Lügner. Oh, sie fielen bald über uns her. Selbst die Akademiker. Beweisen Sie es, beweisen Sie es! O Gott, ich kann das Wort nicht mehr hören. Und wir konnten es nicht beweisen. Bei unserem letzten Vorstandstreffen – eineinhalb Tage später haben sie unseren Laden dichtgemacht – fiel dieser Wurm von Kongreßabgeordnetem, Sie erinnern sich, regelrecht über mich her. Si sollte zurückgehen und – nun, Sie wissen, was er hätte ausführen sollen.«

»Wissen? Ich verabscheute es.«

»Ja, nun, es tut mir leid. Aber entscheidend war, wir mußten den Kongreßabgeordneten in die Sache einweihen. Es blieb uns nichts anderes übrig. Also wußte er, daß Si zurück und ...« Rube warf dem alten Mann einen Blick zu. »Und versuchen sollte, ein vergangenes Ereignis behutsam zu verändern. Verdammt, Dr. Danziger, es *war* eine geringfügige Veränderung.«

»Ja, aber lassen Sie das. Die Vergangenheit verändern, damit Kuba amerikanisches Territorium wird. Wunderbar. Als ob Sie in der Lage wären, die Konsequenzen *dessen* zu bestimmen. Lächerlich. Lächerlich und überaus gefährlich. Aber fahren Sie fort.«

»Dieser kleine Kongreßabgeordnete hackte dann ständig auf mir herum. ›Major, was ist denn nun Kuba? Der einundfünfzigste Staat? Haha. Und wo befindet sich Fidel?‹«

Danziger grinste ihn an. »Geschieht Ihnen recht.«

»Ja, aber die Hauptsache war – wir hatten keine Beweise. Nichts.«

»Was war mit unserem Mann in Denver? Er schaffte es doch und kam zurück.«

»Half nichts. Niemals geschehen, verstehen Sie, genau wie bei Si. Wo sind die Beweise, wo sind die Beweise? Verdammte Papageienschar. Wegen unseres Mannes, der es in das mittelalterliche Paris geschafft hatte – zehn Sekunden lang? – lachten sie uns einfach aus. Lassen Sie einen Politiker nur etwas schlecht aussehen, und Sie haben sich keinen Freund geschaffen.«

»Ja. Nun, Rube« – er griff zu seinem Hut und dem zusammengelegten Mantel auf dem Stuhl neben ihm – »das war es dann wohl. Es war eine schöne Zeit, solange –«

»Warten Sie.«

»O Rube, Rube, Rube. Das Projekt ist am Ende. Für immer. Können Sie sich vorstellen, wenn Sie mit Ihrer Taschenlampe umherstreifen, daß das alles wieder aufgebaut wird? Die große Halle wieder in Betrieb? Die Schule, Oscar Rossoff, neue Kandidaten? Es ist vorbei! Tot, ein Pfahl mitten durchs Herz.«

»Sicher. Ich weiß das. Aber wir brauchen das Projekt nicht.«

»*Wir?*«

»Sie werden es verstehen, wenn Sie wissen warum.«

»Oh? Und wenn *wir* das Projekt nicht brauchen, was brauchen wir *dann?*«

Rube beugte sich nach vorne über den Tisch und fixierte Dr. Danzigers Augen. »Si.«

»Si Morley?«

Rube ließ sich nach hinten fallen und nickte. »Ja. Si Morley, den besten, den wir je hatten. Ihn brauchen wir, und das ist *alles*, was wir brauchen. Können Sie ihn erreichen, Dr. Danziger? *Können* Sie es?«

»Ihn *erreichen? Wie? Wie* soll ich ihn im neunzehnten Jahrhundert erreichen?«

»Das weiß ich nicht.« Rube betrachtete ihn. »Ich *weiß* es nicht, verdammt noch mal! Sie haben sich das ganze Projekt ausgedacht! Es ist Ihre Theorie. Wenn jemand herausbekommen kann, wie Si Morley zu erreichen ist, dann Sie.«

»Rube«, sagte er sanft. »Abgesehen davon, daß ich selbst zurückgehe, wie kann ich ihn dann erreichen?«

»Sie haben versucht, zurückzugehen?«

»Natürlich. Wie Sie auch, wie ich annehme.«

»Mehr als einmal. Ich würde alles dafür geben, wenn ich dazu in der Lage wäre. Nur einmal. Nur für eine Minute.« Er blickte zu dem alten Mann. »Es ist komisch«, sagte er dann. »Sie und ich, wir haben das Projekt *geschaffen*. Haben es ins Rollen gebracht. Und wir beide können es nicht: Wir brauchen Si.« Mit seiner geballten Faust schlug er leicht auf den Tisch. »Wir *brauchen* Si. Sie können ihn nicht erreichen? Unter keinen Umständen?«

Der alte Mann sah weg und zuckte kaum wahrnehmbar mit den Achseln. Er sah aus, als fühlte er sich nicht wohl, runzelte ein wenig die Stirn und rückte den Mantel auf seinem Arm zurecht. Rube Prien beugte sich nach vorne und betrachtete ihn eingehend. Dann, seine Stimme war nun sehr weich, begann er zu grinsen. »O Doktor, Doktor, Sie können nicht lügen, nicht wahr? Sie können es einfach nicht. Sie wissen, daß Sie nun lügen müßten. Sie würden es gerne. Und versuchen es auch, aber mich können Sie nicht hinters Licht führen. Sie *können* Si Morley erreichen!«

»Wenn ich es könnte, würde es Ihnen nicht helfen.« Danziger sah sich im Raum um. »Das Projekt war erfolgreich. Davon werde ich mich durch nichts abbringen lassen. Aber dann übernahmen die Unruhestifter die Führung. Sie. Esterhazy. Und wer immer hinter Ihnen gestanden haben mag. Ich weiß nicht, wer es war: Ich *bin* unschuldig. Aber das Projekt ist nun tot, und wenn ich auch nicht gerade sagen kann, daß mich das freut, so bin ich auch nicht besonders unglücklich darüber.« Er erhob sich, über einem Arm den Mantel, den Hut in seiner Hand. »Ich werde Ihnen nicht helfen. Ich mag Sie, Rube, Gott weiß warum. Aber Sie würden die Vergangenheit ändern. Um gemäß Ihrem gottähnlichen Verständnis, was für den Rest der Menschheit das beste wäre, die Gegenwart zu beeinflußen. Nun, wenn es vorhersehende Wahnsinnige gibt, dann gibt es auch klardenkende Verrückte. Sie sind niemals weit. Sehr oft sogar sind es tapfere Männer in Uniform. Patrioten. Trotzdem Feinde.« Er beugte sich zu Rube und streckte die Hand aus. »Ich werde mich daher von Ihnen verabschieden und danke Ihnen für den interessanten Morgen.«

Rube erhob sich, schüttelte Dr. Danzigers ausgestreckte Hand und sagte: »Setzen Sie sich, Dr. Danziger. Denn Sie *werden* mir helfen. Sie werden mich mit Si Morley in Kontakt bringen, denn das ist es, was Sie *wollen*.« Er zog seinen Aktenkoffer zu sich heran, und Dr. Danziger, der noch immer stand, beobachtete ihn. Rube ließ die beiden Messingschlösser aufschnappen und begann, den Inhalt auf dem Tisch vor Danziger auszubreiten: eine glänzende Schwarzweißphotographie der, wie es schien, Main Street einer kleinen Stadt; eine alte Zeitung mit vergilbten Kanten; ein Wahlkampfbutton; ein zusammengehefteter Briefstapel; ein Umschlag mit einer dreieckigen Briefmarke; eine Tonbandkassette; ein altes Buch mit loser Fadenbindung; eine mit einem Gummiband zusammengehaltene Filmrolle. »Werfen Sie einen Blick darauf, Doktor, werfen Sie einen Blick auf dieses Zeug.«

Widerstrebend legte Dr. Danziger seinen Mantel ab und nahm die Photographie. »Ja?«

»Nun, hier ein Plymouth Roadster von '42. Ich hatte auch einmal einen.«

»Und nun betrachten Sie das Kinoplakat. Können Sie es entziffern?«

»Natürlich. Ich bin noch nicht ganz –«

»Okay. Lesen Sie den Titel des Films, den sie zeigen.«

Zwanzig Minuten später hielt Dr. Danziger einen Teil der Filmrolle vor das fluoreszierende Licht der Neonröhre, studierte die Bilder der letzten Filmmeter und warf dann die Rolle zu den anderen Dingen auf den Tisch. »Gut«, sagte er irritiert und setzte sich. »Alle diese Dinge sagen – auf verschiedene Weise – das gleiche aus. Ereignisse, die anscheinend nur auf eine Weise passiert sind, scheinen nun auch auf eine andere Weise stattgefunden zu haben. Woher haben Sie sie?« fragte er neugierig.

Rube zuckte mit den Schultern. »Ein Freund, ein Freund aus der Armee; ich habe sie mehr oder weniger geborgt.«

»Und was haben sie mit Si Morley zu tun?«

»Ist das nicht offensichtlich?«

»Nein.«

Rube wies mit dem Kopf auf die Gegenstände auf dem Tisch. »Er *macht* das. Er und vielleicht McNaughton – ein anderer unserer Leute, der sein Wort brach und nicht mehr zurückkehrte! Sie sind in der Vergangenheit, trampeln dort herum und *verändern* die Dinge. Sie wissen es nicht. Sie leben ihr glückliches Leben, verändern dadurch aber kleine Ereignisse. Die meisten sind trivial, ohne wichtige Auswirkungen. Aber hin und wieder erkennen wir die Auswirkungen dieser kleinen Veränderungen –« Er stand auf und seufzte; Dr. Danziger schüttelte lächelnd den Kopf. »Warum nicht! Zum Teufel, ich zitiere *Sie*!«

»Sie zitieren mich falsch. Dazu braucht es mehr als triviale Ereignisse. Es ist nicht Si. Oder McNaughton. Betrachten Sie diese Dinge.«

»Das habe ich. Fast die ganze letzte Nacht. Bis –«

»Nun, dann betrachten Sie sie noch einmal. Es ist doch

nicht nötig, daß das ein alter seniler Mann für Sie ausformulieren muß.«

»Sie?« Rube Prien nahm den weißen Wahlkampfbutton zur Hand und besah sich die Köpfe von John Kennedy und Estes Kefauver; besah sich die Titelseite der alten Zeitung; berührte die Tonbandkassette, den alten Film, den Packen Briefe – sein Gesichtsausdruck wurde immer verwirrter. Dann lehnte er sich zurück, mit einem Arm stützte er sich auf die Lehne seines Stuhles. »Dr. Danziger, Sie wissen, ich war niemals in Ihrer Gewichtsklasse. Sagen Sie es mir einfach.«

»Keines dieser Objekte stammt aus den ersten Jahren dieses Jahrhunderts. Daran haben Sie wirklich nicht gedacht? Wenn Si, in den Achtzigern des 19. Jahrhunderts, das hier verursachte« – er wies auf die verstreuten Dinge auf dem Tisch – »dann hätten wenigstens einige von ihnen bereits sehr viel früher auftauchen müssen. Und wenn es McNaughton wäre, dann dürfte keines von ihnen vor den Zwanzigern auftauchen.« Sein Gesicht und seine Stimme zeugten von wachsendem Interesse. »Irgend etwas ist geschehen, irgendwann um 1912, scheint es. Irgendein ... was? Ein sehr wichtiges Ereignis, eine Art Big Bang, um den Ausdruck hier zu gebrauchen. Etwas, was den Lauf vieler nachfolgender Ereignisse änderte; dieser und zweifellos auch anderer.«

»Von welcher Art war dieser Big Bang?«

»Wer kann das sagen? Haben Sie den Bericht gelesen, den Si Morley veröffentlicht hat, sein Buch?«

»Zweimal. Ich habe mir Notizen gemacht. Und ihn mindestens einmal pro Seite verflucht.«

»Dennoch ist es ein genauer Bericht, meinen Sie nicht auch?«

»Oh, das weiß ich nicht. Was ist mit dem letzten Kapitel?«

Danziger lachte. »Sie haben recht, ja, Sie haben recht. Nicht ganz genau, Gott sei Dank. Verhindert, daß sich meine Eltern kennenlernen! Und verhindert damit auch das Projekt. Das hat mir gefallen. Aber alles andere war richtig, Ihre grandiosen Ideen eingeschlossen. Warum also nehmen Sie an, daß er das letzte Kapitel geschrieben –«

»Wunschdenken. So hätte er es vielleicht gerne gehabt.«

»Ich weiß es nicht; wenn er das wirklich vorhatte, wer hätte ihn denn davon abhalten sollen?«

Rube schüttelte den Kopf. »Keine Ahnung.« Schweigend saßen sie sich gegenüber und dachten nach. »Okay«, sagte Rube dann. »Aber wer verursachte Ihren Big Bang?«

»Irgend jemand, der Sis Bericht gelesen hat. Der es dann selbst versuchte und dem es gelang. Der es versuchte und dabei, anders als Sie und ich ... Erfolg hatte.«

»Ah, hören Sie auf. Das kann nicht Ihr Ernst sein! Nur, indem er das las?«

»Oh, ich kenne die Schwierigkeiten. Ich weiß, daß es nur wenige schafften, trotz der Einrichtungen, die wir einmal besaßen: die Schule, die Wissenschaftler, die Szenen in der großen Halle. Wir haben für McNaughton praktisch die gesamte Stadt wiederaufgebaut. Und dennoch könnte es möglich sein, daß ein Leser, ein absoluter Amateur –« Er konnte den Satz nicht beenden und brach in Gelächter aus. »Natürlich ist das nicht mein Ernst! Ich mache mich über Sie lustig, Rube!« Noch immer amüsiert drehte er sich um und nahm seinen Mantel und seinen Hut auf. »Nun, es ist faszinierend.« Er rückte den Stuhl zurück und stand auf. »Aber nun – bis dann, Rube. Danke für alles, wie man so schön sagt.«

»Ich kann einfach nicht glauben, daß Sie gehen. Sie, der Sie sich so fanatisch über jede noch so kleine Änderung der Vergangenheit ereifert haben.« Er strich mit der Hand über die Gegenstände auf dem Tisch. »Was ist mit *diesen* Veränderungen?«

»Sie haben es noch immer nicht verstanden, oder? Ja, diese Dinge scheinen von einer Vergangenheit zu zeugen, die geändert worden ist. Und die damit unsere Gegenwart verändert haben. Wenn ich das hier hätte verhindern können, hätte ich es ohne Zweifel getan.« Er setzte die Hände flach auf die Tischkante und beugte sich mit durchgedrückten Armen zu Rube. »Aber nun *ist* diese veränderte Ereigniskette unsere Gegenwart. Wollen Sie sie ein weiteres Mal ändern? Si Morley zurückschicken, um ... ja um was zu tun? Etwas, von dem Sie noch nicht einmal wissen, was es sein sollte, damit eine völlig neue Ereigniskette geschaffen wird? Deren Folgen Sie überhaupt nicht abzuschätzen wissen?«

Rube nahm den Wahlkampfbutton. »Was ist *damit*?« sagte er und ließ ihn über den Tisch gleiten; er blieb, mit der Vorderseite nach oben, vor Danziger liegen.

Danziger sah auf die beiden gemalten Gesichter und nahm dann die Hände vom Tisch. »Ja. Ich mochte diesen jungen Mann. Es war ein Vergnügen, einen Präsidenten zu haben, der seine eigene Sprache beherrschte. Flüssig und richtig. Elegant und mit Witz. Wenn er als Repräsentant der Vereinigten Staaten eine Rede hielt, dann war es möglich, daß man darauf stolz war. Seit Franklin Roosevelt hatten wir wenige wie ihn. Und dennoch hat uns dieser reizende junge Mann in sehr kurzer Zeit näher an einen Atomkrieg geführt als vor- oder nachher. Und das aufgrund mangelnder Informationen. Stürzte uns in das dümmste und am schlechtesten geplante Abenteuer, das ich mir nur vorstellen kann, in Kuba. Was wäre als nächstes gekommen, Rube? Wenn er seine erste Amtszeit zu Ende gebracht und eine zweite gehabt hätte? Hätte er sich gebessert? Vielleicht. Er wäre in diese enorme Verantwortung vielleicht hineingewachsen. Und die Gegenwart, in der wir leben, wäre vielleicht nun etwas glorreicher. Oder katastrophaler. Wir können es nicht *sagen*, sehen sie, wir können es nicht sagen! Aber Sie wollen damit spielen? Sie wollen in den Krabbelsack greifen und es herausfinden?« Er wies auf die Photographie, die Briefe, die Zeitung, alle Dinge, die zwischen ihnen auf dem Tisch lagen. »Ich würde gerne die Ursache dieser Dinge kennen: welches Ereignis, welcher Big Bang, der in den ersten Jahren dieses Jahrhunderts stattgefunden haben muß, diese Veränderungen verursacht hat. Viele dieser Veränderungen dürften noch gar nicht entdeckt worden sein. Ich würde es gerne wissen, doch das wird wahrscheinlich niemals möglich sein. Aber ich werde *Ihnen* dabei nicht helfen. Sie sind ein liebenswürdiger Mensch, aber ein Unruhestifter.« Mit steifen Bewegungen zog er den Mantel an. »Also packen Sie Ihre Schätze zusammen, Rube, und gehen Sie nach Hause. Das Projekt ist tot.«

»Okay.« Rube lächelte, als er aufstand; ein so ehrliches

Lächeln, daß Danziger sogar freundschaftlich zurücklächelte. Rube nahm die Dinge vom Tisch und warf sie in seine Ledertasche. »Ich gehe mit Ihnen nach unten.«

In dem kleinen Büro im Erdgeschoß sah sich Dr. Danziger um; er hatte nun den Hut auf und knöpfte den Mantel zu. »Nun, das Projekt gehört der Vergangenheit an, und ich werde nicht mehr hierher zurückkehren. Aber was immer auch an Gefühlen da sein sollte, vor allem bin ich erleichtert.« Fragend schaute er Rube an, der mit seiner braunen Kappe in der Hand wartete; Rube allerdings zuckte nur die Achseln, Danziger nickte. »Ja«, sagte er, »Ihnen hat das mehr bedeutet als mir. Sehr viel mehr sogar, denke ich. Bereit?«

Rube nickte, setzte seine Kappe auf und betrachtete noch immer das kleine Büro; er war, so schien es Danziger, noch immer nicht in der Lage, den letzten Schritt zu tun. Er ging an eine Wand und löste eine kleine gerahmte Photographie einer bärtigen Mannschaft, die vor einem alten Umzugslaster stand oder kauerte; in weißer Tinte war darunter *The Gang* geschrieben. »Hier« – er bot es Danziger an. »Wollen Sie ein Souvenir?«

Danziger zögerte, dann nickte er. »Ja. Danke.« Er nahm die Photographie und ließ sie in seine Manteltasche gleiten. Rube nahm sich ebenfalls ein Photo und schritt zur Tür. Nachdem Danziger draußen war, knipste er das Licht aus. Auf dem Gehweg draußen zog er die Tür zu, verschloß sie mit einem Schlüssel, den er aus der Brusttasche seines Mantels gezogen hatte. »In welche Richtung gehen Sie, Dr. Danziger?«

»Osten, dann mit dem Bus nach Hause.«

»Nun, ich hoffe, wir sehen uns eines Tages wieder, Dr. Danziger.«

»Ja, ich hoffe, ich sehe Sie wieder, Rube. Wirklich. Aber das sollten wir dem Schicksal überlassen, okay?«

»Okay.« Sie gaben sich die Hand, verabschiedeten sich und gingen auseinander. Nach ein paar Schritten blieb Rube stehen und betrachtete den Schlüssel in seiner Hand. Er sah zu Danziger zurück, der sich entfernte, dann sah er zur Backsteinmauer neben ihm und der verwitterten Beschriftung unterhalb der Regenrinne. Seine Finger umschlossen den

Schlüssel in der Hand, dann drehte er sich um und warf ihn, so hoch und weit er konnte, über die Straße. Er horchte und hörte ihn gegen Metall schlagen, irgendwo zwischen den hohen Reihen zusammengepreßter Autokarosserien, die sich hinter dem Zaun auf der anderen Straßenseite befanden. Dann ging er davon.

9

Als um 3 Uhr 51 morgens das Telefon klingelte, war Rube Prien sofort hellwach. Während er den Hörer abnahm, sah er auf seine Uhr und sprach, noch bevor es ein zweites Mal klingeln konnte. Er freute sich über seine schnelle Reaktion, obwohl er sich ärgerte, daß er ebenso schlaftrunken war wie jeder andere in dieser Situation.

»Rube, hier ist Danz–«

»Hallo, Dr. Danziger.«

»Es tut mir furchtbar leid –«

»In Ordnung. Ich weiß, Sie haben einen Grund.«

»Den habe ich, glauben Sie mir. Rube – die Zeitung, die Sie mir im Projekt gezeigt haben, die alte Zeitung.«

»Den *New York Courier*.«

»Ja. Rube, bitte, ziehen Sie sich an und bringen Sie sie mit. Ich würde zu Ihnen kommen, aber –«

»Bin in vier Minuten angezogen und zur Tür draußen.«

»Es dauert so lange, verstehen Sie. In meinem Alter dauert es ewig, bis ich hoch- und in die Gänge komme. Und das hier kann nicht warten.«

»Bin schon unterwegs.«

»Mit der Zeitung?«

»Worauf Sie sich verlassen können.«

Das Eßzimmer hatte eine hohe Decke und einen Ausblick auf die West End Avenue. Rube zog auf Dr. Danzigers Geste hin einen Stuhl heran und setzte sich an den Tisch. Er trug braune Hosen und einen schwarzen Pullover. Danziger, hatte einen Pyjama, einen dunkelbraunen Morgenmantel und Pantoffeln an. Er setzte sich die Brille auf die Nase und breitete auf dem Tisch die an den Rändern vergilbte Zeitung aus. Er ging die Spalten der ersten Seite durch, das Licht vom Kronleuchter über ihm brach sich auf seiner glänzenden Glatze. »Es dauert ein wenig. Ich will nur sichergehen.«

Schließlich blätterte er die erste Seite um und schlug die Zeitung ganz auf. »Das Format ist etwas größer als das heutiger Zeitungen«, dachte Rube. Danziger, der noch immer die Seiten Spalte für Spalte durchging – langsam vollführte sein Kopf regelmäßige Bewegungen –, zog geistesabwesend einen Stuhl zu sich und ließ sich langsam darauf nieder. Jedesmal, wenn sein Kopf sich senkte, rutschte die Brille ein wenig herab, jedesmal, wenn er für die nächste Spalte den Kopf ein wenig hob, ging auch sein großer Zeigefinger nach oben und rückte sie wieder zurecht.

Minuten vergingen; von der Straße, fünf Stockwerke tiefer gelegen, war nichts zu hören, die Stadt war so ruhig, wie sie nur sein konnte. Rube blickte sich um; niemals zuvor war er hiergewesen. Die Fenster waren dunkel, nur das Licht der Straßenlampen fiel auf sie. Er fühlte sich nicht müde; sein Geist wartete, gelassen und aufmerksam, nur sein Körper sagte ihm, daß er zu dieser Zeit gewöhnlich nicht wach war. Der alte Mann, dachte er, las diagonal; gleichmäßig ging er die engen Spalten durch.

Danziger blätterte um, eine Doppelseite mit Anzeigen erschien. Rube beugte sich nach vorne, um die auf dem Kopf stehenden Überschriften zu lesen: *Wohnungen und Apartments … Möblierte Zimmer … Pensionen*. Eine weitere Seite: *Zu verkaufen … Pferde, Kutschen …* Zwei Seiten mit *Aushilfen gesucht – Weiblich* und *Aushilfen gesucht – Männlich*. Danziger sah sich offensichtlich jede Anzeige an. »

Tut mir leid«, sagte er und sah auf, als er wieder umblätterte. »Höchst unwahrscheinlich, hier etwas zu finden, aber wir müssen sichergehen.« Sein Kopf nahm erneut die gleichmäßigen Auf- und Abbewegungen auf. Zwei Seiten mit *Gesellschaft …* dann *Sport*. Rube wartete, seine Hände lagen auf dem Tisch, er war geduldig, seine Augen glänzten neugierig.

Dann die letzte, die Rückseite, die Danziger eingehend von oben links nach unten rechts studierte. Dann faltete er die Zeitung zusammen und schob sie über den Tisch zu Rube. Er nahm die Brille ab und steckte sie in die Brusttasche seines Morgenrocks. »Sie haben Sie gelesen, oder? Die ganze Zeitung?«

»Nach meiner Methode.«

»Und? Was gefunden?«

»Nun.« Rube drehte die Zeitung, so daß er die Schlagzeilen der ersten Seite lesen konnte. »Bei der Titelgeschichte *Präsident drängt auf Handelsausgleich*« – er lächelte – »habe ich vielleicht das eine oder andere Wort übersprungen. Und ... die Nachrichten aus Europa. Nicht sehr viele, und ich fürchte, ich habe auch die nicht besonders aufmerksam gelesen. Es gibt noch ein Lokalereignis: Eine Droschke fuhr über den Bürgersteig der 14th Str–«

»Ja. Sonst noch etwas?«

Rube zuckte die Schultern. »Einen Blick auf die Anzeigen geworfen. Theater, Mode, Cartoons. Sport. Das las ich ziemlich aufmerksam, interessiert mich einfach. Die Leitartikel habe ich ausgelassen.«

»Ja.« Danziger nickte; er war mit sich selbst zufrieden. »So, wie wir alle alte Zeitungen lesen. Als Sammelsurium von Kuriositäten. Und deswegen haben wir auch die Hauptsache übersehen.«

»Taten wir das? Fahren Sie bitte fort.«

Danziger stützte sich bequem auf seine Unterarme, sein großer Zeigefinger klopfte auf die Titelzeile, die er laut vorlas. »*The New York Courier. Abendausgabe. Letzte Sportnachrichten.*« Er schaute zu Rube auf, lehnte sich zurück, ein Arm baumelte von der Stuhllehne. »Eine alte vergessene Zeitung, eine von vielen aus den glorreichen Tagen New Yorks, als noch Dutzende von Zeitungen erschienen. Nun, der *Courier* stellte sein Erscheinen, wie Sie sagten, 1912 ein; Aufzeichnungen bestätigen das. Und dennoch liegt hier vor uns eine Ausgabe vom 22. Februar 1916« – sein Zeigefinger fuhr über das Datum. »Sie erkannten das. Ich ebenfalls, und wir beide bemerkten nicht die Hauptsache. Wir bemerkten nicht die Schlüsselstelle, den Hund, wie Sherlock Holmes sagte, der bellen sollte … es aber nicht tat. Betrachten Sie noch einmal das Datum.«

Rube gehorchte, starrte auf die Zeile, in der das Datum stand, fixierte es ein oder zwei Sekunden lang, dann hob er seinen Kopf. »O mein Gott«, sagte er sehr leise; seine Augen sprühten vor Erregung. »Die Schlacht von Verdun. Die Schlacht von Verdun hatte bereits begonnen …«

Danziger grinste ihn an. »Ja. Was wir also hier haben, ist eine Zeitung aus – wie soll man es nennen? Eine Zeitung aus einer *anderen Zeit- und Ereignisfolge.* O Gott«, sagte er leise, »o Gott, eine Zeitung von 1916 ohne ein einziges Wort über den Ersten Weltkrieg. Rube – verdammt noch mal, Rube! – die Zeitung, die hier vor uns liegt … ist das Überbleibsel eines anderen Pfades, den die Welt einst einschlug. Bei dem es keinen Ersten Weltkrieg gegeben hat.«

Die beiden Männer schauten sich an; in ihren Augen zeigte sich glückliche Verwunderung. Dann beugte sich Danziger nach vorne. »Sie sind der Historiker. Wäre es *möglich* gewesen? Hätte ein solch … gewaltiges Ereignis wie der Erste Weltkrieg vermieden werden können?«

»Sie haben verdammt noch mal recht: er wäre beinahe vermieden worden!« Die beiden Männer hielt es nicht mehr auf den Stühlen; gleichzeitig rückten sie ihre Stühle zurück und erhoben sich. Rube preßte seine Hände in die Gesäßtaschen seiner Hose, betrachtete die vergilbte Zeitung und blickte dann auf. »Es ist eine erwiesene Tatsache. Seit langem von vielen Historikern akzeptiert. Der Erste Weltkrieg hätte nicht nur vermieden werden können, er hätte vermieden werden *sollen.* Dr. Danziger, es bricht einem das Herz, wenn man über die Männer, die Zeit und die Ereignisse unmittelbar vor Ausbruch dieses Krieges liest. Wenn man Primärquellen studiert, die handschriftlichen Dokumente der Männer liest, die darin involviert waren, und sich dann zurücklehnt und über diesen verdammten Krieg nachdenkt. Sie waren so verdammt *nahe* daran, ihn zu vermeiden.«

Beide Männer hatten das Bedürfnis, sich zu bewegen, deshalb verließen sie den Tisch und gingen in das unbeleuchtete Wohnzimmer; Rube nahm die Zeitung mit. An den Fenstern zur Straßenseite blieben sie stehen und sahen auf die beiden Automobilreihen hinab, die fünf Stockwerke unter ihnen geparkt waren. Leise sagte Rube: »Der Erste Weltkrieg, der ›*Große Krieg*‹, wie ihn die Engländer nennen. Es gab keinen triftigen Grund dafür. Er war nicht notwendig. Er widersprach den tatsächlichen Interessen aller Staaten. Ich kann Ihnen auf der Stelle acht oder zehn Namen nennen, qualifizierte Leute, die einen großen Teil ihres Lebens dem Studium dieses Krieges gewidmet haben. Die darüber gelesen, studiert haben, die alten Schlachtfelder abgeschritten haben, die nachgedacht haben. Und die die verschiedenen Möglichkeiten aufzeigen könnten – die Orte und Zeiten –, die diesen Krieg hätten verhindern können. Ludendorff hätte ihn mit einem Wort stoppen können. Und hätte es auch getan, wenn ihm nur eine Tatsache bewußt gewesen wäre: daß die Vereinigten Staaten *wirklich* in der Lage waren, eine Armee zu mobilisieren, auszubilden, auszurüsten und innerhalb von Monaten nach Europa zu verlegen.«

»Trotzdem, ein Ereignis von enormer Komplexität, dieser Krieg. Vier Jahre, die diese Welt verändert haben.«

»Komplex, nachdem er begonnen hatte, aber nicht vorher.« Eine Weile lang starrten sie auf die Autodächer; dann sagte Rube: »Der Erste Weltkrieg begann fast zufällig. Aus einem nichtigen Grund. Uneinigkeiten zwischen den Nationen. Nun, ja, die gab es. Wie es sie immer gegeben hat. Aber 1914 waren sie von trivialer Natur. Mehr noch 1913 und 1912. Viel Gerede über Kolonien, aber wer brauchte oder wollte sie damals wirklich noch? Diese Tage waren vorüber, und alle wußten es. In Wahrheit nur viel leeres Gerede. Ignorante Männer in hohen Positionen. Ohne viel Verständnis für historische Ursachen und Folgen. Männer, die ohne wirkliche Notwendigkeit stupide Ultimaten stellten. Ein dummer Krieg, in den jeder hineintaumelte, ohne ihn wirklich zu wollen und daran zu glauben, daß er wirklich stattfand. Einige Kriege mußten geschehen, sie hätten nicht verhindert werden können. Unser eigener Bürger–«

»Rube.« Danziger lächelte ihn an. »Nichts ist mir lieber, als die ganze Vorlesung zu hören, neben einigen Abschweifungen. Aber zu dieser nächtlichen Stunde fürchte ich, daß ich das Examen nicht bestehe.«

Rube lächelte und blickte auf seine Uhr. »Okay. Zeit, nach Hause zu gehen. Aber der Gedanke geht mir nicht aus dem Kopf: Ohne diesen Krieg hätte das ein bemerkenswertes Jahrhundert werden können. Vielleicht sogar ein glückliches, Dr. Danziger.«

»Rube, Rube« – Danziger lachte und klopfte Rube leicht auf die Schulter – »Sie ändern sich nicht, nicht wahr? Wie lange ist es her, drei oder vier Minuten? Seitdem Sie erfahren haben, was diese Zeitung wirklich bedeutet. Und schon sind Sie wieder auf und davon.«

Rube lächelte erneut. »Nein. Ich weiß nicht, wohin ich mich wenden sollte. Wenn Si jetzt hier wäre, wüßte ich nicht, was ich ihm sagen sollte. Ich bin kein ausgebildeter Historiker, das wissen Sie. Erst als ich in die Armee eingetreten bin, habe ich mich damit beschäftigt. Und mein Spezialgebiet ist Militärgeschichte, vor allem die beiden Weltkriege in Europa, *nachdem* sie begannen. Über amerikanische Geschichte und Innenpolitik weiß ich nicht mehr als ein durchschnittlicher High-School-Schüler in seinem letzten Jahr. Aber wir haben Leute, die mehr wissen. Leute, die vielleicht wissen, wie dieser Krieg hätte vermieden werden können. Fast *wäre* er vermieden worden. Dr. Danziger, ich denke nicht an ein kleines Experiment, das von Esterhazy und mir ausgekocht wird. Irgendeine kleine Veränderung der Vergangenheit, die vielleicht die Gegenwart auf ebenso geringfügige Weise verändert. Ich denke an die Möglichkeit, den Ersten Weltkrieg zu verhindern. Ich weiß, Sie können Si Morley erreichen; nun, es wäre an der Zeit, das zu tun.«

»Ist es das? Warum?«

»Herrgott. Den Ersten Weltkrieg verhindern – *wenn* das möglich wäre. Und Sie fragen, warum?«

»Klar.« Danziger deutete auf die Zeitung in Rubes Hand. »Dann *zeigen Sie mir doch die Ausgabe vom darauffolgenden Tag*. Und die einen Monat später. Und ein Jahr später. Ein Jahrzehnt. Was hätte diese Zeitung uns zu sagen? Über die Natur der Welt. Wer kann uns versichern, daß die Welt, hätte es den Ersten Weltkrieg nicht gegeben, nun ein Rosengarten wäre?«

Rube starrte auf die unbelebte Straße. »Gewißheit«, murmelte er. »Gewißheit, Sie sind davon besessen!« Er drehte sich um und fixierte Danziger. »Wer zum Teufel kann denn jemals etwas mit Gewißheit behaupten? Einschließlich seines nächsten Atemzugs. Wir beeinflussen die Zukunft alleine dadurch, daß wir hier *stehen*. Irgendein Wahnsinniger steht vielleicht dort drüben und beobachtet uns und löst damit eine verrückte Gedankenfolge aus, die darin endet, daß er die ganze verdammte Welt in die Luft sprengt.«

»Dagegen können wir nichts tun. Aber wir dürfen das Geschehen nicht einfach rückgängig machen.«

»*Doch, das dürfen wir*. Wenn wir es können, *müssen wir es sogar*.«

»Minuten, nur *Minuten* sind vergangen, in denen ich Ihnen zugehört habe. Nun, ich werde Ihnen niemals helfen, Rube, niemals.«

Rube nickte einige Male, dann lächelte er dieses tiefe, äußerst freundliche Lächeln ohne Arglist, für das ihn die meisten Menschen mochten. »Okay«, sagte er und reichte impulsiv dem alten Mann die Zeitung. »Hier, Dr. Danziger, ein Souvenir. Sie können es haben.«

»Nein, nein, Rube. Sie müssen sie behalten, sie gehört zu –«

»Sie sind der einzige, der herausfand, was sie wirklich bedeutet; ich möchte, daß Sie sie behalten. Meine Bekannte, Lieutenant in der Armee, wird sicherlich eine Erklärung finden, warum ich sie nicht mehr zurückgebracht habe; sie mag mich.« Er sah sich im Zimmer um, auf der Suche nach einem Platz, wo er sie ablegen konnte. Dann ging er zu Danzigers überfülltem, mit Schubfächern versehenen Schreibtisch. Die Augen strichen über die Tischoberfläche, er schob das Telefon und den dazugehörigen Notizblock zur Seite, schuf Platz und legte die Zeitung ab; in dem Moment, in dem er sie erblickte, lernte er die zehn Zahlen auswendig, die auf dem Block notiert waren.

Er ging die mehr als zwanzig Blocks, darunter fünf lange, die sich quer durch die Stadt zogen, nach Hause. Es gefiel ihm, jetzt im Freien zu sein; er betrachtete die Autos, die gelegentlich vorbeifuhren und die frühen Fußgänger, machte sich über sie Gedanken und sah ihre Zahl zunehmen. Er sah, wie der nächtliche Himmel sich verfärbte, und versuchte genau den Augenblick wahrzunehmen, in dem die Nacht aufhörte und der Morgen begann. Er dachte über die Zeit selbst nach und fragte sich, ob sie jemals verstanden werden könnte.

Als zwei Stunden und zwanzig Minuten, nachdem er zu Hause angekommen war, der Wecker klingelte, der Lärm der Stadt und die Straßen im Tageslicht zum Leben erwacht waren, rollte sich Rube zum Telefon und wählte sieben der zehn Zahlen – 759-3000 –, die er auf Dr. Danzigers Telefonnotizblock gesehen hatte.

»Plaza Hotel, guten Morgen.«

»Guten Morgen.« Er gab die letzten drei Zahlen durch: »Vier-Null-Neun, bitte.«

»Hallo?«

»Hallo, Si. Willkommen in der Gegenwart. Hier ist Rube Prien.«

10

Ich spielte mit den Brotkrümeln, schnippte sie mit dem Finger über das Tischtuch und hörte zu. Rube und ich waren nun schon eine Weile im Oak Room des Plaza Hotels, die Menge, die sich zum Frühstück versammelt hatte, verlief sich, während wir unsere zweite und dritte Tasse Kaffee tranken. Schließlich legte ich meine Hand auf Rubes Arm und brachte ihn zum Schweigen. »Okay, Rube, *okay*. Gehen Sie zurück und verhindern Sie den Ersten Weltkrieg. Klar. Jede vergangene Zeit. Wer wollte das nicht tun? Aber sprechen Sie es laut aus – ›den Ersten Weltkrieg verhindern‹ –, und klingt es dann nicht ein wenig lächerlich?

Hören Sie zu. Was ist dieser Krieg? Für Sie nur ein alter Schwarzweißfilm im Fernsehen. Dazu das, was Sie gelesen haben, was Ihnen während Ihres Lebens beigebracht und erzählt wurde. Eine enorme Angelegenheit, Millionen, die starben, Millionen Männer, die alleine bei der Schlacht von Verdun getötet worden sind. Das alles verhindern? Lächerlich.«

»Aber Si. Bevor er anfing? Im Sommer 1914, vielleicht? Nein, da war es bereits zu spät, glaube ich. Aber 1913? Vielleicht. Denn wenn Sie zurückgehen, dann schrumpft alles zusammen. Zu Ursachen, die zu einem Anfang führen. Probleme, die individueller und leichter zu bewältigen sind. Und 1912 gibt es nur eine Handvoll Menschen, die überhaupt an den Krieg denken. Sie sind dort, verdammt noch mal, in der Zeit, in der *die Ereignisse noch unbedeutend sind und verändert werden können.*«

»Also kehre ich zurück, um was zu tun? Den Kaiser erschießen?«

»Es könnte funktionieren. Sie glauben, es funktioniert nicht? Aber wenn Sie es versuchen, Si, dann schleichen Sie sich an seine linke Seite heran, denn da ist sein lahmer Arm.

Ich habe keine Vorstellung, was Sie tun könnten. Ich wäre nicht in der Lage, ein High-School-Examen in Amerikanischer Geschichte zu bestehen. Aber in Europäischer. Ich könnte Ihnen auf der Stelle den Ort und die Zeit nennen, an denen ein Treffen stattgefunden hat. Zwischen drei Männern, deren Namen ich Ihnen geben könnte, inklusive der Initialen des zweiten Vornamens. Jeder in meinem Fachgebiet könnte das. Drei Männer, die sich 1913 in einem Schweizer Restaurant getroffen haben, das es zufälligerweise immer noch gibt. In Bern – ich habe einmal dort gegessen, nur um es zu sehen. Und, Si, wenn irgend jemand – nun, was? Wenn irgend jemand nichts anderes getan hätte, als, sagen wir, einen Wagen vor der alten Limousine zu parken, der zwei dieser Männer zu dem Treffen brachte ... und einfach ausgestiegen, sich entschuldigt und dann einige Sätze – die ich Ihnen sofort diktieren könnte – gesprochen hätte, dann wären sie auf keinen Fall zu diesem Treffen gegangen. Was den Lauf der nachfolgenden Ereignisse gerade so weit beeinflußt hätte, um sie auf einen anderen Pfad zu bringen. Und« – Rube hämmerte leicht und geräuschlos mit der Faust auf das Tischtuch ein – »es *hätte keinen Krieg* gegeben.«

»Ich müßte also in die Schweiz –«

»Nein.« Er grinste. »Sie müßten Deutsch sprechen. Aber wenn sie am 14. Juli 1911 in Paris – alle Regierungsbüros waren geschlossen – ein Telefongespräch geführt hätten« – er grinste wieder – »in gutem flüssigen Französisch, hätten Sie das gleiche auf ganz andere Weise und aus ganz anderen Gründen erreicht. Verdammt, wenn Sie nur Englisch könnten, so wie es die Engländer sprechen, und sich am 19. Mai oder am 20., 21. oder 22. Mai 1912 – der genaue Tag spielt keine Rolle – zwischen Mittag und zwölf Uhr vierzig auf dem Bürgersteig vor dem House of Commons aufhalten und dort einen bestimmten Gehilfen von Joseph Chamberlain sprechen und ihm fünfundvierzig Worte in einem schönen gestochenen englischen Akzent sagen könnten, dann wäre ein

Ereignis dieser Parlamentssitzung anders ausgefallen. Was mit ziemlicher Sicherheit die Position Englands im Bündnissystem der europäischen Staaten verändert hätte, was schließlich zum Krieg geführt hatte. Aber wie der Großteil Ihrer Landsleute, die halbe Analphabeten sind, können Sie nur das amerikanische Kauderwelsch.«

»O yeah, wie sie in den alten Filmen sagen. Und wie steht es mit Ihnen?«

»Ich lese Deutsch, Französisch und Italienisch. Und spreche diese Sprachen, wenn man von einem breiten Akzent absieht. Sprach nichts anderes als gutes altes Amerikanisch, bis ich in die Armee eintrat und mich mit Militärgeschichte befaßte. Nun lese ich sogar ein wenig Russisch und sogar gedrucktes Japanisch. Aber für Sie brauchen wir etwas, wo nur Amerikaner involviert sind, und die Vorkriegsgeschichte der USA ist nicht gerade mein Fachgebiet. Ich muß nach Washington und einige Fachleute aufsuchen.« Er sah mich wartend an.

»Und was glauben Sie, was Dr. Danziger dazu sagen würde?«

»Oh, wir beide wissen, was er sagen würde. Ich kann aus dem kleinen roten Buch zitieren, den weisen, weisen Sprüchen des vorsichtigen Dr. Danziger. Des Übervorsichtigen – ich glaube, er ist so einer, der immer ein Ersatzpaar von Schnürsenkeln mit sich herumträgt. Aber wir reden nicht von der *Veränderung* der Vergangenheit, Si; sondern von der *Wiederherstellung*. Die alte Zeitung berichtete davon.« Er beugte sich über den Tisch zu mir. »Das zwanzigste Jahrhundert, Si, wäre das beste gewesen, das glücklichste, das die Menschheit jemals hatte. Wir waren auf dem Weg in diesen ersten frühen Jahren. Und dann trat die große Veränderung ein. Etwas, das uns auf einen anderen Pfad brachte. In einen Krieg, den niemand brauchte. Was wir tun können, Si, ist keine Veränderung, sondern die Wiederherstellung dieses Pfades, den die Welt bereits eingeschlagen hatte.«

»Ich bin für einige Tage hierhergekommen. Und wollte bis auf Dr. Danziger niemand sehen. Am allerwenigsten Sie. Nur ein abschließender Besuch, vor allem, um herumzugehen.

Mir einige Bilder einzuprägen. Wie jemand, der zum letzten Mal seine Heimatstadt besucht. Und nun, statt dessen« – ich schüttelte den Kopf und lachte ein wenig – »statt dessen wollen Sie, daß ich den Ersten –«

»Geben Sie mir eine Woche Zeit, Si. Das ist alles. Treffen wir uns wieder in genau einer Woche. An dem alten Platz. Im Park, wo wir uns zum ersten Mal unterhalten haben.«

Er wartete, beobachtete mich, aber was mir durch den Kopf ging, war nicht das, was Rube annahm. In meinem Kopf schrie alles *Tessie und Ted. Tu es und du bist dort, wo Tessie und Ted sind*! Aber das ist etwas, was verboten ist, oder? Nicht, wenn ich tun *muß*, worum mich Rube bittet. Dann ist es nicht mein Fehler, nicht wahr?

»Gut. Wir treffen uns in einer Woche?«

Ich nickte, erschrocken und ungeheuer aufgeregt. *Tessie und Ted …*

»Sie werden mit Danziger reden«, fragte Rube.

»Ich denke schon.«

»Sie werden es nicht zulassen, daß er Sie dazu überredet –«

»Nein. Es war etwas anderes, als Sie und Esterhazy mit der Vergangenheit herumspielen wollten. Nur um zu sehen, was passieren würde. Damals stand ich auf der Seite von Danziger. Aber diesmal: ja, ich bin mir sicher. Wir treffen uns in einer Woche.« *Tessie und Ted …*

11

Durch die Drehtüren des Plaza, die Steintreppe hinunter, nach Norden zur Ecke der 59th Street, wo ich an der Ampel stehenblieb. Ich trug graue Hosen und einen marineblauen Anorak, den ich vor einigen Tagen gekauft hatte, keinen Hut. Die Ampel sprang um, ich überquerte die Straße zum Central Park und bog dann auf den Kiesweg ein. Ich war ein wenig aufgeregt und neugierig, was Rube mir präsentieren mochte. Dann vom Weg herunter und ein paar Meter durch langes Gras zu dem großen schwarzen Felsen.

Rube wartete in olivgrünen Armeehosen, einem Armeehemd, braunen Schuhen, einer alten Lederjacke und einer seltsamen blauen Strickkappe mit einer kleinen Troddel. Er lehnte gegen den Stein, seine Augen waren geschlossen, das Gesicht hielt er in die Sonne; eine braune Papiertüte lag auf seinem Schoß.

Er hörte mich kommen, öffnete die Augen, grinste und wies mit einer ausladenden Handbewegung auf das Gelände um uns, während ich mich setzte; derselbe Ort, an dem wir uns zum ersten Mal über das Projekt unterhalten hatten. »Symbolisch, nicht wahr? Bedeutsam.«

»Ja, so ähnlich.«

»Nun, Sie haben damals eine schwere Entscheidung getroffen, die die richtige war. Tun Sie es nun wieder. Zuerst aber …« Er öffnete die Papiertüte, nahm ein in Wachspapier eingewickeltes Sandwich heraus und reichte es mir. »Was Sie damals auch bestellt haben, denke ich. Damals, beim ersten Mal.« Ich lächelte und wußte, was nun kam: ein Roast-Pork-Sandwich. »Ebenfalls symbolisch. Vom Schwein, das Sie auch damals hatten. Nur fürchte ich, daß es diesmal ein anderes ist.

Ein größeres und von sehr viel schlechterer Qualität. Aber erst das Vergnügen!« Rube holte noch zwei Äpfel heraus; auch damals, erinnerte ich mich, hatten wir sie zum Mittagessen.

Wir aßen ohne Eile. Gegen den von der Sonne erwärmten Stein gelehnt, war es hier gar nicht so übel. Auf dem Weg gingen zwei mehr als gut aussehende junge Frauen vorüber, blickten zu uns herüber und setzten ihren Weg mit einem kaum merklich verstärkten Hüftschwung – etwa drei Viertel Zentimeter – fort. »Man nennt sie Mädchen, denke ich«, sagte Rube, »oder hat sie zumindest einmal so genannt. Und irgend jemand hat mir erzählt – aber das habe ich nie geglaubt.«

»O Gott, Sie sind in der Army, Rube: die Welt draußen würde Sie nur durcheinanderbringen.«

»Das tut sie, das tut sie. Wenn sie nur nach den Gesetzen der Armee funktionieren würde.« Er blickte mich an. »Aber das darf man eigentlich nicht sagen, oder? Sie glauben doch bestimmt schon, ich sei ein einheimischer Hitler.«

»Nein, das denke ich nicht, Rube. Vielleicht Napoleon. Bis auf Ihre Mütze.«

Er griff nach oben und berührte sie. »Zum Schutz meines alten kahlen Schädels; ich schäme mich deswegen nicht. Ein Freund hat sie gemacht. Ich muß sie gelegentlich tragen.«

Wir aßen unsere Sandwiches auf, ich wischte die Krümel von den Händen, nahm einen Apfel, biß hinein – er war sauer – und sagte: »Okay, Rube, ich bin ganz Ohr.«

Er drehte sich an die Felsseite, an der wir saßen, und holte eine braune lederne Aktenmappe hervor. »Was wissen Sie«, sagte er, als er ihren Reißverschluß öffnete, »über William Howard Taft und Theodore Roosevelt?«

»Taft war fett, und Roosevelt trug eine komische Brille.«

»Mehr als ich wußte. Ich war mir nicht einmal sicher, wer wer war.« Er holte ein liniertes Blatt mit handschriftlichen Notizen heraus. »Aber anscheinend waren sie Freunde gewesen. Gute sogar. Roosevelt war zuerst Präsident, dann übergab er den Job an Taft. Und für die nächste Wahl, 1912, traten sie wieder als Kandidaten für das Präsidentenamt an. Aber nun kommt es: Laut unseren USA-Spezialisten gab es etwas, das sie gemeinsam verfolgten. Beide wollten Frieden. Ich meine, sie wollten ihn wirklich, das war nicht nur politisches Gewäsch. Roosevelt hatte bereits den Friedensnobelpreis gewonnen. Tafts Vater« – Rube drehte das gelbe Notizblatt, um eine quer an den Rand geschriebene Zeile zu lesen – »war Botschafter in Österreich-Ungarn und Rumänien, nein Rußland; kann mein eigenes Gekritzel nicht lesen. Taft selbst war Kriegsminister. Roosevelt hatte Japan und Rußland zusammengebracht, damit sie ihren Krieg beendeten. Und so weiter. Sie waren beide intelligent, wußten, wie die Dinge liefen, wußten, was andere intelligent Menschen auf der Welt auch wußten, daß gewisse Dinge Konturen annahmen, die die Welt in einen Krieg stolpern lassen könnten, der sinnlos war.«

Rube faltete sein Blatt, legte es wieder in die Tasche, zog seine Hand aber nicht heraus. Er grinste mich an. »Ich habe hier etwas, das geheim ist, Si. Armeedokumente: unsere Leute haben es gefunden, es gehört uns und wird noch immer unter Verschluß gehalten. Man glaubt, daß Roosevelt und Taft eine Vereinbarung getroffen hatten. Wer immer 1912 gewählt werden sollte, würde fortsetzen, was sie bereits gemeinsam begonnen hatten. Und in dem unwahrscheinlichen Fall, daß der Demokrat Woodrow Wilson gewählt werden sollte, wollten sie ihn darüber in Kenntnis setzen und das Beste hoffen. Manchmal sind unsere Leute ziemlich gut, Si; werfen Sie einen Blick darauf.« Er holte ein Blatt im Briefformat heraus und reichte es mir.

Eine Fotokopie eines kleineren Blattes mit mehreren Zentimeter großen schwarzen Rändern um ein kleines weißes Rechteck. Oben auf dem kleinen Vermerk stand geschrieben: *The White House*. Darunter in drei Zeilen in einer recht guten Handschrift: *Essen D.S.*; darunter *Gschnk einpck*; und darunter *Z über G, B, V. E. unterrichten.*

»Toll, eh?« sagte Rube. »Unsere Leute erzählten mir, daß Präsidenten einen Haufen Papierkram hinterlassen. Und daß es immer schlimmer wird. Nicht viel von George Washington, aber ganze Wagenladungen von Gerald Ford.« Er berührte das Blatt in meiner Hand. »Also, was bedeutet das? – es ist Tafts Handschrift. Vielleicht nichts, wen kümmert es. Außer, daß alles, was ein Präsident schreibt, von Interesse ist. Also hat jemand – ich weiß nicht wer, es ist schon einige Jahre her – zumindest das Datum herausgefunden. D. S. war wahrscheinlich Douglas Selbst, ein Senator aus Ohio, Tafts Bundesstaat. Also schlägt man im Tagebuch des Senators in der Library of Congress nach und, yep, er erwähnt in ziemlicher Ausführlichkeit das Essen mit dem Präsidenten. Am 14. August 1911. Der Vermerk ist nun datiert, und unsere Leute notierten diese Tatsache. Nicht auf dem Originalvermerk, natürlich. Es ist unsere Information, und zum Teufel mit allen anderen – richtig? Lassen Sie niemals die Navy herausfinden, daß Taft mit dem Senator Selbst 1911 ein Essen hatte.

Fünfundzwanzig Jahre später – ich scherze nicht, Si – kam eine unserer Mitarbeiterinnen, ein ambitioniertes junges Mädchen, wenn Sie das häßliche Wort entschuldigen wollen, ein Lieutenant, die zum Zeitpunkt dieses Vermerks noch nicht einmal geboren war, an diese Akte. Und interessierte sich für die anderen Einträge. Was bedeutete ›Gschnk einpck‹? Alles, was ihr dazu einfiel, war ›Geschenk einpacken‹. Also überprüfte sie den Geburtstag von Tafts Ehefrau – nicht unbedingt das Leichteste auf dieser Welt. Aber es war der 15. August, also wußte nun die Historische Abteilung der United States Army, daß ›Gschnk einpck‹ wirklich ›Geschenk einpacken‹ bedeutete – toll! Anscheinend tat das Taft noch selbst; selbst für Präsidenten waren das noch einfache Zeiten. Diese Information ist übrigens ebenfalls geheim. Schwören Sie, daß Sie sie niemandem weitererzählen.«

Ich legte meine Hand aufs Herz.

»Okay. Unsere Leute haben sich alle ihre Pension verdient. Und eine Generation, nachdem Taft diesen Vermerk gekritzelt hatte, warf einer unserer Leute, der dieses Zeug durchwühlte, einen Blick auf den dritten Punkt – und die Initialen übersetzten sich ihm wie von selbst. Auf den ersten Blick. Das kommt manchmal vor. ›Z unterrichten‹, heißt es, und dann – G für George, B für Briand und V. E. für Victor Emmanuel. George V. von England; Briand, der Premierminister Frankreichs, und der König von Italien, Victor Emmanuel. Drei Staatsoberhäupter! Und deswegen wurde das, eine ganze Generation nach seiner Abfassung, für unsere Leute interessant. Irgendwie. Und wurde einer eingehenderen Untersuchung unterzogen. Wer war Z? fragten sie sich. Das war vor drei Jahren, und als erstes –«

»Rube, in nur fünf oder sechs Stunden wird es dunkel.«

»Gut. Ich habe mich davontragen lassen. Wer war Z? Nun, Z war jemand, den Taft und Roosevelt nach Europa geschickt haben. Um Grußbotschaften des Präsidenten mit mehreren Staatsoberhäuptern auszutauschen. Aber auch, um zu – nun, zu plaudern. Und um einige informelle Vereinbarungen zu treffen. Um ein inoffizielles Bündnis zu bilden. Wer immer 1912 gewählt werden würde – eingeschlossen des Demokraten, wenn möglich –, sollte sich aktiv dieser Arbeit verschreiben, sollte alles in seiner beträchtlichen Macht unternehmen, um den Gedanken zu verbreiten, daß wir auf Seiten der Alliierten in jeden europäischen Krieg eintreten würden. Und dem bereits durch atlantische U-Boot-Patrouillen zuvorkämen.«

»Das konnten sie doch nicht versprechen, oder?«

»Natürlich nicht. Der Kongreß mußte den Krieg erklären; das war noch in den altmodischen Zeiten, als die Präsidenten meinten, daß sie ihrem Eid auf die Verfassung Genüge leisten müßten. Nur der Kongreß konnte damals den Krieg erklären und hätte es zweifelsohne kaum getan. Jeder wußte das. In der ganzen Welt. Aber das ist der Punkt, Si: Während ich über die US-Geschichte kaum Bescheid weiß, betreten wir nun ein historisches Feld, das ich kenne. Wenn es nur die geringste Möglichkeit gegeben hätte, daß Amerika in einen europäischen Krieg eingetreten wäre ..., dann wäre dieser Krieg augenblicklich unmöglich geworden. Dazu brauchte es nicht den Kongreß oder formale Verträge, dazu brauchte es nicht die geringste Gewißheit darüber. Denn keine Nation beginnt einen Krieg, so erzählt uns Clausewitz, von dem sie nicht glaubt, daß sie ihn gewinnt. Und das ist wahr. Dieser Krieg, Si, der für niemanden notwendig war, wäre einfach nicht angefangen worden. Keine idiotischen Ultimaten, keine Erklärungen. Glauben Sie mir, Si, es hätte nicht funktioniert! Der Krieg wäre unmöglich geworden. Graben Sie Ludendorff und Hindenburg aus und fragen Sie sie. Sie würden es Ihnen erzählen.«

»Aber Z erhielt nicht seine Zustimmungen.«

»O doch, er erhielt sie. Das nehmen unsere Leute an. Was er bekam, waren Briefe, informelle Notizen. Keine Beschlüsse der Parlamente oder ähnliches. Aber unterzeichnet. Von den Staatsoberhäuptern. Also zählten sie. Sie verfügten über Macht und Magie.«

»Und deswegen hat der Erste Weltkrieg niemals stattgefunden?«

»Er hat stattgefunden.«

»Wieso?«

»Z kam zu Hause niemals an.«

»Was?«

»Kein Hinweis, auf den unsere Leute gestoßen wären. Er war auf seinem Rückweg, die Mission durchgeführt, mit den Unterlagen, die er wollte – es gibt darüber Kabel. Aber dann ... Scheint er einfach verschwunden zu sein. In Luft aufgelöst. Wir wissen das, weil es dafür Belege gibt. Vielleicht wußte man damals den Grund dafür. Wahrscheinlich sogar. Aber wir kennen ihn nicht.«

»Nun, wer war Z?«

Rube schüttelte langsam den Kopf. »Unsere Leute wissen es nicht. Sein richtiger Name taucht nirgends auf. Er wird immer nur als ›Z‹ bezeichnet. Und, verdammt, Si, unsere Leute kümmern sich auch nicht darum. Sie sind daran nicht interessiert. Das alles hier ist nur ein Gefallen, den sie mir getan haben. Ich kann sie verstehen: Es ist nichts, hinter dem sie her sind. Für sie ist es nur eine von vielen gescheiterten Missionen, und es gibt von ihnen Dutzende und Aberdutzende in der Geschichte dieses Landes. Sie geschah vor vielen Jahren, ist schlecht dokumentiert – also, was soll's.«

»Könnten Sie nicht Ihren Leuten erzählen, warum –«

»Nein. Ich habe es geschafft, für das hier alles eine neue Abteilung zu schaffen. Eine sehr kleine, müssen Sie wissen. Esterhazy steht ihr offiziell vor; ich bin der zweite in der Reihe, und der Rest der Abteilung besteht vor allem aus einem Sergeant, der uns Kaffee macht.«

»Esterhazy.«

»Ja. Er ist nun Brigadier. Si, Sie wissen, daß wir den Leuten nicht erzählen können, was wir tun. Die meisten unserer Leute haben sogar nicht einmal vom Originalprojekt gehört. Wie sollten wir ihnen also erklären, was wir hier tun wollen? Ihnen das Projekt zeigen, diese Müllhalde? Ich muß nehmen, was ich bekommen kann; was nicht mehr ist, als sie sowieso schon haben. Außerdem zweifle ich, daß es recht viel mehr gibt.

Wir reden hier von der Geschichte der USA vor 1914; kaum jemand dachte damals an einen bevorstehenden Krieg. Anders als in Europa; ich habe Ihnen von dem erzählt, was ich Ihnen für Europa präsentieren konnte. Aber hier? Ich denke, was wir hier haben, ist alles, was zu bekommen ist.« Rube grinste mich plötzlich an und berührte meinen Unterarm. »Aber ein alter Hund vergißt nicht seine alten Tricks! Was tut man, wenn eine Spur verschwindet? Man dreht Kreise! Bis man die Spur wieder aufnimmt. Wollen wir irgendwo einen Kaffee trinken?« Er, der alte Athlet, sprang auf, streckte mir die Hand hin, und ich ließ mich von ihm hochziehen; dann machten wir uns auf den Weg.

Wir wandten uns nach Süden zur 59th Street und dem Plaza Hotel. »Haben Sie jemals von Alice Longworth gehört?« fragte Rube.

»Ja, ich glaube schon. Die alte Lady? Die jetzt tot ist. Diejenige, die meinte, Thomas Dewey sehe wie der kleine Mann auf einem Hochzeitskuchen aus?«

»Genau. Sie sagte auch: ›Wenn Sie über jemanden nichts Gutes zu reden wissen, dann nehmen Sie neben mir Platz.‹ Das letzte ist auch der Grund, warum ich an sie gedacht habe. Sie war wirklich ein heller Kopf, klug, witzig. Und sie hatte ein loses Mundwerk, wie man so schön sagt. Eine Klatschtante. War mit einem Kongreßabgeordneten, der zu den oberen Zehntausend gehörte, verheiratet. Und sie ist nicht immer eine alte Lady gewesen. Sie war einmal jung gewesen und gehörte einst zur jungen Washingtoner Gesellschaft. Kannte jeden, der etwas in Washington darstellte. Wußten Sie, daß sie Theodore Roosevelts Tochter war?«

»Weiß ich nicht.«

»Nun, ich erinnerte mich an sie und begann über sie zu

lesen. Zwei, drei Bücher aus der Bibliothek. Und erstellte eine Liste mit ihren Freunden, so viel ich finden konnte. Dann begann ich, bildlich gesprochen, an den Haustüren zu klingeln. Ich schrieb Briefe, telefonierte in einem Fall, und in Washington klingelte ich wirklich an einer Tür. Was ich tat, Si, war, mit Leuten in Kontakt zu treten, die in irgendeiner Weise mit Alice in Verbindung standen: Enkelkinder ihrer Freunde, Urenkel, Ururenkel, jeden, den ich finden konnte und der vielleicht einige Briefe von ihr besitzt. Ein Brief von Alice Longworth ist etwas, was eine Familie doch aufhebt. Ein Fünftel der Leute meiner Liste erreichte ich. Einige von ihnen wußten nicht einmal, wer sie war.« Wir betraten den Gehweg der 5th Avenue neben dem Park und gingen in Richtung der 59th Street. »Eine langwierige Angelegenheit, die mich mürbe und gereizt machte. Eines Tages am Telefon sagte ich, ›Was! Sie haben niemals von Alice Longworth gehört! Ihr Leben ist eine gottverdammte Ödnis! Warum? Sie ist diejenige, über die dieses Lied geschrieben wurde!‹ Welches Lied? Natürlich wollte er das wissen, und ich sang es ihm vor.« Rube begann zu singen, leise, mit keiner schlechten Stimme, er traf die Töne richtig: »In her sweet lid-ull Al-liss blue gown!« Es war wirklich ein schönes altes Lied; ich kannte es schon immer, wußte aber nicht, daß sich der Text auf die richtige Alice bezog. Ich stimmte mit ein, und wir gingen die 5th entlang zum Plaza und sangen. Ich war in guter Stimmung, nachher, als wir in die kleine Bar neben der Lobby gingen und uns an einem Tisch niederließen. Ich wußte, daß Rube es nicht geplant hatte; er konnte hinterhältig sein, aber auch impulsiv: Ich wußte, daß er spontan angefangen hatte zu singen. Als die Bedienung dann allerdings kam, lächelte Rube sie an und sagte: »Zum Teufel, ich nehme einen Martini. Den ersten seit einer Million Jahren.« Und statt der Coke, die ich bestellen wollte, sagte ich, daß ich auch einen wollte. Später dachte ich, daß Rube vielleicht die Möglichkeit erkannt hatte, mit ein wenig Alkohol der richtigen Entscheidung, die ich zu treffen hatte, nachzuhelfen.

Es gab hier etwa zwanzig Tische, nur einer jedoch war besetzt – von zwei Japanern. Rube hatte einen Tisch und den

Stuhl an der Wand genommen, von dem er den ganzen Raum überblicken konnte.

Während wir auf unsere Drinks warteten und noch immer über unseren kleinen Gesang lächelten, sagte Rube: »Was ich für meine Bemühungen erhielt, sind einige Briefe von Alice Longworth, in denen Z erwähnt wird. Ich dachte, die Leute würden mir Photokopien schicken« – er holte sie aus seinem Aktenkoffer – »aber sie schickten mir in beiden Fällen die Originale.«

»Ist das ein feststehender Ausdruck – ›Alice Blue‹?«

»Ich denke schon. Auch in der Library of Congress ist sie darunter verzeichnet. Sie war ein wenig eitel und wollte unbedingt eine Farbe als Namen haben.« Er packte zwei Photokopien aus. »Die Library of Congress besitzt einiges von Alice Longworth in ihrer Roosevelt-Abteilung, aus der ich einige Nachrichten von Z an sie bekommen habe.« Rube wollte mir einen Brief reichen, in diesem Moment aber kamen unsere Drinks, und er wartete; er wollte nicht, daß etwas auf ihnen verschüttet werden könnte. Wir nippten an unseren Getränken, dann wies ich auf seine Briefe. »Und in ihnen ist immer nur von Z die Rede? Wird niemals sein voller Name genannt?« Rube, der noch immer seinen Drink in der Hand hielt, nickte. »Wie kommt es«, sagte ich. »Alice wußte doch, wer er war, oder?«

»Sicher. Er war ein Freund der Longworths, dennoch unterzeichnete er seine Mitteilungen mit ›Z‹, und sie adressierte ihn ebenfalls als ›Z‹. Obwohl sein Name für niemanden ein Geheimnis war. Aber hier war ein Präsident, der sich mit Dingen befaßte, die eigentlich Aufgabe des Kongresses waren – so wie es Präsidenten gerne tun. Dennoch waren das lockere Zeiten, lange bevor das CIA gegründet wurde; alles, was sie also taten, war, den Namen ihres Mannes nicht zu erwähnen. Wenn Taft sich einen Vermerk notierte, dann reichte es aus, wenn er ›Z‹ schrieb, falls wirklich jemand den Zettel zu Gesicht bekommen sollte. Und Z weist seine Freunde an: Nennt mich einfach Z! Was Alice liebte, obwohl es lächerlich war. Eine witzige Gesellschaft, diese junge Washingtoner High-Society.«

Ich streckte meine Hand nach einem der Briefe aus; Rube gab mir ein blaues Blatt. Auch die Tinte war blau, in einer krakeligen, aber lesbaren Handschrift war er auf den 22. Februar 1912 datiert; er begann: *Laurie, Liebling*! »Sie können das alles hier überspringen«, sagte Rube. »Beginnen Sie unten.« Ich tat es und las: *Und natürlich wird Z – wir müssen ihn einfach Z nennen – ist das nicht reizend? – sein Recht verlangen, und wir werden von nichts anderem als dem ›Two-a-Day‹ hören. Schließlich sieht er über die Hüte der Ladies hinweg! Nicky und ich werden wohl einfach zu ihm hochfahren, nur um ihn zu sehen, und wenn es auch nur für einen Tag ist. Aber ich muß dir von Evies berühmter Party erzählen, oder soll ich ›Soirée‹ sagen? Natürlich kamen wir zu spät. Nicky hatte einen ermüdenden* – ich drehte die Seite um, aber Rube sagte: »Das ist alles in diesem Brief über Z.«

»Und was sagt uns das für unseren Fall, Rube?« sagte ich.

»Nun. Es sagt uns einiges. Ein ›Two-a-Day‹ war eine Art Varieté; er muß es geliebt haben. Und er kann über die Hüte der Ladies, die vor ihm stehen, hinwegsehen, also war er groß. Das ist sehr nützlich.«

»Klar. Besser noch als ›Gschnk einpckn.‹ Was noch?«

Er reichte mir den zweiten Brief, eine lebhafte blaue Handschrift, die Nummer zwei war oben zu lesen. »Das war alles, was die Leute finden konnten«, sagte Rube. »Die erste Seite fehlt.« Er begann: *besteht darauf, daß sie es nicht gewußt haben konnte, dennoch kannte sie den Namen Clara! Und sogar die Nummer seiner Uhr! Die er mir gegeben hat: 21977971. Das ist doch unglaublich! Z ist einfach ein Schatz, und wir werden ihn vermissen, wenn er abreist.* Der nächste Absatz beschrieb eine Tanzveranstaltung. Ich blickte zu Rube; bevor ich etwas äußern konnte, sagte er schnell: »Hier ist der Umschlag, in dem er sich befand«. Er reichte ihn mir.

Er war an Mrs. Roberts O. Parsons in Wilmette, Illinois adressiert. »Betrachten Sie den Poststempel«, sagte Rube. Ein leicht verwaschener schwarzer Kreis war links auf die rote Zweicentmarke mit dem Profil von Washington aufgedruckt; das Datum, oben, war der *6. März 1912*, unten stand *Washington, D. C.* Ich wußte nicht, was ich dazu sagen sollte, also nickte ich nur und gab alles Rube zurück.

»Es stimmt«, sagte er, als hätte ich kritische Worte verlauten lassen, »daß das hier nur … unbedeutende Hinweise sind. Aber ich habe eine richtige Entdeckung gemacht!« Er grinste mit gezwungenem Enthusiasmus. »Hier bekommen wir ihn richtig zu fassen, wie man so schön sagt.« Er holte ein zusammengefaltetes weißes Blatt heraus. »Das Original wurde in einem Buch in Alices Bibliothek gefunden. Wahrscheinlich benutzte sie es als Lesezeichen.«

Ich schlug das Blatt auf, eine Fotokopie. *Plaza Hotel* stand oben in verschnörkelten Lettern, wobei das *P* besonders phantasievoll gezeichnet war. Daneben ein altmodischer Stich des Hotels. Handschriftlich war oben das Datum eingegeben: *1. März.* Dann:*Von Z an A! Für immer und ewig eine bezaubernde Stadt! Und großartige Tage, die ich bislang verbracht habe. Selbst meine obligatorische Präsenz bei Madam Israels Delmonico-Vorführung ein unerwartetes Vergnügen, denn der stets lächelnde, stets agile Al war eine überraschende und sehr wohltuende Erscheinung. Gestern Knabenshue verpaßt. Sofort nach ›The Greyhound‹ sah ich jedoch die DOVE LADY – sah sie wirklich! – und wäre ihr glatt gefolgt, wenn ich nicht sprachlos herumgestanden hätte, obwohl ich sagen muß, daß die Leute vom Broadway sie einfach ignorierten.*

Heute abend, meine Liebe, etwas, was Ihre doch so unerschütterliche Seele durchaus erschüttern sollte, werde ich den Mann treffen, den ich von allen auf dieser Erde am meisten bewundere, am – aber nein, ich werde diesen so häßlichen und gewöhnlichen Namen nicht gebrauchen. Das wäre zu viel, so als würde man eine liebenswürdige Frau ›Erna‹ nennen! Der Bug ist dennoch scharf geschnitten und gerade, wie der der MAURETANIA selbst, ein Schiff, soviel sei gesagt. Aus Stein und Stahl, ja, und sitzt man darin, ein Steuerrad und die Ruderpinne in der Hand, glaube ich fest daran, daß man damit den Broadway hinaufsegeln könnte oder die 5th Avenue, zu jedermanns Vergnügen. Wir treffen uns heute nacht, nicht, wie ich bedauernd zu Ihrer Information hinzufügen muß, Schlag Mitternacht, sondern eine Stunde früher. Und dann – endlich – werde ich die Papiere haben! Natürlich, liebes Mädchen, ist das ein ernsthaftes Geschäft, und ich versichere Ihnen, daß dies mein tödlicher Ernst ist. Aber nicht mit Ihnen und Nickie; hier will ich nicht spaßen! Wünschen Sie mir Glück, meine Liebe, sehr viel Glück. In Liebe, Z.

Ich gab Rube den Brief zurück und nickte nachdenklich. Ich wußte nicht, was ich sagen sollte. »Schrieb man damals wirklich so?«

»Ja. Ich denke, man hat damals auch so geredet. Es gehörte dazu, alles war leicht und witzig.«

»Ich nehme an, mit Greyhound ist kein Bus gemeint.«

»Ein Theaterstück. Von Wilson Mizner und einem weiteren Autor. Lief im Knickerbocker Theatre, Broadway Ecke 38th. Ich habe alte Theateranzeigen überprüft.«

»Und wer ist die DOVE LADY?«

»Weiß ich nicht.«

Ich beugte mich zu Rube und wählte sorgsam meine Worte; ich wußte, daß er hart daran gearbeitet hatte. »Rube«, sagte ich ruhig, »was soll *ich* mit diesem Zeug anfangen? Ich gehe dorthin zurück, falls ich es schaffe –«

»Sie schaffen es, ich weiß, daß Sie es schaffen.«

»Ja, vielleicht. Ich gehe dorthin, gehe zu dieser Vorführung, und er ist da. Wir wissen das. Aber wie finde ich ihn heraus. Rube, *wie*? Und das andere Zeug –«

»Verdammt noch mal, Si, ich würde Ihnen seine Photographie geben, wenn ich es könnte. In 3D und in Farbe. Plus seine Fingerabdrücke und einen Einführungsbrief. Si, das ist alles, was wir *haben*.«

»Okay. Ich möchte Ihnen keine Kopfschmerzen bereiten, Rube.« Mit meinem Zeigefinger wühlte ich in dem Bündel Briefe herum, das er pathetisch aufgeschichtet hatte. »Aber das hier ist nichts. Sie sagen uns nichts. Die DOVE LADY. Irgend jemand in einer großen Menge erblickt sie. Die ganze Menge erblickt sie, oder? Und was sehen sie? Eine Lady in einem taubengrauen Kleid? Die mit ihren Armen schlägt und wie eine Taube gurrt? Oder eine Taube auf ihrem Kopf trägt? Und was ist das für ein Gebäude, das wie ein Schiff aussieht? Herrgott.«

»Ja, Sie haben recht. Absolut recht. Angesichts der Fakten ist das aussichtslos. Alles, was wir wirklich *wissen*, ist die gottverdammte Nummer seiner Uhr!« Mit seinem gekrümmten

Zeigefinger begann er auf die Briefe zu klopfen. »Aber, Si, im Moment sind diese Dinge wie tot. Mit nichts mehr verbunden. Die Leute, die sie geschrieben und gelesen haben, sind schon lange tot. Die Gebäude, zu denen sie geschickt wurden, abgerissen. Der Postbeamte, der sie zustellte, und der Angestellte, der die Briefmarke verkaufte, tot. Wenn Sie das hier lesen, dann ist das, als starrten sie auf eine anonyme Photographie aus dem neunzehnten Jahrhundert, die Sie in einem Trödelladen gefunden haben, und wundern sich über das Gesicht, das Sie unter dieser komischen Frisur anschaut. Zu fragen, wer sie war, ist eine hoffnungslose Angelegenheit, weil alle Freunde, Verwandten, alle Bekannten tot und verschwunden sind. Aber als dieses Gesicht lebendig war und in die Kamera lächelte, lebten auch ihre Freunde, Verwandten, ihre Nachbarn. Nur Sie können herausfinden, wer sie war, denn alle Verbindungen existieren. Denn« – er klopfte wieder auf die Briefe – »Sie und nur Sie können in die Zeit zurückgehen, in der diese Tinte noch feucht war. Die Leute lebendig, die Ereignisse passierten, die Verbindungen vorhanden waren!«

Ich nickte. »Okay, und wenn ich Z finde, was dann?«

Rube schüttelte nur den Kopf. »Ich weiß es nicht. Sie ... bleiben bei ihm, nehme ich an. Versuchen vielleicht – ihn zu beschützen. Sie hängen sich an ihn ran und bringen ihn gesund zurück. *Ich weiß es nicht*, Si! Aber ich erzähle Ihnen etwas, was ich noch niemandem in meinem Leben erzählt habe. Ich habe einmal einen Orden bekommen. Ich war als Junge in Vietnam. Ich trage ihn nicht und zeige ihn nicht her. Aber ich sage Ihnen, ich schätze ihn sehr. Ich bekam ihn, weil ich in einer ausweglosen Situation war und *einfach gehandelt* habe. Und Erfolg hatte, auf die einzige Weise, auf der man in dieser Situation Erfolg haben konnte. Durch Glück. Das war alles. Wenn wirklich etwas hoffnungslos ist, Si, dann stellt Glück die einzige Hoffnung dar. Denn das gibt es. Glück passiert. Aber man muß ihm eine Chance geben.«

»Stimmt das, Rube. Das mit dem Orden?«

»Nein, zum Teufel, nein. Ich war niemals in Vietnam. Aber es ist *grundsätzlich* richtig, Sie wissen das! Ich hätte so gedacht und gehandelt. Das ist es, was ich getan hätte! Wenn ich jemals in dieser Situation gewesen wäre.«

Ich nickte. Er hatte recht.

»Ich weiß nicht, wie Sie im New York von 1912 oder irgendeiner anderen Zeit einen Mann finden sollten, wenn Sie ihn nicht kennen und nicht wissen, wie er aussieht. Oder was Sie tun sollen, wenn Sie ihn gefunden haben. Aber Sie wissen, was auf dem Spiel steht. Also müssen Sie es ausprobieren. Geben Sie dem Glück eine Chance.«

»Zurückgehen und auf das große Los hoffen.«

»Klar.«

»Ich habe also – zwei, drei Tage? In New York, 1912? *Wenn* ich es schaffe. *Wenn*. Schnell rein und wieder raus. Auf Gedeih und Verderben. Z finden oder ihn nicht finden.«

»Das ist alles, ja.«

»Nun, okay, kein weiteres Gerede mehr. Wir beide wissen, daß ich gehen werde.«

Er lächelte dieses schöne Rube-Prien-Lächeln, dem man nicht widerstehen konnte, und winkte der Bedienung. Als sie mit ihrem silbernen Tablett ankam, sagte er: »Das gleiche, so lange, bis Sie schließen!« und lächelte ihr zu, um ihr zu zeigen, daß er es nicht ernst meinte. Dann deutete er auf die beiden Japaner. »Und schauen Sie, was die Jungs da vorne haben wollen.«

Auf ihrem Rückweg blieb sie erst bei den Japanern stehen, lud zwei ihrer Drinks ab, und als wir unsere hatten, hoben wir vier unsere Gläser, lächelten, nickten und verbeugten uns; Rube murmelte: »Zur Erinnerung an Pearl Harbor!« Und dann zu mir: »Wahrscheinlich sagen sie das gleiche.«

12

Diesen Abend rief ich Dr. Danziger an, teils aus Höflichkeit, teils aus Respekt, und versuchte ihm zu erklären, warum ich tat, was ich tun wollte. Er hörte mir zu, immer höflich – und zur Beruhigung erzählte ich ihm, wie unwahrscheinlich es war, Z überhaupt zu finden, und wie wenig wir besaßen, auf dem sich aufbauen ließe. Er fragte nach und war, wie mir schien, froh, daß die Chancen so schlecht standen. Ich wußte, daß es für ihn einen Eingriff in die Vergangenheit darstellte, die große Sünde; er hielt mir darüber allerdings keine Predigt. »Gut, Si«, war schließlich alles, was er sagte, »wir alle tun, was wir tun müssen. Ich danke Ihnen für den Anruf.«

Als ich vor langen Jahren zum ersten Mal mit dem Projekt bekannt gemacht wurde, hatte ich Schwierigkeiten zu glauben, daß Albert Einstein wirklich meinte, was er sagte. Was er sagte, versicherte mir Dr. Danziger, war, daß die Vergangenheit existiert. Er meinte das buchstäblich: die Vergangenheit war wirklich da … irgendwo. Deswegen, glaubte Dr. Danziger, könne man sie auch erreichen.

Mir war kaum bewußt, was es hieß, wenn man sagte, die Vergangenheit existiere. Wie? Wo? Und als mich Zweifel überkamen und ich plötzlich sicher war, daß dieses seltsame Projekt nichts anderes war als die fixe Idee eines alten Mannes, da klammerte ich mich – wie ein Mönch, der bei seinem Kampf um den Glauben das Kreuz ergreift – an Einsteins Zwillingsbrüder.

Ich erinnerte mich an das, was mir beim Projekt erzählt worden war: man denke sich zwei Brüder, hatte er gesagt. Zwillingsbrüder, dreißig Jahre alt, einer davon wird in den Weltraum geschossen, in einer Rakete, die beinahe Lichtgeschwindigkeit erreicht. Die Rundreise dauert für ihn fünf Jahre; bei seiner Rückkehr zur Erde ist er also fünfunddreißig. Sein Zwillingsbruder aber, der auf der Erde geblieben war, ist nun bereits neunzig, da Zeit keine fixe Größe, sondern abhängig ist von anderen Aspekten des Universums. Der Gedanke allein scheint absurd – aber Einstein sagte es und meinte es wortwörtlich.

Und bewies es. Eine Atomuhr, was immer das auch sein mag, ist perfekt; sie geht nicht den Bruchteil einer Sekunde vor oder nach. Zwei dieser Uhren – von denen jede natürlich Millionen kostete – wurden gebaut und bis auf eine Milliardstel Sekunde – oder war es eine Billionstel Sekunde, ich weiß es nicht mehr – auf die gleiche Zeit eingestellt. Eine blieb auf der Erde, die andere wurde in einer Rakete ins Weltall geschickt, mit der höchsten Geschwindigkeit, die die Menschen der Rakete geben konnten. Und als die Rakete zurückkehrte – das ist bewiesen – zeigten die beiden Uhren nicht mehr die gleiche Zeit an. Die Uhr auf der Erde war den Bruchteil einer Sekunde schneller, nur einen Bruchteil, der allerdings eine unendliche Bedeutung besaß. Für die Uhr in der Rakete war die Zeit langsamer abgelaufen. Unmöglich. *Unmöglich.* Bis auf die Tatsache, daß es wirklich passiert ist. Jede der beiden Uhren bewegten sich für eine kurze Zeitspanne in einer anderen Zeitordnung. Und als ich im Seminarraum des Projekts saß und Martin Lastvogel zuhörte, der mich über das New York von 1882 unterrichtete ... klammerte ich mich an die Zwillingsbrüder wie an einen Talisman. Wenn es so etwas wie verschiedene Zeitordnungen gibt – und es gibt sie, die Uhren hatten es bewiesen – dann stimmte auch der Rest von Einsteins Theorie... Die Vergangenheit existierte wirklich und wahrhaftig, ohne daß ich das zu verstehen brauchte. Was ich tun mußte, war, sie zu finden.

Nun also, an einem Montagmorgen, setzte ich mich an einen der alten Holztische im Zeitschriftensaal der New Yorker Public Library und begann danach zu suchen. Ich fühlte mich wohl, trug neue blaue Jeans und einen grauen Rollkragenpullover, und ließ meinen Blick über die Titelseite einer Zeitung streichen. In der oberen rechten Ecke war nicht *50*

Cents gedruckt, sondern *Ein Cent*, sie stammte vom 12. Januar 1912. Die Titelzeile allerdings war identisch mit der Zeitung, die ich zu meinem Frühstück las: *The New York Times* – dieselben vertrauten gotischen Buchstaben. Ebenso der kleine Kasten, in dem stand: ›*Alle Neuigkeiten, die es wert sind, gedruckt zu werden.*‹

Genauso waren die Nachrichten auch. *Politisches Chaos gefährdet Frankreich* lautete eine Schlagzeile der ersten Seite, mit der ich keine Probleme hatte, sie zu überspringen. *Betagter Kaufmann überfallen* lautete eine andere, und ich las, daß ›vier Männer gestern aus einem Hauseingang in der Water Street sprangen‹ und ›George Abeel, einen Eisenhändler, ergriffen.‹ ›Drei der vier Männer würgten ihn, während der vierte die Taschen des Zweiundsiebzigjährigen durchsuchte, ihm seine einhundertfünfzig Dollar teure Golduhr und fünfzig Dollar in bar abnahm. Dann schlugen sie den alten Mann auf den Kopf und in das Gesicht …‹ Oho.

Ich las, daß Andrew Carnegie ein Kongreßkomitee in seiner Arbeit behinderte. Er konnte nichts Fälschliches dabei entdecken, dem Präsidenten der Vereinigten Staaten einen der Anwälte seiner Stahlgesellschaft als Außenminister zu empfehlen. Meinte, daß ›seine persönlichen Beiträge zu diversen Wahlkampffonds der Republikaner‹ nicht das Geringste mit den angeblichen Verletzungen des ›Sherman-Antitrust-Gesetzes‹ durch die U. S. Steel Corporation zu tun hätten. Schien tatsächlich nicht zu verstehen, was dieses Antitrust-Gesetz beinhaltete. Leugnete, daß er Chef der Gesellschaft sei: er sei nur ein Aktionär, der zufälligerweise achtundfünfzig Prozent der Aktien halte. Wußte nicht einmal, was seine Anwälte taten oder welche Aufgaben ihnen übertragen waren. Auf der Kommentarseite waren folgende Verse zu finden:

Gefragt nach Alter
Oder Namen
Oder zu den Ansichten
Im Leben.
Oder ›Wo wohnen Sie?‹
Oder ›Wie geht's?‹

Oder ›Sind Sie verheiratet?‹
Oder ›Sagen Sie mir doch gleich
Wieviel ist zwei plus zwei?‹
Dann antworten Sie nicht.
Singen Sie einfach:
›Ich bin völlig,
so völlig und regelrecht
glücklich und dumm.‹ Oho.

Jack Dorman hatte letzte Nacht Young Cashman herausgeklopft, ein prominentes Ehepaar ließ sich scheiden, und die Wall Street war ›schockiert‹ über einen Börsenskandal. Nochmals Oho. War es 1912 etwa genauso wie heute? Das gibt's doch nicht. Die Nachrichten, die die Menschen produzieren, die Dinge, die sie tun, hatte Dr. Danziger mich einst gelehrt, bleiben zu allen Zeiten im Grunde die gleichen. Aber wie sie denken, fühlen, was sie glauben ... ist zu jeder Zeit unterschiedlich. Also machte ich mich auf die Jagd nach den Menschen von 1912 – zwischen den Zeilen der alltäglichen Neuigkeiten.

Und fand sie auch. Ein erster Hinweis, dachte ich, auf die Gefühle und Gedanken der Menschen zeigte sich in einer Saks-Anzeige, die überschrieben war mit *Vorsätze für Sie und uns*. Darunter war eine lange Liste mit Sprüchen wie folgenden aufgeführt: ›Mißerfolge mit Mut, Erfolge mit Demut tragen ... Weniger jammern und etwas mehr arbeiten ... Klein im Reden, aber groß im Denken ... Immer sich daran erinnern, daß das Echo jeder Handlung auf den Handelnden zurückwirkt.‹ Und so weiter und so weiter, eine lange Liste, die in unseren Augen beinahe unerträglich trivial erscheint; darunter die Signatur Saks.

Und dennoch, dachte ich, ein Texter in einer der ersten Werbeagenturen und eine Geschäftsfirma, die für diese Anzeige zahlten, mußten wissen, wie sie ihre New Yorker Mitbürger erreichten. Also – ein erster Hinweis? – war diese Anzeige für Leute gemacht, die ambitioniert waren, voller Hoffnung, fröhlich, optimistisch? Sicherlich nicht zynisch.

So begann ich, in dieser und vielen anderen Zeitungen Ausschau zu halten nach dem, was mir die Menschen von

1912 über sich erzählen konnten. Verbrechen, Scheidungen, Meineide überging ich und las die Anzeigentexte und erfuhr, daß drei Menschen von 1912 ihre Hunde verloren hatten, deren Namen Tammany, Sport und Bubbles waren; es handelte sich um eine ›französische Bulldogge‹, einen ›Schipperke‹ und einen ›Mops‹. Und als ich später an diesem Nachmittag auf meinem Nachhauseweg in der Lexika-Abteilung vorbeischaute und in der *Encyclopaedia Britannica* von 1911 unter dem Stichwort *Hund* nachschaute, fand ich Photographien dieser drei Rassen, die ganz anders aussahen als heute. Ich schritt die Stufen der Bibliothek zur 5th Avenue hinab, wo ich essen sollte, und hatte die erste, noch schwache Vorstellung davon – ich wußte nun, was am Ende der Hundeleinen zu sehen war –, wie die Bürgersteige im New York von 1912 ausgesehen haben könnten.

Jeden Tag in dieser Woche, den ganzen Tag mit Ausnahme des Mittagessens und ein oder zwei Kaffeepausen, las ich – und versuchte, nicht an zu Hause zu denken – die *Times*, den *Herald*, die *World*, das *Telegram*, den *Express*. Von 1909 ... 1910 ... 1911, '12 und '13. Und fand Geschichten, die ich hätte überspringen können, wozu mir aber die Willenskraft fehlte. So erfuhr ich, daß Thomas Edison soeben eine Methode erfunden hatte, aus Beton Möbel herzustellen. Inklusive Phonographen. Mit einem Photo eines Exemplars, das ich ganz gut fand. Ich wurde mir bewußt, wie oft Musiknoten angeboten wurden, und wie oft für Pianos Werbung gemacht wurde. Scheint, diese Menschen machten noch ihre eigene Musik.

Ein kurzer Bericht über einen Unfall, bei dem ›an der Houston Street und 2nd Avenue eine Pferdetram der 2nd Avenue und ein Pferdewagen zusammenstießen‹, zeigte mir, daß das neunzehnte Jahrhundert, in dem Julia und ich lebten, mit den Anfängen des zwanzigsten kollidierte.

Der Zug der Pennsylvania Railroad nach Cleveland führte einen Bibliothekswagen mit sich. Anzeigen für Bürobedarf mit Illustrationen neuer Rolltische halfen mir, einen Blick in ein Büro von 1912 zu tun. Ein Inserat, das überschrieben war mit ›Ein Anbau-Aktenschrank ist ein wirkliches *multum in parvo* für das private Büro ...‹, zeugte davon, daß die Werbetreibenden darauf zählen konnten, daß 1912 Geschäftsleute noch einige Wort Latein verstanden. Eine mittlerweile verschwundene Schulausbildung leuchtete hier auf, die graduierten Absolventen Geographie, Arithmetik, Rechtschreibung, Amerikanische Geschichte, ein wenig Latein und vielleicht sogar etwas Griechisch beibrachte.

Ich entdeckte, wie die Brooklyn Rapid Transit glaubte, ihre Passagiere von 1912 erziehen zu können, denn sie hatte regelmäßig Anzeigen, die aufzählten, was die Fahrgäste zurückgelassen hatten. Was mir Einblick in leere Hochbahn- und Straßenbahnwagen verschaffte, in denen ›Augengläser, kleine Musikrollen, Koffer, Textilien, Babyfläschchen, Melonen, seidene Handtaschen‹ lagen. Die Passagiere vergaßen ihre ›Akten, Muffs, Herrenmäntel, Taschenbücher, Geldbörsen, Bücher, Messer …‹ Und ich fragte mich, warum so ausdauernd für Sekt geworben wurde. War er die Coca-Cola von 1912? Der gesamte Februar 1912, entnahm ich den Wetterberichten, war ›ungewöhnlich mild; fast frühlings- oder sommerhaft, außergewöhnlich für New York‹.

Zeitungen, Zeitschriften, sogar Handelsmagazine. Nach einiger Zeit wurde ich ihrer und der Bibliothek müde und nahm Bücher mit nach Hause. Mit dem Aufzug hinauf in mein Zimmer, und unter dem Arm trug ich *A Girl of the Limberlost* von Gene Stratton-Porter … *Cap'n Warren's Wards* von Joseph C. Lincoln … *Truxton King: A Story of Graustark* von George Barr McCutcheon … *The House of Mirth* von Edith Wharton … Alle mit farbigen Illustrationen auf ihren Covern.

Und dann – morgens, nach dem Frühstück im Armstuhl in meinem Zimmer, auf einer Bank im Central Park, wenn die Nachmittage warm waren, oder in meinem Bett aufgerichtet, zur Lampe hingebeugt, die so gestellt war, daß das Licht direkt auf das Buch fiel – las ich Dinge wie diese:

›Er war ein großer, knochiger junger Mann mit einem derart von Wind und Sonne gebräunten Gesicht, daß man den Eindruck hatte, seine Haut müsse sich wie Leder anfühlen, wenn man nur die Unverschämtheit besäße, dies durch eine leichte Berührung selbst zu überprüfen.‹ Und weiter unten auf der Seite: ›Dieser große junge Mann mit Panama-Hut und grauem Flanellanzug war Truxton King, der Globetrotter auf der Suche nach Liebesabenteuern und ihren Schätzen. Irgendwo oben in der Nähe des Central Parks, in einer der modischen Seitenstraßen, stand das Heim seines Vaters und des Vaters seines Vaters: ein Heim, das Truxton seit zwei Jahren nicht mehr gesehen hatte.‹

Wo war er gewesen? ›Wir treffen ihn schließlich – zum Glück sind wir ihm nicht wirklich gefolgt – nach zwei Jahren wundervoller, aber eher desillusionierender Abenteuer in Zentralasien und Afrika. Er hat den Kongo gesehen und den Euphrat, den Ganges und den Nil, den Yangtsekiang und den Jenissei; er hat die Berge in Abessinien bestiegen, in Siam, in Tibet und Afghanistan; er hat in mehr als einem Dschungel auf Großwild Jagd gemacht, und in mehr als einem Wald war er von kleinen braunen Menschen beschossen worden, ganz zu schweigen von den kurzen Zusammentreffen, die er in den Dörfern und Städten des Orients hatte ...‹ Aber: ›Er hatte keine Liebesabenteuer gefunden.‹

Dennoch: ›Irgendwo im glänzenden Orient hatte er zu seinem ehrlichen Erstaunen erfahren, daß es solch ein Land wie Graustark gab.‹ Und kaum hatte er Graustark erreicht, sprach er auch schon mit einem alten Mann, der ›seine gebeugte Figur stolz aufrichtete. ›Ich bin Waffenschmied der Krone, Sir. Meine Schwerter werden von den Adligen benutzt – nicht von der Armee, wie ich glücklich sagen darf ...‹

›Verstehe. Tradition, nehme ich an.‹

›Mein Urgroßvater schuf vor hundert Jahren Schwerter für die Prinzen. Mein Sohn wird sie fertigen, wenn ich einmal nicht mehr sein werde, und nach ihm sein Sohn. Ich, Sir, habe das wundervolle Schwert mit dem goldenen Griff und der goldenen Scheide geschaffen, das der Prinz an Festtagen trägt. Ich habe zwei Jahre daran gearbeitet. Kein anderes Schwert ist mit ihm vergleichbar ... Die Diamanten und Rubine, mit denen der Knauf besetzt ist, sind fünfzigtausend Gavvos wert ...‹

Eine Seite später trifft Truxton King ›eine junge Frau von außergewöhnlicher Schönheit.‹ Und: ›Irgendwo in seinem nach Eindrücken trachtenden Geist wuchs die große Hoffnung, daß dieses schöne junge Wesen mit den träumerischen

Augen mehr war als nur eine Verkäuferin. Dies war ihm in dem einen kurzen Moment ihrer Begegnung aufgefallen, denn sie besaß das Betragen, die Pose und Aura einer wahrhaft Edlen.‹

Nun, ich las nicht viel dieser Art. Aber was ist von dieser Geschichte zu halten? Sie unterscheidet sich kaum von denen, die wir im Fernsehen sehen, ist sie deswegen weniger glaubwürdig? Können Automobile wirklich über Kuppen fliegen, drei Meter über der Fahrbahn, und problemlos wieder auf ihren Rädern landen?

Die Graustark-Romane waren allesamt in den ersten Jahren des Jahrhunderts überaus populär, doch ich nehme nicht an, daß die Leute, die sie lasen, sie ernster nahmen als wir die heutige Unterhaltung. Als ich dieses Buch zu Ende las – ich saß auf einer Bank im Central Park, in Sichtweite des Plaza –, lächelte ich; ich fühlte mich aber auch den Menschen, die Truxton King mochten, nahe. Aber sind ›Verkäuferinnen‹ wirklich weniger wert als ›wahrhafte‹ Aristokraten? War 1912 auch eine Zeit sozialer Vorurteile? Die leichtfertig und unwidersprochen hingenommen wurden?

Die Menschen, die ich suchte, lasen anderes als billigen Schund: Sie lasen Edith Wharton. In *A House of Mirth*, das ich eines Morgens nach dem Frühstück in einem Coffee Shop, in meinem Zimmer begann, wartet eine neunundzwanzigjährige Frau in der Grand Central Station (ich mußte innehalten und nachdenken: das war der kleine Grand Central Bahnhof aus Backsteinen, den Julia und ich kannten – nicht das heutige Gebäude) auf einen Zug, der ziemliche Verspätung hat. Sie trifft einen jungen Mann, den sie kennt, und akzeptiert seine Einladung, mit ihm in seinem Apartment Tee zu trinken. Im Apartment ›sank Lily mit einem Seufzer in einen der schäbigen Ledersessel.‹

›Wie reizend, einen Ort wie diesen ganz für sich selbst zu haben. Wie schrecklich ist es doch, eine Frau zu sein.‹

Der junge Mann erwidert: ›Auch Frauen gelangen in den Genuß der Privilegien eines eigenen Zimmers.‹

›Oh, Gouvernanten – oder Witwen. Aber nicht junge Frauen – arme, unglückliche, heiratsfähige Frauen!‹

Sie verläßt das Apartment, ›als sie aber den Gehweg betritt, stößt sie mit einem kleinen Mann zusammen. Er hat glänzende Augen und trägt eine Gardenie im Knopfloch. Mit einem überraschten Ausdruck nimmt er den Hut ab.

›Miss Bart? Hier – unter all diesen Leuten! Das *ist* Glück‹, stellte er fest; unter seinen hochgezogenen Augenbrauen nahm sie ein amüsiert-neugieriges Zwinkern wahr.‹

Sie antwortet – er ist ein Mr. Rosedale – und ›Mr. Rosedale musterte sie mit Interesse und Zustimmung. Er war ein plumper rosiger Mann, der Typ des blonden Juden, in eleganten Kleidern aus London ...‹

Sie spürt, daß sie nicht sagen darf, daß sie soeben im Apartment eines jungen Mannes gewesen war, und gibt daher vor, ihren Schneider besucht zu haben. Aber es stellt sich heraus, daß er weiß, daß es im gesamten Gebäude keinen Schneider gibt: er ist der Besitzer des Hauses; und es wohnen nur junge Studenten darin.

Sie ruft eine Droschke; auf ihrem Weg zum Bahnhof fragt sie sich: ›Warum hat eine Frau, wenn sie aus der alltäglichen Routine ausbricht, so teuer zu bezahlen? Warum kann man nicht etwas ganz Natürliches tun, ohne es hinter dem Gebäude der Künstlichkeit zu verbergen?‹ Sie ist ärgerlich auf sich selbst, denn: › ... es wäre so einfach gewesen, Rosedale einfach zu erzählen, daß sie mit Selden Tee getrunken hatte! Die bloße Äußerung der Tatsache hätte den Vorgang bedeutungslos gemacht.‹ Auch hätte sie sein Angebot annehmen sollen, sie zum Bahnhof zu begleiten, denn ›dieses Zugeständnis hätte vielleicht sein Schweigen erkauft. Aufgrund seiner Rasse hatte er eine besondere Mentalität, was die Anerkennung von Werten anbetraf, und in ihrer Begleitung gesehen zu werden, wie sie an dieser dichtbevölkerten Nachmittagsstunde den Bahnsteig entlanggingen, wäre blankes Geld in seinen Taschen gewesen, wie er es ausgedrückt hätte. Natürlich wußte er, daß in Bellmont eine große Feier stattfand; die Möglichkeit, für einen von Mrs. Trenors Gästen gehalten zu werden, war in seiner Rechnung zweifellos enthalten. Mr. Rosedale befand sich noch in der Phase des sozialen Aufstiegs, in der es von Wichtigkeit war, solche Eindrücke hervorzurufen.‹

Sagte mir das etwas über die Gedanken, Gefühle und Glaubensätze des Jahres 1912? Oder die Autorin, sagte sie mir etwas darüber? Ich war davon überzeugt.

Bücher, Zeitungen, bis mir eines Tages spät am Morgen bewußt wurde, daß sie mir nicht mehr viel erzählen konnten. Eine Weile dann Zeitschriften, später alte Filme, die an zwei Morgen in einem kleinen Kino des Museum of Modern Art aufgeführt wurden; Rube hatte es für mich arrangiert. Und ich schaute mir, bequem in den Sessel zurückgelehnt, die alten Bilder an, die selten sehr scharf waren, manche Kopien von Kopien. Aber in den alten Filmen von 1909, 1910, 1911, 1912 und 1913 bewegten sich die Menschen wirklich. Ich sah eine längst verschwundene Straßenbahn einen seltsamen Broadway hinunterrollen, sah sie anhalten und dann Frauen, die vorsichtig die knöchellangen Kleider hochzogen, gerade genug, um hinabzusteigen. Ich sah trottende Pferde, Fußgänger, die die Straße überquerten, sah einen Mann einige Schritte laufen – ein Bote, der auf seinem Botengang aus der Leinwand und aus dem Gedächtnis verschwand. In der stillen Dunkelheit mußte ich mir in Erinnerung rufen, daß alles, was ich hier auf der Leinwand betrachtete, seine präzise Entsprechung in der Wirklichkeit hatte. Und ich versuchte die fehlenden Geräusche und Farben hinzuzufügen: dieser Straßenbahnwagen war rot gewesen.

Stereoansichten im Museum der City of New York; die meisten davon waren scharf, klar und äußerst detailliert. Mit ihnen blickte ich über die Stadt – Panoramaaufnahmen von mehreren hohen Gebäuden, die die Stadt von 1912 der Länge nach überblickten – hin zum Central Park, zum Hafen oder zu einem der Flüsse. Und ich sah eine Stadt mit hohen Gebäuden, ja, wenngleich sie nicht so hoch waren. Sie waren weit verteilt, New York war noch offen und luftig, voller Sonne und Tageslicht. Gelegentlich sah ich auf manchen Ansichten hier und da eine Dampf- oder Dunstwolke von den Dächern aufsteigen, und diese Momente – das Festhalten von Augenblicken – ließen die vergangene Stadt plötzlich wirklich erscheinen.

Rube rief mich zwei- oder dreimal an, spätnachmittags, wenn ich meistens auf meinem Zimmer war. Das erste Mal schlug er mir ein gemeinsames Abendessen vor, das ich ablehnte; ich war gerade dabei, mich von dieser Zeit zu distanzieren, es war das Beste für mich, alleine zu sein. Einmal rief er mich morgens an, bevor ich zum Frühstück hinunterging, und wollte eine Liste mit meinen Konfektionsgrößen.

Eines Morgens – es nieselte, ich ging die Westseite der 5th Avenue entlang, um teilweise unter den Bäumen des Central Parks Schutz zu finden – besuchte ich das Metropolitan Museum, das gerade eine neue Ausstellung eröffnete. Den Rest des Morgens und weitere drei Stunden, nach dem Mittagessen im Museumsrestaurant, ging ich von einer der großen Glasvitrinen zur nächsten und starrte auf die Kleidungsstücke, die aus den Jahren 1910 bis 1915 stammten. Hier, nur durch dünnes Glas von mir getrennt, standen Dinge, die der Wirklichkeit dieser frühen Jahre angehörten – sichtbare Fäden, Knöpfe, Gewebe von Kleidern; mattes Schimmern von Samt; hartes Glitzern von juwelenähnlichen Ornamenten; wirkliche Federn; reale Farben. Von Photographien, Zeichnungen und den Filmen wußte ich bereits, welche Hüte die Frauen 1912 trugen. Aber nun waren sie wirklich *hier*. Riesige Wagenräder, so breit wie die Schultern der Frauen: aus Stoff, geflochtenem Stroh, sogar aus Pelz; einfach oder mit kunstvoll gefaltetem Stoff verziert oder mit glitzernden Steinen, künstlichen Blumen oder Früchten überzogen. Hüte ohne Krempen, aber von riesigem Ausmaß, einer von ihnen mit richtigen Vogelschwingen, die an den Seiten angebracht waren. Der Hut der DOVE LADY?

Ich konnte von der Wirklichkeit dessen, was ich anstarrte, nicht genug kriegen. In einer Vitrine nach der anderen hingen ihre Kleider, die man hätte anfassen können, wäre das Glas nicht gewesen. Hier hing das blaue Serge-Kleid, das wirklich einmal von einem lebenden *Mädchen* getragen worden war, so wie es damals war; der Saum berührte gerade ihre Knöchel. Daneben ein Umhang einer Abendgarderobe – er hatte sich sicherlich einmal durch das Foyer eines New Yorker Theaters bewegt – aus pfirsichfarbener Seide mit weißem Pelzbesatz; es fiel mir nicht schwer, ihn mir vorzustellen, wie er durch das Stimmengewirr der dichten Menge eines Foyers schritt. Die hochhackigen weißen Schuhe unter dem Pelzsaum dieses Umhangs sahen aus wie heute auch, nur, denke ich, waren sie anders: die Absätze waren – nun, irgendwie komisch. Und die Anzüge der Männer – die linke Schulter eines Exponats berührte fast das Glas, ich konnte die feinen Noppen des Tweed-Stoffs erkennen – sie glichen den heutigen, nein, sie waren anders, unmerklich anders ... Die Hosenaufschläge waren schmaler, das Revers ... anders, kleiner, denke ich. Und der Stoff schien dicker, schwerer, und es gab mehr Brauntöne, als ich erwartet hatte. Und die Herrenhüte: die Krempen der Filzhüte breiter, aber das war nicht alles. Ich konnte die anderen Unterschiede nicht benennen, obwohl ich sie sehen konnte. Hin und wieder trug ich ebenfalls eine Melone, wenn ich mit Julia ausging, aber diese Melonen in den Glasvitrinen waren anders. Und es gab viele Kappen und Mützen.

Ich verbrachte den Tag mit dem Betrachten dieser alten Kleidungsstücke und dachte über sie nach. Auch den nächsten Tag und den darauffolgenden Morgen verbrachte ich in der Ausstellung und tat, was Martin Lastvogel mich in der Schule des Projekts gelehrt hatte: ich starrte die Kleider, Mäntel, Schuhe und Schirme, die Hüte, Kappen, Umhänge, Anzüge und Norfolk-Jacken, die Schuhe, Stiefel und Galoschen an, bis ... sie schließlich ihre Fremdartigkeit verloren. Es war Arbeit: Andere Besucher kamen, gaben ihre Kommentare ab und gingen wieder, ich aber ging die Gänge zwischen den Vitrinen auf und ab, blieb stehen und versuchte mir diese Dinge auf den Straßen der Stadt vorzustellen. Arbeitete daran, sie auf einem Bürgersteig vorbeigehen zu sehen, arbeitete daran, sie nicht hier in der Ausstellung, sondern im wirklichen Leben zu sehen ... bis sie, während des dritten Tages, nichts Fremdes mehr waren, sondern zum alltäglichen Leben gehörten. Und als ich die Treppen des Museums hinunterging, hinaus in das moderne New York ... wußte ich, daß ich ihr nähergekommen war, daß ich sie wirklich um mich herum spüren konnte, hinter und unter dem, was ich tatsächlich sah – die Wirklichkeit von Albert Einsteins gleichzeitig existierender Vergangenheit, das New York des noch jungen 20. Jahrhunderts; es war nun greifbar nahe.

13

Eines Tages in meinem Zimmer, als ich durch eine Ausgabe des *American Boy* vom Januar 1912 blätterte, wurde mir bewußt, daß ich bereit war. Ich saß in einem großen Polstersessel nahe am Fenster, damit das Nachmittagslicht auf die Seiten fallen konnte, und trug Jeans und ein einfaches Baumwollhemd. Ich erkannte, daß ich nun mit meinen Vorbereitungen am Ende war. Zwar wußte ich noch längst nicht alles über New York City des Jahres 1912, aber auch die Menschen von heute wissen nicht alles über ihre eigene Zeit und den Ort, wo sie leben. Doch was ich gelernt hatte, war genug. In diesem Augenblick war mir klar, was ich zu wissen und vor allem zu spüren hatte: daß ein anderes New York unsichtbar hier um mich herum war.

Unter meinem Fenster, auf der anderen Straßenseite, lag der Central Park. Als ich über die Baumwipfel nach draußen schaute, sah ich in meinem Geist seine Pfade, Brücken, Felsen, Wasserläufe vor mir; alles nahezu unverändert im Lauf der Jahrhunderte. Sie existierten dort draußen genauso, wie sie für Julia und Willy existierten. Und ebenso existierte dies alles in einem Augenblick wie diesem im Spätwinter 1912. Der Park, kaum verändert, war seit mehr als einem Jahrhundert Bestandteil von New York, ein Durchgangstor zur Vergangenheit. Ich stand auf und begann mich anzuziehen.

Die Kleider hingen seit mehr als einer Woche in meinem Schrank; eines Abends hatte ich sie in einem Brooks-Brothers-Paket gefunden, das Rube mir geschickt hatte: eine komplette Garderobe, inklusive Unterwäsche, eine Brieftasche, sogar ein Taschentuch. Ich zog mich aus und schlüpfte dann in die Unterwäsche, ein seltsames einteiliges Stück, das vorne geknöpft war. Dann Socken, an denen bereits die Sockenhalter befestigt waren. Einen Geldgürtel aus leichtem Segeltuch, der bepackt und schwer war: Gold und altmodische Banknoten in großen Scheinen, einige von ihnen Tausender. Ich nahm hundert Dollar für meine Brieftasche heraus und schnallte den Gürtel um. Ich war ein wenig nervös. Dann ein grün-weiß gestreiftes Hemd mit zwei goldbeschlagenen Manschettenknöpfen und einem losen steifen Kragen. Die Befestigung des Kragens war mir vertraut: erst die Krawatte unter den Kragen einlegen, den Kragen mit dem hinteren Kragenknopf am Hemd befestigen, das Hemd mitsamt Kragen anziehen und den Kragen mit dem Kragenknopf vorne schließen und die Krawatte binden.

Im Badezimmer betrachtete ich mich im Spiegel. Der Kragen war höher, als ich es gewohnt war; er berührte an den Seiten meine Kieferknochen und sah nicht nur unbequem aus, er war es auch.

Es folgten die Schuhe: Hellbraune, beinahe ockerfarbene Halbschuhe mit komischen breiten Schuhbändern. Meine Größe und Breite; Rube hatte mich danach gefragt. Und nicht ganz neu: das Leder war bereits brüchig, und ich fragte mich, wo er sie herhatte. Dann die Hosen, deren Aufschläge so eng waren, daß ich die Schuhe wieder ausziehen mußte. Schließlich Weste und Jacke, der Anzug besaß einen schönen Braunton. Einen braunen runden Filzhut. Dann wieder zum Badezimmerspiegel.

Nicht schlecht. Ich gefiel mir und wußte, daß es für die Zeit stimmte. Die Hosen besaßen eine Uhrentasche für die Golduhr, die Rube in der Brooks-Brothers-Schachtel, eingewickelt und mit der Aufschrift *Vorsicht* versehen, mitgeliefert hatte. Ich steckte das weiße Taschentuch mit dem blauen Rand in meine hintere Tasche. Und schließlich eine Handvoll Münzen, die Rube in eine Plastiktüte gepackt hatte, in die rechte Hosentasche. Ich überprüfte sie; keine trug ein Datum nach 1911.

Alles andere, was ich besaß, tat ich in eine modische Tasche. Ich hatte bereits mit dem Hotel abgesprochen, sie für mich aufzubewahren, bis ich ›von einer Reise zurückkehre‹.

Am Spiegel grinste ich dem Fremden mit meinem Gesicht ein letztes Mal zu, dann nahm ich den Zimmerschlüssel und meine Tasche.

Über die 59th Street und in den Central Park. Ich ging nicht unbedingt ziellos, aber ohne genau zu wissen, wohin ich mich bewegte, durch den Park, bog, wann immer ich Lust hatte, in die Abzweigungen der Pfade und verlor mich allmählich. Hinter mir auf dem geteerten Weg hörte ich das schnelle Klicken von hohen Absätzen; eine junge Frau eilte an mir vorüber; es war schon ein bißchen spät, um als Frau allein durch den Central Park zu laufen.

Schließlich erreichte ich, wonach ich gesucht hatte; eine Bank tief im Park, die von dicht belaubten spätsommerlichen Bäumen und Sträuchern umgeben war, vor mir ein sanft ansteigender Hügel, hinter dem die Stadt verschwand. Direkt vor mir konnte ich durch eine hochstehende Lücke zwischen den Bäumen den westlichen Himmel sehen; einige wenige dünne, zerrissene Wolken wurden von der untergehenden Sonne berührt.

Ich befaßte mich nicht mit dem, wozu ich hierhergekommen war. Saß lediglich auf der Bank, die Beine von mir gestreckt, die Knöchel gekreuzt, dachte an nichts und versuchte auch nicht, mich dazu zu zwingen. Ich starrte einfach auf meine Schuhe. Beim Projekt wurden wir in Selbsthypnose unterrichtet, die, so glaubte Danziger, notwendig war, um die Milliarden von winzigen ›mentalen Fäden‹, wie er sie nannte, zu durchbrechen, die Geist und Bewußtsein an die Gegenwart schmieden. Tatsächlich sind es die zahllosen Dinge, die endlosen großen und trivialen Fakten, die Wahrheiten, Illusionen und Gedanken, die uns sagen, daß sie das sind, was wir als das *Jetzt* ansehen.

Aber seit einiger Zeit wußte ich, daß ich die Hypnose nicht mehr benötigte. Ich tat – nun, was war es, das ich tat? Ich hatte die beinahe unbeschreibliche mentale Fertigkeit gelernt, diesen enormen Fundus an Wissen, der die Gegenwart *ist* ... in meinem Geiste ruhen zu lassen. Saß einfach tief im Park und wartete – so, wie ich es gelernt hatte – und spürte, wie ich gelassen und alles um mich herum ruhig wurde. Ich saß da, die Ellbogen bequem auf die Rückenlehne gestützt, und beobachtete die ersten Anzeichen des Abends, die sich auf dem Boden zeigten, während der Himmel noch vom Licht des Nachmittags erfüllt war –, und versetzte mich in eine Art Trance. Aber noch hörte ich die Gegenwart, die um mich herum war, hörte eine Taxihupe, hörte das hohe und weit entfernte Brummen eines Düsenflugzeuges.

Dann nichts mehr; ich saß da und ließ Gedanken und Eindrücke an ein früheres New York an mir vorbeiziehen; das New York des frühen 1912. Ich war mir der einfachen Tatsache bewußt, daß das Jahr 1912 um mich herum wirklich existierte und gefunden werden kann. Drängte mich zu nichts. Wartete nur, bis ich es mit aller Kraft spürte.

Ich betrachtete den Himmel, sah, wie die Baumwipfel sich verdunkelten, wie sich der hohe blaue Himmel gegen Abend zu schwärzte. Ein alter Begriff schob sich in mein Gedächtnis, den ich mir vormurmelte – ›*l'heure bleu*‹, die blaue Stunde. Noch nie zuvor hatte ich das gesehen, aber nun nahmen der Himmel und selbst die Luft ein wunderbares, durchdringendes Blau an. Und mit der blauen Dämmerung kam, fremdartig und bewegend, eine Art angenehme Melancholie. Für mich zumindest bedeutete diese blaue Stunde das erregende, traurig-süße Wissen, daß überall in der Stadt, die mich umgab, in den hohen Fenstern von 1912 die Lichter angingen und die Stadtmenschen sich darauf vorbereiteten, zu den besonderen Zeiten, die die blaue Stunde versprach, an besonderen Orten zu versammeln. *L'heure bleu*: nicht überall, nicht immer. An vielen Orten geschah es niemals. Aber nun spürte ich an diesem auf Manhattan hereinbrechenden Abend ihre machtvolle Präsenz, eine einsame Freude, verbunden mit einem Versprechen, das nur hier und nur jetzt und den sich anschließenden Augenblicken möglich war. Überall um mich herum, nahe bei, vor mir, ich mußte nun aufstehen und durch die kühle blaue Dämmerung in sie hinausschreiten.

Ich beeilte mich nicht, stand nur auf und setzte mich in Bewegung, folgte den Windungen der Pfade und ging in Richtung der 5th Avenue und der 59th Street. Bevor ich sie erreichte, hörte ich ein Geräusch, das für mich immer mit der blauen Stunde verbunden sein wird. Ein fröhlicher blecherner Ton, kein elektronischer – meine Ohren wußten dies zu unterscheiden –, ein Ton, der durch das Zusammendrücken des dicken Gummiballons einer Hupe erzeugt wurde. *Hohn-nk*! rief sie wie eine Trompetenfanfare, dann ertönte sie erneut. Ich grinste und begann mich zu beeilen.

Ich war nicht überrascht, als ich nach einer letzten Kurve plötzlich vor dem Himmel der blauen Stunde das Plaza vor mir stehen sah. War nicht überrascht, als ich auf die 5th Avenue hinaustrat und sie schmal und eng vor mir lag. Ebenso als ich weiter zur 59th Street ging und alle Ampeln verschwunden waren. Ich blieb am Randstein stehen und sah die großen geräumigen Taxiwagen – die Passagiersitze in einer Kabine, während die Fahrer alleine draußen unter einer kleinen Überdachung saßen –, die am Eingang zum Plaza entlang der 59th Street geparkt waren. Es irritierte mich, als ich über die Straße schaute und bemerkte, daß der Brunnen vor dem Hotel noch nicht existierte. Aber zu meiner Linken, direkt gegenüber, saß in der blauen Abenddämmerung General Sherman unverändert auf seinem großen Bronzepferd.

Das Hotel hat sich nicht verändert, dachte ich, während ich am Randstein stand; meine Augen strichen über die Fassade – der einzige Unterschied war, daß nun nichts in der Umgebung höher war als das Plaza. Ich blickte hoch zu den erleuchteten Fenstern. Auf der anderen Seite der 5th, dem Plaza direkt gegenüber, waren die Lichter eines weiteren Hotels zu sehen, und an der Ecke daneben die eines dritten. Diese Ansammlung großer Hotels, deren Lichter in der Dämmerung nun angingen, besaß für mich etwas Mitreißendes; ich stand da und sah, wie vor dem allmählich dunkler werdenden Himmel von Manhattan das Licht in mehr und mehr Zimmern aufleuchtete. Dann geschahen drei wundervolle Dinge fast gleichzeitig.

Ich erblickte ein Taxi – ein hoher roter Kasten hinter einem Fahrer an einem fast senkrechten Lenkrad –, das an den Randstein am Hoteleingang an der 59th Street heranfuhr. Bevor es ganz zum Stehen gekommen war, öffnete sich die hintere Tür, und eine junge Frau stieg aus – sie mußte sich kaum bücken, da das Dach des Taxis so hoch war –, und schritt, ja lief beinahe über den Gehweg. Ein lächelndes glückliches Mädchen in einem riesigen Hut und einem langen, schmalen Kleid. Mit einer Hand hob sie den Saum an, als ihre Füße sich den Stufen näherten.

Als die aufgeregte junge Frau den obersten Treppenabsatz erreicht hatte, öffnete jemand von innen die Tür und hielt sie ihr auf. Ich hörte von drinnen Musik, ein seltsam klingendes Orchester – mit lautem Piano und einer lauten Geige – spielte Musik in einem schnellen, fast modernen Rhythmus. Und in dem Moment, in dem ich diese Musik hörte und die junge Frau das Hotel betreten sah, passierte noch etwas anderes. Das rote Taxi bog wieder in die Straße, und ich sah, wie die Hand des Fahrers die unförmige Hupe betätigte, und ich hörte das glückliche *Hohnnk*! …, und genau in diesem Augenblick – das blecherne Geräusch tönte noch durch die blaue Dämmerung – gingen lautlos alle Straßenlaternen entlang der 59th und der 5th an. Erfüllt mit einer verwirrenden Freude, trat ich auf die Straße und hin zum Plaza – zur Musik und allem, was dort nun auf mich wartete.

14

Ich überquerte die 59th Street; nur drei langsam fahrende Automobile näherten sich mir und entfernt das elektrische Auge eines Cable Car. Soweit ich sehen konnte, gab es noch keinen Eingang des Plazas an der 5th Avenue; die vertrauten Säulen, ja zwischen ihnen allerdings Glasplatten und dahinter ein glitzerndes Restaurant; jeder trug dort Abendkleidung.

Dann betrat ich das Plaza an der 59th Street und folgte der

Musik, einen mit Teppichen ausgelegten Korridor hinab zum Tea Room. Die Zeichnung hier zeugt von dem, was ich sah. Es war wild; irgendwo hinten schlug ein Quartett den Ragtime-Rhythmus: Piano, Trompete, Geige und eine Harfe, die von einer Dame in einem langen lavendelfarbenen Kleid gezupft und gestrichen wurde. Die Männer im Saal trugen Anzüge, Krawatten, Westen und fast jede Frau einen Hut – große Hüte mit breiten Krempen oder Hutbändern. Eine von ihnen stellte eine sechzig Zentimeter lange Straußenfeder zur Schau, die sich direkt über der Stirn der Frau erhob und gleichmäßig hin und her schwankte – ich konnte ihre Bewegungen auf dem Tanzboden verfolgen.

Da stand ich, beobachtete und grinste. Ich kannte den Text zu dieser Musik, aber … was taten diese Leute hier? Sie bewegten sich zwar im Rhythmus der Musik, bewegten Schultern, Arme, Hüften, Füße und Köpfe. Doch – wie ich in meiner Zeichnung versucht habe darzustellen – einige der Frauen – wie diejenige im Vordergrund – hielten ihre Arme recht merkwürdig: Die Hand lag an der Hüfte, der Ellbogen aber war gerade nach vorne gestreckt. Andere wie die Frau links ließen ihre Unterarme kraftlos nach unten baumeln. Gelegentlich beugte ein Mann seine Partnerin weit nach hinten, fast parallel zum Boden.

Abrupt endete die Musik: See that ragtime couple over there, sang ich im Geiste mit, see them throw their feet – und alle taten es, alle stießen plötzlich einen Fuß nach hinten up in the air! Und plötzlich sangen alle die letzten Worte laut mit: ›It's a bear, it's a bear‹, und schrien sie es schließlich: ›IT'S A BEAR!‹ Die Musik verstummte, und jeder Tänzer zog die Schultern hoch und watschelte, einen Bären nachahmend, wie ich vermutete, grinsend über die Tanzfläche. Es war einfach toll.

Ein Kellner in dunkelgrünem Anzug mit Goldtresse blieb vor mir stehen. »Einen Tisch, Sir?« Ich bejahte, er blickte sich besorgt um und runzelte die Stirn, eine symbolische Geste. »Ich fürchte, wir haben keinen freien Tisch, Sir. Macht es Ihnen etwas aus, mit jemandem einen Tisch zu teilen?« Er drehte sich um, nickte einem Tisch zu, an dem eine junge Frau alleine saß. Sie lächelte und nickte zustimmend zurück. Ich gab mein Einverständnis, und er brachte mich dorthin. Sie trug ein Kopfband mit einer Feder und befestigte gerade ihren Ohrring, als ich näher trat. »Zweimal Tee?« fragte der Kellner; ich blickte sie an und sagte: »Sie sind damit einverstanden?« Sie nickte. »Gewöhnlich bin ich nicht so kühn«, sagte sie, »aber ich mag es nun mal überhaupt nicht, alleine beim Thé dansant zu sein. Beim Tanztee.«

»Oh, ich weiß, was Thé dansant heißt«, sagte ich und zog meinen Stuhl heraus. »Ich spreche ein wenig Französisch. L'heure bleu!«

»*Tiens. Croissant!*« sagte sie.

Damit war mein Französisch schon erschöpft, und ich fragte mich, ob ich es riskieren konnte – ich riskierte es. »*Merde!*« Aber sie lachte nur, lächelnd saßen wir uns gegenüber. Ich war froh, hier zu sein, denn ich erinnerte mich – erinnerte mich an die unvergleichliche Einsamkeit, die auftritt, wenn man eine Zeit betritt, in der man kein einziges menschliches Wesen auf der Welt kennt. Es war also sehr schön, hier zu sitzen, reden und ein wenig lachen zu können.

Der Kellner kam mit einem Tablett zurück, das wie Silber aussah und wahrscheinlich auch war. Er stellte Tassen, Untertassen, zwei Teekannen, Sahnekännchen, alle aus dünnem weißen Porzellan, eine silberne Zuckerdose, kleine Löffel und Stoffservietten ab. Ich betrachtete während der Zeremonie das Mädchen mir gegenüber, und – es war das Stirnband – ein Satz, ein Name tauchte in meiner Erinnerung auf: das *Jotta Girl.* Denn als fünfjähriger Junge verbrachte ich einige Monate bei meiner Tante, die in den Zwanzigern ein, wie sie es nannte, ›Flapper‹ gewesen war. Eines Tages fand sie in einer Schublade etwas, was sie in jenen Jahren getragen hatte, ein verziertes Stirnband mit langen Federn und unzähligen Glasperlen, das sich kaum von dem des Mädchens mir gegenüber unterschied. Meine Tante legte das alte Kopfband an und vollführte gekonnt, wie mir schien, einen Tanz, den sie Charleston nannte, und sang dazu ein Lied aus ihrer Jugendzeit, das ›Ja Da‹ hieß. Ich liebte diesen Tanz und dieses Lied, gelegentlich, wenn ich sie darum bat, machte sie mir beides vor, und ich versuchte, zu ihrem Vergnügen, es nachzumachen. Ich mochte das Lied wegen der unsinnigen Worte. Wir tanzten und sangen, ein stakkatohaftes ›Jotta ...‹, ein Takt, dann wieder ›Jotta!‹. Wieder ein Takt, dann der Teil, der mein einfaches fünfjähriges Gemüt am meisten beeindruckte: ›Jotta, Jotta, Jink-jink-jing!‹ Wegen dieser Erinnerung war die junge Frau, die nun Tee eingoß, für mich das Jotta Girl.

»Ich heiße Helen Metzner«, sagte sie. »Ich bin Simon Morley.« Aber sie glich in keinster Weise der antiken Helena. Sie kam mir irgendwie vertraut vor, wie jemand, den ich gekannt hatte, also blieb sie für mich das Jotta Girl. Wir kümmerten uns um unseren Tee, sie gab Zucker hinzu und rührte fleißig um. Dann kam sie auf unseren Witz zurück, und sie sagte, um die Konversation aufrecht zu erhalten: »Ihr Akzent unterscheidet sich natürlich von dem vieler Franzosen – er ist besser!«

»Natürlich. Denn sie sind diejenigen, die den Ausspracheteßt nicht bestehen.« Sie lächelte und wartete; sie sah sehr gut aus. »Selbst wenn Sie als Franzose geboren werden, kann die Aussprache zum Problem werden. Mit achtzehn hat man sich deswegen einem Aussprachetest zu unterziehen. Und trotz Anleitung und besonderen Gurgelmethoden fallen elf Prozent durch und werden für immer ins Exil geschickt.«

»Sie bekommen den gefürchteten roten Paß«, sagte sie.

»Nur alle zehn Jahre dürfen sie für eine kurze Zeit die Heimat besuchen.«

»Allo, Maman! Isch bin wieder da!«

»Sacre bleu! Für wie lang?«

Wir entspannten uns; das Thema war ausgereizt. Die Musiker kehrten nun zurück und begannen ein Stück zu spielen, das ich nicht kannte, das aber denselben Ragtime-Rhythmus besaß. »Nun«, sagte das Jotta Girl, »wir sind beim Tanztee. Wir hatten unseren Tee, sollen wir nun also tanzen?«

Ich trug einen Ehering, meine linke Hand lag auf dem Tisch, so daß sie ihn sehen konnte; ich wollte nicht, daß irgendwelche Mißverständnisse aufkamen. »Es tut mir leid«, sagte ich und fügte wahrheitsgemäß hinzu: »Ich kann das nicht tanzen.«

»Oh, natürlich können Sie es; es ist einfach, schauen Sie zu.« Wir beobachteten die Tänzer, die sich wie vorhin bewegten. Dann spielte die kleine Musikband ein altes bekanntes Lied, ›Alexander's Ragtime Band‹, ich grinste und sang einige wenige Worte mit, die ich kannte. ›Come on along! ... Come on along!‹ Das Jotta Girl sprang auf. »Yeah. Come on along!« sang sie und streckte beide Hände aus, »to Alexander's Ragtime Band!« Ich mußte aufstehen und mich mit ihr auf die wilde Tanzfläche begeben.

Ich hatte recht; ich konnte so nicht tanzen. Doch auch sie hatte recht: Ja, ich konnte es. Mehr oder minder. Sie führte mich und hielt mich aus gefährlichen Begegnungen der anderen heraus. Ich ahmte nach, was ich um mich herum sah, schwang meine Schultern, warf die Beine nach hinten, wenn es die anderen auch taten, wirbelte herum, gab mein Bestes – und es machte Spaß, es war aufregend; wir lachten. Aber als die kleine Band kurz innehielt, um die Notenblätter zu wenden, besaß ich soviel Verstand, die Tanzfläche zu verlassen.

Wieder an unserem Tisch nippten wir vom Tee, der kalt wurde. Es gefiel mir, hier in diesem dichtgedrängten Raum zu sein, voll Gemurmel, Reden, Lachen und dem fröhlichen Klappern von Porzellan. Ich lehnte mich zurück und betrachtete die wunderbaren großen Hüte; sah nach dem Mädchen, das aus dem roten Taxi ausgestiegen war und hereingekommen war, konnte sie aber nicht finden. Darum suchte ich die sechzig Zentimeter lange Straußenfeder, die mir – sie schwankte über die Tanzfläche – sofort auffiel. Als die Musiker begannen ›Oh, You Beautiful Doll!‹ zu spielen, wollte ich nirgendwo anders mehr sein als hier. Ich beugte mich zum Jotta Girl und sagte: »Das macht Spaß, viel Spaß. Aber ich bin eben erst angekommen. Von einer langen Reise«, sagte ich wahrheitsgemäß. »Und« – noch während ich es aussprach, merkte ich, daß es stimmte – »bin deshalb sehr erschöpft.«

»Natürlich. Am ersten Tag nach meiner Ankunft ging es mir ebenso. New York ist so aufregend. Wohnen Sie hier im Plaza?«

»Ja.« Ich nahm die Rechnung auf – zwei Dollar – und legte drei hin.

»Ich auch. Danke für den Tee«, sagte sie und entließ mich elegant, indem sie hinzufügte: »Ich trinke nur noch den Tee aus. *Bonne nuit, monsieur.*«

Ich wollte direkt auf mein Zimmer gehen, ging aber – da ich noch viel zu aufgeregt war – im Foyer an den Fahrstühlen vorbei, hinaus in diese Nacht von 1912. Ich stand im Dunkeln am Randstein, direkt mir gegenüber auf der anderen Straßenseite lag der Central Park. War die *heure bleu* vorüber? Ja. Die Bäume und Sträucher waren nun dunkle, formlose Silhouetten. Unterhalb der Straßenlaternen schimmerten in fahlen orangefarbenen Lichtkreisen die Schienen der Straßenbahn. Ich schaute zum Himmel hoch; die Luft war noch rein in diesen frühen Jahren des Jahrhunderts, die Sterne standen so niedrig und klar wie in meiner Zeit mit Julia. Auf der anderen Straßenseite überquerten ein Mann und eine Frau – er hatte seinen Hut in der Hand, es war noch immer so warm wie tagsüber – in einem großen Winkel die Straße, hin zur Reihe der einladenden Lichterkugeln entlang der Fassade des Savoy Hotels.

Von der Straße kam das gleichmäßige Knattern des Kabels, das in der Vertiefung zwischen den Gleisen der Cable Cars saß und links von mir einen Wagen vorüberzog. Ich betrachtete sein rundes elektrisches Licht, dessen Schein auf das unebene Kopfsteinpflaster fiel. Irgend etwas verwirrte mich: an jeder Seite begleitete ein über die Pflastersteine gleitendes

Lichtrechteck den Wagen. Dann erkannte ich, daß der Wagen offen war, ohne Seitenverkleidung, und ich sah die Passagiere auf Bänken sitzen, die die ganze Breite des Wagens einnahmen; es gab keinen Mittelgang. Einige Teenager, Schüler der High-School, saßen unter der Deckenbeleuchtung, unterhielten sich und lachten; die Mädchen hatten langes Haar, das manchen von ihnen in langen Zöpfen über den Rücken fiel, die Jungen trugen Anzüge, Krawatten und steife Kragen. Dies war ein offener Straßenbahnwagen, der wahrscheinlich für diese Nacht, in diesem frühlingshaften Wetter, gemietet worden war. Nun konnte ich die Glühbirnen sehen, die oben angebracht waren – kerzenförmige Glühbirnen aus klarem Glas. Ein blau-uniformierter Schaffner stand lässig auf dem Trittbrett, das sich die gesamte Länge des Wagens hinzog. Zwei Mädchen – eine mit einer großen rosafarbenen Schleife im Haar – saßen auf einer der Bänke; die eine redete geschäftig, gestikulierte, die andere hörte zu, nickte, lächelte. Dieser wunderbare offene Straßenbahnwagen zog an mir vorbei, das Lichtrechteck daneben fiel über den Bordstein und warf seinen kurzzeitigen Glanz auf die Spitzen meiner Schuhe. Das Mädchen, das zuhörte und noch immer zu allem nickte, was das andere sagen mochte, blickte zufällig zu mir herab, und ich – freudig erregt von diesem wunderbaren Anblick – hob spontan meinen Arm und winkte ihr zu.

Sie sah mich, und selbst in diesem Bruchteil eines Augenblicks hatte ich Zeit, mich zu fragen: Würde eine junge Frau aus den 1880ern zurückwinken? Nein, sicherlich nicht. Oder eine Frau am Ende der zweiten Hälfte des zwanzigsten Jahrhunderts – würde sie in eben dieser Straße aus einem Busfenster winken? Nein, sie würde es nicht riskieren, mißverstanden zu werden. Aber das Mädchen in diesem New York, hier an diesem schönen Abend in den frühen Jahren des neuen Jahrhunderts, sah mein Winken, lächelte augenblicklich und winkte, ohne einen Gedanken daran zu verschwenden, zurück. Nur eine kleine Geste ihrer Finger, während sie vorbeirollte, aber sie sagte mir, daß ich wahrgenommen wurde, daß ich wirklich hier auf diesem Gehweg stand, während sie in diesem Moment vorbeifuhr. Und mir sagte diese spontane, nicht unüberlegte, offene Geste, daß ich in eine Zeit gekommen war, die es wert war, beschützt zu werden.

Die kleine Insel aus Licht, die für die vorausliegende 5th Avenue abbremste, rollte vorüber. Für diese Nacht hatte ich genug gesehen. Die neue Stadt und alles, was sie für mich bereithalten mochte, lag um mich herum in Dunkelheit. Aber im Augenblick war ich zufrieden, und eine Müdigkeit, die ich beinahe willkommen hieß, ging durch meinen Geist und Körper. Ich wandte mich zurück zum Hotel, schrieb mich ein und ging auf mein Zimmer, wohin ich noch ein Abendessen kommen ließ. Und schließlich ins Bett, um mich in meiner neuen komischen Unterwäsche schlafen zu legen.

15

Das ist mein Zimmer; das Photo stammt aus der Hotelbroschüre, die ich mitnahm, als ich mich eintrug – das Zimmer, in dem ich mich am nächsten Morgen anzog, während ich auf den Central Park hinabblickte, um meine Gedanken von der bereits getragenen Wäsche abzulenken, die ich anziehen

mußte. Ich hasse schmutzige Wäsche, vor allem Socken. Nach einem schnellen Frühstück ging ich also zu einem Herrenbekleidungsgeschäft in der 6th Avenue. Und im Geschäft nebenan kaufte ich, einer Neigung folgend, eine Kodak in einem roten Lederfutteral. Ich dachte an einen Mantel, vertraute dann allerdings darauf, daß es warm werden würde. Zurück zu einer Dusche, dann mit meiner neuen Kamera zu einem gemächlichen Spaziergang die 5th Avenue hinunter.

Dies ist der erste Schnappschuß; das Plaza Hotel ist rechts zu erkennen, links das Savoy. Beide waren für Julia neu und erstaunlich hoch. Direkt davor befand sich das spitze Dach eines alten Freundes, das Vanderbilt-Mansion. Aber was stellten die beiden hohen Gebäude dahinter dar? Ich fotografierte die Szene und blickte noch eine Weile die 5th hinunter. Sah so New York im Jahr 1912 aus? Wenn ja, dann gefiel es mir. Das New York des 19. Jahrhunderts – es konnte nicht bestritten werden – war häßlich. Die Gebäude waren aneinandergepreßt, dichtgedrängt – ich mochte New York aus anderen als ästhetischen Gründen. Diese Stadt hier – hohe Gebäude, aber nicht unmenschlich hoch, mit genügend Platz dazwischen – war offen; eine luftige, sonnige Stadt. So, fiel mir ein, wie Paris auch in den Jahren danach noch aussah.

Ich begann die 5th Avenue hinunterzugehen und auf dem Broadway nach dem Ausschau zu halten, was ich zu finden hoffte und von dem ich zugleich fürchten mußte, daß es noch zu früh dafür war. Meine Kamera wie auch die Stadt waren aufregend neu; eine Zeitlang war es ein einziges *klick-klick-klick,* Schnappschuß nach Schnappschuß mußte ich aufnehmen. Ich überquerte die 59th, drehte mich um, blickte zurück

und sah einen Doppeldeckerbus, der auf mich zukam. Ich hatte von ihnen gehört, aber niemals einen gesehen. Ich machte ein Foto. Als ich ihn im Sucher auf mich zurollen sah, war ich überrascht, als ich erkannte, daß er grün war; ich hatte immer gedacht, sie wären rot. Rechts von mir das Netherland. Diese ganze neue Ecke hätte Julia begeistert.

Ich fotografierte den Bus, während ich neben dem Vanderbilt-Mansion stand, und überquerte die 5th Avenue, um einen besseren Blickwinkel zu erhalten. Schnell riß ich die

Kamera nach oben, um gerade noch rechtzeitig den Mann zu fotografieren, der den jungen Frauen hinterherblickte – sehen Sie ihn dort auf der Straße? Wahrscheinlich hoffte er, einen Blick auf ihre Knöchel erhaschen zu können. Zufällig erwischte ich eine weitere Gestalt, die ich in diesem New

York oft gesehen hatte – einen Mann, der an der Straßenecke herumlungerte, dort neben dem Laternenpfahl. Einen Augenblick später lehnte er sich mit der Schulter dagegen. Julia würde sich freuen, wenn sie erfahren hätte, daß das Vanderbilt-Mansion noch immer so aussah, wie es sich bei unseren Spaziergängen zum Park präsentierte – wobei sie niemals die Frage ausließ, wie es wohl innen aussehen mochte, worauf ich immer vorschlug, daß wir doch einfach eintreten, uns umsehen und den Vanderbilts erklären sollten, daß wir zufällig vorbeikämen.

Durch das Tor an der 58th Street rollte ein Wagen auf das Anwesen des Herrenhauses, ich schlenderte hinüber und wollte verstohlen ein Bild machen, wurde aber erkannt, wie Sie sehen können. Meine Kamera war ziemlich groß, ich konnte sie nur schwer verbergen. Als ich an der 57th Street wartete, um sie zu überqueren, kam ein offener Wagen die 5th entlanggefahren. Ich hätte leicht vor ihm über die Straße gehen können, hob jedoch meine Kamera und tat so, als fotografierte ich etwas vor ihnen. Diese Aufnahme gelang mir dabei, während sie an mir vorüberfuhren; die Schönheit bedachte mich mit einem hochnäsigen Gesichtsausdruck. Der

junge Mann am Steuerrad sang ›Turkey Trot‹. Ich ging hinter ihrem Wagen weiter und sang leise für mich ›Everybody's doin' it, doin' it!‹ Es machte Spaß, hier auf dieser sonnigen, gemächlichen Straße spazierenzugehen – eigentlich eher zu schlendern. Kinder spielten vor mir auf dem Gehweg. Ich blieb stehen und machte diese Aufnahme. Doch wieder wurde ich dabei bemerkt; als ich an ihnen vorüberging, sagte der Rotzlöffel: »Haben Sie mein Bild aufgenommen, Mista?«

»Nein«, antwortete ich, »bei deinem Anblick hat es die Kamera zerrissen.« Jeder hörte diesen alten Witz irgendwann zum ersten Mal; er starrte mich an, dann grinste er und drehte sich schnell um, um es an das Mädchen hinter ihm weiterzugeben. »Der Mann sagt, wegen dir hat es die Kamera zerrissen.«

Plötzlich erkannte ich das Gebäude mit der Markise, das vor mir lag, das St. Regis Hotel. Ich ging einen Block weiter, und an der Ecke machte ich folgende Aufnahme. Unter der Markise, hinter der Absperrung, vernahm ich Stimmen und das fröhliche Klappern von Porzellan. Mittagessen? Ich holte meine Uhr hervor; erst kurz nach elf – es wurde das Frühstück serviert. Ich wünschte, ich könnte auch hier sitzen, hier unter der Markise, mit Blick auf den gemächlich vorbeifließenden Verkehr.

Ich ging weiter, beobachtete, war glücklich und sah diesen Wagen hier näher kommen. Ich wandte mich ihnen zu und erwischte die Braut, die mit spitzen Lippen ein Lied pfiff, begleitet von ihrem Bräutigam.

Dann drehte ich die Filmrolle weiter; ein Paar schlenderte an mir vorüber, ihr Gesicht war glücklich und fröhlich. Sie war jung, nicht älter als dreißig, und mir kam der Gedanke, daß sie zu der Zeit geboren sein mußte, als ich Julia kennengelernt hatte. Und daß sie zu meiner eigenen Zeit, fern in der Zukunft … aber das waren Gedanken, die ich nicht denken wollte.

Als die beiden an mir vorübergegangen waren, machte ich eine Aufnahme, auf der rechten Seite sehen Sie sie neben einem beeindruckenden Gebäude, das ich nicht kannte. Machte es, weil sie hier, um 1912, jung waren; machte es

wegen der Zwillingstürme der St. Pat's Cathedral – auch das hätte Julia gefreut, wenn sie gesehen hätte, daß beide Türme endlich fertiggestellt worden waren. Und ich machte die Auf-

nahme wegen des Wasserhydranten am Randstein und dem Laternenpfahl an der Straßenecke, um den stillen Augenblick dieses längst vergangenen Tages einzufangen. Einige Meter weiter verschwand das Paar in dem Gebäude neben ihnen. Kurz darauf ging ich am Eingang vorbei und sah das polierte Messingschild des *Gotham Hotel;* ich machte mir Gedanken, was mein junges Paar dort machte, fragte mich, ob sie verheiratet waren und hoffte irgendwie, daß sie es nicht waren. Als ich weiterging, fragte ich mich, warum ich das hoffen sollte.

Vor mir an der südwestlichen Ecke der 53rd Street vermutete ich *Allen Dodsworth's School for Dancing*. Aber das Schild

war nun verschwunden, wenngleich das Gebäude noch stand. Ich war nicht überrascht: Die Art zu tanzen, die ich letzte Nacht gesehen hatte, war nicht das, was Allen Dodsworth gelehrt hatte. Lebte er noch? Und was stand an dieser

Ecke in meiner Zeit? Das Tishman Building? Ich war mir nicht sicher.

Vorbei an einem der großen alten Herrenhäuser der 5th Avenue, die ich von außen so gut kannte. Ich drehte mich um und blickte zurück, begab mich dann zur Seite und komponierte diese Ansicht, auf die ich ein wenig stolz bin. Sehen Sie, wie die alte 5th Avenue im Vordergrund die neue 5th Avenue des 20. Jahrhunderts mit den großen modischen Hotels, die sich dahinter auftürmen, regelrecht einrahmt? Die Eigentümer der Häuser daneben müßten deswegen Anfälle bekommen.

Klick-klick, ein weiteres Bild. Vor mir lag ein Straßenabschnitt, dieser hier, der beinahe unverändert aussieht; eines der großen Herrenhäuser nahm würdevoll fast die Hälfte des Gehwegs ein. Wie St. Pat drüben links wirkte ein Bekannter, das Buckingham Hotel, auf der Straßenseite gegenüber etwas südlich gelegen, recht unverwüstlich so wie St. Pat, aber ich wußte, daß ich hier Geister betrachtete. Denn als ich die Szene im kleinen Fenster meines Suchers zurechtstellte, konnte ich,

der Zeit weit vorauseilend, anstelle des Buckingham Hotels das Saks-Gebäude an der 5th Avenue sehen, das ebenso unverwüstlich wirkt. Nun, auch Saks wurde ein guter alter Freund.

An der 49th Street blieb ich stehen, trat um die Ecke und sah eine graue Limousine; der Chauffeur in grauer Uniform saß vorne im Freien und war über das Lenkrad gebeugt, als er von der 5th in die West 49th einbog, scharf wendete und vor einem beeindruckenden Backsteingebäude stehenblieb. Er sprang heraus und nahm an der Hintertür fast ›Hab-Acht‹-Stellung an. Dann wurden von einem ebenfalls uniformierten Diener die Türen des Gebäudes aufgerissen, und heraus kam diese eindrucksvolle Riege, die zu der wartenden Limousine hinabschritt. Ihre Gesichter zeugten davon, daß sie sich der Welt und ihres Platzes darin sicher waren. Mit dem Rücken gegen die von der Sonne gewärmte Wand gelehnt, stand ich einige Minuten lang da und betrachtete weitere Gesichter, die auf der 5th an mir vorüberzogen. Ich wünschte, ich hätte den Mut gehabt, meine Kamera zu heben und einige dieser Gesichter aufzunehmen. Was dachten Sie, diese Menschen von 1912, deren Lederschuhe an mir vorbeitappten? Wer waren sie? Die Menschen anderer Zeiten waren nicht einfach Menschen wie wir, die sich nur durch ihre seltsame Kleidung unterschieden. Diese Gesichter waren anders, selbst die der Kinder, und brachten die Gedanken, Ereignisse und das Gefühl der einzigartigen Erfahrungen ihrer Zeit zum Ausdruck. Was also erzählten sie mir? Ich fand, sie blickten … ernsthaft. Die meisten von ihnen waren trotzdem fröhlich. Sie waren sich dieses besonderen Tages bewußt und genossen ihn. Und – was noch? Es gab *noch* etwas. Sie schienen keine Angst zu haben, glaubte ich. Oder waren irgendwie beunruhigt – die meisten jedenfalls. Und keiner, den ich sah, schaute verärgert aus. Diese Menschen, die in ihrer eigenen Zeit und Welt die 5th Avenue entlangschlenderten, schienen mir getragen von einem Gefühl der Sicherheit und des Vertrauens. Ich wußte, daß sie sich täuschten; daß diese erfreulich friedliche Welt nur noch wenige Jahre Bestand hatte. Wenn nicht … aber es schien anmaßend, daß ich irgend etwas dafür tun konnte.

Auf mich kam nun ein noch nicht ganz ältliches Juwel zu,

ein Boulevardier, ein echter Dandy mit Kaiser-Wilhelm-Bart, grauen gestreiften Hosen, einem schwarzen Rock mit Plüschrevers und Kragen, einer schweren goldenen Uhrkette, Spazierstock mit Silberknauf und einem schimmernden Seidenhut. Ich ging auf ihn zu, versuchte die Kamera zu heben und ein Foto von ihm zu machen, konnte es aber nicht. Konnte es nicht. Ein Blitz aus seinen Augen hätte mich niedergestreckt und augenblicklich getötet.

Als er vorbei war, er ging auf der 5th in nördliche Richtung und schwang fröhlich seinen Spazierstock, drehte ich mich um, um ihn zu fotografieren, wartete allerdings einen Moment, machte an der Kamera herum und tat so, als wollte ich diesen Mann aufnehmen – und machte statt dessen die Aufnahme von diesen wundervollen, sich unterhaltenden Mädchen. Ja *Mädchen*, verdammt noch mal. Natürlich sind es junge Frauen, aber sie manchmal als ›Mädchen‹ zu bezeichnen heißt nicht, daß sie Kinder wären. Die englische Sprache bemüht sich sehr; die Bedeutung eines Wortes kann je nach Kontext variieren. Und ›Mädchen‹ anstelle von ›junger Frau‹ auf die gleiche Stufe zu stellen mit dem ›Jungen‹, der in den Südstaaten für Schwarze gebraucht wurde, ist gedankenlos und einfach dumm.

Nun gut, okay. Ja, ja, mir geht es gut. Das Mädchen rechts

trug einen grün-weiß gestreiften Mantel, die junge Frau in der Mitte ein dunkelbraunes Kleid, und die andere – nun können Sie wählen – ein flaschengrünes Kleid. Sie erwischte mich, als ich das Foto machte – und ich erwischte einen weiteren Spanner hinter ihnen.

Wo war *The Rev. and Mrs. C. H. Gardner's Boarding and Day School for Young Ladies and Gentlemen*? Verschwunden. Julia sprach manchmal davon, Willy dorthin zu schicken, ich niemals.

Die Veränderungen der 5th Avenue wurden um so augenfälliger, je weiter ich kam. Ich sah mehr und mehr Geschäftsfassaden. Schilder, die darauf hinwiesen, daß Apartments zu vermieten waren, wie das auf der nächsten Seite. Ich nahm es auf, weil, wie ich mich erinnerte, das Haus mit den heraldischen Löwen einer reichen Familie gehörte. Es war ein wenig deprimierend, aber dann entdeckte ich etwas vor mir an der 44th Street, das mich daraufzueilen ließ. Ich grinste vor Vergnügen und benutzte meinen vorletzten Film, um das wundervolle, einem Hochzeitskuchen nicht unähnliche Bauwerk auf Seite 151 zu fotografieren. Aber *was* war es? Ich wollte es wissen; ich ging quer über die 5th Avenue, vorbei an den Polizisten, und dann, als ich unter den Markisen stand und die Stufen hinaufblickte, sah ich das polierte Messingschild, das mir sagte, daß das hier *Delmonico's* war.

Eine Hand berührte meinen Ellbogen, und eine Frauenstimme hinter mir sagte: »Nun, *welch* eine Überraschung! Kommen Sie wegen des Vortrags?« Ich drehte mich um; das Gesicht des Jotta Girls, eingerahmt von einem blaßblauen Hut, der eine wagenradgroße Krempe hatte, lächelte mich an. Ich lächelte zurück.

»Was!« sagte ich ein wenig dumm. »Was tun Sie denn hier?«

»Ich folge Ihnen, natürlich! Kommen Sie mit hinein?«

Am Randstein erschienen in regelmäßiger Folge weitere Frauen, meist mittleren Alters oder älter, die Limousinen, Taxen, Kutschen oder Droschken entstiegen – mehr Limousinen als Kutschen. Die Wagentüren knallten, die schwachen Motoren ratterten, als sie wieder anfuhren.

»Nun, ich weiß nicht«, sagte ich. Jetzt kamen die jungen Frauen, sie dufteten großartig, lachten, sahen in ihren riesigen Hüten wunderbar aus und zeigten schöne Knöchel, während sie den Rocksaum lüpften, als sie die Treppen hochstiegen. Viele von ihnen, immer diejenigen, die am besten aussahen, wurden von jungen Männern oder Jünglingen begleitet, von denen fast alle sehr groß waren.

»Oh, seien Sie kein Hinterwäldler!« sagte das Jotta Girl. Ihre Hand lag auf meinem Ellbogen, und sie schob mich voran. »Dieser Vortrag könnte für Sie sehr nützlich sein!« Dabei lachte sie, als handele es sich um einen Witz.

»Okay.« Wir gingen hinauf. »Was könnte so nützlich sein?«

Sie zeigte auf ein großes Plakat hinter den geöffneten

Türen. Es befand sich auf einer Staffelei aus vergoldetem Bambus; in verzierten Lettern – die Freiräume waren mit gemalten Efeublättern dekoriert – stand zu lesen: *Mrs. Charles Henry Israels Komitee für Vergnügungs- und Freizeitbeschäftigungen arbeitender Mädchen präsentiert Professor Duryeas Tanzdemonstration, pünktlich um 10 A. M.* Nun verstand ich ihren Witz. »Ich dachte«, sagte ich, »ich hätte meinen Teil zur Unterhaltung arbeitender Mädchen bereits letzte Nacht beigetragen, durch meine Tanzvorführung.« Sie lächelte.

Niemand drinnen schien Karten zu kaufen. Wir folgten der Menge eine mit Teppichen ausgelegte Treppe zu unserer Rechten hinauf. Die Frauen vor uns hoben sachte ihren Rocksaum; und mir wurde bewußt, wie schnell ich mich anpaßte – auch ich war bereits ein erfahrener Knöchelspanner. Einen kurzen Gang entlang, die Frauen, die sich unterhielten und viel lachten, hinterließen eine Parfümspur. *Okay, Rube, ich folge den Befehlen. Wann werde ich glücklich sein?* »Hallo, Helen«, rief ein Mann hinter uns; das Jotta Girl drehte sich um, lächelte und antwortete. »Hallo, Archie.« Ich fragte mich, Helen Wer? Wir kamen in einen Ballsaal: Parkett, in die Wände waren Spiegel eingelassen, vorne befand sich eine kleine erhobene Plattform. Stuhlreihen waren aufgestellt, die Menge ließ sich darauf nieder, und die Frauen strichen ihre Kleider glatt, als sie sich setzten. Vorne, vor der Plattform, waren Stühle halbkreisförmig aufgestellt; ein grünes Band, das durch ihre Lehnen gezogen war, markierte einen abgetrennten Bereich.

Ich blickte mich um, während wir die Plätze einnahmen. Unter den wenigen Männern im Publikum waren einige Reporter, wie mir schien, denn sie kritzelten Namen auf ihre Blöcke; es mußte sich, kam mir der Gedanke, um ein ziemlich wichtiges gesellschaftliches Ereignis handeln.

Vorne auf der Plattform warteten drei Männer, die Notenblätter waren aufgeschlagen: ein Pianist, ein Klarinettist und ein Geiger. In der Mitte der Bühne, auf einem goldfarbenen Stuhl, eine große, ungeheuer beeindruckende grauhaarige Frau in einem dunkelbraunen Kleid, ein Kneifer hing an einem Goldknopf von der Größe eines Dime an ihrem Brustkorb: Mrs. Israel selbst, daran zweifelte ich nicht. Sie nickte, lächelte zuvorkommend und unterhielt sich lebhaft mit dem Mann zu ihrer Rechten, der einen zweireihigen schwarzen Frack trug. Dessen Saum seine Knie berührte. Er war um die Fünfzig mit langem dunklem, angegrauten Haar, das er so lang trug, wie ich es noch niemals gesehen hatte. Seine Frau, nahm ich an, der sich Mrs. Israel nun zuwandte, trug ein weißes Abendkleid, an ihre Hüfte hatte sie eine Gardenie geheftet.

Vor und hinter uns setzte sich das Lachen und Gemurmel fort, und dann war ich mir sicher, daß ich Zigarettenrauch in die Nase bekam und schaute mich um. Das Jotta Girl nickte. »Jemand von den Jüngeren raucht«, sagte sie. »Welch eine Schande. Froh, daß Sie hier sind?«

»Natürlich. In Wahrheit bin ich ein großer Anhänger von Madam Israel. Ich möchte keinen Vortrag versäumen.«

Mrs. Israel erhob sich, lächelte uns wohlgefällig zu, vor ihrem Bauch klatschte sie in die Hände und war sich sicher, daß das Gerede schnell verstummen würde. Sie hatte recht. Sie begann zu reden, und was sie sagte, war, soweit ich mich erinnern kann, folgendes: »Willkommen, meine vom denselben Gedanken getragenen Sozialarbeiter. Es freut mich, Sie hier an diesem Morgen zu sehen, den Sie sich so bereitwillig abgerungen haben.« Sie hielt inne, sah uns an, ihr Lächeln schwand, und damit ließ sie uns wissen, daß nun der ernsthafte Teil ihrer Rede begann. »Im Laufe der Aufmerksamkeit, die das Komitee den Tanzhallen New Yorks hat zukommen lassen, ist es, wie wir glauben, notwendig geworden, gegen einige Formen des ›Turkey Trot‹ und des ›Grizzly Bear‹ vorzugehen, die selbst da in Erscheinung treten, wo die Gesellschaft tanzt. Wir alle verschließen uns sicherlich nicht dem Modernen. Dennoch sollten bei Gesellschaftstänzen einige Regeln der Sittsamkeit beachtet werden; daran zweifeln wir nicht.« Ich warf dem Jotta Girl einen schnellen Blick zu – sie tat das gleiche, und beide wandten wir uns mit ernstem Gesichtsausdruck der Bühne zu. »Aber was ist gut, und was ist schlecht? Was sollen die Aufseher dem arbeitenden Mädchen antworten, wenn sie einwirft, daß doch alle den ›Turkey Trot‹ tanzen? Ein unschuldige Version des ›Turkey Trot‹ mag beibehalten werden, unter einem anderen Namen« – ich beugte mich zum Jotta Girl hinüber und flüsterte ihr »The Buzzard Bounce?« zu, worauf sie sich auf die Lippen biß. »Ein anderer Name, damit die Tänzer aus den armen Schichten nicht den falschen Eindruck gewinnen, der ›Turkey Trot‹ erfahre höchste Billigung, so wie sie ihn in gewissen Hallen sehen, die ihre einzige Zuflucht sind vor ihren dunklen und schrecklichen Behausungen. Wir alle hier sollten diese Dinge kennen; denn das Mädchen, das bei Sherry's tanzt, trägt ebensoviel Verantwortung für das Wohl des Mädchens, das am Murray Hill Lyceum tanzt, wie der Freizeit-Beauftragte in diesem Distrikt.«

Mrs. Charles Henry Israel sprach wirklich diese Worte dort oben auf der Plattform. »Wir sind heute morgen zusammengekommen, um diese Fragen zu beantworten, indem wir uns zeigen lassen, wie der ›Turkey Trot‹, und die anderen neuen Tänze zu tanzen sind, wenn überhaupt. Die Demonstration führt – zusammen mit seiner reizenden Frau – eine Person vor, die vielen von Ihnen bekannt sein dürfte. Darf ich Ihnen Professor Duryea vorstellen, ein Tanzlehrer, der sich über seine Kunst auch Gedanken macht.« Lächelnd und übermaßen graziös, die linke Hand lag gespreizt über ihrer Brust, drehte sie sich um und nickte dem Professor zu, wobei sie sich halb verbeugte.

Er stand auf; er war größer und dünner, als ich gedacht hatte, sein zweireihiger Frack glich einer Röhre mit schwarzem Seidenrevers. Er tat einen Schritt nach vorne, lächelte kurz und sagte: »Der ›Monkey Glide‹, der ›Lame Duck‹, der ›Turkey Trot‹, der ›Bunny Hug‹, der ›Grizzly Bear‹, der ›Bird Hop‹ – sie alle wurden als das ›Neueste überhaupt‹ begrüßt und sind dennoch, wenn überhaupt, nichts anderes als leichte Variationen des ›Slow Rag‹. Können diese neuen Tänze, wenn sie richtig aufgeführt werden, zur gelegentlichen Auflockerung unseres Repertoires beitragen? Vielleicht. Aber ich glaube nicht, daß die Gesellschaft die häßlichen Extremformen dieser Tänze akzeptieren kann. Doch alles abzulehnen, was von einer korrekten Haltung abweicht – wie sie im tadellosen Walzer vorgeführt wird, wo der Mann seinen rechten Arm um die Hüfte der Frau legt und ihre rechte Hand in seiner ausgestreckten Linken liegt – garantiert keine Sicherheit. Erst letzten Mittwoch beobachtete ich im Terrace Garden die Tänzer und erblickte einen Polizisten, der mitten auf der Tanzfläche fleißig den ›Turkey Trot‹ abwehrte; er tat dies mit zwei Gesten – die eine, um darauf hinzuweisen, daß der linke Arm des Mannes ausgestreckt sein muß, die andere, daß der träge ›Half-Walk‹ nicht die gute altmodische Drehung ersetzen darf. Diese einfachen Regeln, hergeleitet aus der sittsamen Erfahrung des Polizisten, sind nicht zu übertreffen. Sobald der Polizist aber verschwunden war, tanzten die Paare immer enger. Und mehr und mehr war die Spannung zu spüren, die sich mit dem ›Ragging‹ des Orchesters aufbaute. Das ist die Entwicklung, die so oft daraus folgt und die nicht nur von Saison zu Saison, sondern oft an einem einzigen Abend zu beobachten ist.« Mit einem professionell lächelnden Nicken und einer eleganten Drehung seiner linken Hand forderte er seine Frau auf, die sich lächelnd erhob.

Er nahm sie bei der Hand, und sie traten in den kleinen, von den markierten Stühlen abgegrenzten Bereich. Beide behielten ihr Lächeln bei, drehten sich einander zu und standen sich im Abstand von etwa zwanzig bis fünfundzwanzig Zentimeter gegenüber. Sie legte ihre linke Hand an die Hüfte, die Finger wiesen nach hinten, der Ellbogen war nach vorne gekehrt; er griff mit der rechten Hand durch die von ihrem Ellbogen gebildete Öffnung, seine Hand bedeckte die ihrige. Sie faßten sich an den anderen Händen und hielten sie hoch über den Kopf. Professor Duryea nickte den Musikern zu, der Pianist schlug eine Note an, nickte den beiden Musikern zu, und sie stimmten – ruhig, die Violine voll und klar – *Oh, you Beautiful Doll* an. Nun begannen die Duryeas – gekonnt und anmutig – ein ebenso ruhiges und wie maßvolles Hüpfen von einem Bein auf das andere, so daß sie gleichmäßig hin- und herwiegten; die Hände, die sie umfaßt hielten, bewegten sich in weitem Bogen über den Köpfen, der Abstand zwischen ihnen wurde strikt aufrechterhalten.

Während sie weitertanzten, sagte der Professor: »Der ›Turkey Trot‹, wie er getanzt werden *kann,* wie er getanzt werden sollte; wer hätte hier etwas einzuwenden? Aber hier auf der 5th Avenue mußte ich die Veränderungen beobachten, von denen ich gesprochen hatte. Anfangs tanzten die Partner ruhig und mit ausgestreckten Armen. Vier Stunden später, als die Tanzfläche gefüllt und die Tänzer im Banne der Musik waren …« Das schien das Stichwort zu sein, denn das Trio forcierte nun das Tempo und – so sagt man doch – spielte mehr legato; und in meinen Ohren klang es tatsächlich ein wenig unanständiger und lüsterner. »Dann tanzten die Partner enger und enger.« Das taten nun auch die Duryeas. »Und während sie sich über die Tanzfläche bewegen, wird aus dem Hüpfen mehr ein Gleiten.« Die erhobenen Arme sanken nun, während der Professor redete, und die anderen Arme legten sich an die Hüften des jeweiligen Partners. »Somit läßt sich der ›Turkey Trot‹ kaum mehr« – beide duckten sich nun ein wenig, lösten die erhobenen Arme und legten sie ebenfalls an die Hüften – »von dem ›Shiver‹ unterscheiden!« Sie schüttelten die Schultern im Rhythmus von *Oh, you Beautiful Doll;* das Publikum murmelte. Hinter mir seufzte ein wenig theatralisch eine Frau auf, eine andere in unserer Reihe saß sehr aufrecht und runzelte dramatisch die Stirn. Ein guter Teil des Publikums hinter uns aber gluckste nur.

Über den schönen Rhythmus des Pianos, der klagenden Violine und der dudelnden Klarinette – ich hatte das Gefühl, die Musiker hatten daran ihren Spaß – rief Mrs. Israel aus: »Wie viele haben dies schon in einer Tanzhalle gesehen?« Die Hand des Jotta Girls flog nach oben, und als ich mich umblickte, sah ich Dutzende von jüngeren Frauen, die ebenfalls ihre Hände hoben; nachsichtiges Lachen schallte durch den Raum. Das Publikum bestand vorwiegend aus jüngeren Frauen, die in ihren großen Hüten einfach bezaubernd aussahen; ich merkte, daß die jungen Ladies das nicht allzu ernst nahmen.

Ich mußte feststellen, daß sie aus einem noch anderen Grund hier erschienen waren, als nur die Duryeas zu sehen. Der Raum war nun von Murmeln und Bewegung erfüllt. Ich drehte mich um und sah hinten einen jungen Mann und eine Frau, irgendwie, ich weiß nicht, woran es lag, sahen sie anders aus als wir übrigen. Sie standen da, ruhig, höflich und betrachteten aufmerksam die Tanzdarbietung der Duryeas, aber sie zogen das Interesse auf sich. Einen Augenblick lang vergaß ich, mich wieder nach vorne zu wenden. Die Frau war auf eine sehr junge, unschuldige Art schön, trug ein langes rosafarbenes Kleid, das bis zu ihren von weißen Strümpfen bedeckten Knöcheln reichte, und einen weiten rosafarbenen Hut, der ihr Gesicht und hellbraunes Haar umrahmte. Der

Herr hatte glänzendes schwarzes Haar, das nach hinten gekämmt war, sein Gesicht war ein schmales, fröhliches Dreieck, und sein Anzug – nun, sein Anzug war kariert. Sie lächelte, er grinste, sie sahen glücklich aus, hier sein zu können, und ich wußte plötzlich – wie, weiß ich nicht, aber man erkannte es leicht – daß sie Schauspieler waren, die sich hier ihre Bühne geschaffen hatten, und, nur indem sie dastanden, weit interessanter und lebhafter waren als der Rest des Publikums – man wollte nach hinten gehen, um sich zu ihnen zu gesellen. Die Leute zwangen sich, wieder nach vorne zu blicken, lächelten aufgeregt und duckten die Köpfe, um sich etwas zuzumurmeln. Schließlich aber waren es höfliche, wohlerzogene Menschen, die sich schnell wieder zur Raison brachten und ihre Aufmerksamkeit auf die letzten Bewegungen der Duryeas richteten. Es waren nicht ganz die letzten. Als die letzten Noten – *Oh ... you ... beautiful doll!* – gespielt wurden, ›gab der Professor dem Pianisten ein Zeichen‹, wie die *Times* am nächsten Morgen schrieb – obwohl ich das Zeichen nicht bemerkte – und die ›Rhythmen des ›Gaby Glide‹ schwebten durch den Saal und rissen die Tänzer mit sich fort. Kaum unterdrücktes Lachen war zu hören‹ – das stimmte – ›und offenes Glucksen, als sie Wange an Wange tanzten und die Sinnlichkeit der Bewegungen sich steigerte.‹

Sie beendeten den ›Gaby Glide‹, der sich für meine ignoranten Augen kaum von dem unterschied, was sie vorher vorgeführt hatten. Dann gaben sich Professor Duryea und seine Frau die Hand – sie zeigte ein breites Lächeln, ich mochte sie –, verbeugten sich und bekamen lauten Applaus. Sie setzten sich, waren zufrieden, Mrs. Israel erhob sich und dankte ihnen sehr herzlich. Dann lächelte sie und sagte: »Ich denke, der Professor und Mrs. Duryea haben uns – im *ersten* Teil ihrer großartigen Vorführung«, fügte sie an und heimste dafür Lachen ein – »gezeigt, daß eine unschuldige Version des ›Turkey Trot‹ durchaus beibehalten werden kann, wenn er einen anderen Namen erhält.« Das Jotta Girl blinzelte mir zu.

Mrs. Israel bat nun das neue Paar im hinteren Teil des Ballsaals nach vorne; sie gingen an der Wand entlang, lächelten dem Publikum zu und bedankten sich für den höflichen, schwachen Vorapplaus; plötzlich wußte ich, wer es war. Natürlich hatte ich ihn niemals zuvor gesehen, nur in Bildern, aber hier kam nun ohne Zweifel, grinsend, großspurig, eine sehr junge Version von ihm – ein junger Mann, der es sich gutgehen ließ.

›Der Morgen war geprägt von Kontrasten‹, berichtete die *Times* am nächsten Tag; ich zitiere sie, weil es stimmte. ›Die Duryeas, er im Frack, sie im einfachen weißen Abendkleid, wurden abgelöst von Al Jolson und Florence Cable aus dem ›Winter Garden‹; sie mit Hut, jung und fröhlich … er ausgelassen und heiter …‹

Jolson stand nun vor uns, lächelte und sah uns wirklich an, froh, so schien es, *uns* zu sehen. Wir alle grinsten ihn an und er sprach: »Ich lerne die Kunst des Tanzes, wie ich sie an der Barbary Coast gesehen habe, wo ich als ein Junge aus San Francisco Zeitungen verkauft habe.« Seine Stimme, kam es mir vor, besaß einen kaum merklichen rauhen Tonfall, der zum Gesicht dieses Mannes paßte, der absolut von sich überzeugt war. Plötzlich machte er einen kleinen schnellen Tanzschritt, das polierte Leder seiner Schuhe glitzerte im Licht. Drei Sekunden lang, nicht mehr; dann hielt er inne, die Knie noch immer angewinkelt, warf beide Hände seitlich nach unten, die Finger ausgestreckt. Er grinste und hatte uns gefangengenommen: Wir liebten ihn. Mit dem Finger wies er auf den Pianisten, der sofort loslegte. Seine klauenartigen Finger hämmerten im Rhythmus mit seinen Schultern auf die Tasten ein, und selbst ich wußte, daß wir Ragtime hörten.

Und dann – wie sie tanzten; mal eng zusammen, dann wirbelten sie auseinander, dann wieder zusammen. Florence Cable war einfach wunderbar, Jolson mit einer Art müheloser Perfektion, die einem trotz besseren Wissens weismacht, daß man es auch kann. Sie tanzten eng aneinander, ließen sich auseinanderfallen, faßten sich auf Armlänge an den Händen, während ihre Körper ein V bildeten. Wieder zusammen, das Kinn auf der Schulter des anderen, die Füße flogen, die Hände – ich weiß nicht, wo ihre Hände waren, oder was sie machten, aber sie waren großartig. Sie stoppten, das Piano spielte weiter, und Jolson sagte: »Es ist immer der gleiche

Tanz. Nennen Sie ihn ›Turkey Trot‹, ›Bunny Hug‹, ›Lovers‹, ›Walk Back‹, ›Bird Hop‹, wie Sie wollen. Streichen Sie die Variationen – schauen Sie uns zu! – und es kommt immer auf dasselbe heraus.« Wieder begannen sie, der glückliche Pianist flog von einer Melodie zur nächsten, und ich nehme an, sie wechselten von einem zum nächsten der verschiedenen Tänze, denn ich hörte Anwesende die Namen der Tänze murmeln. Aber – er hatte recht – es war immer derselbe Tanz; ich wünschte mir, ich könnte, was Al Jolson tat. Sie stoppten erneut, der Pianist spielte fort, Jolson schwitzte nun ein wenig. »Fünfzehn oder zwanzig Tanzhallen an der Barbary Coast«, sagte er nun, »lebten von den halbbetrunkenen Seeleuten im Hafen. Und – was erwarten Sie! – alles, was diese Rüpel konnten, war, über den Tanzboden zu schlittern. Es gab an der Barbary Coast ein Negroe-Kabarett, und man sagt, daß dort alles angefangen hat; sie nannten es ›Texas Tommy‹.« Er faßte Miss Cable, und sie fuhren im ›Texas Tommy‹ über die Fläche; Jolson wirkte witzig, wie betrunken. Sie hielten inne. »Und dann fällt das Orchester ein, und der Rag ist zu hören« – er grinste zum Pianisten, dessen Hände und Schultern den Hinweis aufnahmen – »dazu Mollakkorde, die, nehme ich an, besonders verführerisch klingen.« Der Pianist verlangsamte das Tempo, wechselte zu Moll, und Al Jolson und Florence Cable preßten sich eng aneinander, Wange an Wange; ich schaute zu Mrs. Israel, die fasziniert zusah. »Und enger und enger«, sagte Jolson dann, zog sich dann plötzlich zurück und schnappte mit den Fingern. »Ich denke ... ich habe genug gesagt!« Dann flogen sie über die Tanzfläche, die Füße schnellten in wirbelnden Umdrehungen durch die Luft, und das Publikum war begeistert. ›Donnernder Applaus war ihnen beschieden‹, schrieb die *Times,* ›als er und Miss Cable zeigten, wie es gemacht wurde.‹

Dann war es vorbei, das Publikum tobte, und die beiden verbeugten sich glücklich; ich blickte zu den Duryeas – auch sie applaudierten, lächelten, wobei sein Lächeln – er war ganz angetan – echt war. Ihres dagegen wirkte ein wenig aufgesetzt. Man kann nicht wirklich sagen, was andere Leute denken, dennoch fragte ich, was der Professor dort oben in seinem Frack und seinem langen Haar in diesem Moment fühlte. Sein Gesicht war nicht alt, aber es war zu erkennen, wie es aussehen würde, wenn er alt war. Jahrelang verlief für ihn alles in geordneten Bahnen, ging es mir durch den Kopf, während ich applaudierte; er hatte Generationen von Schülern den Walzer und den Two-Step gelehrt, und nun plötzlich aus dem Nichts heraus, wie es ihm wahrscheinlich schien, standen diese Youngsters vor ihm, die für ihre Art des Tanzes Applaus bekamen. Der Beifall ebbte ab, ich fragte mich, was mit den Duryeas nun geschehen mochte. Vielleicht hatten sie Geld gespart.

16

Draußen auf dem Bürgersteig sah ich, daß das Jotta Girl eine Einladung zum Mittagessen erwartete; doch ich tat ihr den Gefallen nicht. Wollte nicht. Würde lächeln, nicken, mich verbeugen, etwas vortanzen, den Mond anheulen, aber kein Wort über ein Essen verlieren. Ich verabschiedete mich, drehte mich um und ging nach Westen, über die 44th Street, zum Broadway – ich war auf der Suche nach Tessie und Ted, und dafür mußte ich alleine sein.

Ich hatte sie beim Frühstück nicht in den Varieté-Anzeigen der *Times* und des *Herald* gefunden. Und dennoch wußte ich, wußte, *wußte*, daß das die berühmte Woche war, die niemals

vergessen wurde, die Woche, über die endlos gesprochen wurde, die Woche, in der Tessie und Ted am Broadway spielten.

Vorbei am Algonquin Hotel, das bis auf das Schild noch genauso aussah: blauweiße Schrift mit klaren Glühbirnen, die den Namen beleuchteten. Was waren nun Robert Benchley und Dorothy Parker, vielleicht Teenager?

Hier am Hippodrome – zwischen den Türmen ist das Algonquin zu sehen – ging ich in das Foyer und las die Plakate; viel los, aber keine Tessie und Ted.

Am Broadway, neben dem brandneuen Astor Hotel, stand ein kleines Theater mit einer Kuppel: Marie Dessler in *Tillie's Nightmare.* Dann ging ich den ganzen Broadway hinunter, vor mir das *Times*-Building am Times Square. Und betrat jedes Theaterfoyer, das ich sah, obwohl ich mir nicht immer ganz sicher war, was Theater und was Varieté war. Stand in einem und hörte durch die geschlossenen Foyertüren die junge Stimme eines Douglas Fairbanks (in *A Gentleman of Leisure*), der von dem Teenager Mary Pickford noch nichts gehört hatte.

Ich erreichte den Times Square; dort, wo das Pferd gerade

heraustrabt, ist die 7th Avenue, Hammersteins Victoria Theatre gegenüber an der Ecke. Das *war* ein Varieté, wie ich herausfand. Im Foyer las ich: *siebzehn große Stars. William Rock & Maude Fulton in ihrem völlig neuen satirischen und vielfältigen Musical-Review mit der Co. von zwölf … Walter C. Kelly, ›The Virginia Judge‹ … Arthur Dunn & Murray in ›Two Feet from Happiness‹ … Die drei Keatons, the Tumblebug Family,* mit einem Familienbild, in der Mitte ein lächelnder, sehr junger Buster. Siebzehn große Stars: *Lane & O'Donnel, Comedy Skit … Van Hoven, the Dippy, Mad Musician … Palfrey, Barton and Brown* (die einstürzende Anwaltskanzlei?). Aber Tessie und Ted? Nichts.

Also wanderte ich umher, rein und raus aus den Theatern an der West 42nd Street, Theatern wie diese ... Sprach mit einem Theatermanager (dem kleinen Fetten). Nichts.

Dann zum Broadway der großen, berühmten Theater: das New Amsterdam, das Liberty, New York, Empire, Criterion, Lyceum, Knickerbocker, Garrick, Hudson, Harris, Gaiety, Park, Fulton, George, Maxine Elliott, Playhouse, Broadway,

Casino, Lyric, Herald Square, Lew Fields … und andere. Der Broadway mit den weltberühmten Rectors und Shanleys. Mit prunkvollen Hotels: dem Normandie, Marlborough, Knickerbocker … Aber auch diese gemächliche Straße mit dem Schuhputzjungen rechts. Eine Straße mit Barbierläden, Poolhallen und Kegelbahnen (ich hörte das plötzliche hohle Klappern der Holzkegel). Eine Straße mit Obstständen auf dem Gehweg und sogar einem Kino. Kein falscher Glamour und kein Glitzern, sondern fast eine ruhige, angenehme Wohnstraße, dieser Broadway. Ich stieg einige Stufen einer herabgelassenen Feuertreppe hinauf und machte diese Aufnahme. Über die Straße ist das Knickerbocker Theatre, wo morgen *The Greyhound* eröffnen würde … wo morgen die DOVE LADY vorüberschreitet – genau hier, gleich über der Straße. Und auf dem Gehweg würde Z stehen und ihr nachstarren. Und am nächsten Tag wird er einen Brief schreiben, in dem er dies erzählt. Den ich bereits gelesen habe.

Aber Tessie und Ted? Ich ging weiter, bis hinunter zur 28th Street, wo die Theater aufhörten. Überprüfte Daly's. Und Joe

Weber's gleich daneben. Und – meine letzte Hoffnung – Proctors Fifth Avenue Theatre am Ende dieses Blocks hier. Kein *Tessie und Ted,* aber … die DOVE LADY.

Sie war mit den anderen auf dem Vaudeville-Plakat aufgeführt, auf einer großen Staffelei im Foyer war ihr Foto; auf

jeder Schulter hatte sie einen Vogel und lachte der Welt zu; ein schönes, freundliches Gesicht. Und Madam Zelda, die weltbekannte Gedankenleserin, und sechs andere Nummern. Ich

stand vor dem Foto der DOVE LADY und dachte – amüsiert –, daß Rube vielleicht doch recht hatte: Hier existieren die Verbindungen noch. Hier leben die Menschen, die die Handvoll alten Briefe schrieben, die Rube besaß. Sollte ich wirklich – auf seltsame, ungewöhnliche Weise – die Leute finden, nach denen ich suchte?

Ja, verdammt noch mal, *ja.* Wenn nicht hier, dann woanders – und plötzlich fiel mir ein, daß es noch einen letzten Ort gab, wo ich suchen konnte. Zurück im Hotel kaufte ich eine Ausgabe von *Variety,* nahm sie mit auf mein Zimmer und fand … fünfundzwanzig zu allerlei Kunststückchen abgerichtete Hähnchen. Fand Deas, Reed and Deas. Fand Nadje. Fand – konnte es sein – Ed Wynns *Mutter?* Fand dieses – wie mir schien – traurige, verlorene Paar. Fand endlose Varieté-Nummern, große und kleine, darunter einen Affenmann. Was ist das? Und wenn Sie ein *erstklassiger* Affenmann wären, wäre Ihre Mutter dann stolz auf Sie? Sicherlich war Mrs. Kuhn stolz auf ihre drei Boys, die so clever mit Worten umgehen konnten. Ich lag auf meinem Bett und ging Spalte für Spalte durch, Anzeigen wie diese – große, kleine – und fragte mich, wer diese Leute *waren,* die Affenmänner, doppelstimmigen Frauen und die Weißen Kuhns.

Nun, es waren Menschen mit Problemen, wie wir alle auch,

Problemen, die manchmal in den Anzeigen zum Ausdruck kommen. Das unnachahmliche Bimm-Bomm-Brrr-Trio schien Probleme mit Imitatoren zu haben. Selbst die weltbekannte Eva Tanguay hatte Probleme. Genau wie ich. Seite für Seite, Spalte für Spalte, Anzeigen wie diese, aber kein Wort von Tessie und Ted.

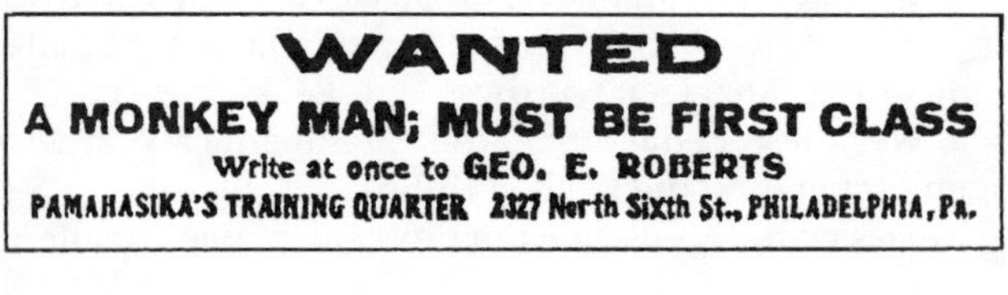

ORPHEUM CIRCUIT
THREE WHITE KUHNS
FEAST of MUSIC, SONG & JOLLITY
GERTRUDE
VAN DYCK
THE GIRL WITH THE DOUBLE VOICE
A Singing Oddity.
Engaged for the American Roof Garden for the Summer.
Chas. F. Semon
"THE NARROW FELLER."
W. E. WHITTLE
SIGNED for twenty weeks this season on the
WILLIAM MORRIS CIRCUIT.
JOCK
McKAY
SCOTCH SONGS.
(2d to none.)
The Little Bit of Scotch Broth.
FONTAINE FERRY PARK,
LOUISVILLE.
4 Stewart Sisters
"DANCING DOLLS."
WEST and DENTON
Have Your Card in VARIETY
IN DREAMLAND

The ORIGINAL
Bimm-Bomm-Brrr Trio
INIMITABLE MUSICAL ACT
with their BEAUTIFUL ELECTRIC REVOLVING WHE
Patents in U. S., England and Germany
ANY INFRINGEMENTS on this patent will be PROSECUTED
IMITATORS STAY OF
EVA TANGUAY
Says
If by singing my "I DON'T CARE" song, Gaby Deslys
acknowledges she
LEARNED SOMETHING
in America, then
I AM SATISFIED

17

Am nächsten Morgen in meinem Hotelzimmer blieb ich am Fenster stehen, um zu sehen, was draußen vor sich ging. Nicht viel, das Übliche, außer … bewegten sich die Fußgänger nicht ein wenig schneller? Ja. Dann kamen drei Jungen angerannt, sie liefen in westliche Richtung und überholten die anderen Fußgänger. Ich hatte mir gerade mein Hemd zugeknöpft, nahm eine Jacke, ging nach unten auf den Gehweg und starrte zum Columbus Circle, der drei Blocks weiter im Westen lag. Viele Menschen waren dort drüben, vor allem Männer, die sich alle nach Norden, zur 8th Avenue wandten, und alle hatten es eilig.

»Was ist los«, sagte das Jotta Girl, untergehakt an meinem Ellbogen.

»Weiß ich nicht.«

»Nun, dann lassen Sie uns nachsehen!« Sie nahm meinen Arm, und wir traten vom Randstein, um die Straße zu überqueren. Dann faßte ich ihren Ellbogen und zog sie zurück; ein offener Roadster kam ein wenig zu schnell aus östlicher Richtung auf uns zu – eine dunkelgrüne Schönheit, die Windschutzscheibe lag falsch zusammengefaltet auf der Motorhaube –, aber er bremste ab und blieb neben uns stehen. »Sie wollen Knabenshue sehen?« sagte der Fahrer zu uns beiden, hatte aber nur Blicke für das Jotta Girl. Er war etwa fünfunddreißig, ohne Hut, und trug einen schwarzen Rollkragenpullover. »Gut, steigen Sie ein!« Die Hände auf dem großen hölzernen Lenkrad – knatternd lief der Motor im Leerlauf –, grinste er uns offen und freundlich an und wies auf den Sitz neben ihn.

»Nun …«, sagte ich, aber das Jotta Girl kam mir zuvor. »Klar. Danke!« Wir gingen um das Heck des Wagens; hinten waren zwei riesige Ersatzreifen aufgeschnallt. Er beugte sich rüber, öffnete uns die Tür, und ich stieg – aus irgendeinem Grund – als erster ein; nicht nur das Jotta Girl, auch ich war ein wenig darüber überrascht. Sie zog die Tür zu, er legte mit dem großen, senkrecht aus dem Holzboden hervorstehenden Knüppel den Gang ein, wir rollten an und blieben zwischen den Straßenbahnschienen. Plötzlich fühlte ich mich wohl; es war ein schöner Tag, die Windschutzscheibe lag flach auf der langen Motorhaube, deshalb strich die Luft sanft über unsere Gesichter. Unser Fahrer blickte hinauf in den Himmel, sog tief die Luft ein, wandte sich dann mit einem breiten Grinsen an uns und sagte: »Sieht aus, als hätte sich der alte Knabe einen schönen Tag ausgesucht.«

Ich wußte nicht, wovon er sprach, aber das Jotta Girl meinte: »Ich mache mir um ihn Sorgen.«

»Nun, er macht sich keine Sorgen, darauf können Sie sich verlassen.« Unser Fahrer grinste sie an. »Ich heiße Coffyn«, sagte er dann. »Frank Coffyn«, und das Jotta Girl, überrascht und erfreut, sagte: »Der Flieger?« Er nickte zufrieden. Wir sagten ihm unsere Namen, und das Jotta Girl warf verstohlene Blicke auf ihn. Er besaß ein längliches schmales Gesicht, dunkelblonde Haare, die – nein, er trug sie nicht lang, er hatte nur wieder einmal einen Haarschnitt nötig. Der Wind zerzauste sein Haar; als er es zurückstrich, sagte das Jotta Girl: »Ich nehme an, Ihr Haar ist wegen des Fliegens ständig dem Wind ausgesetzt.«

»Ja.« Er beugte sich nach vorne, um ihr ein Lächeln zukommen zu lassen. »War mal lockig, das jahrelange Fliegen aber hat es glatt werden lassen.« Ich vermochte nicht zu sagen, ob dieser Satz zu seinem Standardrepertoire gehörte, zumindest lachte sie.

Am Columbus Circle fuhren wir nach Norden, und vor uns an der 62nd Street sahen wir, aus dem Central Park kommend, einen steten Strom von Menschen, welche die Straße überquerte, andere kamen von Norden und Süden, manche liefen regelrecht; alle aber hatten ein großes unbebautes Grundstück an der Ecke als Ziel. Der Platz war, wie wir nun sahen, als wir näher kamen, von einem drei Meter hohen Bretterzaun umgeben, der, obwohl noch neu, bereits mit großen Plakaten zugepflastert war, die in großer Schrift für etwas, das sich ›Moxie‹ nannte, warben. Innerhalb des Zaunes – lang, dunkelbraun und einige Meter höher als der Zaun – befand sich ein Zelt. Als Frank Coffyn auf der Straßenseite gegenüber parkte, sahen wir überall Polizisten, dennoch gelang es einem Jungen, auf den Rücken eines Freundes zu klettern und sich dort über den Zaun zu schwingen, bevor ein Polizist ihn zurückhalten konnte. Ein anderer setzte seinen Fuß in die verschränkten Handflächen eines Freundes, der ihn nach oben hievte, wo er sich grinsend, auf dem Bauch liegend hinüberschwang und verschwand.

Wir gingen über die Straße zu einer großen Öffnung im Zaun an der 62nd Street, die allerdings von Polizisten abgesperrt wurde. Hinter ihnen, von niedergetrampeltem Gras umgeben, stand das lange, hohe Zelt; an seinem Eingang sprach ein etwa dreißigjähriger junger Mann zu einer Menge von Jungen, Männern und zwei oder drei Frauen. Er trug Stiefel, die bis zu den Knien geschnürt waren, und eine braune Lederjacke. »Roy Knabenshue«, sagte Frank Coffyn, hob seinen Arm und begann ihn langsam hin und her zu schwingen. »Und dann, falls es der Wind erlaubt«, sagte Knabenshue, »in südliche Richtung.« Einig Männer – Reporter – machten sich Notizen.

Knabenshue erblickte Coffyns Arm und rief: »Frank! Komm rein!« Zu den Polizisten, die sich zu ihm umdrehten, sagte er. »Lassen Sie ihn bitte durch! Er ist ein Assistent!«

Die Polizisten nickten Frank zu, der uns beide beim Arm packte und sagte, wir seien alle Assistenten, und durchführte. Ich wußte nicht, ob Roy Knabenshue wirklich auf Coffyn gewartet hatte, aber er begrüßte uns nun, schlug einen Teil der Zeltplane zurück und hielt sie auf, während wir in das durch die Leinwand gefilterte braune Licht traten; ich hatte nicht die geringste Vorstellung, was uns erwartete.

Es war ein Ballon, der fast das gesamte Zelt ausfüllte, ein langer, zylindrisch geformter Ballon, dessen abgerundete Enden sich hoch über unseren Köpfen erhoben und dessen Seiten beinahe die Zeltwände berührten: es war, als stünde man mit einem Elefanten in einem Schrank. Das Ding reichte bis an die Zeltdecke; es war, wie ich am nächsten Tag aus der *Times* erfuhr, an der dicksten Stelle sechs Meter hoch und achtzehn Meter sechzig lang. Das Zelt schien nun voller Männer zu sein – keine Frauen –, auch das Jotta Girl blieb draußen.

Ich konnte nun, nachdem ich mich an das Licht gewöhnt hatte, das Ding besser erkennen. Der Ballon hing über uns und war mit einem Netz umspannt, von dem Leinen zu einem zerbrechlich wirkenden Unterbau gingen. Die Basis bildeten zwei schmale Kufen, über denen lange Sandsäcke lagen, um es auf dem Boden zu halten. Jemand, vielleicht Knabenshue, rief »Okay«, und die Männer im Zelt begaben sich entlang des Unterbaus zu ihren Positionen. Auch Frank und ich traten zu ihnen. Jemand auf der anderen Seite schrie etwas, und jeder auf meiner Seite griff sich eine Leine und begann die Sandsäcke von den Kufen zu stoßen; ich spürte den starken Auftrieb des Ballons.

Wir führten ihn nach draußen. Polizisten winkten die Leute zur Seite, die sich nun am Zauneingang drängten und einen Blick zu erhaschen versuchten, und Kinder sprangen hoch, um über die Schultern der Erwachsenen zu sehen. Männer kamen mit den Sandsäcken aus dem Zelt und warfen sie wieder auf die Kufen, um das Ding am Boden zu halten.

Frank und ich traten nun zurück und blickten zum Ballon hoch; das Jotta Girl war zu uns herangetreten. Es überraschte mich, daß der Ballon gelb war, ein helles kräftiges Gelb, das sich über uns vom Blau des Himmels abhob. »Sieht aus wie ein Wal«, murmelte das Jotta Girl, Frank nickte und fügte an, »ohne Schwanz.« So war es: das riesige Ding hing hier über uns, vorne mit stumpfer Schnauze, die sich zu den Schultern hin weitete, um dann zu einem schwanzlosen Ende wieder zusammenzulaufen. Der Unterbau bestand aus Aluminium, wie ich nun erkannte. Darin war ein kleiner Benzinmotor untergebracht, der durch einen Riemen mit einem vierblättrigen Propeller verbunden war. Wobei, wie ich nun sah, die Propellerblätter mit *Stoff* überzogen waren – aluminiumfarbener Stoff – oder vielleicht Leder, das straff über den Holzrahmen der Blätter gespannt war. Am Heck ein großes Ruder mit zwei horizontalen Stabilisatoren. Und dazwischen, auf den Kufen befestigt, der Sitz, der in Form und Größe einem Fahrradsattel glich, nur waren die Ränder wie bei einem Traktorsitz nach oben gebogen.

Und das war es dann; keine Gurte, kein Fallschirm, nur ein Sitz, und nun mochte ich verdammt sein, wenn sich nicht Roy Knabenshue – mit einem Grinsen im Gesicht, wegen des Spaßes, den das alles machte – auf dem kleinen Sitz niederließ und seine Füße auf die drei Zentimeter breiten Kufen plazierte. Die Reporter drängten sich mit gezückten Notizblöcken und Stiften um ihn, wir wurden etwas zur Seite gestoßen. Einer stellte die Frage, ob es denn nicht gefährlich sei, mit dem Ding zu fliegen. Knabenshue, der dasaß, als befände er sich auf einem Fahrrad, war amüsiert erstaunt über die Frage.

»Nein«, sagte er, »wenn man erst einmal das erste erregende Gefühl überwunden hat, dann verschwindet das Bewußtsein der Gefahr völlig.« So wie er es sagte, schien es, als hätte er diese Antwort schon oft gegeben. »Es wird zur Gewohnheit«, sagte er, die Reporter schrieben fleißig mit, »tausend Fuß über der Erde zu schweben, so wie es für den Normalbürger Gewohnheit ist, auf ihr herumzulaufen. Der Bau eines Luftschiffs – nun, ich nenne ihn lieber ›lenkbaren Ballon‹ – ist so einfach wie ihn zu steuern, wenn man sich erst einmal« – er sprach wirklich so – »die Existenz gewisser Naturgesetze vergegenwärtigt hat, denen man sich zu unterwerfen hat.«

Das schien allen völlig einleuchtend, sie nickten mit den Köpfen, ich aber flüsterte Frank zu: »Ist das wahr? Ist es wirklich nicht gefährlich?«

»Natürlich ist es gefährlich«, sagte er ruhig, »obwohl er das, was er sagt, selbst fast glaubt; er hat nicht die geringste Angst. Aber dieses kleine, ungenügend angetriebene Ding kann durch eine unerwartete Böe leicht umkippen, stärkere Winde könnten es auseinanderreißen. Eine verrückte Sache, deren Tage gezählt sind. Die Zukunft gehört Flugzeugen mit starken Motoren. Aber ich mag den Mann; ich habe ihn letzte

Nacht kennengelernt. Im Herzen ist er ein Junge, der mit seinem Spielzeug spielt. Eines Tages aber wird es ihn töten.«

Die Reporter waren fertig, Knabenshue schrie »bereit!«, wir alle traten wieder an die Leinen und stießen die Sandsäcke zur Seite. Wir hielten das Ding dann etwa ein Meter fünfzig über den Boden, seine Nase wies etwas nach unten. Knabenshue griff in einen der Dutzend Sandsäcke, die an den Drähten um ihn herum befestigt waren, nahm eine Handvoll Sand heraus, mehr nicht, streute ihn auf den Boden und beobachtete die Nase. Sie hob sich ein wenig, er verstreute eine weitere Handvoll Sand und stellte so sein Gerät gerade. Er saß über uns. Ich konnte es nicht sehen, aber irgendwie startete er den Motor, ein langsames *Putt-putt* war zu hören; dann beschleunigte er zu einem schnellen *Putter-putter-putter.* Ich hätte der Maschine nicht einmal auf einem Golfwagen vertrauen wollen, aber Knabenshue wiederholte sein ›bereit‹, und wir alle ließen die Leinen los, traten zurück. Das Gerät stieg hoch, die Nase senkte sich nach vorne, war aber gleich wieder ausgeglichen.

Es stieg gerade in den Himmel, nicht schnell, nicht langsam, die Kinder schrien und sprangen herum, die Erwachsenen gaben die bewundernden Ausrufe des Erstaunens von sich, wie man sie bei Feuerwerken hört. Hundert Fuß hoch, zweihundert, ich weiß es nicht, aber hoch genug, um kleiner zu werden. Senkrecht nach oben, er sah großartig aus, der gelbe Wal im blauen Himmel; Knabenshue sah mit seinen, auf den winzig dünnen Aluminiumstecken gespreizten Beinen wie ein Skifahrer aus, mit der einen Hand winkte er, mit der anderen hielt er etwas fest. Noch ein wenig höher, dann trug ihn eine Brise von Westen über die 8th Avenue hin zum Park. Knabenshue bewegte sein Ruder und – er stieg noch immer – tuckerte nach Süden davon.

Die Menge löste sich auf und machte sich, je nach Alter und Kondition, schnell oder langsam davon. »Kommen Sie«, rief Coffyn. Über die Straße, in seinen Wagen, Coffyn wendete langsam, drückte wiederholt auf seine Hupe, denn die Straße war voller Kinder, die alle nach Süden rannten. Dann waren wir sie los, und wir folgten dem Ballon, der vor und über uns schwebte; nun verstand ich, warum er gelb war und einen deutlichen Kontrast bildete zu diesem blauen Himmel, über den er dahinglitt. Knabenshue war eine halb stehende, halb sitzende Silhouette, die immer kleiner wurde, je höher der Ballon stieg und mit diesem lächerlich schwachen Motor und seinen Stoffpropellern dahintuckerte. Er flog weiter und überquerte fast direkt das Circle Theatre nordwestlich des Columbus Circle. Frank steuerte uns um den Columbus Circle auf den Broadway, wohin Knabenshue zu fliegen schien.

Über das große Holzlenkrad gebeugt, blickte Frank immer wieder nach oben; das Jotta Girl und ich starrten mit offenem Mund, den Kopf nach hinten geworfen, und folgten Knabenshue. Manchmal schien er direkt über unseren Köpfen zu sein, einen Schlenker, und er wurde an die eine oder andere Seite des Broadways abgetrieben. Weiter, höher – Knabenshue wurde allmählich kleiner, er stand auf schwarzen Fäden, die unter einem gelben Wal hingen. Über den Hotelbezirk am Upper Broadway – er hatte nun seine tausend Fuß wohl erreicht, dachte ich. Der schwache Wind dort oben trug ihn nun nach Osten, über die 7th Avenue. Leute erschienen an den Fenstern, blickten hoch und sahen ihn über ihre Dächer hinwegziehen. Hinunter zur 50th Street, westlich am Winter Garden vorbei, und Knabenshue – er bewegte die Ruder, nahm ich an – flog nun hoch über den Broadway dahin.

Der war bereits informiert – telefonisch, nahm ich an –, schneller, als Knabenshue fliegen konnte. Denn nun standen überall um uns herum Passanten, blickten sich um und dann nach oben. Sie riefen, zeigten, deuteten einander zu. Bürofenster öffneten sich, Köpfe erschienen, lehnten sich heraus und schauten nach oben. Nun sah ich Menschen auf Hausdächern, einen Block voraus hatte ein kleiner roter Straßenbahnwagen angehalten, und alle Fahrgäste, inklusive des uniformierten Schaffners und Fahrers, stiegen aus. Frank begann zu fluchen – »Verdammt … Passen Sie auf, Sie Dummkopf! … aus dem Weg hier! … Madam, würden Sie bitte Ihr Kleid aus den Speichen nehmen!« – während immer mehr Menschen auf die Straße eilten, nach oben schauten und andere herbeiwinkten.

In den Straßen hatten die Männer ihre Hüte und Mützen abgenommen, hielten sie hoch und schwenkten sie; einige von ihnen riefen sogar »Hurra, Hurrra!«

›... ganz Manhattan war verrückt nach dem Luftschiff‹, schrieb meine *New York Times* am nächsten Morgen. ›Die Neuigkeiten vom Erscheinen dieses seltsamen Himmelsobjekts verbreiteten sich schnell von Harlem zur Battery. Von seinem luftigen Aussichtspunkt, tausend Fuß über dem Meeresspiegel, war es dem Luftnavigator gleichermaßen möglich, die Freiheitsstatue und Grants Grabmal zu sehen, sowie alles, was dazwischen lag. ... Er wiederum wurde von den kleinen menschlichen Ameisen wahrgenommen, die er aufgeregt am Boden herumkrabbeln sah.‹

Nach dem Astor Hotel, einen Block vom *Times*-Building entfernt, mußten wir stehenbleiben und wurden, wie alle anderen Autos, Droschken, Kutschen und Straßenbahnwagen, die steckengeblieben waren, zu einer Insel inmitten der in den Himmel starrenden Menschenmenge. Frank stellte den Motor ab, dann schauten auch wir – das Kinn nach oben, mit offenem Mund –, wie Roy Knabenshue zum *Times*-Building segelte. Von dort konnten wir die Entfernungen nicht mehr richtig abschätzen, die *Times* aber schrieb am nächsten Morgen, daß ›er sich in einer Linie mit dem *Times*-Building, etwa fünfzig Fuß westlich des Turms, befand ... Dann drehte er die Maschine so, daß sie direkt nach Osten zeigte. In dieser Position verblieb er lang genug, um die Grüße der *Times*-Belegschaft zu erwidern, die seinen Flug vom Turm aus verfolgten.‹ Wir sahen sie. Jedes Fenster in den oberen Stockwerken des *Times*-Building war geöffnet, Leute – zwei, drei, manchmal auch vier an einem Fenster – reckten sich heraus und starrten zu Knabenshue, der dort in der Luft hing. Wir sahen ihn winken, dann winkten die Frauen in den Fenstern mit ihren Taschentüchern, die Männer mit Armen: Ich sah zum Jotta Girl, sie schaute mich an; wir beide nickten, lächelten ein wenig unbeholfen und blickten dann wieder in den Himmel.

Knabenshue mußte sein Ruder betätigt haben, denn einen Augenblick lang sahen wir die seltsame Gestalt seines Ballons als Silhouette. Das ist die Fotografie – sie wurde in diesem

KNABENSHUE'S AIRSHIP.

Moment vom Times-Tower aufgenommen –, die in der *Times* erschien; genauso haben auch wir ihn gesehen.

Aus dem Ballon ergoß sich ein Schauer; einen Augenblick lang dachte ich, es war Wasser, doch der Schauer weitete sich zu einer blitzenden Wolke, die für Wasser zu langsam fiel; ich erkannte, daß Knabenshue Papier niedergehen ließ.

»Muß über dem Times Square sein«, murmelte Frank. »Er hat die Gutscheine abgeworfen.«

»Gutscheine?« sagte das Jotta Girl.

Frank nickte, während er noch immer Knabenshue beobachtete. »Ja, sind einen Dollar wert.« Er blickte sie an. »Wenn Sie einen finden, dann bringen Sie ihn in das Büro der Zeitung, und Sie bekommen dafür einen Dollar. Werbung; sie bezahlen ihn dafür, deswegen ist er dort oben.« Frank lachte. »Er hatte sich den ganzen Morgen nicht recht wohl gefühlt – ich habe mit ihm telefoniert. Verdauungsprobleme. Ist unser New Yorker Essen nicht gewohnt!« Er lachte wieder. »Aber er braucht das Geld, deshalb ist er oben.«

»Oh, ich dachte, er liebt es«, sagte das Jotta Girl, in so enttäuschtem Tonfall, daß ich lächeln mußte.

»Das tut er.« Frank legte seine Unterarme auf das große Lenkrad, um sie direkt anzublicken. »Er liebt es. Deswegen tut er es. Aber es kostet Geld. Und um Geld zu bekommen, fliegt er, solange er aus dem Bett kommt.«

Knabenshue flog weiter in Richtung Madison Square. Die Sonne spiegelte sich auf dem verrückten Stoffpropeller, und er wurde kleiner, schwand, bis er nur noch ein schwarzer Punkt unter einem daumennagelgroßen gelben Fleck war. Dann bog er nach Osten, unterstützt von der westlichen Brise, gelegentlich erschienen unter ihm kleine Papierschnitzel, die wie winzige Insektenschwärme aussahen. Er war nun weit im Osten, über der 2nd Avenue, wahrscheinlich, vielleicht sogar über der 1st; wir konnten es nicht sagen. Auch dort drüben füllten sich die Straßen. ›... niemanden außer Invaliden und Babys in Wiegen‹, schrieb der *Times*-Reporter, ›hielt es in ganz Manhattan in den Häusern. Jedes Dach war, so weit das Auge reichte, mit Männern, Frauen und Kindern gefüllt, alle schauten nach oben und betrachteten denselben Gegenstand – den Luftreisenden ... Zwischen dem Park und Madison Square waren die Gehwege voller Menschen, von denen manche mit himmelwärts gekehrten Gesichtern und offenen Mündern auf der Stelle festgeklebt zu sein schienen. Andere hingegen liefen hin und her, um als erste bei der Stelle zu ein, wo der Aeronaut wieder auf festen Boden zurückkehrte. Nicht weniger als dreihunderttausend Menschen verfolgten Mr. Knabenshues Fahrt über Manhattan Island.«

Wir sahen ihn in einer langen Schleife zum Central Park gleiten – teilweise, erfuhren wir später, ließ er Gas ab, um Höhe zu verlieren, da sein Motor ausgefallen war. Als er im Park landete – er streifte dabei einige Baumwipfel, um auf dem Krocketfeld aufzusetzen –, bekam er Probleme mit Polizisten, die ihn des Parks verwiesen.

Auf dem Broadway verlief sich nun die Menschenmenge; Frank ließ den Motor an, bot an, uns irgendwo abzusetzen, und wir wollten zum Plaza Hotel zurück – zumindest das Jotta Girl. Dort standen wir dann am Randstein und lächelten Frank in seinem Roadster zu; die Sonne ließ die polierte grüne Motorhaube glänzen, und ich beneidete ihn um seinen Wagen, ja, ich hätte ihn stehlen mögen. Wir fragten, ob er zu einem Tee, zum *Thé dansant*, mitkommen wollte, der bereits laut – ›By the light ... of the silvery moon!‹ – heraustönte, aber er konnte nicht. In seinem offenen grünen Wagen mit der wundervollen langen Motorhaube, das weiße Hemd am Kragen offen, das strohblonde Haar vom Wind nach hinten gekämmt, sagte er, daß seine Frau ihn erwartete. Ich mußte lächeln, als ich das Gesicht des Jotta Girls sah. *Verheiratet?*

»Besuchen Sie mich, und ich nehme Sie in meinem Wasserflugzeug mit«, sagte er. »Pier A, North River, in der Nähe der Battery.« Wir dankten ihm und versprachen beide, bald bei ihm vorbeizukommen, gleichzeitig sträubte sich alles in mir gegen die Vorstellung, seinem Wasserflugzeug auch nur nahe zu kommen.

Im Foyer trafen wir Archie, mit dem das Jotta Girl bei Mrs. Israels Vortrag gesprochen hatte. Sie stellte uns beiläufig vor, er lud uns zum Tee ein, und wir gingen hinein. Wieder wurde getanzt, ich war ebenso gut oder schlecht wie zuvor. Archie aber war ein liebenswürdiger Mensch, ein guter Gesellschafter, wir hatten unseren Spaß und blieben eine ganze Weile, bis ich plötzlich – aus dem Nichts heraus – so müde wurde, daß ich dachte, jemand, vorzugsweise das Jotta Girl, müßte mich ins Bett tragen. Ich entschuldigte mich, ging auf mein Zimmer und ließ mich – Schuhe und die Hälfte meiner Kleidung zog ich noch aus – aufs Bett fallen, wo ich sofort einschlief: ein wunderschöner Tag.

18

Noch vor dem Frühstück kaufte ich am nächsten Morgen unten im Foyer die *Times.* Dann stellte ich mich am Schalter für Theaterkarten hinter einem Mann an, der Karten für *Kismet* kaufte. Es erstaunte mich kaum, als ich hinter mir ein »Guten Morgen, Simon« hörte. »Was wollen Sie sich ansehen?« Ich drehte mich zum Jotta Girl um, froh, einen Grund zum Lächeln zu finden; fast hätte ich lauthals losgelacht. Doch es störte mich nicht, so offensichtlich verfolgt zu werden: sie war eine gutaussehende Frau, und dies schmeichelte mir natürlich. Meine Gefühle für Julia wurden davon aber nicht berührt; es machte einfach Spaß. »*The Greyhound*«, antwortete ich und hätte ihre Antwort gleich mitgeben können.

»Oh, ich auch«, sagte sie mit Erstaunen in der Stimme. Der Mann vor mir drehte sich um und betrachtete seine Tickets, ich trat vor und erwarb zwei Karten, Plätze am Mittelgang, für die heutige Matinée von *The Greyhound.* Es machte mir nichts aus; ich sitze nicht gerne alleine im Kino oder im Theater. Den Platz am Gang behielt ich für mich, den anderen reichte ich ihr.

Aber ich frühstücke gerne alleine; ich nahm mein Frühstück im Café des Hotels ein und las die *Times* dabei. Ich fand die Voranzeige von *The Greyhound,* in der neben anderen nicht sehr schmeichelhaften Dingen stand, ›wenn Sie Ihre Intelligenz nach der Größe Ihres Hutes bestimmen‹, dann werden Sie das Stück vielleicht mögen.

In der Kolumne ›*Leserbriefe*‹ fand ich das Schreiben auf der nächsten Seite. Coffyns ›Versicherung‹ konnte mich allerdings keineswegs davon überzeugen, daß ›Hydro-Aeroplane sicherer sind, als die Leute denken‹. Was mir recht einleuchtend schien, war, daß ›wegen der Sorglosigkeit mancher Flieger und Flugzeugbauer, die zu krimineller Skrupellosigkeit auswuchs, das Ansehen der Fliegerei in diesem Land einige Blessuren abbekommen hat‹. Als ich diese Worte las, erschauderte ich, denn plötzlich war mir klargeworden, daß ich in Frank Coffyns ›Hydro-Aeroplane‹ aufsteigen mußte. *Mußte. Mußte.* Denn wie sonst – ich schaute über die Tische des Restaurants – wie sonst sollte ich Manhattan Island in ihrer ganzen Länge und Breite absuchen, um nach etwas Ausschau zu halten, von dem ich noch niemals gehört hatte? Wie sonst sollte ich nach einem Gebäude suchen, das dem Bug der *Mauretania* glich? *O Rube, Rube, in welche Sache hast du mich hier gebracht?*

Es war noch früh, also machte ich mich mit der Kamera auf zu einem Spaziergang. Rechts, das ist der Broadway und die 23rd Street, die südöstliche Ecke des Broadways.

Die folgenden Bilder zeigen den Broadway und die 9th Street, die nordöstliche Ecke der 9th. Dort ist es

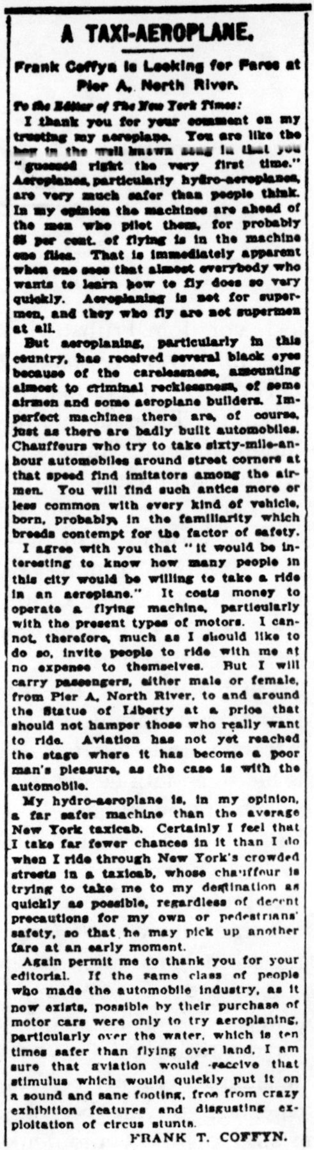

A TAXI-AEROPLANE.

Frank Coffyn is Looking for Fares at Pier A, North River.

To the Editor of The New York Times:

I thank you for your comment on my trusting my aeroplane. You are like the boy in the well known song in that you "guessed right the very first time." Aeroplanes, particularly hydro-aeroplanes, are very much safer than people think. In my opinion the machines are ahead of the men who pilot them, for probably 85 per cent. of flying is in the machine one flies. That is immediately apparent when one sees that almost everybody who wants to learn how to fly does so very quickly. Aeroplaning is not for supermen, and they who fly are not supermen at all.

But aeroplaning, particularly in this country, has received several black eyes because of the carelessness, amounting almost to criminal recklessness, of some airmen and some aeroplane builders. Imperfect machines there are, of course, just as there are badly built automobiles. Chauffeurs who try to take sixty-mile-an-hour automobiles around street corners at that speed find imitators among the airmen. You will find such antics more or less common with every kind of vehicle, born, probably, in the familiarity which breeds contempt for the factor of safety.

I agree with you that "it would be interesting to know how many people in this city would be willing to take a ride in an aeroplane." It costs money to operate a flying machine, particularly with the present types of motors. I cannot, therefore, much as I should like to do so, invite people to ride with me at no expense to themselves. But I will carry passengers, either male or female, from Pier A, North River, to and around the Statue of Liberty at a price that should not hamper those who really want to ride. Aviation has not yet reached the stage where it has become a poor man's pleasure, as the case is with the automobile.

My hydro-aeroplane is, in my opinion, a far safer machine than the average New York taxicab. Certainly I feel that I take far fewer chances in it than I do when I ride through New York's crowded streets in a taxicab, whose chauffeur is trying to take me to my destination as quickly as possible, regardless of decent precautions for my own or pedestrians' safety, so that he may pick up another fare at an early moment.

Again permit me to thank you for your editorial. If the same class of people who made the automobile industry, as it now exists, possible by their purchase of motor cars were only to try aeroplaning, particularly over the water, which is ten times safer than flying over land, I am sure that aviation would receive that stimulus which would quickly put it on a sound and sane footing, free from crazy exhibition features and disgusting exploitation of circus stunts.

FRANK T. COFFYN.

PABST
TO BARTHOLDI BAR
Beer On Draught

154
CIGARS
54

STORE
LUNCH

immer noch recht schön und ordentlich, aber je weiter ich in dieses New York von 1912 vordrang, um so schäbiger wurde es. Ich warf einen Blick in Max's Busy Bee Quick Lunch Room und dachte mir, falls Max hier jemals selber gegessen haben sollte, dann mußte es verdammt lange her sein. Schrecklich!

Aber jeder Blick, jeder Ton, selbst die Stimmen dieser Kinder (auf der Ann Street) faszinierten mich. Auf der Fulton Street weckten sogar diese Stange (das Zeichen eines Barbierladens) und das Geschäft eines Schneiders –, ist es nicht verständlich? – mein Interesse. Und als ich dort war, wo die Männer gerade vorbeigingen, mußte ich diese Aufnahme machen – obwohl ich mir dabei etwas verrückt vorkam.

Pier A lag dort, wo Frank es gesagt hatte; es ragte an der Westseite von Lower Manhattan, nicht weit von der Inselspitze entfernt, in den Hudson hinaus. An diesem Tag standen auf der grasbewachsenen Uferfläche, auf einer Länge von jeweils etwa hundert Meter links und rechts von Pier A … ich weiß nicht wie viele Menschen; eine ganze Menge. Die Männer in dunklen Anzügen und steifen weißen Kragen, die Frauen in langen bunten Kleidern, stumm; die Gesichter nach oben gerichtet. Die Leute waren, wie es schien, in Gedanken versunken und starrten. Ich trat zu ihnen und schaute auf den grauen Hudson hinaus. Vor Pier A lag, auf den kleinen Wellen schaukelnd, ein Holzfloß – ein Ruderboot war daran festgebunden. Dann, weit dahinter, entdeckte ich, worauf der Blick dieser stummen Menschen gerichtet war: ein Flugzeug, das in nicht allzu großer Höhe auf die Küste von Jersey zuflog.

Im ersten Moment war ich mir nicht sicher, ob ich es wirklich hörte; dann, noch während ich es beobachtete, klein, tieffliegend, aber klar und deutlich, hörte ich das gleichmäßige Stottern des Motors. Es kam direkt auf uns zu und stieg dann steil nach oben, über die Bäume des Battery Parks hinweg. Frank Coffyn und sein weißes Flugzeug begannen vor dem blauen Himmel hin und her zu schaukeln; sie unterhielten uns hier unten, neigten sich elegant zur Seite, die rechten Flügel gingen nach unten, dann die linken, und von der Menge erscholl ein lang gemurmeltes *ohhhhh* der Begeisterung.

Er flog davon und entschwand wieder zur Küste Jerseys.

Wir sahen, wie er langsam wendete – für einen Augenblick glitzerten die Sonnenstrahlen auf der Bespannung der Tragflächen. Dann kam er wieder in geringer Höhe über dem Wasser auf uns zu, wurde schneller, verlor aber diesmal an Höhe und ging nieder; der Propeller war ein schimmernder Kreis. Tiefer ... noch tiefer ..., dann erfaßte ein Windstoß die linken Tragflächen, die andere Seite wurde nach unten gedrückt und berührte fast die niedrigen Wellen; sofort steuerte Coffyn gegen und setzte auf dem Wasser auf, eine spritzende weiße Gischt bildete sich vor dem langbootähnlichen Rumpf. Das Flugzeug wurde zu einer schweren unmanövrierbaren Masse. Es näherte sich uns, nun war es wie ein träges Boot, das schwer durch die kleinen Wellen bricht. Voller Furcht schaute ich zu, fürchtete um Frank und die Passagiere, die ich nun sehen konnte, und ich fürchtete um mich selbst, denn wie nie zuvor wurde mir nun bewußt, daß alle diesen einfachen frühen Flugmaschinen – wie Roy Knabenshues komischer Ballon – einen auf der Stelle töten konnten.

Tuckernd, schaukelnd bewegte sich die Maschine auf das im Fluß verankerte Floß zu. Dann stellte Frank den Motor ab, drehte das Ruder bei und brachte den Rumpf der Maschine – die Flügel gingen über das Floß hinweg – längsseits zum Floß.

Sein Passagier, eine Frau, wie ich nun sah, stieg geschickt heraus und auf das Floß; in ihrer Hand hielt sie eine Leine, die sie an einem Metallring befestigte. Frank beobachtete sie dabei – die Aufnahme zeigt diesen Moment. Dann drehte er sich um und warf den Anker aus. Ich war schockiert von der Zerbrechlichkeit des Geräts; das Ding, das dort auf dem Wasser lag, war kaum mehr als ein Papierdrachen! Aus Holz und gespanntem Stoff zusammengeklebt. Nur diese dünnen Flügel hielten den großen, schweren sternförmigen Motor. Dieser motorisierte Papierdrachen sah aus, als könnte man ihn selbst in der Garage zusammenbauen. In fünfzehn Minuten. In ihm aufsteigen? Und damit über New York City fliegen?

Die Frau auf dem Floß – Frank trat nun zu ihr hinüber – langes blaues Kleid und eine Jacke mit einem großen Seemannskragen. Sie sah schön aus, als sie so lächelnd neben Frank stand, der der Menge an Land zugrinste.

Dann ruderten sie an Land, Frank band das Boot fest, und er und die Lady standen auf dem Pier in einem kleinen Kreis von Reportern mit Notizblöcken; einige von ihnen hatte ich bereits in Roy Knabenshues Zelt gesehen. »Haben Sie Ihre Rundreise in der Luft genossen, Mrs. Coffyn?« rief einer von ihnen. Lächelnd wandte sie sich ihm zu. »O ja, es war aufregend!« Ihrem Gesicht nach zu urteilen, meinte sie das auch so. Sie mochte das bereits unzählige Male gesagt haben – um das Geschäft anzukurbeln – aber sie meinte es wirklich. Jeder sollte über die Stadt fliegen, fügte sie an. »Jeder, der fünf Dollar besitzt«, sagte Frank; alle lachten. Frank wandte sich zur Bucht und dem einlaufenden Schiff. Ein Reporter fragte, ob das sein zweiter Flug heute war? Ja, das war es. Ob er noch einmal aufsteige? Ja, er denke schon. Wieder blickte er zum einlaufenden Schiff. Es war noch immer weit entfernt, aber nun konnte ich zwei Fäden schwarzen Rauchs erkennen, die hinter den Schornsteinen aufstiegen. »Gentlemen«, sagte Frank zu den Reportern, »während meines ersten Flugs heute sah ich, wie dieses Schiff gerade in die Narrows einlief; ich flog hinaus und überquerte das Schiff in einer Höhe von vierhundert Fuß. Die Passagiere versammelten sich am Bug, um, wie ich annehme, einen ersten Blick auf die Freiheitsstatue zu werfen.«

»Haben sie Sie gesehen?«

»O ja, natürlich. Sie begrüßten mich mit großer Begeisterung.« Und winkten mit ihren Hüten, setzte ich in Gedanken hinzu. »Das Schiffshorn ertönte, dann flog ich parallel zum Schiff, gerade über dem Wasser, um den Namen lesen zu können; es handelte sich um die *St. Louis*. Schließlich versuchte ich, über dem Heck zu bleiben, doch das Schiff war für mich zu langsam. Selbst mit der niedrigsten Geschwindigkeit flog ich ihm immer voraus. Die *St. Louis* war kein Konkurrent für mich, ich drehte daher ab, kehrte zur Battery zurück und hatte, wie Sie wissen, sogar noch Zeit für einen zweiten Flug, und die *St. Louis* ist noch immer nicht hier. Ich glaube fest daran, daß die Zukunft des Reisens«, und mit dem Arm wies er nach oben, »dort liegt.« Dann wies er auf das Schiff. »Und nicht mehr dort.« Er macht für sich Werbung, dachte ich. Dennoch lief es mir kalt über den Rücken, wenn ich ihn hörte; er hatte ja so recht. Glaubte er es wirklich? Wenn man auf sein zerbrechliches Gerät blickte, das dort draußen am Floß lag, dann fiel es schwer, das zu glauben. Nun nickte er den Reportern und der Menge freundlich zu, nahm den Arm seiner Frau und ging mit ihr fort. Und diese Menschenmenge von 1912, die Reporter eingeschlossen, respektierten, daß die beiden sich nun zurückzogen; niemand folgte mit einer letzten Frage, niemandem kam in den Sinn, um ein Autogramm zu bitten.

Sie gingen zu einer lächelnden jungen Frau, die ein paar Meter vor dem Pier wartete; dann schaute Frank herüber und erblickte mich. Sofort grinste er, winkte mich heran, und ich gesellte mich zur Gruppe. Die junge Frau ergriff beide Hände von Mrs. Coffyn, sie küßten sich auf die Wangen. Ich nahm den Hut ab, als Frank mich seiner Frau vorstellte, die mich mit fröhlichem und lebhaftem Interesse begrüßte. Dann stellte er mich der sehr attraktiven Harriet Quimby vor, einer Fliegerin.»Sie wird bald die erste Frau sein, die den Englischen Kanal überquert«, sagte Frank.

»Sie wird es bald *versuchen*, verbesserte sie. »In der Zwischenzeit bin ich mit viel Profanerem beschäftigt, als Theaterrezensentin für *Leslie's Weekly*.« Beinahe rutschte mir heraus, daß ich auch für *Leslie's* gearbeitet hatte. Statt dessen sagte ich:

»Oh? Schauen Sie sich auch *The Greyhound* an?« Dann sprachen wir einige Zeit lang darüber.

Ich mochte sie, diese Harriet Quimby, war beeindruckt. Viel später, in einer Zeit am Ende dieses Jahrhunderts, saß ich im Lesesaal der New Yorker Public Library und blätterte durch *Who was Who;* ich hatte nicht erwartet, *Harriet Quimby* zu finden, da ich niemals mehr von ihr gehört hatte. Aber ihr Name war da: Harriet Quimby überquerte den Englischen Kanal. Alleine. Sie war die erste Frau, die das tat. Am 16. April 1912. Der Eintrag aber verzeichnete auch ihr Todesdatum einige Monate danach. Sie starb bei einem Flugunfall. Aber nicht jetzt, noch nicht, nicht an diesem Tag.

»Ihr beide geht also?« sagte Frank. »Ja, aber wenn du mit Mr. Morley startest, dann bleiben wir noch einen Moment«, sagte Mrs. Coffyn und lächelte mir charmant zu. Wir alle drehten uns um und gingen zum Pier. In Gegenwart einer jungen und liebenswürdigen Fliegerin, die in einem dieser zerbrechlichen Gestelle alleine den Englischen Kanal überqueren wollte ... in Gegenwart einer Frau, die gerade aus diesem schrecklichen Ding gestiegen war, das nun am Floß verstaut lag ... ging ich mit, ich, der Verurteilte, der in seiner Hilflosigkeit nichts anderes tun konnte, als sich der Prozession anzuschließen, die vor seiner offenen Zellentür wartete. Über das Gras zum Pier und dem Ruderboot, hinaus auf den ›Styx‹. Dann zum Floß und – o Gott – dort wartete die schreckliche Konstruktion aus Stoff und Sperrholz.

Auf dem Floß stand ich auf den rauhen Holzbalken, neben dem Flugzeug, während Frank das Boot festband. »Frank«, sagte ich, »das ist mehr als nur ein Rundflug. Ich möchte ganz Manhattan überfliegen, um nach einem Gebäude zu suchen. Ein Gebäude, nehme ich an, das aussieht wie ein Boot. Das einen Kiel wie die *Mauretania* besitzt.«

Er dachte darüber nach, dann schüttelte er den Kopf. »Kenne kein solches Gebäude. Aber wenn es das gibt, dann finden wir es.«

»Ich werde Ihnen mehr als nur fünf Dollar zahlen.«

»In Ordnung. Werden sehen, wie lange es dauert. Sollte nicht zu teuer werden.«

Er stand auf, das Floß schaukelte auf eine Art und Weise, die mir alles andere als behagte; sollte ich mir an den Magen greifen und sagen, ich sei seekrank? Das Ding besaß zwei kleine Korbsitze, die hintereinander in dem zerbrechlichen Rumpf angeordnet waren. Frank ging um den Bug der Maschine; ich beobachtete ihn, trat dann wie er zuerst auf den Ponton und schwang mich dann in den schrecklich kleinen Sitz; Frank nahm hinter mir Platz. Es gab einen Ledergurt, wie man ihn auf einem elektrischen Stuhl findet, den ich um meine Taille spannte. Frank beugte sich vor und reichte mir eine Brille, ich zwang meine Wangenmuskulatur zur Imitation dessen, was mir an Lächeln noch erinnerlich war, und setzte sie auf; klares Glas, ohne Flecken.

Frank startete den Motor. Dann fuhr er hinaus auf den Hudson.

Wir warteten, trieben ein wenig zur Seite, um einen Schlepper vorbei zu lassen: er schien zur *St. Louis* unterwegs zu sein. Frank fuhr in eine weite Flußwindung, drehte um, hinein in das bißchen, was an Wind da war, und – ich wollte meine Augen schließen, tat es aber nicht – wir holperten über die kleinen Wellen vorwärts, *platsch-platsch,* feine Gischt spritzte über den Pontonrumpf auf mein Gesicht und die Brille, die ich mit dem Ärmel sauber wischte. Plötzlich wurde die Bewegung ruhig, und wenige Meter über der Wasseroberfläche flogen wir am Pier vorbei; ich erhaschte einen schnellen Blick von Mrs. Coffyn und Harriet Quimby – sie war wirklich schön –, die lächelten und winkten. Als ich wieder nach vorne schaute, schien es gar nicht mehr so schrecklich zu sein.

Nichts, was ich erwartet hatte, hier, in dieser kleinen Maschine wenige Meter über dem Wasser. Keine Hunderte von Tonnen heulenden Metalls, die brutal durch ein ausgedünntes fremdes Nichts brausten. Das war etwas anderes: Sonnenstrahlen lagen auf meinem Gesicht, die weiche Wärme dieses seltsamen Frühlings 1912 preßte sich gegen meine Stirn: ich spürte, wie die Luft uns trug.

Die Maschine knatterte, der Propeller drehte sich, ich hörte ihn, doch keineswegs laut. Wir saßen vor ihm, und wahrscheinlich wurde der größte Teil des Lärms nach hinten weggetragen. Als wir so über den Hudson flogen und langsam hochstiegen, nickte ich grinsend zu Frank.

Und machte einen Fehler: als ich meinen Kopf drehte, fiel mein Blick nach unten in die Tiefe; schnell schaute ich wieder nach oben, und alles war wieder in Ordnung.

Frank zog nun seine Kreise: langsame, weite gemächliche Kreise, die uns höher und höher führten. Während wir uns langsam nach oben schraubten, blieb Frank über dem Wasser, das uns im Notfall auch ohne Motor würde auffangen können. Ich sah die langen Anhöhen der Küste von Jersey, die sich grün und fast ländlich vor uns erstreckten. Dann den Hafen und die schwarz-braunen Finger der West-Side-Docks von Manhattan, die langsam hinter uns zurückblieben. Ich erhaschte einen Blick auf die winzige *St. Louis* und zwei noch kleinere Schiffe, die sie an das Dock der American Linie bugsierten. Sah die weiße Fläche eines Segelboots, einen Schlepper, zwei kleine rote Fähren, die sich durch das Wasser kämpften ... dann, weit hinter uns, Ellis Island ... die Freiheitsstatue, die seit dem letzten Mal, seit ich sie gesehen habe, grün geworden war; die Fackel drehte sich langsam, als sie hinter uns zurückfiel. »Ich habe die Statue letzte Woche umflogen«, sagte Frank, »mit einem Kameramann, genau da, wo Sie nun sitzen. Er machte Filmaufnahmen von der Krone und der Fackel, während in der Krone *ein anderer* von *uns* Filmaufnahmen machte!« Ich grinste, nickte und wünschte, diese Filme zu sehen; ob sie bis zum anderen Ende des Jahrhunderts erhalten bleiben würden?

Ich fühlte mich jetzt wohl; diese raubvogelhaften Kreise öffneten mir allmählich den Blick auf den gesamten Hafen. Weit hinter uns lag nun der grüne Fleck des Battery Parks, der mit den Farben der Kleider und Anzüge gesprenkelt war – sie beobachteten *uns!*

»Nahm einen Kameramann mit, um die Bürogebäude an der Spitze der Insel zu filmen. Flog auf gleicher Höhe der obersten Fensterreihe, ›Bürohengste‹ drängten sich an die Fenster, beobachteten uns und winkten uns zu. Dann, genau über dem East River, lösten sich die Befestigungsschrauben, und die Kamera fiel hinunter. Und da liegt sie nun, irgendwo da unten im Fluß.«

Schließlich drehten wir nach Norden ab – wie hoch mochten wir sein? Zweitausend Fuß? Drei? Ich wußte es nicht – und flogen auf die Stadt zu. In meinem Geiste sehe ich immer noch, was an diesem leicht dunstigen Morgen vor mir lag: die Stadt dieses neuen Jahrhunderts, die Stadt zwischen den beiden anderen New Yorks, die ich bereits kannte – sie schien schön zu sein.

In den letzten Jahren des 20. Jahrhunderts bin ich niemals über New York geflogen, aber ich kannte Luftbildaufnahmen – die erstaunlichen Ansichten, vor allem die schimmernden, weltabgewandten Bilder des nächtlichen New York. Die hohen, hohen, immer höheren Gebäude, die im Stadtzentrum so dicht beieinanderliegen, daß die Fotografen keine Straßen oder Menschen mehr finden konnten; nur Wände und Mauern, Fassaden, hinter denen die Stadt verschwindet.

Das war hier nicht, noch nicht, der Fall. Die lange, schlanke, von den Karten bekannte Gestalt Manhattans lag unter uns, die kleinen, sich rechtwinkelig schneidenden Straßen waren voller Leben. Ich begann zu suchen … wonach? Nach einer Art Steinschiff, das war alles, was ich mir vorstellen konnte, ein unmögliches Schiff aus Stein mit Fenstern. Hier und da standen vereinzelt die schmalen nach oben weisenden Finger der ›Wolkenkratzer‹ New Yorks; sie waren leicht zu erkennen. So, als ob ich eine vertraute Karte las, ging mein Blick von dem großen grünen Rechteck des Central Parks nach unten, folgte den Kurven des Upper Broadway – ich sah die Farbflecken, die Menschen und Wagen darstellten – und fand schnell den weißen Turm des *Times* Building, der sich einsam und konkurrenzlos erhob. Im Westen lagen das 19. Jahrhundert noch unverändert unter uns; lange braune Sandsteinbauten mit schwarzen Dächern zogen sich in Streifen über die Karte der Stadt. Ich sah die neue, glänzend weiße Public Library an der 42nd Street, gleichzeitig erblickte ich vor meinem geistigen Auge das Reservoir, das dort einmal gestanden hatte. Weiter im Osten eine Ansammlung von Bauhölzern, Steinquadern und Rampen: die Grand Central Station, die gerade erbaut wurde. Bequem saß ich in der Maschine, glitt durch die Luft und blickte hinab auf die beiden, die Insel umrahmenden Flüsse, die noch von unterschiedlichem Grau waren ... Wir folgten den langen, in der Sonne glänzenden schmalen Spuren der Hochbahnlinien, die sich links und rechts durch die Stadt spannten. Dann, ja, das war die 33rd Street, und das mußte sie sein, das große weiße Rechteck, das in der Sonne funkelte, konnte nur die Penn Station sein. Im Osten, da, wo eines Tages das Empire State Building sich erheben würde, sah man die grünen Dachspitzen, Kuppeln und wehenden Fahnenmasten des großen Waldorf-Astoria-Hotels.

Frank Coffyn hatte das alles unzählige Male gesehen; manchmal beugte er sich zu mir vor und sagte etwas oder stellte Fragen. Und während er meinen Antworten zuhörte, wurde mir eines bewußt: daß alles, was Frank beschäftigte, mit dem Fliegen zu tun hatte.

Also, ich käme aus Buffalo, eh? Nun, es würde nicht mehr allzu lange dauern, und ich könnte mit dem Flugzeug von Buffalo nach New York reisen. Wie gefiel mir das Plaza Hotel? Gut, mein Zimmer geht zum Central Park hinaus. Frank nickte und meinte, der Ausblick müßte dem von einem Flugzeug gleichen. »Frank«, fragte ich, »was würden Sie tun, wenn Sie in einem Zeitalter ohne Flugzeuge leben würden?« Ich drehte mich zu ihm um; seine Augen weiteten sich. »Mein Gott«, sagte er ruhig, »welch schreckliche Vorstellung. Aber das ist nicht der Fall, Si. Und ich sage Ihnen warum. Ich bin geboren, um über den Atlantik zu fliegen. Ich werde es tun, Si. Ich will der erste sein.«

Ich konnte nur nicken. »Nun, Frank, irgend jemand wird es tun.«

»Oh, ja; wenn ich nur das *Geld* auftreiben könnte. Ich brauche stärkere Motoren. Und ein größeres Flugzeug, das sie tragen kann. Und Schutz vor dem Wetter. Si, es sind zweitausendneunhundert und fünfundzwanzig Kilometer von Neufundland zur irischen Küste.« Er meinte es ernst! Er hatte darüber nachgedacht. »Mit einer Geschwindigkeit von zweiundsiebzig Stundenkilometern könnte ich es in vierzig Stunden schaffen. Ich habe erfahren, daß es von Juni bis September« – seine Hände waren am Steuerknüppel, die Füße bewegten ständig und achtsam die Pedale, im Geist aber war er weit, weit weg – »vorherrschende Westwinde gibt, die meine Geschwindigkeit um dreißig bis vierzig Stundenkilometer erhöhen.« Er wußte das alles, und er hatte recht. »Einmal gestartet, wäre eine Landung auf dem Wasser nicht mehr möglich. Aber ich glaube fest daran, daß mit zwei Motoren, von denen einer einspringt, falls der andere ausfällt, und einem Treibstoffvorrat von zweihundert Gallonen die Sache zu machen ist. Wir sind in der Lernphase, Si. Wir alle lernen momentan die Gefahren des Fliegens. Ich habe gelernt, vorsichtig in niedriger Höhe über die Straßen einer Stadt zu fliegen. Die aufsteigenden Winde über einer Stadt sind heimtückisch. Wir müssen lernen, und eines Tages wird ein Mensch über den Atlantik fliegen; er braucht dazu – nun, was? Voraussicht. Sorgfältige Vorbereitungen. Geduld. Alle diese Tugenden und andere mehr.«

Ich nickte und sagte mir *Frank, es gibt einen Jungen …* wo? Wo war Charles Lindbergh jetzt? Ich wußte es nicht, aber stumm sagte ich mir, *du schaffst es noch nicht, Frank. Noch nicht. Aber der Junge, der es einmal tun wird, kennt wahrscheinlich deinen Namen.* Unter uns neue Gebäude, die stetig vorüberstrichen – Hotels, Apartmenthäuser. Aber New York war noch immer eine niedrige Stadt, die noch einen Blick für sich selbst hatte. Vor uns – wir schienen direkt über der 5th Avenue zu sein – das Rechteck, dem eine Ecke fehlte, der Madison Square, und ich drehte nicht meinen Kopf, um nach Osten, zum Gramercy Park zu blicken. Und dann dort unten … ja. *Ja.* Dort, an der Kreuzung von Broadway und 5th Avenue erblickte ich plötzlich, was Z gesehen hatte, ›ein Bug, so scharf und gerade wie der der *Mauretania*‹. Ja, ein Schiff, ›aus Stein und Stahl‹, das sich uns, als bewegte es sich von selbst, stetig näherte. Z hatte recht gehabt: es war alles andere als angemessen, diese Schönheit (ich machte die Aufnahme später vom Boden aus) mit einem so gewöhnlichen Namen wie Flatiron Building zu bezeichnen. Sie sehen es auf der nächsten Seite.

Frank erzählte ich davon natürlich nichts. Still, voller Freude saß ich im Flugzeug; Z würde *heute nacht dort unten* sein. Und ich auch. Ich hatte noch nichts verpatzt; nun gab es

wieder eine kleine Chance, den Lauf der Ereignisse zu verändern – so daß der Krieg zu einer Möglichkeit einer neuen Vergangenheit wurde, eine Möglichkeit, die niemals stattgefunden hat.

Über Manhattan Island hinweg zum grünen Streifen, der den Union Square darstellte. Das letzte Mal hatte ich ihn mit Julia und Willy gesehen, als wir der nächtlichen Parade beigewohnt hatten. Vor, dann unter uns glitten die ältesten Straßen Manhattans vorüber: kurze, gewundene, verwinkelte Straßen. Die planmäßige Ordnung oberhalb der 14th Street lag nun hinter uns. Ich schaute zu Frank, grinste, nickte und sagte, daß es mir gefiel. Und er lächelte freundlich zurück.

Die schwarze Silhouette der Trinity Church ragte noch einsam in den Himmel ... Dann wies Frank mit dem Kopf nach Osten, und wir glitten hinab zur Stadt – ziemlich schnell, die Straßen wurden größer, Punkte wuchsen schnell zu Menschen an. Frank wollte mich ein wenig erschrecken, dachte ich.

Dann spürte ich den Druck der Gurte, als wir in eine fallende Linkskurve gingen. Eine halbe Sekunde lang erhaschte ich die Korbmasten eines grauen Schlachtschiffes, das an der Brooklyn-Küste vor Anker lag, wir gingen hinunter, drehten noch immer bei, und das flache Grau des East River weitete sich vor uns.

Die Maschine stand nun wieder gerade, schwankte ein wenig, und etwa zwanzig Fuß unter uns – nicht mehr – befand sich das Wasser. Frank, der nur für einen kurzen Moment den Blick vom Fluß nahm, schaute zu mir; ich sollte mich erschrecken, und ich war erschrocken, o ja, ich war es. Denn gerade vor uns – nun wußte ich, was Franks Blick bedeutete und erschrak noch mehr – hing die Brooklyn Bridge – wir würden unter ihr hindurchfliegen! Erst als wir das Foto unten in der *Times* sahen, erfuhren wir, daß ein Zeitungsreporter, der zufällig sah, was Frank vorhatte, diesen groben Schnappschuß machte. Einen Augenblick später flogen wir unter der Brücke hindurch, ihr Schatten strich über uns weg. Dann nach oben und direkt über den Schornstein des Schleppers auf diesem Bild. Ein Schwall heißen Rauchs aus dem Schornstein erfaßte unsere kleine zerbrechliche

Maschine und schüttelte sie – hilflos wurden wir hin und her geworfen.

Frank kämpfte mit dem Steuerknüppel; mit ganzer Kraft hing er an den Steuerseilen und schaffte es gerade noch. Beinahe wären wir abgestürzt, beinahe auf dem Fluß aufgeschlagen. Franks Gesicht war verzerrt, er gab sein kleines, bockendes Flugzeug nicht auf und riß es aus dem Sinkflug, kämpfte – mein Gurt schnitt in meine Hüfte.

Dann hatten wir es plötzlich geschafft, wir waren nicht abgestürzt, nicht ins Wasser gestürzt, plötzlich war es vorüber, und wir stiegen, außer Gefahr, in einer schönen, eleganten Kurve hoch in den Himmel.

Ich fand meine Stimme wieder. »Frank«, sagte ich, »erzählen Sie mir vom Flug über den Atlantik. Den sorgfältigen Vorbereitungen. Der Voraussicht. Der Vorsicht. Von all den nötigen Tugenden.«

»Es tut mir leid«, sagte Frank. »Es tut mir wirklich leid. Si, ich bin ein verdammter Trottel.« Plötzlich war er wütend auf sich. »Ich fliege normalerweise nicht so!« Hinunter zum Pier A, ein sanftes Aufsetzen auf dem Wasser, eine langsame Fahrt zum Floß. »Aber für den Tag, an dem ein Mann über den Atlantik fliegt, bedarf es sorgfältiger Vorbereitungen, ja. Er braucht rigorose Voraussicht. Und viel Geduld. All das, Si. Aber schließlich, wenn er in sein Flugzeug klettert und alleine dem Ozean gegenübersteht, dann muß er auch ein wenig wild, unbekümmert und verwegen sein.«

19

Ein langhaariges Mädchen reichte mir für die beiden Karten von *The Greyhound* das Programmheft, das Sie auf der nächsten Seite sehen. Sie trug ein graues Uniformkleid, einen großen weißen Kragen mit einer breiten Krawatte und einem Anstecker, auf dem *Platzanweiserin* stand. Sie führte uns – das Jotta Girl und mich – zu unseren Plätzen rechts vom Gang. Als ein zwölfjähriger Junge in roter Hotelpagenuniform mit Messingknöpfen vorbeikam, der lange dünne Schachteln mit Schokolinsen verkaufte, erstand ich eine.

Ich schaute mich um: Leute kamen die Gänge herunter und drängten sich in die Reihen. Z würde hiersein, war vielleicht schon hier; vielleicht lag mein Blick gerade auf ihm. Überall im Theater nahmen schöne Frauen mit langen Haaren und Kleidern mit hohen Kragen ihre enormen Hüte ab – sorgfältig, mit beiden Händen, um sie gerade nach oben abzunehmen; das Jotta Girl war eine von ihnen. Sie trug ein langes pastellfarbenes Kleid und einen rosaroten Hut, der nicht ganz drei Meter Durchmesser hatte. Die Männer im Theater trugen steife Kragen, kurze Haare, die meist in der Mitte gescheitelt waren, einige von ihnen besaßen Kneifer. Trug Z einen Kneifer? Ich glaubte es nicht, es konnte jedoch möglich sein.

Vor uns hing der hohe, schwere rote Vorhang, die goldenen Fransen am unteren Ende waren mindestens dreißig Zentimeter lang, die Samtfalten lagen im Schatten des Rampenlichts. Gab es hier Menschen, die nicht aufgeregt waren, in diesen Momenten, bevor sich der mysteriöse Vorhang hob? Dennoch, erinnerte ich mich, würden in den nachfolgenden Jahren Theatervorhänge verschwinden; die Zuschauer würden auf die leere Bühne starren, die ernüchternd wirken und jede Illusion zerstören würde.

Neben mir studierte das Jotta Girl das Programm; ich blickte in mein Heft, zählte dann und sagte: »Hey, sechsundzwanzig Schauspieler?« aber sie schien nicht beeindruckt zu sein und sagte nichts. Ich war beeindruckt und erfreut. Ich hatte Stücke mit nur einem Bühnenbild satt, genauso wie Stücke mit nur zwei Schauspielern.

Dann sprach ich ein wenig von Wilson Mizner, einem der

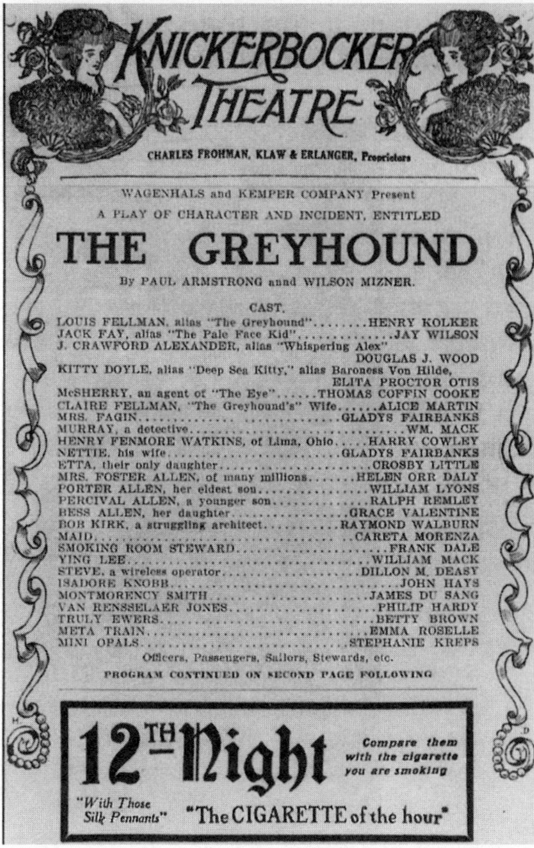

KNICKERBOCKER THEATRE

CHARLES FROHMAN, KLAW & ERLANGER, Proprietors

WAGENHALS and KEMPER COMPANY Present

A PLAY OF CHARACTER AND INCIDENT, ENTITLED

THE GREYHOUND

By PAUL ARMSTRONG annd WILSON MIZNER.

CAST.

LOUIS FELLMAN, alias "The Greyhound"........HENRY KOLKER
JACK FAY, alias "The Pale Face Kid"..............JAY WILSON
J. CRAWFORD ALEXANDER, alias "Whispering Alex"
DOUGLAS J. WOOD
KITTY DOYLE, alias "Deep Sea Kitty," alias Baroness Von Hilde,
ELITA PROCTOR OTIS
McSHERRY, an agent of "The Eye"......THOMAS COFFIN COOKE
CLAIRE FELLMAN, "The Greyhound's" Wife......ALICE MARTIN
MRS. FAGIN............................GLADYS FAIRBANKS
MURRAY, a detective............................WM. MACK
HENRY FENMORE WATKINS, of Lima, Ohio.....HARRY COWLEY
NETTIE, his wife.......................GLADYS FAIRBANKS
ETTA, their only daughter......................CROSBY LITTLE
MRS. FOSTER ALLEN, of many millions.......HELEN ORR DALY
PORTER ALLEN, her eldest son................WILLIAM LYONS
PERCIVAL ALLEN, a younger son.............RALPH REMLEY
BESS ALLEN, her daughter.................GRACE VALENTINE
BOB KIRK, a struggling architect..........RAYMOND WALBURN
MAID..CARETA MORENZA
SMOKING ROOM STEWARD........................FRANK DALE
YING LEE.................................WILLIAM MACK
STEVE, a wireless operator...................DILLON M. DEASY
ISADORE KNOBB..................................JOHN HAYS
MONTMORENCY SMITH..........................JAMES DU SANG
VAN RENSSELAER JONES......................PHILIP HARDY
TRULY EWERS.................................BETTY BROWN
META TRAIN...................................EMMA ROSELLE
MINI OPALS................................STEPHANIE KREPS

Officers, Passengers, Sailors, Stewards, etc.

PROGRAM CONTINUED ON SECOND PAGE FOLLOWING

Autoren des Stücks, der auch so etwas wie ein Gauner und Betrüger war. Sie schien interessiert zu sein, was mich freute. Es war schön, daß sie mitgekommen war. Ich mochte das Jotta Girl; mochte Leute, die Wilson Mizner mochten. Er war oben am Yukon gewesen, während des Goldrausches in den Neunzigern, aber nicht draußen in der Kälte und im Schnee, sondern drinnen beim Pokerspiel mit den Goldsuchern; und meistens hatte er gewonnen. Eines Tages spielte er dort in einem Saloon mit Bordell Karten, als ein Mann hereinstürmte und sagte: »Jemand hat Goldie beleidigt!« Und Mizner, der die Karten mischte, meinte nur: »In Gottes Namen, wie?«

Der Augenblick kam: Die Lichter wurden dunkler … blieben so … flackerten und gingen dann ganz aus; das Theater war plötzlich dunkel, bis auf das Gaslicht hinter den roten Ausgang-Schildern. Dann – immer wieder spannend – hob sich schnell der Vorhang, und dahinter zeigte sich, laut meinem Programm, ›eine Pension in San Francisco‹. Wir sahen ein karg eingerichtetes Schlafzimmer: ein Fenster, eine Kommode, ein eisernes Bett. Davor stand Ying Lee und schüttelte gerade die Kissen auf.

Nun, was gibt es über Ying Lee zu sagen? Außer, daß ich hier in einem Theater von 1912 saß und Ying Lee deswegen kein ›Chinese‹, sondern ein ›Chinaman‹ war. Zu erkennen an seinen Augen, die mit einem Band zu Schlitzen zusammengeklebt waren, der gelb gefärbten Haut und der schwarzen Stoffsandalen, die er trug. Sein Zopf hing bis zu seiner Hüfte. In dem Augenblick, in dem man ihn sehen konnte, wie er schlampig das Bett machte, reagierte das Publikum nicht mit offenem Gelächter – er tat noch nichts Komisches –, aber mit einem Murmeln, das einem Gelächter vorausging … denn, nun, das war ein ›Chinaman‹.

»Ying!« rief ihn eine Frauenstimme hinter der Bühne; Ying blickte auf, sein Gesicht war ausdruckslos, er antwortete nicht. Er ließ ein Kissen fallen, machte einige trippelnde Schritte und bekam nun sein Lachen. Dann erschien Mrs. Fagin, die Wirtin, wie mir mein Programm sagte. »Warum kommst du nicht, wenn ich dich rufe?«

»Ich machen Bett.«

»Du verstehst vom Bettenmachen weniger als ein Maultier.«

»Ich kündigen!« Er verschränkte seine Arme.

»Jetzt?«

Ying dachte darüber nach. »Irgendwann« – wieder Gelächter.

»Nun, in der Zwischenzeit gehe und räume mein Zimmer auf.« Und Ying ging – und sang in hohen Tönen, was wohl ein chinesisches Lied darstellen sollte; wir lachten wieder.

›Claire‹ trat herein – dies war ihr Zimmer –, und ich nahm

mein Programm zur Hand, denn sie war wirklich schön: Alice Martin. Sie erzählte Mrs. Fagin von ihren Problemen; wir erfuhren, daß sie mit dem ›Greyhound‹ verheiratet und von ihm verlassen worden war, einem Betrüger, der sie schlecht behandelte; trotzdem liebte sie ihn noch immer. Dann verlor ich den Faden der Geschichte, denn ich achtete weniger auf die Worte der Schauspieler, sondern mehr auf den seltsamen Klang ihrer Stimmen. Und bemerkte, daß ihre Stimmen, ohne Mikrophon, sofort von den mehreren hundert Zuschauern geschluckt wurden; dieser seltsam gedämpfte, tiefe und echolose Klang verlieh der Präsenz der Schauspieler außergewöhnliche Realität.

Daneben wartete ich auf Witze von Mizner, hörte aber keine. Claire und Mrs. Fagin traten ab, Ying und McSherry erschienen, und nun erfuhren wir, daß McSherry ein geläuterter Kartenspieler war, der nun als Polizist arbeitete und Claire liebte, und so weiter. »Mrs. Fagin oben«, sagte Ying. »Sie warten.«

»Nun, vielleicht haben Sie mir etwas zu sagen«, sagte McSherry und holte ein großes Blatt Papier heraus, das er so hielt, daß das Publikum die chinesischen Schriftzeichen sehen konnte.

Ying warf einen Blick darauf. »Nix wissen.«

»Das ist schade«, sagte McSherry. Dann, plötzlich und laut: »Sim yup tong!«

Ying fuhr herum, denn das war, wie sich herausstellte, ein Befehl in seiner Sprache, dem man sich niemals widersetzen durfte. Augenblicklich war er unterwürfig, zu Tode erschrocken, und Ying schrie: »Ni ha limya!« oder so ähnlich, nahm das Papier und las es leise; sein Kopf ging auf und ab, während er den vertikalen Spalten folgte.

»Du nun wissen?«

»Vielleicht.«

McSherry krempelte den linken Ärmel hoch und zeigte eine Narbe auf seinem Handgelenk. Ying Lee sah sie sich an, konsultierte das rote Papier, schaute wieder auf das Handgelenk und verglich anscheinend die Narbe mit der Beschreibung. »Dieses Schlitzauge kommt aus Missouri«, sagte McSherry zum Publikum.

Wilson Mizner? Der gefeierte Theaterdichter? Ich konnte es nicht glauben. Mit Blick auf das rote Papier sagte McSherry: »Sieht aus wie die Rechnung für ein zerrissenes Hemd.« Als McSherry fragte, wo Claires Ehemann sich befand, antwortete Ying: »Er kommen, irgendwann.« »Für ein Schlitzauge«, sagte McSherry, »bedeutet ›irgendwann‹ zwei Minuten oder vierzig Jahre. Was davon meinst du?«

»Er kommen Tag zuvor. Ein Uhr.«

»Und wann davor?«

»Sieben Wochen.«

Nun, dem Publikum gefiel es. Und ich war Teil des Publikums und lachte mit. Aber …?

Mrs. Fagin und McSherry trieben die Handlung voran: er war hier, um Claire zu helfen, weil er sie selbst liebte. Dann kam eine Zeile, die die *Times* in ihrer Besprechung sarkastisch zitierte. McSherry, der verärgert zu Claires Ehemann, dem ›Greyhound‹, sprach, sagt: »Kein Mann, der nicht von sich aus davon abläßt, krumme Dinger zu drehen, wird es für eine Frau tun, wenn er sie erst einmal hat.«

»Ist das nicht wahr?« rief Mrs. Fagin auf der Bühne aus; ich warf einen Blick auf das Jotta Girl und dann auf das Publikum. Sie lächelten, das Stück gefiel ihnen, aber Zeilen wie diese nahmen sie ebenso wenig ernst wie ich.

Einige Male in dieser Szene, wenn McSherry von seinen Liebesgefühlen zu Claire überwältigt wurde, tat er etwas, was mich überraschte. Er wandte sich ab und stand, die Schulter gebeugt, mit dem Rücken zum Publikum – etwas, was ich niemals zuvor von einem Schauspieler gesehen hatte. Eine Konvention der Zeit, nahm ich an; starke Gefühle, so schien es, konnten nur mit abgewandtem Gesicht gezeigt werden. Ich habe gehört, daß Balletttänzer in den Augenblicken, in denen sie mit dem Rücken zum Publikum sind, mit einer eleganten Handbewegung den Schweiß von der Stirn wischen und dann den Arm schwingen, um die Schweißtropfen abzuschütteln. Vielleicht, dachte ich nun, machte McSherry dort oben Grimassen.

Als er und Mrs. Fagin geendet hatten, kam Ying mit Besen und Scheuerlappen. »Ich aufwischen?«

Mrs. Fagin trat überrascht zurück. »Das ist das erste Mal in seinem Leben, daß er fragt, ob er arbeiten soll!« Nachdem McSherry und Mrs. Fagin abgetreten waren, verlangsamten sich die Wischbewegungen Yings, bis der Besen kaum noch den Boden berührte.

Der erste Akt brachte die Handlung in Fahrt; eine Gruppe von Betrügern und eine Frau fuhren mit dem Schiff nach Europa, um an Bord eine reiche Familie auszunehmen. Ich fragte mich, ob Wilson Mizner, was das betraf, über persönliche Erfahrung verfügte. Die Namen der Bandenmitglieder gefielen mir: ›The Greyhound‹, ›Whispering Alex‹, ›Deep Sea Kitty‹ und ›The Pale Face Kid‹ – benannt, wie nach seinem ersten Bühnenauftritt deutlich wurde, nach seinem roten Gesicht. »Du bist für diese Reise nicht geeignet, Kid«, sagte ›Deep Sea Kitty‹.

»Warum?«

»Auf einem Erste-Klasse-Dampfer tragen die Leute ordentliche Kleider, essen mit Gabeln und wechseln die Wäsche, wenn sie sich schlafen legen!«

»Ich kann das alles in einer Woche lernen!« sagte Kid; ich lachte und nickte – das hatte den Mizner-Touch. Aber der größte Teil des Stückes machte den Eindruck, als sei er an einem Nachmittag heruntergeschrieben worden. Unter tüchtigem Alkoholeinfluß.

Die Szenenbeschreibung im Programmheft las ich absichtlich nicht; ich wollte mir die kleine Überraschung, die eintrat, als sich der Vorhang zum zweiten Akt hob, nicht verderben; diesmal spielte es auf einem Schiffsdeck.

Es war alles da: Leute, die in Liegestühlen lasen, andere, die an der Reling lehnten und auf die See, den gemalten Himmel und die Wolken hinausstarrten; ein sehr realistisches Rettungsboot, eine Funkerkabine, sogar ein Paar, das dieses Schiffspiel spielte, bei dem man Ringe werfen mußte. Als ich in mein Programm schaute, sah ich, daß dies das ›Hurricane-Deck der H.M.S. *Mauretania*‹ war. Ich gehöre zu denen, die fasziniert sind von den großen alten Linienschiffen; die über sie lesen, ihre Bilder anstarren und sich vorzustellen versuchen,wie es gewesen war, auf ihnen zu fahren. Natürlich war die *Maure-*

tania das vielleicht am meisten geschätzte dieser wundervollen alten Linienschiffe – doch sah so wirklich die *Mauretania* aus? Ich beugte mich vor und betrachtete die Bühne – nun, wer vermochte es zu sagen? Aber es schien realistisch, das Deck schien sogar aus richtigen Schiffsplanken zu bestehen.

Die *Times* veröffentlichte später Bilder einiger Szenen dieses Stücks; hier sind einige von ihnen. Die Schauspieler verausgabten sich nicht in diesen theatralischen Gesten, wie es die Fotografien vermuten lassen; sie posierten für eine langsame Kamera, dachte ich, und froren ihre Gesten ein, was selbst für Schauspieler nicht allzu leicht sein dürfte. Hüte und Mützen zu tragen war normal für das Publikum; alle Männer trugen im Freien Hüte. Die Leute mit den Fahnen – ein komischer Einfall Mizners? – stellten überaus patriotische Bürger aus Lima, Ohio dar; die reiche Familie, welche die Gauner mit Hilfe eines gefälschten Einführungsschreibens kennenlernen wollten.

Plötzlich zuckten wir alle zusammen: Aus der Funkerkabine oben auf der Bühne rechts ertönten schrille Geräusche, ein zischendes elektrisches *dit-dit. Dit-dit-dit. Dit-dit-dit-dit-dit.* Wir richteten uns auf und sahen und hörten gespannt zu. Drahtlose Nachrichten waren in dieser Welt neu, dies war ein neuer und aufregender Ton. Das schnelle *dit-dit-dit* verstummte, alle Passagiere starrten auf die Funkerkabine. Einen Augenblick später erschien ein Mann in der Schiffsuniform mit einem Blatt Papier. »Aerogramm«, rief er aus. »Aerogramm für Foster Allen! Aerogramm für Mr. Allen!« und trat ab, ihn zu suchen.

Ein schöner Zug, dachte ich, und von Zeit zu Zeit kam während des Stücks, manchmal in Verbindung mit der Handlung, manchmal auch nicht, dieses erregende *dit-dit … dit-dit-dit,* das uns hochriß und erfreute.

Ich vermutete, daß The Pale Face Kid Wilson Mizners Erfindung und seine liebste Figur war, denn er sprach die meisten der Sätze, die ich Mizner zuschrieb. An Deck rief er, als er mit Etta, einer gutaussehenden jungen Frau, Konversation betreiben wollte und Schwierigkeiten hatte, die richtigen Worte zu finden, schließlich: »Haben Sie schon das Meer bemerkt?«

Später, als er mit Etta Shuffleboard spielte, stellte er sich sehr geschickt an, obwohl es das erste Mal war. Wo er das gelernt hatte, fragte Etta. »Spielte es schon immer«, sagte Kid. »zu Hause auf dem Rasen.«

»Auf dem *Rasen?* Kann man sie denn auf Gras schieben?«

»Natürlich *nicht*«, antwortete Kid gewitzt. »Äh … wir rollten sie.«

Als ein Passagier Kid fragte, ob er in London absteige, antwortete er: »Westminster Abbey.«

Einen anderen Aspekt des seltsamen und widersprüchlichen Mizner glaubte ich in der Szene auf dem Deck zwischen McSherry und einem Polizisten zu entdecken, der an Bord war, um ihm gegen die Ganoven zu helfen. Der Gong zum Dinner hatte geschlagen, alle anderen waren fort, und der Polizist, der mit McSherry sprach, bemerkte etwas in dessen Manteltasche. Er berührte die Stelle und sagte: » Sieht aus, als hätten Sie in der Tasche ein grünes Boi-Mischbrett.« Ein *was?* Ich hatte davon noch nie gehört und glaubte, daß es auch dem Publikum nicht bekannt war. Aber ein ›grünes Boi-Mischbrett‹ konnte kaum eine Erfindung sein, oder? »Manchmal mische ich«, sagte McSherry, »wenn ich nachdenken muß, aber ich spiele nicht mehr.« Als der Polizist ging, zog er ein wunderschönes faltbares Brett hervor und öffnete es auf seinem Schoß, wo die grün überzogene Oberfläche sichtbar wurde. Dann, er starrte gedankenverloren auf die See hinaus, mischten seine Hände in endlosen Bewegungen einen Stapel Karten. Wer trug ein zusammenklappbares Brett nur zum Kartenmischen mit sich herum? Keiner, es sei denn, jemand übe Kartenspielertricks. Kam dies auch aus Wilson Mizners Vergangenheit? Ich hätte darauf wetten wollen. Aber als ich McSherry dort oben sah, wollte ich auch ein grünes Boi-Mischbrett. *Dit-dit-dit-dit-dit* kam es aus der Funkerkabine, McSherry sprang auf, und das Stück ging weiter.

Der Vorhang fiel über den zweiten Akt, die Lichter gingen an; wir gingen zur Pause hinaus ins Foyer und tranken etwas Rosafarbenes. Als wir auf unsere Plätze zurückkehrten ging auch der Vorhang wieder schnell hoch und gab den Blick auf eine verrauchte Kabine frei, in der Poker gespielt wurde; im Hintergrund Bullaugen.

Die Vorbesprechung der *Times* sagte: ›Dieses Pokerspiel war ein Genuß.‹ Das war es. Denn es war sehr realistisch, ein Pokerspiel direkt aus Wilson Mizners Leben. Davon war ich überzeugt. Die Männer dort oben mit den hochgekrempelten Ärmeln, offenen Westen, die aus echten Zigarren echten Rauch ausbliesen, redeten wie richtige Pokerspieler. »Gutes Blatt«, meinte ein grinsender Spieler, der den Einsatz einstrich, während der verärgerte Verlierer erwiderte: »Was vorbei ist, ist vorbei.« Ein Spieler stieg aus, warf sein Blatt auf den Tisch und sagte voller Abscheu: »Macht es zwischen euch aus.« Ein anderer Mann ging um seinen Stuhl, um sein Glück zu erzwingen. Der Blick auf die Bühne mit dem sechseckigen Pokertisch war wie ein Blick auf ein richtiges Pokerspiel, und die Schauspieler benahmen sich wie richtige Pokerspieler. »Mit denen kann man nicht einmal den Mund öffnen«, sagte ein Spieler über sein Blatt. »Ich kann kaum noch atmen«, sagte ein anderer Verlierer. Und einer, der sein Siegerblatt mit drei Königen aufdeckte, sagte, was wohl Pokerspieler immer sagen werden: »Drei Könige überleben immer.« Die obligatorischen Flüche und Beleidigungen nahmen kein Ende. »Sie geben, als würden Sie eine Packung Kekse verteilen.« Dieses schöne Wilson-Mizner-Pokerspiel endete damit, daß McSherry seine alten Fertigkeiten als Kartenspieler wieder aufleben ließ, die er vor dem Spiel auf dem grünen Boi-Mischbrett aufgefrischt hatte, und die Betrüger übertölpelte.

Der rote Samtvorhang fiel auf dem Höhepunkt der Szene; die Gauner waren von McSherry aufs Kreuz gelegt worden und der von den Betrügern auserkorene Verlierer hatte den ganzen Einsatz gewonnen. Und dann – ich zählte mit – gab es *sieben Vorhänge,* mitten im Stück. Jedesmal, wenn der Vorhang wieder hochging, steigerte sich der Applaus, der sechste gehörte dem Tölpel, der mitsamt dem Geld, das er gewonnen hatte, heraustrat und sich verbeugte – das Haus tobte. Und zuletzt McSherry, den wir alle mit unserem Beifall bedachten – schließlich hatte er gerade die Gauner hereingelegt! Dann, der Applaus legte sich, saßen wir grinsend da; das Theater war von Gemurmel erfüllt: Uns gefiel es.

Vierter Akt, der Vorhang hob sich mit dem *dit-dit-dit-dit* aus der Funkkabine – ›Mitternacht auf dem Hurricane-Deck‹ – und das Stück ging ziemlich schnell seinem Ende entgegen. Schließlich – nachdem die Bande von McSherry, dem geläuterten Kartenkünstler, ausgetrickst worden war – stürzte *The Greyhound*, der letzte und beste Effekt des Stücks, über Bord. Wir sahen ihn über die Bordwand springen … dann zwei lange Sekunden Schweigen, die anderen oben auf dem Hurricane-Deck starrten ihm erschrocken nach … Dann *hörten wir das Aufplatschen!* Hörten es, und einen Augenblick später sahen wir an der Reling eine Woge. Und – brillant gemacht – diese Woge erschien *ein wenig weiter hinten an der Reling,* denn das Schiff, Sie verstehen, *bewegte sich.* »Mann über Bord«, schrie jemand, und dann, die liebenswürdige Claire in McSherrys Armen, senkte sich der Vorhang, während – fragen Sie mich nicht warum – das wundervolle dramatische *dit-dit-dit* des Fernschreibers wieder einsetzte. Und *dann* ertönte zum ersten Mal während des Stücks ein mächtiger Ton, das große Schiffshorn röhrte wieder und wieder, überdeckte das drängende *dit-dit-dit* und ließ die Wände des Theaters erzittern, während die goldenen Troddeln sich langsam senkten. Es kam völlig unerwartet, und wir waren begeistert; selbst wenn wir das Stück nicht gesehen hätten – allein dafür hätten wir mit den Füßen gestampft.

Aber ich vergaß nicht, warum ich hier war. Ich nahm meinen Hut unter dem Sitz, schwang mich hinaus auf den Gang und eilte ihn gebeugt hinauf; der tiefe Ton des Horns und das elektrische *dit-dit-dit* des Fernschreibers verliehen meiner Handlung eine dramatische Dringlichkeit, eine Spannung von Abenteuer und Erregung. Z würde dort draußen sein. Ich wußte es! In den nächsten Minuten würde ich auf dem Gehweg sein und darauf warten, sein Gesicht zu sehen.

Über den gefliesten Boden des Foyers, das bis auf einige Platzanweiserinnen, die sich unterhielten, leer war; ich war der erste aus dem Publikum, der auf dem Bürgersteig vor dem Knickerbocker war. Irgendwo, vielleicht einen Block entfernt, näherte sich mir die DOVE LADY.

Ein Mann verließ das Theater, blickte mich an, richtete sorgfältig seine Melone und ging weg. Oben an der Straße erhob sich das *Times*-Gebäude gegen den blauen Himmel. Drei Frauen kamen aus dem Theater, redeten, lachten, keine hörte zu. Einige weitere ... Plötzlich kam die Menge durch alle Türen gedrängt, manche gingen sofort weg, viele von ihnen aber blieben auf dem Gehweg stehen und unterhielten sich. Andere Passanten mußten sich nun durch die anwachsende Menge schlängeln; ich stand da, beobachtete, aufgeregt und beunruhigt. Denn ich wußte nicht, wonach ich Ausschau halten sollte, und wenn die DOVE LADY vorbeiging, wie sie es tun würde ... und Z ihr hinterherstarrte, so wie er es beschrieben hatte ... was würde ich dann *sehen?* Was, wenn ›DOVE LADY‹ nur ein Name war, nichts, was sofort offen-

sichtlich zu erkennen war? Ich ging zu einem Drugstore an der Ecke, um die Menge im Blick zu behalten. Eine leere Holzkiste lag am Randstein, die ich mit meinem Fuß zurechtrückte und auf die ich mich nun stellte: eine kleine Insel. Was, wenn sie gerade jetzt da war und ich *sie verpaßte?* Ich zog meine Kamera heraus, klappte sie auf und machte diesen Schnappschuß; ich dachte, wenn ich die DOVE LADY verpaßte, dann konnte ich sie und Z vielleicht später auf diesem Foto erkennen.

Die Menge wurde nach wie vor größer, ich drehte den Film weiter und machte diese Aufnahmen.

Es dauerte keine Minute, bis die Menge zu einem unentwirrbaren Menschenknäuel geworden war. Dutzende von DOVE LADIES konnten nun auf mich zugehen, während ich

CLEMONS

nach wer weiß wem Ausschau hielt. Nervös drehte ich nun den Film weiter und machte dieses Foto.

Befand sich darunter die DOVE LADY? Nun, warum nicht? Ein ganzer Schwarm von ihnen hätte dabei sein können.

Zwei Frauen mit außergewöhnlich schönen Hüten kamen auf mich zu und schauten zu mir auf die Kiste hoch. Es schien fast obligatorisch, eine Geste der Höflichkeit, die Kamera zu heben und sie zu fotografieren. Aber der Sucher meiner Kodak hatte etwa die Größe einer gewöhnlichen Briefmarke, daher bemerkte ich nicht die Frau hinter ihnen – sehen Sie sie? –, bis ich meine Kamera wieder herunter nahm. Dann, als sie an meiner Kiste vorbeikam, blickte ich hinab und sah auf ihrem Hut den ausgestopften Vogel mit seinem runden leeren kleinen Glasauge. Und sah, wie sich dieses Auge schloß und wieder öffnete – der Vogel lebte. Es war eine Taube – ich hatte die DOVE LADY! Und irgendwo hinten in der Menge befand sich wahrscheinlich Z, der ihr nachstarrte. Als ich mich nach vorne beugte, um nach ihm zu suchen, schob sich ein großes

rosarotes Etwas in mein Blickfeld und versperrte mir die Sicht. Und inmitten dieses großes rosaroten Rades war das Gesicht des Jotta Girls, das zu mir aufschaute und sagte: »Was in aller Welt tun Sie?«

Ich gestikulierte mit dem Arm und wollte, daß sie zur Seite trat, was sie auch tat, aber die Menge hatte sich – wie die beweglichen Teile eines Kaleidoskops – weiterbewegt; Z und meine Möglichkeit, ihn zu sehen, waren verstrichen, vorbei.

Als ich meine Filmrolle zurückerhielt, ließ ich diesen Teil des Fotos vergrößern. Hier ist er; das ist der Moment, wo die Linse meiner Kamera sie sah. Ich blinzelte in den kleinen briefmarkengroßen Sucher, als meine Kamera die DOVE LADY festhielt – sehen Sie den lebenden Vogel auf ihrem Hut? Und als ich vom Sucher wieder aufblickte, sah ich nichts als die große rosarote Fläche des Hutes des Jotta Girls. Ich hatte sie nicht gesehen, jetzt war sie an mir vorüber, und der Moment war vorbei.

»Ein Taxi«, sagte ich brüsk und trat zum Straßenrand, wo ich die hintere Tür eines großen roten Wagens aufriß. Dann ließ ich das Jotta Girl einsteigen, rief zum Fahrer »Plaza Hotel«, warf die Tür zu und entfernte mich, während er sich in den Verkehr des Broadway einreihte und bevor mir etwas herausrutschen konnte, das ich besser nicht gesagt hätte.

Ich drehte mich um; auf dem Gehweg konnte ich noch den Hut der DOVE LADY und die erstaunten Gesichter der Fußgänger sehen, als sie den lebenden Vogel erkannten. Ich wußte, wohin sie ging. Ich hatte ihr Bild im Foyer des Fifth-Avenue-Theaters gesehen, auf jeder Schulter einen Vogel. *Das* war unsere Bird Lady, eine Varieté-Schauspielerin; jedes Interesse, alles Geheimnisvolle an ihr war verschwunden. Ich wandte mich um, ging zum Hotel zurück und versuchte mich zu beruhigen; es war nicht der Fehler des Jotta Girls gewesen.

Es waren zwanzig Blocks zu gehen; als ich in die Hotellobby kam, ging es mir wieder besser – das Jotta Girl wartete auf einem Stuhl neben den Aufzugstüren. Keine Reaktion auf mein unschuldiges Lächeln. Sie stand einfach auf; als sich die Aufzugstür öffnete, trat sie mit mir ein und sagte: »Zehnter

Stock, bitte.« Dann starrte sie nur auf den Rücken des Fahrstuhljungen, bis er im zehnten die Tür öffnete.

Die Türen schlossen sich, sie drehte sich zu mir um und sagte mit eisiger Stimme: »Nun, ich *verlange* eine Erklärung für Ihr erstaunlich rüdes Verhalten.« Im Korridor bog ein Mann um die Ecke und kam auf uns zu; in seiner Hand baumelte der Zimmerschlüssel. »Warten Sie.« Sie ging voraus, vorbei an zwei geschlossenen Türen, griff in ihre Handtasche, holte einen Schlüssel heraus, beugte sich nach vorne, um die Tür zu öffnen, und hieß mich mit einer Bewegung des Kinns eintreten. Nachdem sie die Tür hinter sich geschlossen hatte, ging sie an mir vorbei – ein großes Zimmer, größer als meines – und baute sich vor mir auf.

»Nun?«

Ich war bereit. »Es tut mir außerordentlich leid. Ich entschuldige mich. Aber ich kann Ihnen nicht viel erzählen. Ich bin … eine Art Detektiv, könnte man sagen. Ich suche nach jemandem. Ich wollte gerade in das Taxi einsteigen, als ich dachte, ihn gesehen zu haben. Das ist alles. Also schloß ich die Tür –«

»Sie haben sie zugeworfen.«

»Das kann sein. Aber ich war in Eile und hatte keine Zeit für Erklärungen, um ihn nicht zu verlieren.«

»Und – war es Ihr Mann?«

»Nein. Es war der falsche.«

Sie trat auf mich zu und schaute mir in die Augen. »Si, ist das wahr?«

»Gewissermaßen ja. Es kommt der Wahrheit sehr nahe.«

Sie schaute mich an, dann tat sie etwas, was Frauen manchmal tun: sie legte ihre Hände auf meine Schultern, ihre Unterarme berührten meinen Brustkorb. Dies hatte Auswirkungen auf meine Arme; ich konnte sie nun nicht einfach so hängen lassen. Es hing also nicht von meinem Willen ab, bestimmt nicht! Sie war so nah, daß ich ihr Parfüm riechen konnte, und sie sah *so gut* aus, daß meine Arme sich einfach hoben, sie umarmten und ich sie küßte, bevor ich mich wieder unter Kontrolle hatte – fest küßte und eng an mich heranzog. Dann – der kleine Mann in meinem Kopf kämpfte mit den Kontrollapparaturen, hängte sich an die Hebel und Schalter – und ich, oh, ich wollte es nicht, ich war mir so bewußt, daß *ich es nicht wollte* – ich ließ meine Arme sinken und trat schnell zurück. »Ich wollte es nicht. Es war nicht beabsichtigt.«

Sie lächelte nur und nickte. »Ich weiß. Aber ich wollte es. Es ist mein Fehler. Sie sind ein treuer Ehemann, nicht? Gut, setzen Sie sich, Si. Ich stelle Ihnen nicht nach.«

Ich konnte nicht schreiend aus dem Zimmer stürzen, also ging ich zu einem Sessel am Fenster hinüber. »Ja, verdammt noch mal, Sie sind schuld. Sie sind zu attraktiv. Viel zu attraktiv.«

»Ich nehme nicht an, daß Sie mir langsam mein Kleid ausziehen wollen –«

»Hey! Halten Sie den Mund, okay? Halten Sie einfach den Mund.«

»Natürlich würde ich Ihnen dabei helfen. Ich würde die Knöpfe –«

»Hören Sie auf.«

»Okay. Aber es ist schade.«

Ich nickte nicht, schüttelte aber auch nicht den Kopf, denn es war wirklich *zu* schade. Warum war ich so? Warum konnte ich das nicht – mich völlig von allem anderen lösen. Eine Art kleine isolierte Insel, die keinerlei Verbindung ... genug, genug; ich stand auf. »Mein Gott, schauen Sie auf die Uhr.«

»Okay, ich lasse Sie gehen.« Sie ging zur Tür und – die Hand auf dem Türknauf – wandte sich dann mir zu. »Aber wissen Sie, warum ich hier bin, Si? In New York? Ich bringe eine kleine Erbschaft durch, das ist alles. Ich verschwende sie, um ein wenig Spaß zu haben. Warum lassen Sie mich Ihnen nicht helfen? Ich habe Zeit, und es muß etwas geben, wobei ich Ihnen behilflich sein kann.«

»Klar«, sagte ich. »Schön, okay.« Sie öffnete die Tür; ich machte einen kleinen Auftritt aus meinem Abgang – als ich mit ängstlichem Gesicht an ihr vorbeihuschte, tat sie so, als wollte sie auf mich losspringen, und wir lächelten. Dann ging ich, noch immer lächelnd, zu meinem nur drei Türen entfernten Zimmer; ich mochte das Jotta Girl wirklich.

20

Ich mußte den Abend totschlagen, eine Aufgabe, die, wie es zunächst schien, kaum zu bewältigen war; es wollte einfach nicht neun Uhr werden. Mit einem Stapel Zeitungen bewaffnet, lag ich ohne Schuhe auf dem Bett und hatte mir hinter den Rücken Kissen gestopft. Aber die *World,* der *Express,* die *Tribune* und die *Post* glichen den fremden Zeitungen, die man im Urlaub kauft; sie sahen seltsam aus, besaßen die falsche Schrift und Schlagzeilen über Leute und Ereignisse, die mir fremd waren. Selbst die Comics waren mir fremd: ›Boot McNutt‹ ... ›Lady Bountiful‹ ... ›Foxy Grandpa‹ ... ›Buster Brown‹ ... ›Maud, the Mule‹. Und sie waren überhaupt nicht witzig.

Ich hatte die neue *Variety* und suchte nach wie vor nach Tessie und Ted, fand aber nichts. Ich durchsuchte das *Artists' Forum* und die Ecke mit den Leserbriefen: nichts. Einer der Briefe lautete: *Cleveland, Ohio, an den Herausgeber der* Variety: *Ich bitte um Richtigstellung des Berichts über Cleveland. Die Wahrheit ist, daß ich bei meinem Auftritt im Grand diese Woche der größte Lacherfolg war. Die unterzeichnenden Künstler derselben Veranstaltung bestätigten diese Tatsache. Sam Morris.* Darunter fügte die *Variety* an: *Die Künstler, die den Brief unterzeichnet haben, sind: Frank Rutledge, J. K. Bradshaw, Grace Bainbridge, The Four Bucks, Don Fabio, Miller and Mack, Onri Orthorpe and Co., und Wm. H. Rorkoph, Bühnendirektor.*

Die *Variety* der letzten Woche lag auf der Heizung; ich holte sie nun und schlug, auf der Bettkante sitzend, die Seiten mit den Rezensionen aus anderen Städten auf. Enggedruckte

Berichte von Varieté-Vorstellungen aus den ganzen Vereinigten Staaten, Stadt für Stadt, Theater für Theater, Hunderte von kurzgefaßten und doch detaillierten Berichten – von Lokalreportern geschrieben, die, wie ich mir vorstellte, von *Variety* schlecht bezahlt wurden. Schließlich fand ich *Cleveland, O.*, dann, weit unten in der Mitte der langen Spalte: *Grand (J. H. Michel, mgr; Agent, U. B. O.: Montagsvorstellung 10) – Don Fabio, guter Schlangenmensch, Miller and Mack, annehmbarer Gesang und Tanz; Frank Rutledge and Co.; featuring Grace Bainbridge in ›Our Wife‹, gefiel; Onri Orthorpe and Co., spektakuläre Tänzer; Sam Morris, deutscher Monolog, fand kaum Anklang; Four Bucks, gute Radfahrer.*

Dann setzte ich mich auf mein Bett zurück und dachte über Sam Morris nach, der nach unten eilte, um sofort seine *Variety* zu kaufen, sobald die Zeitungen beim Zeitschriftenstand in seinem Hotel waren. Nahm sie mit in eine Ecke der Lobby, wo er all die Seiten mit den kleingedruckten Rezensionen, schließlich Cleveland und schließlich das Grand fand, und dann seinen eigenen Namen ... gefolgt von den drei vernichtenden Worten *fand kaum Anklang*. Es fiel nicht schwer, sich sein Gesicht vorzustellen – Schmerz, Wut, vielleicht Angst. Dann zum Schreibtisch in der Lobby, die kurze Mitteilung, die er zum Grand trug und jedem Künstler der Vorstellung zeigte (›Klar, Sam, unterzeichne ich gern. Laß dich von diesem Provinzrezensenten nicht fertigmachen!‹). Schließlich ging Sam Morris sogar zum Bühnendirektor, damit auch er seinen Protestbrief unterzeichnete. Ein hartes Leben. O Tessie und Ted.

Immer noch nicht zehn Uhr; die Zeit war eingefroren, Einstein hatte recht. Ich überlegte, ob ich nicht den Gang entlangschlendern, an die Tür des Jotta Girls klopfen und sagen sollte: »Hi! Fragte mich gerade, was Sie tun?« Aber Julia wäre damit nicht einverstanden gewesen. Ebensowenig Willy. Rover hätte es wahrscheinlich in Ordnung gefunden, aber seine moralischen Ansichten standen hier nicht zur Debatte; also blieb ich einfach liegen und dachte an England.

Nach einer Weile ging ich zum Fenster und sah hinaus. Der Himmel war einen Blick wert: klar und sauber, ein schönes tiefes Blau, das über dem Park lag, und drüben im Westen, über dem Hudson, ein letzter Rest von Tageslicht, der einfach nicht gehen wollte. Und dann, hinter der Ecke zur 5th, das Tröten einer birnenförmigen Gummihupe: *l'heure bleu*, verheißungsvoll; ich öffnete das Fenster, lehnte mich in diese neue Nacht hinaus und war glücklich.

Schließlich wurde es doch noch zehn Uhr. Ich ging hinunter, ohne Hut und ohne Mantel. Mich fröstelte ein wenig, doch dem war nun nicht zu helfen. Vor den Stufen zum Plaza trottete ich auf und ab und nahm ein Taxi, ein rotes, hinunter zum Madison Square.

Broadway und 5th Avenue kreuzen sich unterhalb des Madison Square und bilden an der 23rd Street ein riesiges X, so daß der Broadway plötzlich östlich der 5th verläuft. Und an diesem Dreieck steht dieses eigenartige Gebäude, das Flatiron Building, das genau in den Zwischenraum paßte. Die Nachbarschaft, tagsüber gnadenlos lärmend, war nun um 10 Uhr 25 fast still. Ich konnte meine Schritte hören, während ich die 5th Avenue an der Westseite des Gebäudes entlangging. Als ich dann um die schmale Spitze – den Bug – des Gebäudes schritt, konnte ich in nördlicher Richtung die fernen Lichter des nächtlichen Broadways mit seinen Hotels und Theatern erkennen. Aber um den Bug herum, in südliche Richtung des Broadways, lagen nur die dunklen Geschäftsfassaden und ausgestorbenen Bürogebäude vor mir.

Ein guter Treffpunkt, aber ich hatte genug von den Erkundigungen; es gab nichts mehr, das ich hier erfahren konnte. Also um die breite Rückseite des Gebäudes und wieder nach Norden zur Spitze, aber dann ging ich – auf der Höhe des kleinen Geschäfts im Erdgeschoß des abgerundeten Bugs – über den Broadway zum dunklen Grün des Madison Square. Dort setzte ich mich auf eine Bank und starrte hinüber zum Flatiron Building.

Nein: es gab keine Möglichkeit, an die Männer heranzukommen, die dort drüben an der Wand des Gebäudes auf dem verlassenen Gehweg standen. Konnte ich vielleicht, als ein später Spaziergänger, einfach an ihnen vorbeischlendern und ihre Gesichter erkennen? Nicht, wenn sie es nicht wollten und sich einfach wegdrehten, bis ich vorüber war. Meine

Gedanken schweiften ab: Ja, es sah von hier aus wirklich wie ein hohes Schiff aus Stein aus, das jeden Moment den Broadway oder die 5th Avenue hinauffahren konnte. Ich holte meine Uhr heraus, deren Zifferblatt unter dem Licht der dunklen Laterne kaum sichtbar war. Elf Minuten vor elf; ich mußte etwas tun, stand auf, überquerte erneut den Broadway und blieb neben dem Gebäude stehen. Was nun? Ich war am Flatiron zahllose Male vorbeigegangen, aber nun, als ich direkt daneben stand, besah ich mir zum ersten Mal die Oberfläche; es bestand aus Steinquadern, die mit Mörtel in den Fugen zusammengehalten wurden. Ich langte nach oben, faßte mit den Fingern in die schulterhohe Spalte, setzte die Längsseite meines Schuhs in die erste Fuge über dem Gehweg, streckte mein Knie und hing an dem Gebäude, etwa zwanzig Zentimeter über dem Gehweg. Und wußte, daß ich es sofort wieder tun mußte, bevor ich anfangen konnte, darüber nachzudenken.

Abwechselnd gingen meine Hände zur nächsthöheren Spalte, linke Zehe in die nächste Fuge, Knie durchgestreckt. Und sofort wieder, dann wieder; der rauh behauene Stein wetzte an meiner Kleidung, zerrte an den Knöpfen, strich über meine Wange und fühlte sich kalt an.

Wie eine Krabbe kletterte ich nach oben, klebte an der Fassade des Flatiron Building. Ich wagte nicht zu denken und schob jeden Gedanken beiseite, bis ich mit dem Kopf sanft gegen die Unterseite des Steinsims stieß, der sich um das gesamte Gebäude zog. Dort hing ich, es ging nicht mehr weiter: Ich konnte fallen, etwa zehn Meter tief, dachte ich, und, nein, nicht getötet werden – das glaubte ich kaum, vielleicht. Aber sicherlich konnte ich mir die Knochen brechen, die Schulter zerschmettern, wenn ich unglücklich aufprallte, oder, ja, auch das konnte passieren, den Schädel einschlagen. *Nicht denken, tu es einfach;* langsam ließ ich mit der rechten Hand los, hob sie hoch, die Knöchel fuhren über die Unterseite des vorspringenden Steinsims, dann darüber, meine Hand krallte sich an die Kante. Nun, sehr schnell, die andere Hand, denn meine Füße hatten nun keinen Halt mehr – ich baumelte und hing über dem Gehweg – und schnell, bevor die Kraft meiner Arme nachließ, zog ich mich nach oben, schob das Kinn über die Simskante und dann den ganzen Oberkörper; die Beine baumelten noch, aber ich war sicher und glücklich vor Erleichterung.

Jetzt zog ich auch die Knie hoch, bis ich auf dem kleinen Steinvorsprung saß, der – zur Freude jedes Fensterputzers – um das ganze Gebäude ging.

Einen Augenblick, einige wenige Sekunden, in denen ich mir selbst gratulierte, saß ich dort oben im Dunkeln an der Fassade des Flatiron Building, den Rücken bequem gegen die Mauer gelehnt, zwischen zwei dunklen Bürofenstern, deren Schriftzüge ich dort über meiner Schulter nicht lesen konnte. Nur einen Augenblick, dann fiel mir blitzartig ein: *Auf welcher Seite des Gebäudes treffen sie sich?*

Ich saß an der Broadway-Seite und erhob mich nun; es war ziemlich dunkel hier oben, die Straßenlichter drangen nicht bis hier hinauf. Der Sims war weiß, soviel konnte ich sehen. Ich begann um das Gebäude zu gehen, zu patrouillieren. Ich fühlte mich wie ein Idiot, der dort oben im Dunkeln langsam immer und immer wieder um das Flatiron Building schlich und die leeren Bürgersteige beobachtete; sorgfältig darauf bedacht, nicht zu stolpern; fast schlurfte ich über den Stein. Es wurde kalt, eine frische Brise. Es mußte elf Uhr sein – wo *waren* sie?

Dann langsam um den Bug, kaum hob ich die Füße. Ein einsamer Fußgänger kam nun über die 5th Avenue. Aber er kam nicht hierher, er schaute nicht einmal herüber. Ich bog um die Ecke der 23rd Street und ging weiter. Nichts.

Nun entlang der Ostseite des Broadways; die geschäftigen Lichter lagen weit vor mir. Wieder zurück zum Bug, und dann blieb ich stehen: wie eine Galionsfigur, die in die falsche Richtung blickte, stand ich da und beobachtete sowohl den Broadway und die 5th Avenue.

Und dann erschien plötzlich jemand auf der 23rd Street, überquerte nun den Broadway und ging auf das Gebäude zu. Ich erkannte ihn, wie ihn jeder erkannt hätte, als er in den Kreis fahlen orangefarbenen Lichts trat, das unter der Straßenlaterne auf dem Gehweg lag. Ich hatte diese Figur unzählige

Male in alten Schwarzweißfilmen gesehen – die entschlossenen Bewegungen, die Kraft, die im Zurückwerfen des großen Kopfes lag. Und nun, als das Straßenlicht für einen kurzen Moment auf ihn fiel, sah ich die vertrauten kleinen runden Brillengläser und den dunklen weitkrempigen alten Hut.

Er blieb neben der Wand des Gebäudes stehen, der Hut drehte sich mit dem Gesicht darunter, als er nach Norden blickte. Mein Kopf ging ebenfalls in diese Richtung; und nun kam der andere, aus Norden, überquerte den Broadway und kam auf uns zu. Ich eilte auf dem Sims geräuschlos – oder fast geräuschlos – dorthin, wo sie unter mir standen.

»Nun, mein Junge. Wie immer pünktlich«, sagte die keineswegs tiefe und fast dünne Stimme.

»Das versuche ich, Sir.«

»Und Sie genießen New York? Aber natürlich tun Sie das.«

»Immer, wie Sie wissen. Sir, ich hätte zu Ihren –«

»Nein, zu viele Reporter lungern diese Tage herum. Sie müssen Sie nicht unbedingt ankommen sehen. Ich bin einfach durch die Hintertür entwichen, und dann die – Sie kennen den Weg.«

»Ja, Sir.«

Dann Schweigen, nur der Schwerere der beiden bewegte sich; er war groß, aber nicht so groß wie der andere. *Wir hatten recht, Rube: Z ist groß.* Und nun etwas Weißes, in der Hand. »Ich habe diesen Nachmittag daran gearbeitet und glaube, daß Sie recht haben, Sie werden Ihr Ziel erreichen.« Die Hand des Größeren ging vor und nahm die Papiere. »Sie haben Howard's?«

»Ja, Sir.« Er steckte die Papiere weg.

»Dann viel Glück, mein Junge. Viel Glück, und seien Sie vorsichtig.«

»Immer.«

»Nein, nicht immer.« Beide lachten ein wenig. Dann, abrupt und plötzlich, fast ein wenig verlegen, schien es mir: »Viel Glück.« Noch einmal, und ein kurzer Handschlag. Dann wandten sich beide ab. Ich stand auf meinem idiotischen Steinsims und starrte erst auf den einen, dann auf den anderen der zwei dunklen Hüte mit dem breiten Krempen, das war alles, was ich sah – was ich von dort oben sehen konnte, dem einzigen Ort, wo ich mich verstecken konnte. Dort ging er, der fast stattliche alte Mann, den Weg zurück, den er gekommen war, und verschwand in der 23rd Street. Und dort, über den Broadway zum Madison Square, ging Z, Nacken und die Rückseite seines Mantels verschwanden zwischen den Bäumen. Ich stand dort oben an der Fassade des Flatiron Building und überlegte, was es zu bedeuten hatte. Z war nun für immer verschwunden, keine andere Spur war mehr übrig. Der große Krieg? Nun, die Vorstellung, daß ein einziger Mensch dieses enorme Ereignis verhindern konnte, war mir niemals als realistisch, eher als absurd erschienen; ich zuckte mit den Schultern und begann, zum Gehweg hinabzuklettern. Aber was sollte dann mit Willy geschehen? Ich wußte es nicht; ich mußte darüber nachdenken.

Keine Taxis dort unten; ich wandte mich vom großen steinernen Flatiron ab und begann zu gehen. Z war verschwunden, aber Tessie und Ted waren hier, oder? *Ja,* hier in New York von 1912. Auf dem Broadway, wie es immer hieß. Warum also hatte ich sie nicht gefunden? Ich überquerte die 23rd Street, blickte nach links und sah die Lichter des Fifth Avenue Theatre, einen kurzen Block westlich gelegen. In diesem Moment verloschen sie; regungslos stand ich am Bordstein, denn ein wenig weiter leuchtete ein einsames Licht, eine runde weiße Kugel, die noch, wie mir nun bewußt wurde, über dem Bühneneingang brannte. Ich zögerte. Ich wollte *nach Hause,* ich wollte zu meiner Familie; heute nacht könnte ich heim, über die Brooklyn Bridge, und innerhalb einer Stunde … Aber ich ging nach links und ging den kurzen Block zum runden Licht.

Ja. Auf der grünen Holztür stand: *Bühne.* In ausgeblichenen weißen Lettern; ich stand davor, betrachtete sie und wußte nicht, was ich tun sollte. Plötzlich öffnete sich die Tür, eine junge Frau trat schnell heraus. Sie wußte genau, wohin sie wollte; auf ihrem Gesicht war noch Make-up, so daß mir klar war, daß sie an der Vorstellung teilgenommen hatte. Ich atmete kurz ein, drückte die offene Tür mit dem Zeigefinger auf, wartete und ging vorsichtig hinein.

21

Ich ging einen kurzen dunklen Korridor entlang, drei Stufen aus Holz hinauf, und sah dann – ich habe dies später aus dem Gedächtnis gezeichnet – einen schlafenden Mann an der Bühnentür. Sollte ich mich an ihm vorbeischleichen? Nein. Ich wußte nicht, wohin ich wollte oder was ich hier tat: Sie hätten mich gefunden und hinausgeworfen. Ich schaute ihn mir an, dann zog ich meine Brieftasche heraus – alles mit vorsichtigen Bewegungen –, nahm einen Zwanzigdollarschein und faltete ihn zweimal. Ich hielt ihn in meiner geschlossenen Faust, bemühte mich, ein freundliches Gesicht, ein harmloses Lächeln aufzusetzen, und klopfte dem Mann auf die Knie.

Er rührte sich nicht, sondern öffnete nur ein wenig die Augen – er gab vor, nicht geschlafen zu haben. Ruhig sah er mich an. »Entschuldigen Sie«, sagte ich, »aber ich frage mich, ob es nicht möglich wäre ...« Was? Ich nannte den einzigen Namen, den ich hier kannte. »Die DOVE LADY zu sehen.«

Er schüttelte den Kopf, fragte mich, wer ich sei und so weiter, ich aber, ohne auf die Hand zu schauen, so, als handelte sie unabhängig von mir, gab ihm den gefalteten Geldschein. Er sah auf den Schein, dann zu mir – seine Augen wurden hart, und ich verstand. Ich hatte einen Fehler gemacht; er hatte den Yellow Back gesehen und die große *20*; es war zuviel, wahrscheinlich mehr als zehnmal zuviel, und das machte ihn argwöhnisch. Aber er starrte auf den Geldschein in seiner Hand, zögerte und stand dann auf. »Warten Sie hier.«

Der kleine, mit einem Holzboden ausgestattete Raum, in dem er mich zurückließ, maß etwa drei mal drei Meter. Zu meiner Rechten sah ich die dunkle Bühne und die Kanten der vielen Kulissen, mysteriöse Seile gingen in die Dunkelheit hinauf. Vom Korridor, den mein Türsteher entlanggelaufen war, hörte ich eine Frau singen. Hörte das leichte, erfahrene, warmherzige Lachen eines Mannes. Hörte einen Mann – nicht ernstlich – fluchen. Die Wand links von mir bestand aus unverputzten Ziegelsteinen, daran hing ein schwarzes Brett, zu dem ich nun hinüberging, um die Nachrichten zu lesen.

Eine bestand aus einer gedruckten Liste der Aufführungen, mit den Zeiten der Nachmittags- und Abendvorstellungen. Eine auf Pappkarton gedruckte Notiz – ich hatte Zeit, sie abzuschreiben – lautete folgendermaßen: *Gebrauchen Sie auf dieser Bühne keine Ausdrücke wie ›Hurensohn‹ oder ›Arsch‹ oder ›Herrgott‹, wenn Sie nicht wollen, daß Ihnen sofort gekündigt wird. Sprechen Sie niemanden im Publikum direkt an. Sollten Sie nicht über die Fähigkeit verfügen, Mr. Keiths Publikum zu unterhalten, ohne es zu beleidigen, dann tun Sie, was in Ihrer Macht steht. Mangel an Talent wird weniger getadelt werden als die Beleidigung eines Zuschauers. Sollten Ihnen, was Ihre Vorstellung betrifft, Zweifel erwachsen, dann sprechen Sie mit dem Direktor, bevor Sie die Bühne betreten; denn sollte es vorkommen, daß Sie auf der Bühne etwas Gotteslästerliches oder bloß Anzügliches äußern, dann werden Sie sofort aus dem Ensemble ausgeschlossen und bei keinem Theater mehr ein Engagement bekommen, das unter der Leitung von Mr. Keith steht.*

Oben am Rand des Holzrahmens hatte jemand in sauberer Druckschrift geschrieben: *Schmutzige Wäsche erst nach der ersten Vorstellung zur Reinigung bringen.* Auf der weiß gestrichenen

Holzoberfläche des Brettes gab es weitere Nachrichten, die entweder mit Bleistift oder mit Tinte geschrieben waren. *Geben Sie nicht dem Orchester die Schuld, es ist in der Gießerei fleißig am Proben ... Gott, was für eine kleine Bühne ... Wo bleibt die Post? ... Wir wissen, daß das Theater auf den Hund gekommen ist, aber wie ist eure Show? ... Die Garderoben werden jeden Sommer geschrubbt ...* Oben an der Ecke war eine Visitenkarte angeheftet: *Mitteilungen an die Zeno Brothers, Akrobaten, können an BILLBOARD geschickt werden.* Eine Inschrift lautete: *Luke Mason von ›The Josh Wilkins Company‹ ist Amerikas größter Komödiant.* Mit Bleistift auf einem kleinen Papierrechteck, das sorgfältig von einem Briefumschlag abgetrennt worden war: *Flo De Vere, von der ›Belle of Boston Company‹, grüßt die Wrangler Sisters von ›The Merry Marauders Company‹.* Eine gedruckte Liste von Pensionen: über zwanzig Adressen, die meisten davon in den dreißiger und vierziger Straßen West. Daneben, in Bleistift, ein halbes Dutzend weitere, mit Kommentaren: *Gut ... Gutes Essen, aber zu wenig ... Ein Loch – nur für Akrobaten.* Ich hörte den Mann zurückkommen; als ich mich umdrehte, wies er mit dem Daumen über die Schulter und sagte: »Machen Sie schon.« Und ging an mir vorbei zu seinem Stuhl; ich bekam Lust, meine zwanzig Dollar zurückzufordern.

Den gleichen Korridor entlang, dann nach rechts in einen breiteren Gang, der zu den Garderoben führte und parallel zur Bühne lief – glaube ich; es war alles ein wenig verwirrend.

Der Gang und die Garderoben waren voller Menschen – die Künstler der heutigen Vorstellung, wie ich annahm. Ich ging an ihnen vorüber, spähte in die Garderoben und drängte mich fasziniert an den Leuten im Gang vorbei. Die meisten ignorierten mich, nickten allerdings, wenn sich unsere Blicke trafen. War es okay, in ihre Garderoben zu schauen? Ich wußte nicht, wie ich die DOVE LADY hätte sonst finden können. Dann entdeckte ich sie: Sie saß am Tisch, mit dem Rücken zur Tür, sah mich allerdings im Spiegel – sie war ausgehfertig. An der Wand standen drei zylinderförmige Vogelkäfige, die mit einem Tuch abgedeckt waren. Ich blieb an der Tür stehen. »Treten Sie ein«, sagte sie; ich dankte ihr, daß sie mich empfing. »Und was kann ich für Sie tun?«

»Es soll irgendwann in diesem Monat eine Varieté-Vorstellung in New York geben. Ich muß sie sehen, weiß aber nicht, wo sie stattfindet. Oder wann. Oder wie ich sie finden soll.«

Sie wartete einen Moment, ob noch mehr kommen würde, dann sagte sie: »Sie wissen, wie die Künstler heißen, hoffe ich.«

»Tessie und Ted.«

Sie dachte darüber nach und schüttelte den Kopf. »Kenn' sie nicht. Was machen sie?«

»Nun, sie singt, denke ich. Und er spielt Klavier und tanzt.«

»Und wie kommt es, daß Sie mich danach fragen?«

»Nun, ich konnte es mir zwischen den Fahrradakrobaten, Joe Cook, Kraus und Raus und den anderen auswählen, und Ihr Photo war das hübscheste.«

»Oh, wirklich!« Sie lächelte nun. »Nun, es sollte nicht schwer sein, das herauszufinden.« Sie nahm ein Exemplar des *Variety*, das auf dem Tisch lag, schlug es auf, blätterte einige Seiten um, schlug dann eine Seite mit kleinen Lettern auf und gab es mir. »Werfen Sie einen Blick hinein; Sie können selbst sehen, ob sie dabei sind.«

Programm der nächsten Woche, Varieté-Theater mit drei oder weniger Aufführungen täglich. Alle Häuser täglich geöffnet, einschließlich der Montags-Matinée, falls nicht anders aufgeführt. Darunter war die Seite eng bedruckt und mit vielen Symbolen versehen. *Unter Orpheum aufgeführte Theater ohne weitere Beschreibung gehören zur Orpheum-Theaterkette. Unter S-C aufgeführte Theater, gefolgt von den Namen in Klammern, gehören zur Sullivan-Considine-Kette ... (P) Pantage-Kette ... (Loew) Marcus-Loew-Kette* ... Eine Welt, die mir vollkommen fremd war.

New York lautete natürlich die erste Überschrift. Und das erste Theater, das aufgeführt war, war dieses hier, das Fifth Avenue. Diesen Montag spielten: *The Doyle Familie ... Kraus und Raus ... Smith, Smith, Smith and the Sithies ... Vernon und Vernon ... The Back Fence Banshees ... Madam Zelda ... THE DOVE LADY ... Joe Cook ... Merlin the Great.*

Unter dem American (Loew) eine weitere lange Liste ... eine andere unter dem Colonial (UBO) ... und so weiter, Dutzende und Aberdutzende von Varieté-Aufführungen in dieser Woche, alleine in New York, Brooklyn und der Bronx. Aber keine mit Tessie und Ted. Nach New York ging die Aufzählung in alphabetischer Reihenfolge weiter, Aufführungen, die diesen Montag in Atlanta, Georgia anliefen ... in Atlantic City (Young Pier's), und in Oakland, Plattsburg, Portland, Pueblo ...

Die Aufzählung ging auf der nächsten Seite weiter ... und dann auf einer dritten: Hunderte – Tausende, soweit ich es überblicken konnte – Varieté-Aufführungen, die diese Woche in den gesamten USA stattfanden. Mehr, als jemand jemals lesen konnte.

»Haben Sie sie gefunden?«

»Nicht in New York.« Ich wollte ihr die Zeitschrift zurückgeben.

»Behalten Sie sie, wenn Sie wollen. Ich habe sie bereits gelesen.«

»Ich wußte nicht, daß es so viele Varieté-Veranstaltungen gibt. Und ich würde sie gern alle sehen.«

»O nein, das wollen Sie bestimmt nicht. Das hier sind die großen, mit zwei oder drei Aufführungen pro Tag. Aber es gibt auch kleine – mit sechs oder sieben Aufführungen am Tag. So was ist mörderisch, glauben Sie mir. Und es gibt die dazwischen, die vier, fünf Aufführungen am Tag haben. Und große Kleine, kleine Große, mittlere Große, große Große.« Sie lachte und sah mich im Spiegel an. »Ich scherze, aber es gibt etwa zweitausend Varieté-Theater in den USA. Und das sind alle Arten von Varietés, von denen Sie viele niemals sehen wollen. New York hat natürlich die besten. Wenn Sie das Varieté lieben, dann sind Sie hier am richtigen Ort. Sie sind sich sicher, daß Ihre Aufführung in New York läuft?«

Ich nickte.

»Nun.« Ein letzter Blick in den Spiegel; dann machte sie das Licht aus, stand auf und strich über die Vorderseite ihres Kleides. »Ich gehe nun nach Hause. Das heißt, in meine Pension. Wenn Sie mitkommen wollen, dann mache ich Sie mit jemandem bekannt, der Ihnen vielleicht etwas über Tessie und Ted erzählen kann.«

»Gerne«, sagte ich. Sie hob den Zipfel eines Tuches über den Käfigen, ich hörte das Rascheln von Gefieder, sie sagte »Gute nacht, Hühnchen«, und wir gingen. Draußen ging sie zielstrebig auf einen wartenden Einspänner zu. »Abend, Miss Boothe.«

»Guten Abend, Charley. Ins traute Heim heute.« Sie stieg ein, während ich zur anderen Seite hinüberging. Der Kutscher schnalzte mit der Zunge, spannte die Zügel, und wir fuhren auf der 28th Street los, in westliche Richtung. »Ich mag keine Automobile«, sagte die DOVE LADY. »Sie stinken.«

»Ja, aber das tun Pferde auch.«

»Aber sie stinken angenehmer.«

»Ja.« Das dachte ich auch. »Ich mag die Kutschen. Sie sind schön und langsam, so daß man die Dinge wirklich betrachten kann.«

»Und man hat Zeit zum Nachdenken. Wie heißen Sie?«

»Simon Morley. Si.«

»Okay, Si. Ich bin Maude. Maude Boothe.«

Wir klapperten über das Kopfsteinpflaster unter der Hochbahn der 6th Avenue und der über uns liegenden Haltestelle und fuhren dann hinüber zur 7th Avenue. Als wir dort einbogen, mußt sich auf meinem Gesicht ein Ausdruck des Erstaunens gezeigt haben, denn vor uns stand die Penn Station in all ihrer Pracht. Ich lehnte mich nach vorne, um sie zu sehen; große hohe Fenster, die in der Nacht leuchteten. »Schön, nicht?« sagte Maude Boothe. Ich nickte. Oh, ja. »Das letzte Mal bin ich dort angekommen«, sagte sie. »Innen ist sie wunderbar. Wenn man sie sieht, ist man stolz, in New York zu leben.« Wieder nickte ich; wir fuhren nun daran vorbei, ich drehte meinen Kopf, um die neue weiße Fassade vorbeigleiten zu sehen.

Irgendwo in den dreißiger Straßen bogen wir nach Westen in einen langen Block vierstöckiger brauner Sandsteinhäuser, die alle mehr oder weniger gleich aussahen. Wir blieben vor einem stehen, neben einer Straßenlaterne, ich richtete mich auf und machte Anstalten, zu zahlen. Doch sie winkte mich fort, ich stieg aus und wartete, um ihr herauszuhelfen. Zwei Männer in Pullovern und Mützen saßen auf der Treppe und beobachteten uns: der eine ältlich oder alt, der andere ungefähr vierzig. Die Droschke entfernte sich und Maude Boothe sprach die beiden an. »Habt ihr schon mal von Tessie und Ted gehört?«

Sie dachten nach und schüttelten den Kopf. »Kannte einmal eine Tessie Burns«, sagte der Alte. »Burns and Burns, die Brennende-Haus-Nummer. Aber Tessie und Ted? Was machen sie?«

»Gesang und Tanz. Das hier ist Si; er will sie kennenlernen. Si, der Redselige hier, das ist John. Und das Ben, ein Akrobat; die können nicht reden.« Sie grinsten und streckten mir die Hände hin. »Ich gehe nach oben und ziehe mich um«, sagte Maude. »Bleiben Sie hier, wenn Sie wollen. Es sind noch andere hier; irgend jemand wird Tessie und Ted kennen.« Sie ging die Stufen hoch. John, der ältere, sagte: »Setzen Sie sich doch, Si.« Und ich setzte mich auf die Treppe.

»Die *Variety*?« – er zeigte auf meine Manteltasche. »Kann ich sie kurz haben?«

Ich gab sie ihm; zu Ben sagte er: »Bereits das gesehen?« Ben schüttelte den Kopf. »Nun, kennst du LaMont, LaMonts Papageien?«

»Ja. Ich spielte mit LaMont. In Des Moines. Eine Vogelnummer. Laute kreischende Viecher. Nicht so wie Maudes Vögel.«

»Nun, er hat hier in *Variety* ein kleines Problem.« John nahm eine altmodische Brille mit schmalen ovalen Gläsern aus der Hemdtasche, klappte die dünnen Drahtbügel aus und setzte sie mit einer Hand auf. Eine junge attraktive Frau in Sandalen und einem langen gemusterten Kimono mit weiten japanischen Ärmeln trat aus dem Haus, setzte sich auf das obere Geländer, holte aus einer Tasche ihres Kimono ihr Strickzeug heraus und begann zu stricken. »Dolores«, sagte John, »das hier ist Si.« Sie lächelte mir freundlich zu, ich nickte und versuchte, ein ebenso liebenswürdiges Lächeln zustande zu bringen. John hielt Zeitung und Kinn hoch nach oben und drehte seinen Rücken zur Straßenlampe, damit ihr Licht auf die Zeitschrift fiel. »›New York, New York‹«, las er laut vor. »›In der *Variety* der letzten Woche schrieb George M. Young eine Besprechung der Aufführungen bei Keith, Philadelphia, in der er eine Nummer am Victoria erwähnte, die eine Kopie der Papageiennummer LaMonts sein muß, da sonst die Ähnlichkeit der beiden Vorstellungen kaum zu verstehen ist. Ich denke, Mr. Young irrt, wenn er diese Nummer mit LaMonts Papageien vergleicht. LaMonts Papageien machen Purzelbäume, schwingen hin und her – und so fort, was in der anderen Vogelnummer erwiesenermaßen nicht vorkommt. Sämtliche Vögel LaMonts, fünfzig an der Zahl, sind ausgebildet, während die andere Nummer nur aus drei Vögeln besteht, die nur einen Trick aus LaMonts Nummer zeigen, den Glockentrick. Tatsächlich gehört dieser Trick niemand anderem als LaMont. Genauso verhält es sich mit allen anderen Nummern, die ähnlich aufgebaut sind. Sie versuchen, sie nachzuahmen, erreichen aber nicht die Resultate der Papageien LaMonts. Unterzeichnet LaMont‹«. Als er die Zeitschrift zusammenfaltete, um sie mir zurückzugeben, lächelte ich über die unfreiwillige Komik des Briefes. Die anderen aber zeigten keine Regung, schauten mich kurz an und wandten dann ihre Köpfe ab; ich spürte, wie mein Gesicht heiß wurde. Dolores legte versichernd ihre Hand auf meine Schulter. »Nicht Ihre Schuld, Si. LaMonts Brief klingt wirklich komisch. All diese Spitzfindigkeiten. Aber seine Nummer ist alles, was er hat, verstehen Sie. Einfach alles, sie ist sein Leben, ohne sie wäre er nichts. Und uns allen geht es ebenso. Er muß seine Nummer beschützen. Aquisiteure lesen diese verdammten Berichte, darauf können Sie wetten, *Aquisiteure*. Also kann LaMont nicht zulassen, daß seine Nummer mit fünfzig Vögeln mit irgendeiner anderen verwechselt wird.« Sie lächelte mir zu. »Verstehen Sie mich?«

Ich nickte, ebenso wie der alte Mann, der sagte: »Man muß um seine Nummer kämpfen. Verdammt, sie stehlen sie sogar dem, der sie selbst bloß gestohlen hat. Hören Sie sich das an.« Er nahm die Zeitschrift von meinem Schoß, schlug dieselbe Seite auf und las vor: »›Chicago. 8. Januar, an den Herausgeber der *Variety*. Betrifft: Brief, der James Neary beschuldigt, Mike Scotts Nummer mit Frack und grüner Strumpfhose und daran befestigten Medaillen gestohlen zu haben. Ich möchte feststellen, daß ich und Tom Ward dies als erste im Odeon Theatre, Baltimore, Maryland, am 13. Februar 1876, zur Aufführung gebracht haben. Unterzeichnet W. J. Malcolm.‹« John grinste mich an und gab mir zu verstehen, daß er dies für komisch hielt. »Kannte einmal jemanden«, sagte er, »der behauptete, er hätte sich die Zeile ›schön, aber dumm‹ ausgedacht. Und jedesmal, wenn er sie woanders hörte, rastete er beinahe aus.« Erneut zog er die *Variety* an seine Brillengläser heran und las: »›London, 19. Dezember. An den Herausgeber der *Variety*. Ich möchte Ihre Aufmerksamkeit darauf lenken, daß Künstler oft darunter zu leiden haben, daß andere Künstler ihre Ausdrucksweise oder ihre Werbesprüche gebrauchen. Meine Tochter Alice Pierce zum Beispiel präsentiert eine Reihe von Stern-›Impressionen‹. Nun mußte ich feststellen, daß auch andere Künstler das Wort ›Impression‹ verwenden. Unterzeichnet M. Pierce.‹«

Ich nickte; diesmal, angesichts des alten Mannes, der sich für seine Tochter einsetzte, lächelte ich nicht. »Wenn sie dir deine Nummer stehlen«, sagte Dolores, während ein junger Mann in Hemdsärmeln und ohne Kragen in der Tür hinter ihr erschien, »dann ist das das Schlimmste, was dir passieren kann.«

»Oh, es gibt Schlimmeres«, sagte der Neue; dann unterbrach Dolores, um uns vorzustellen. Er hieß Al, und auch er hatte nichts von Tessie und Ted gehört. Er setzte sich neben Dolores und fuhr mit seiner Geschichte fort. »Ihr kennt Noble und Henson? Gesang und Kreuzfeuer.« Alle nickten und murmelten zustimmend. »Nun, letzte Woche sah ich Pat im Hoffman House. Er arbeitet im Moment nicht, sagte aber, daß sie bald Engagement hätten. Nun, Pat erzählte mir, daß ihm und seinem Team letzten Sommer vom Orpheum eine wöchentliche Gage von zweihundert angeboten worden war. Am nächsten Tag sollte er den Vertrag unterzeichnen. Er erzählte allen möglichen Leuten davon und traf abends auf einen Typen namens Burt Bender; ihr kennt ihn?« Keiner schien ihn zu kennen. Maude Boothe kam in Pantoffeln und einem dunkelblauen Bademantel heraus und setzte sich Dolores und Al gegenüber. »Nun«, sagte Al, »Burt gehörte zu einem anderen Team, das nicht ganz so gut war wie Noble und Henson.«

»Ich erinnere mich an sie«, sagte Maude. »Spielte mit ihnen einmal in San Francisco.«

»Burt traf Pat Henson und gab gleich mächtig an. Sagte: ›Was hältst du von Beck, will mir fürs Orpheum einen Vertrag über zweihundertfünfzig geben. Mußte sechs Monate für die fünfzig kämpfen.‹« Zwei sehr kleine Frauen, fast Zwerginnen, kamen heraus und setzten sich neben Maude. Ich sah, daß sich zwei Häuser weiter westlich eine ähnliche Versammlung gebildet hatte; und weitere auf der gegenüberliegenden Straßenseite. »Nun, erzählte Pat, nachdem der Aufschneider fort war, dachte er den ganzen Abend darüber nach. Die Benders waren nicht ganz so gut wie sie, was jeder wußte. Doch der Orph-Kreis bot ihnen fünfzig Dollar mehr!«

Die Straße vor uns war leer; kein Wagen war vorbeigefahren, seitdem ich angekommen war, und im gesamten Block war keins geparkt.

»Pat besprach sich mit seiner Partnerin, und am nächsten Tag schlugen sie das Orpheum-Angebot über zweihundert aus. Sie hatten den ganzen Winter keine Anstellung und lebten von ihren Ersparnissen. Letztes Frühjahr fand Pat dann heraus, was passiert war. Irgend jemand hatte Burt Bender von Pats Angebot erzählt, und Burt eilte zum Aquisitionsbüro des Orpheum. Er erzählte ihnen, daß er und seine Partnerin für einhundertfünfzig arbeiten würden. Also nahmen sie ihn und seine Partnerin statt Noble und Henson. Seitdem wartet Pat auf eine Gelegenheit, diesem Typen eine verpassen zu können.«

»Hat jemand hier von einer Nummer mit Tessie und Ted gehört?« fragte Maude. »Si hier sucht nach ihnen.« Die beiden kleinen Frauen dachten nach und schüttelten dann die Köpfe. »Bleiben Sie hier«, sagte mir Maude. »Irgendwann kommt jemand, der sie kennt.«

Später erzählte mir Maude, wer die Leute hier waren. Al und Dolores waren verheiratet und traten in derselben Nummer auf. Sie waren ausgezeichnete Tänzer, die vor allem den Tango beherrschten, und arbeiteten am Victoria. Oben hatten sie ein einjähriges Kind, und Dolores setzte sich immer so, daß sie hören konnte, wenn es schrie. Die zwei kleinen Frauen waren Zwillinge, obwohl sie sich nicht ähnelten. Sie waren in Toledo geboren; ihre Eltern waren englische Music-Hall-Künstler, die einmal in den Staaten auf Tournee waren und dann nicht mehr zurückgingen. Die Zwillinge wurden Teenager, und ihre Eltern brachten ihnen die Nummer bei, die sie noch immer aufführten – die Nummer war ihr Erbe. Darin agierte eine von ihnen, stark geschminkt und gepudert, als Bauchrednerpuppe der anderen. Schließlich rebellierte die Puppe, und sie vertauschten die Rollen: Das Publikum liebte das, es war der Höhepunkt ihrer Vorführung. Sie tanzten und sangen noch ein bißchen, nicht schlecht, aber auch nicht besonders gut. Doch das spielte kaum eine Rolle, weil das Publikum sie bereits in sein Herz geschlossen hatte; das Paar war immer ausgebucht und hatte immer Erfolg. Sie waren schüchtern, gingen niemals aus und fühlten sich nur unter Varieté-Leuten wohl.

Old John hatte sich seit langem zur Ruhe gesetzt. Wie viele Varieté-Künstler, allerdings bei weitem nicht alle, hatte er Geld gespart; er besaß Grundbesitz und etwas Geld als Altersversorgung. Und einen Diamantring, den er versetzen konnte, wenn es sein mußte. Er lebte in Künstlerpensionen wie dieser hier, zog manchmal um, zur Abwechslung oder weil er jemanden nicht ausstehen konnte. Alles, was er besaß, befand sich in seinem alten Schrankkoffer, der professionell mit seinem Namen und der Adresse seines Agenten beschriftet war.

Ben war ein Neuankömmling, über den Maude nicht viel wußte. »Noch nicht«, fügte sie lächelnd an. Sie glaubte, daß er irgendwo eine Familie hatte. Außerdem gab es noch andere Gäste, die entweder oben in ihren Zimmern oder noch nicht zu Hause waren. Über sich selbst erzählte sie nicht.

Plötzlich begann Ben zur Überraschung aller zu reden. »Es gibt Schlimmeres, als jemandem ein Engagement zu stehlen. Oder eine Nummer«, sagte er. »Hat schon mal jemand von Sauer und Kraut gehört?«

»Ich glaube, ich kann mich erinnern«, sagte der alte John. Von anderen Treppen der Straße – noch immer waren keine

Autos zu sehen, nicht ein einziges – drang leises Lachen und gedämpfte Stimmen herüber. Aus einem offenen Fenster an der gegenüberliegenden Straßenseite hörte man Klaviermusik. »Sauer und Kraut waren strikte Kleinkünstler«, sagte Ben. »Deutsche Komödianten: kleine Melonen, geflickte Jacken, der schreckliche Akzent, ihre Stürze auf den Hintern.«

Auf der anderen Straßenseite fiel eine Frauenstimme in die Klaviermusik ein; wir alle hörten ihrem Gesang zu. *When the town is fast asleep ... And it's midnight in the sky ... Starts to wink his dreamy eye. Lazily you'll hear him sigh, Chinatown, my Chinatown, when the lights are low ...*«

Auf der Straße, unter der nächsten Staßenlaterne, übten zwei Männer in Straßenkleidung, einer auf den Schultern des anderen, eine Balancenummer. »Aber Sauer und Kraut wollten aufsteigen«, sagte Ben. »Also kauften sie eine neue Nummer. Die viel besser war als alles, was sie hatten. Sie probten sie, versuchten es und wurden gebucht.« Ein Junge kam lärmend auf einem Gefährt die Straße herunter, das aus einem Brett mit darunter befestigten Rollschuhrädern bestand, vorne eine hochkant aufgenagelte Kiste mit einer Blechdose als ›Scheinwerfer‹. Einen Fuß hatte er auf dem Brett, mit dem anderen schob er an. Er blieb stehen, um der Balancenummer zuzusehen. »*... almond eyes of brown. Hearts seem light and life seems bright, in dreamy Chinatown ...*«

»Ich war in derselben Veranstaltung wie sie«, fuhr Ben fort. »Im Adelphi? In Guthri?«

»Ich war niemals in Guthri, aber in Norman«, sagte Dolores. »Bevor wir heirateten, hatten mich die Swor Brothers in Dallas für Cleburn, Texas, engagiert. Ich ließ mich auf weniger Geld als sonst ein, da es nur einen kurzen Sprung entfernt war. Man sagte mir, daß ich ein Wochenengagement bekommen sollte; als ich ankam, informierte mich der Direktor, daß er nur drei Tage in der Woche spielte und außerdem eine Vereinbarung mit den Agenten getroffen hatte, die besagte, daß er für halbe Wochen keine Reisekosten übernehmen mußte, und drei Tage waren eine halbe Woche.« Während sie erzählte, hörte sie nicht mit dem Stricken auf. »Also zahlte ich meine Reisekosten und arbeitete nach den drei Tagen in Gainesville. Für die nächste Woche akzeptierte ich ein Engagement für Norman, Oklahoma; man sagte mir, daß der Vertrag mit der Post dorthin geschickt würde. Als ich ankam, stellte ich fest, daß das Haus von Jack Dickey gebucht war, es gab keinen Vertrag. Ich ging zu meinem Hotel und rief sofort die Swor Brothers an, aber sie weigerten sich, mit mir zu reden.« Ein barfüßiger Junge von zehn oder elf Jahren ging vorbei und schaute suchend zur Treppe, John winkte ihn her. Er gab ihm Geld, ebenso Ben, Al stand auf und ging ins Haus. »Ging dann zum Büro der Western Union«, erzählte Dolores weiter, »schickte ihnen ein Telegramm und verlangte eine Antwort. Es wurde ignoriert.« Al kam mit einem großen glänzenden Metallkrug zurück, ging die Stufen hinab und reichte ihn dem Jungen; John gab ihm Kleingeld, und der Junge ging. »Ich denke also, daß Künstler in Texas und Oklahoma sich vor diesen Agenten in acht nehmen sollten. Sie kümmern sich nicht um deren Interessen und sind in Wahrheit daran auch nicht interessiert. Du hattest Probleme in Guthri?«

»Nein, das war okay«, sagte Ben. »Das Adelphi war okay.«

Ich wartete; niemand sagte etwas. Auf der Straße beendeten die Akrobaten ihre Nummer und gingen zu ihren Treppen, der Junge auf dem ›Rollschuhgefährt‹ fuhr weiter. »Was passierte mit Sauer und Kraut?« fragte ich.

»Nun, sie waren bei der Vorstellung ungefähr die Nummer vier. Ich sah, wie sie früher herauskamen, im Kostüm, bereit für ihren Auftritt, und hinter der Bühne warteten. Die Eröffnungsnummer waren Jongleure, glaube ich, und dann kam, aus irgendeinem Grund, ein Fehler in der Organisation vielleicht – irgendwie mußte die Vorstellung gefüllt werden – ein anderes Komödiantenteam.« Von der Treppe an der anderen Straßenseite kam ein junger Mann um die Zwanzig quer über die Straße. »Hey, Dippy.« Er blieb vor uns stehen und lächelte zu unseren Begrüßungsworten. »Abend Leute.« Es war Van Hoven, wie ich erfuhr, Dippy, der verrückte Musiker.

»Du hast den Bierjungen gesehen, eh?« sagte John.

»Klar.« Dippy grinste und ließ sich neben Ben nieder. »Laßt euch nicht stören.«

»Nun, diese andere Komödiantengruppe erschien vor

Sauer und Kraut, und sie waren genauso wie sie gekleidet! Sahen aus wie Zwillingspärchen. Sie gingen auf die Bühne und brachten die gleiche *Nummer*! Wort für Wort, Witz für Witz, genau das gleiche. Der Typ hatte die gleiche Nummer zweimal verkauft.«

Die anderen nickten. ›Ja‹, oder ›das kennt man doch‹ und ähnliches wurde gesagt. Nach einer Weile fragte ich: »Und dann ... was passierte? Mit Sauer und Kraut.«

»Oh«, sagte Ben. »Sie wurden abgesetzt. Auf der Stelle. Hatte keinen Zweck mehr. Sie mußten sich Geld leihen, um die Stadt verlassen zu können. Wir gaben ihnen, was wir erübrigen konnten.«

Über der Straße war ›Chinatown‹ nun zu Ende. Eine Pause, dann das Piano, und dieselbe Stimme begann wieder: *»Honey, honey, can't you hear? Funny, funny music dear ... Aint' the funny strain goin' to your brain? Like a bottle of wine, fine. Hon', hon', hon', take a chance! One, one, one! Can't you see them all swaying up the hall? Let's be gettin' in line!«* Dann der vertraute Refrain: *»Everybody's doin' it, doin' it! Doin' what? Turkey trot!«* Und Maude stöhnte und sagte: »Alle *über*treiben es.«

Eine Frau mittleren Alters kam aus dem Haus und setzte sich auf die Stufe unterhalb von Maude, die sich nach vorne beugte und ihr etwas zumurmelte. Dann rief sie mir zu. »Si, das ist Madam Zelda, Gedankenleserin. Das ist Simon Morley. Auch sie kennt Tessie und Ted nicht.«

»Ich laß es Maude wissen, falls ich etwas höre«, sagte Madam Zelda; ich nickte und dankte ihr lächelnd.

Der Bierjunge kam zurück, zur Seite gebeugt, denn ein Arm wurde durch den gefüllten Krug nach unten gezogen. Dolores ging ins Haus, Ben kramte in seinen Hosentaschen, ich stand schnell auf und sagte: »Lassen Sie mich.« Dann holte ich ein paar Cents heraus. Ben nahm den gefüllten Krug; ich gab das Geld dem Jungen, der es erstaunt anschaute. »Danke, Mister!«

Dolores kam mit einem Coca-Cola-Tablett und Gläsern heraus, hinter ihr Maude mit Tassen und einer Teekanne auf einem zweiten Tablett. Dann saßen wir alle bequem gegen die Mauer gelehnt und tranken. Auf der Straße sah ich einen Jungen, der langsam mit zwei Zinnkrügen von der 8th Avenue kam. Ich entdeckte den Saloon an der Ecke, wo er wohl herkam. Es war schön, hier zu sitzen und mit den Leuten Bier zu trinken. Die Nacht wurde ein wenig kühl, aber keiner ging nach Hause. In der angenehmen Stille erinnerte ich mich, daß meine Morgenzeitung mit Meldungen über Taft und Roosevelt gefüllt war, die um die Präsidentschaftsnominierung der Republikaner stritten, sowie andere Geschichten über die wachsenden Probleme in Europa. Aber diese Leute hier lebten in einer anderen Welt, der einzigen, die für sie zählte. Gingen sie überhaupt zur Wahl? Ich nahm es nicht an und hätte wetten wollen, daß in dem ganzen Haus hinter uns keine Zeitung zu finden war, die nicht *Variety* oder *Billboard* hieß.

Die lockere Unterhaltung wurde wiederaufgenommen. Ich hörte von einem Varieté-Künstler namens Sparrow; alle schienen ihn zu kennen oder von ihm gehört zu haben. Seine Nummer war einzigartig. Er stand auf der Bühne und warf Orangen, Tomaten und anderes weiches Obst in das Publikum. Dann nahm er eine Gabel in den Mund und das Publikum warf alles zurück, während er versuchte, es mit der Gabel aufzufangen. Wenn er verfehlte, rann ihm der Saft über das Gesicht und den Anzug. Und immer waren welche im Publikum, die seine Nummer kannten und die harte Sachen wie Kartoffeln oder Rüben mitbrachten und ihn damit bewarfen. Und gut zielten – schnell, hart, mitten ins Gesicht. So, daß er sie mit der Gabel fangen mußte. Denn, wenn er verfehlte, was manchmal vorkam, sah er nicht gut aus: blaue Augen, blutige Nase. Er hatte eine eigene Decke für den Boden und trug einen schwarzweißen Anzug aus Ölzeug. Wenn er fertig war und sich hinter der Bühne zu seiner Garderobe begab, ging ihm jeder aus dem Weg.

Eine andere Nummer war die von Sherman und Morissey, die einen komischen Trapezakt in lustigen Kostümen absolvierten. Was sie machten, war, daß sie sich einfach herunterfallen ließen. Von einem zwei Meter hoch gespannten Draht auf die Bühne. Alleine und zu zweit. Dann zerstritten sie sich und prügelten sich gegenseitig, und fielen wieder zu Boden. Und alles war echt, es gab keine Möglichkeit, etwas vorzutäuschen. Länger als acht Minuten konnten sie das nicht durchhalten; die kürzeste Varieté-Nummer. In ihrer Garderobe verarzteten sie sich dann, wickelten Bandagen und zogen sich die Splitter heraus, um sich für den nächsten Auftritt vorzubereiten.

Ich mußte überrascht ausgesehen haben, denn Dolores lächelte und sagte: »Das ist Varieté, Si, und es ist besser dazu zu gehören, als draußen zu sein.« Dies führte zu Gesprächen über Mißerfolge, Leute, die keine Engagements mehr bekamen, das Schlimmste, was passieren konnte. Einer, den die meisten kannten, war allmählich abgestiegen, zu immer kürzeren Auftritten – schließlich bekam er überhaupt keine Angebote mehr. Freunde besorgten ihm daraufhin eine Stelle als Schaufensterpuppe. So stand er regungslos in Schaufenstern, das Gesicht weiß und mit Rouge geschminkt, wie eine Puppe. Hin und wieder klopfte er bei einem Passanten an das Fenster, der erstaunt stehenblieb und vor dem er sich daraufhin steif und mechanisch verbeugte. Dann war er wieder vollkommen reglos und still. Leute versammelten sich und klopften an das Fenster, Jungen schnitten Grimassen, um ihn zum Lachen zu bringen, und er wies auf ein Schild im Fenster, das für irgend etwas Reklame machte. »Es war nicht mehr das Showbusineß«, sagte Al, »aber das Beste, was er noch machen konnte.« Jeder nickte.

Dann passierte etwas Seltsames. Der junge Van Hoven begann zu erzählen und erzählte und erzählte; keiner unterbrach ihn. Das folgende ist das, was er sagte – soweit ich mich erinnern kann. Niemand wäre böse gewesen, wenn jemand aufgestanden und gegangen wäre, aber keiner tat es; und ich hörte zu und hätte ihm die ganze Nacht zuhören können.

»Es ist hart«, murmelte er, seine Stimme noch voller Mitgefühl für den Ex-Varieté-Künstler, der als Schaufensterpuppe endete. »Ich war im Showbusineß und brachte ebenfalls kein Bein auf den Boden. Das Unglück liebt Gesellschaft, also tat ich mich mit einem Partner zusammen, der auch kein Geld hatte. Wir waren den gesamten Winter über pleite, und es war einer der härtesten in Chicago. Wir wohnten in der South Clark Street, in der Nähe des alten Olympic, und sprachen über Ding Bat, obwohl wir die Familie da oben nicht kannten – ein Witz!« (Ich habe keine Ahnung, was er damit meinte.) Die Pensionswirtin hat uns niemals zu Gesicht bekommen, und wir sie nicht; wenn man so aussieht wie wir damals, dann will man niemanden sehen.

Wir probten eine komische Zaubernummer und stellten sie innerhalb weniger Tage in unserem Zimmer bei Gaslicht zusammen. Das war die einzige Möglichkeit, es in unserem Zimmer auszuhalten. Wir schliefen den ganzen Tag, um zu vergessen, daß wir eigentlich essen sollten.« Dippy lächelte. »Manchmal passiert es mir heute, wenn ich große Mahlzeiten zu mir nehme, daß ich mich frage, ob ich wirklich wach bin.

Mein Partner, Jules, armer alter Jules! Er war krank, und es fielen ihm die Haare aus. Er wollte schon aufgeben, aber eines Tages bekam ich für drei Tage einen Job, für zwölf Dollar das Team und ein Abendessen am Sonntag. Ein deutscher Schuppen, und Jules war Deutscher, also haben wir es gemacht. An diesem Sonntag aß ich wie ein Scheunendrescher.

Die nächste Woche spielten wir in einem Schuppen an der Far North Side, bekamen unser Geld, zahlten einige Schulden, aßen einige Male und waren wieder pleite. Konnten nicht mal unsere Wäsche zur Reinigung bringen. Bekamen dann einen Job, der uns zwanzig Dollar die Woche einbringen sollte. Wir mußten zu Fuß dorthin, kein Geld für einen Wagen, fast fünf Meilen. Als wir den Laden betraten, sagte der Barkeeper: ›Harding schickt mir zwei Männer? Ich will keine Männer, ich lasse sie nicht auftreten, ich will Frauen, mein Publikum will Frauen!‹ Nun, ich will nicht sagen, daß ich das Showbusineß so satt hatte, daß mir die Tränen kamen – sie kamen zwar, aber aus einem anderen Grund! Ich bettelte diesen Idioten an, uns doch bitte spielen zu lassen, da ich krank war und Jules ebenso und zeigte ihm Jules' Haar. Ich machte alles, bis er uns schließlich spielen ließ. Wir waren ein Flop, die beiden alten Soubretten dagegen, die er mit uns auf der Liste hatte, ein voller Erfolg. Also wußte ich, daß er recht gehabt hatte, und ging zu einem Lokal in der North Halsted Street und bettelte dort um einen Job. Der Besitzer gab nach, und ich holte Jules.

Nun, wir arbeiteten für achtzehn Dollar, zusätzlich gab es das sonntägliche Abendessen. Direkt gebucht, keine Kommission. Das Lokal besaß ein kleines deutsches Ensemble. Unsere gemeinsame Zaubernummer war der Hit, meine Einzelnummer wurde aber zur Pleite. Ich war ziemlich schlecht drauf, weil der Direktor Jules für das Ensemble behalten wollte. Ich war mir allerdings fast sicher, daß er bei mir bleiben würde, was er auch tat. In der folgenden Woche war dann alles vorbei: Wir betranken uns beide. Das erste Mal, seitdem wir zusammen waren. Als ich den Bühnendirektor sah, wie er mit meinem Partner sprach, einige Geldscheine in der Hand, wußte ich, daß es mit uns beiden als Team vorbei war. Ich trat nach draußen, in die kalte regnerische Aprilnacht, und es kam mir vor, als würde es nie mehr etwas mit mir werden; mein guter Anzug, meine Manschettenknöpfe, alles an mir war zerlumpt. Ich war verzweifelt und ging zurück in das Haus, wo Mr. Murphy, einer der Besitzer, mit zwei Ladies herumsaß. Ihn bettelte ich an, uns beide doch noch zu behalten, und zeigte ihm meine Kleidung. Er konnte leicht sehen, daß ich nicht das trug, was ein menschliches Wesen tragen sollte. Also ließ er mich die Woche alleine zu Ende spielen, für zwölf Dollar.

Ich tat es und strengte mich an. Ich bekam jeden Abend fünfzig Cents, ich traf dann Jules, und wir aßen und gingen dann zurück in unsere Pension, um zu schlafen. Den nächsten Tag war ich wieder dort, zu Fuß, um Fahrgeld zu sparen. In der Woche darauf trennten Jules und ich uns; er glaubte, mit einer Soubrette mehr erreichen zu können. In Chicago war ich also wieder mal völlig pleite. Jules ging mit einer türkischen Gruppe, die Schwänke aufführte. Er nahm meine Ohrenschützer und ein Hemd mit, und alles, was mir blieb, war meine alte Sommerkleidung und mein Koffer.

Nun, Williams von Williams und Healy brachte mich dann ins Schaustellergeschäft, und ein anderer Freund besorgte mir das Ticket. Ich ging nach Boswell, Indiana, zu Adam Fetzers Wagon-Show, und glaubt mir, das war ein Scheißzirkus. Der Raum, in dem wir schliefen, war oben, und das große Zelt war auf dem Boden ausgelegt. Ihr könnt euch vorstellen, wie man schläft, wenn man auf einem Haufen Seile liegt, also beschloß ich, auszuziehen. Fetzer hatte einen Löwenkäfig mit zwei Abteilen, aber nur einen Löwen. also schlief ich im leeren Abteil. Ich holte mir einige Pferdedecken, und alles war in Ordnung. Die anderen glaubten, daß ich nicht richtig im Kopf sei, weil ich draußen mit dem Löwen schlief statt mit ihnen.

Fetzer hatte Angst, daß ich ein Reinfall sei – ich glaubte es selbst fast schon. Also ließ er mich zusätzliche Arbeiten verrichten wie Zaumzeug putzen, die Wagen anmalen und alles, was ihm so gerade einfiel. Und ihm fiel eine Menge ein. Ich tat also, was er für richtig hielt. Neun Dollar war die Höchstgrenze, was hier zu verdienen war, alles, was ich bekam, waren sieben. Trotzdem, ich tat mein Bestes. Ich fütterte den Löwen, der nicht wie gewöhnliche Löwen früh wach wurde. Er war alt und kurz vor dem Sterben. Trotzdem war er das Beste, was der Zirkus besaß; daran kann man sehen, was für ein Zirkus das war. Ich mußte ihn meistens aufwecken zur Fütterung und sein Fleisch zerkleinern. Wenn wir im Vorprogramm unsere Spezialshow abzogen, mußte ich ihn mit einem Brandeisen traktieren, um ihn ein wenig zum Brüllen zu bringen. Ein paarmal wurden wir fast aus der Stadt vertrieben, weil wir dies taten. Der alte Jake tat mir leid, aber ich war nicht in der Position, um mir Mitleid mit einem Löwen leisten zu können.

Manchmal spürte ich in mir tiefe Traurigkeit, aber in einem Zirkus bleibt man nicht lange traurig. Zirkusleute sind hart. Einen gab es, der seit Jahren bei Fetzer war; um sich seinen Job zu erhalten, hatte er Dutzende von Nummern. Eine davon eine Drehleiternummer, zu der er mich hinzuzog. Ich mußte mich dranhängen, damit sie sich in Drehung setzte und mich nach oben beförderte, und dann wollte er, daß ich dort oben eine Clownsnummer abzog, damit die Nummer ein größerer Hit wurde. Aber glaubt mir, alles, was ich tun konnte, war, mich festzuklammern. Jedesmal, wenn ich die Leiter sah, glaubte ich, mein Ende sei nah.

Dann kam der April, die Straßen trockneten, und am 25. April eröffneten wir die Freisaison. Ich hatte den Winter über für mich geprobt, nun zog ich die Leinwand zur Seite und wartete; die Band spielte, und ich rannte in den Zirkusring und führte meine komödiantische Jongliernummer auf. Und so wahr ich hier sitze, ich war der große Hit. Ich machte auch eine Zaubernummer, die nicht so gut, aber dennoch gut genug war.

In dieser Nacht schlief ich in einem richtigen Hotelzimmer, und Adam, der Direktor, war ganz aus dem Häuschen. Man nannte mich verniedlichend ›Frankie‹. Am nächsten Tag trat ich auch im Vorprogramm auf, und, ehrlich, Leute, sie brauchten mich dringend. Das Programm bestand aus einer zwergenhaften bärtigen Frau und ihrem riesigen Ehemann, einigen alten Krokodilen, zwei Käfigen mit Affen, dem Löwen und mir. Ich hielt ihnen Vorträge und tat mein Bestes, um daraus ein richtiges Vorprogramm zu machen, aber je mehr ich heute vom Broadway sehe, desto mehr glaube ich, daß diese einfachen rauhen Leute gar nicht so dumm waren. Der alte P. T. Barnum hätte sie vielleicht um den Finger gewickelt, ich konnte es nicht. Das Beste, das unserer Show zustieß, war der Umzug in eine andere Stadt.

Ich wurde entlassen, bevor mein Vertrag ablief – ich will davon nun nichts erzählen – und mit zehn Dollar in der Tasche ging ich nach Dayton. Kein Job dort, also arbeitete ich in einem Restaurant. Schließlich bekam ich einen Job mit Gus Sun und ging nach Elkins, West Virginia; mußte die ganze Nacht lang eingepfercht sitzen, und als ich ankam, sagte man mir, daß ich nicht gebucht war. Oh, Junge. Aber ich ließ mich nicht übers Ohr hauen und borgte mir genug Geld vom Direktor, um zu meinem nächsten Engagement in Fairmont, West Virginia, zu kommen, wo ich die Show eröffnete. Der Direktor dort war ein richtiger Kumpel. Ich blieb dort achtzehn Wochen – elf Wochen in Theatern, sieben Wochen in Hotels und Restaurants. Ich gebe es nicht gerne zu, aber der Unterschied war: ich war so gut wie die Leute in den Theatern, in denen ich spielte. Wenn ich ein erwachsener Mann gewesen wäre, dann hätten mich manche der Direktoren anders behandelt. Aber das ist nun alles vorbei, und ich habe mich damals in meinem Zimmer ausgeheult. Oft fragte ich mich, ob ich wirklich so schlecht war, aber das ist alles nur ein Spiel; ich hatte nur verdammt oft ein ziemlich schlechtes Blatt.

Wurde aus der Sun-Kette geworfen und schloß mich einer Reptilien-Show an. Der Direktor behielt mich, weil er wußte, daß ich den Nerv hatte, alles zu tun. Und das tat ich auch; ich machte alles bei dieser Show und blieb bei ihr bis zum nächsten Frühjahr. Der längste Job, den ich jemals hatte. Bis auf den heutigen Tag schreibe ich dem Direktor Briefe; ein toller Kumpel.

Die Spielzeit ging zu Ende, und ich ging nach Chicago; den Sommer hindurch hatte ich acht Vorstellungen pro Tag in der State Street. Von morgens neun Uhr dreißig bis elf Uhr abends. Ich hielt das nicht mehr aus und ging nach Des Moines, und als man mir dort sagte, daß das Geschäft schlecht und für mich keine Arbeit war, landete ich bei einem Job in Oskaloosa für fünfundzwanzig Dollar. Von dort ging's nach Manhattan, Kansas und einigen anderen kleineren Städten.

Dann rettete mir mein wahrer Freund Frank Doyle das Leben, als er mir Arbeit in Chicago besorgte, wo ich den ganzen Winter blieb. Schließlich, im darauffolgenden Sommer, am 15. Juli, kam meine Chance. Ich eröffnete das Programm im Majestic – wie ich dort hinkam, wäre eine ganz andere Geschichte. Jedenfalls war ich der Hit. Trotzdem saß ich in meiner Garderobe und fragte mich ständig, ob ich die Woche noch bleiben durfte oder wieder rausgeworfen werden würde. Aber ich blieb die ganze Woche, und bis jetzt habe ich seitdem in allen erstklassigen Varieté-Theatern in Amerika und Kanada gespielt. Und alles, was ich sagen kann, ist, daß es ein verdammt hartes Spiel ist. Selbst heute noch kann ich es nicht ertragen, wenn der Direktor Programmnummern kurzfristig absetzt. Das und die schwachköpfigen Einfaltspinsel, die anderen die Nummern klauen – die vielleicht noch eine viel schlimmere Geschichte hinter sich haben als die, die ich gerade erzählt habe.

Nun, man sollte nicht nur pessimistisch sein. Ich bin im Februar dreiundzwanzig geworden, geboren wurde ich in Sioux City, im Orpheum. Und es ist toll, ein Zimmer wie das zu haben, das ich diese Woche habe, und ein Essen wie heute abend. Und schöne Garderoben, große Bühnen, in Schlafanzügen zu schlafen und den Clubs anzugehören, in denen man

George M. Cohan und Andrew Mack und all die Leute trifft, die einen sogar fragen, ob man an ihrer Show teilnehmen möchte. Oh, keine Frage, das alles ist wunderbar, wenn es läuft. Sollte es ein Traum sein, dann weckt mich nicht auf. Und wenn es wahr sein sollte, dann, bitte, laßt die Commercial Trust Company nicht untergehen, denn dort habe ich mein ganzes Geld. Also wünsche ich euch allen Glück, und der Erfolg kommt, wenn man ihn sich verdient hat. Spielt eure eigene Nummer und laßt die anderen leben. Gute Nacht, Leute, genug für heute.«

»Nacht, Daffy«, erwiderten sie. »Komm mal wieder vorbei.« John holte eine Uhr heraus, ließ den Deckel aufschnappen, schaute auf das Ziffernblatt und gähnte. Alle standen nun auf, streckten sich ein wenig, ich gab ihnen die Hand und dankte diesen wunderbaren Menschen für ihre Gesellschaft. Ich glaube, meine Stimme sagte ihnen, daß ich es wirklich genossen hatte, den Abend mit ihnen verbracht zu haben; denn als sie mich – lächelnd – wieder einluden, klang es ehrlich und aufrichtig.

Sie gingen nach drinnen; ich blieb mit Maude Boothe zurück. Sie fragte mich, wo ich wohnte, und mit gespielter Ehrfurcht zog sie die Brauen hoch, als ich es ihr erzählte. Dann sagte sie, daß sie anrufen wollte, wenn sie etwas über Tessie und Ted erfahren würde.

Ich ging direkt zum Plaza zurück; ein langer Weg, und es war spät; sehr, sehr spät. Aber dieser Abend war für mich sehr aufregend gewesen; ich dachte darüber nach. Und darüber, daß ich einfach nur hier war, hier in diesem seltsamen New York, wo fast alles – aber nur fast – vertraut war. Ich ging den Lower Broadway entlang, den ich so gut kannte. An Gebäuden, an denen ich mit Julia vorbeigegangen war, und hörte – ungewöhnlich für den Broadway – kein Geräusch außer meinen Ledersohlen, sah keinen Wagen, kein Auto. Ich drehte mich um, auch hinter mir war alles leer. Von den charakterlosen, dunklen Geschäfts- und Bürofassaden schimmerte gelegentlich ein fahles, tief im Gebäude gelegenes Licht.

Dann eine Veränderung, die mich einen Moment verwirrte, bis ich den Duft erkannte, der in der Luft lag; nur ein Duft, der wieder verschwand. Dann kehrte er zurück, stärker nun und blieb. Was? Frisch gebackenes Brot; die Luft war erfüllt davon, tief sog ich es ein, und vor mir ein Anblick, fast wie in einem Traum: eine schweigsame, reglose Menge. Dort standen sie, als ich mich ihnen näherte: schweigende Männer, die sich kaum bewegten, mitten in der Nacht. An der Straßenecke – Broadway und 11th Street – war ein bemaltes Holzschild aufgehängt: *Fleischmanns Bäckerei*. Ich ging vorbei und besah mir die Schlange dieser verwahrlosten, stillen Männer in Mänteln mit abgerissenen Taschen, Jacken, die mit Sicherheitsnadeln zusammengehalten wurden, einige waren nur in Hemdsärmeln.

Ein Polizist stand am Randstein und beobachtete sie – langer Helm mit schwerem braunen Filz, blauer Mantel, der über die Knie reichte. Er blickte mich an, sah, daß ich ein Gentleman war, und sagte: »Guten Abend, Sir.«

»Guten Abend, Officer.« Ich blieb stehen. »Was ist hier los?«

»Fleischmann verteilt um Mitternacht einen Tag altes Brot.« Beide blickten wir nach Norden zu den großen, runden Scheinwerfern, die etwas holpernd auf uns zukamen. Der Wagen wurde langsamer und blieb vor uns am Randstein stehen; eine Limousine, lang, poliert, teuer. »Officer!« rief eine Frau, während sie unter der Straßenlampe ausstieg – sie war jung, attraktiv, trug ein langes pastellfarbenes Kleid und einen riesigen Hut. Eine ältere Frau kam nun aus dem Wagen, die ein Kleid trug, das vage an eine Uniform erinnerte und auch eine war. In ihrer Hand hatte sie einen Beutel.

»Wir geben eine Party!« rief die Jüngere ausgelassen dem Polizisten zu, mit einer Stimme, die einlud, am Spaß teilzuhaben. »Verstehen Sie«, sagte sie, davon überzeugt, sein Interesse geweckt zu haben, »erst wollte ich für meine Freunde eine Dinner-Party geben. Dann dachte ich, es wäre viel besser, eine Dinner-Party für die Armen zu veranstalten.« Sie drehte den Kopf und wies lächelnd mit ausgestrecktem Arm auf die Schlange der Männer, die sie beobachteten. »Ich will jedem hier etwas geben! Sie sehen also«, erklärte sie dem Polizisten, »ich benötige Ihre Hilfe. Denn ich fürchte, daß einige es nicht abwarten können, bis sie an der Reihe sind.«

Ich erkannte diese Lady; ich hatte sie in der sonntäglichen Comic-Seite gesehen, neben ›Bringing Up Father‹, ›Peter Dink‹, ›Doc Yak‹ und ›Der Captain und Der Kids.‹. Sie war eine richtige ›Lady Bountiful‹, ein wahrer Charakter der Zeit, dessen war ich mir sicher. ›Lady Bountiful‹ existierte hier wirklich und war von sich und ihren Wohltaten überzeugt – der Polizist wußte das. »Ja, Ma'am«, antwortete er schnell. »Wenn Sie hier am Randstein bleiben wollen, dann schicke ich sie zwei und zwei zu Ihnen herüber. Das ist sehr freundlich von Ihnen, Ma'am; wie heißen Sie?«

»Meinen Namen will ich Ihnen nicht nennen; es tut bei dieser Party nichts zur Sache! Schicken Sie mir die ersten beiden.« Der Polizist machte eine Geste, und zwei junge Männer mit schmutzigen Gesichtern am Anfang der Schlange kamen herüber und nahmen die Mützen ab. »Meine Freunde«, sagte ›Lady Bountiful‹ mit mitfühlender Stimme, »ich möchte Sie zu einem Abendessen einladen!« Sie griff in den Beutel, den eine ältere Frau geöffnet hielt, holte zwei Half-Dollars heraus und reichte jedem einen davon; sie nickten mit dem Kopf und murmelten ihren Dank. »Das ist eine Geburtstagsparty!« rief ›Lady Bountiful‹, »und ich wünsche Ihnen alles Gute.«

Auf das Signal des Polizisten hin kamen jeweils zwei Männer herüber und nahmen ihre Half-Dollars in Empfang; ein ziemlich großzügiges Geschenk, mußte ich mir in Erinnerung rufen. Als der Beutel leer war, holte die Ältere einen weiteren vollen.

Während ich hier stand und wartete, überschlug ich es schnell: etwa vierhundert Männer warteten in der Nacht vor Fleischmanns, und jeder bekam seinen Half-Dollar. Und jeder dankte höflich der ›Lady Bountiful‹, viele davon in fremden Sprachen. Dann wandte sie sich freundlich an den Polizisten. »Eine tolle Geburtstagsparty«, sagte sie. »Ich möchte Ihnen für Ihre Hilfe recht herzlich danken. Ich weiß nicht, was wir getan hätten, wenn Sie nicht gewesen wären!« Der Polizist berührte seine Mütze, als sie einen Blick auf mich warf – einen

Moment lang dachte ich, daß ich nun auch einen Half-Dollar bekäme. Dann stiegen beide Frauen in den Wagen, den ein uniformierter Chauffeur steuerte.

Fleischmann öffnete eine Tür am Anfang der Schlange, Licht fiel auf den Bürgersteig, und die Schlange bewegte sich langsam voran. »Was bekommen sie?« fragte ich den Polizisten. »Kaffee und Brot«, sagte er. Ich wünschte ihm eine gute Nacht, ging zum Plaza und dachte über das nach, was ich soeben gesehen hatte. Und über die Varieté-Leute auf den Stufen ihrer eigenen, abgeschlossenen, heimeligen und doch gefährlichen Welt.

Im Hotel lag ein rosafarbener Zettel mit einer Nachricht in meinem Fach: *Madam Zelda erbittet Ihren Anruf*. Ich wußte, daß sie noch da war, draußen auf der Treppe, wo sie sich über Varieté, Varieté und nochmals Varieté unterhielten. Also rief ich von meinem Zimmer aus an.

Ihre Programmnummer für morgen war verschoben worden; jemand hatte sie soeben angerufen. Vera von Vernon und Vera war von ihrer Pension ins Krankenhaus eingeliefert worden, wahrscheinlich der Blinddarm. Und Madam Zelda hatte mich sofort angerufen, weil die Ersatznummer, die morgen aus Albany ankommen würde, Tessie und Ted hieß. Wenn ich sie mir morgen ansehen sollte, würde ich dann solange bleiben und mir auch Madam Zeldas Nummer ansehen, die gleich im Anschluß käme?

Ich sagte, daß ich das sicherlich tun würde.

22

Den Morgen verbrachte ich im Central Park, lief dort herum, setzte mich auf eine Bank, stand wieder auf und folgte der Sonne: *Tessie und Ted, Tessie und Ted*. Viel zu früh kam ich zur Matinée, kaum mehr als acht oder zehn andere Leute waren in dem großen Saal – alles Männer, einige von ihnen lasen Zeitungen. Und da alle Lichter brannten, sah ich, daß die phantasievollen Stuckarbeiten noch nicht sehr heruntergekommen waren, noch nicht, sie würden es aber bald sein. Mein roter Plüschsessel und die um mich herum waren abgewetzt und würden bald durchgewetzt sein.

Einige Frauen kamen den Gang herunter, sie waren jung, allein, und achteten darauf, Sitze zu bekommen, die zu beiden Seiten viel Platz hatten; dann beschäftigten sie sich mit ihren Hüten. Schließlich erschien das Orchester aus einem schwarzen Gang unterhalb der Bühne. Die Musiker zogen die Köpfe ein, als sie durch die kleine Tür schritten, trugen Instrumente und versammelten sich unterhalb unserer Augenhöhe hinter einem grünen Vorhang. Kleine Lichter an den Notenständern gingen an, das Stimmen der Instrumente und das Kratzen der Violinen begannen. Jetzt kamen die Leute – ein ganzer Schwall – die Gänge herab; die meisten waren Männer, hin und wieder paarweise Frauen. Die Lichter im Saal wurden gedämpft, dann erloschen sie abrupt, und die Rampenlichter leuchteten auf. An jeder Seite der Vorbühne wurde eine gläserne Anzeige erleuchtet: *A* stand darauf zu lesen, ich sah in meinem Programmheft nach: *Ausgewählte Orchesterstücke*. Das Programm begann mit einem schnellen Marsch; viele Querpfeifen und Trommeln. Auf der nächsten Seite waren *Vernon und Vera* unter *E* aufgeführt. Aber *Vernon und Vera* hießen nun *Tessie und Ted*, oder?

A ging aus, und *B* leuchtete auf, für *The Hurleys*. Ein Schlag mit dem Taktstock, dann verstummte das Orchester, das Rampenlicht ging aus, der Vorhang öffnete sich schnell … ein Garten, oder? Ja. Die Kulisse eines Gartens. Zwei niedrige Marmorstufen vorne an der Bühne führten zu einer mit Balustraden umgebenen Terrasse, die sich bis zum Ende der Bühne erstreckte und dann in eine gemalte Gartenlandschaft überging, die sich perspektivisch bis zum fernen Horizont hinzog. Neben den Stufen, auf zwei niedrigen Säulen, ein Paar lebensgroße Bronzestatuen – Männer mit verschränkten Armen, als ob sie dort Wache stehen würden; die bronzenen Körper glänzten unter den Scheinwerfern, die sie von oben bestrahlten.

Was kam als nächstes? Die Musik war gedämpft, ein kräftiger Rhythmus, die Bühne aber blieb einen wohlbedachten Augenblick lang leer. Plötzlich flog eine Gestalt über die Bühne: ein Mann in einem Trikot, der auf einem Trapez stand, das an seinem niedrigsten Punkt fast den Boden der Veranda berührte. Er erreichte den obersten Punkt seines Flugbogens, trat vom Trapez elegant auf ein kleines Trittbrett, wo er sich in die Richtung drehte, aus der er gekommen war. In diesem

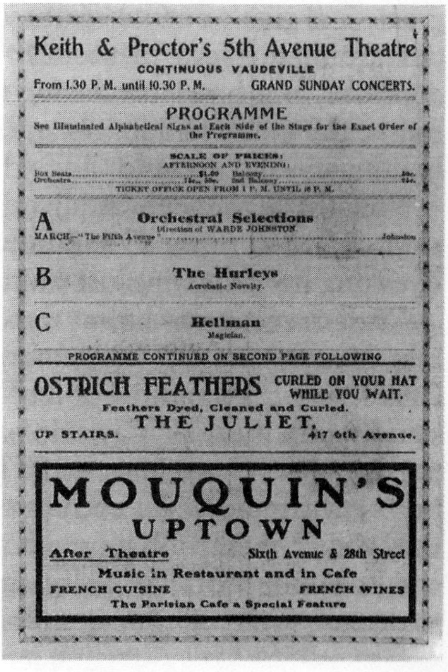
Keith & Proctor's 5th Avenue Theatre
CONTINUOUS VAUDEVILLE
From 1.30 P. M. until 10.30 P. M. GRAND SUNDAY CONCERTS.
PROGRAMME
See Illuminated Alphabetical Signs at Each Side of the Stage for the Exact Order of the Programme.
SCALE OF PRICES:
AFTERNOON AND EVENING:
Box Seats $1.00 Balcony
Orchestra 2nd Balcony
TICKET OFFICE OPEN FROM 1 P. M. UNTIL 10 P. M.
A Orchestral Selections
Direction of WARDE JOHNSTON
MARCH—"The Fifth Avenue" Johnston
B The Hurleys
Acrobatic Novelty.
C Hellman
Magician.
PROGRAMME CONTINUED ON SECOND PAGE FOLLOWING
OSTRICH FEATHERS CURLED ON YOUR HAT WHILE YOU WAIT.
Feathers Dyed, Cleaned and Curled.
THE JULIET,
UP STAIRS. 417 6th Avenue.
MOUQUIN'S
UPTOWN
After Theatre Sixth Avenue & 28th Street
Music in Restaurant and in Cafe
FRENCH CUISINE FRENCH WINES
The Parisian Cafe a Special Feature

Moment flog ein Mädchen, ebenfalls im Trikot, an ihm vorbei und ließ sich auf einem Trittbrett an der gegenüberliegenden Seite nieder. Das Paar, das sich nun gegenüberstand, lächelte.

Dann begannen sie zur Musik eine Art Luftballett: kaum gefährlich, aber wunderbar anmutig. Er ergriff sie am Handgelenk, während sie ihr Trapez losließ, um sich ihm in der Luft zuzuwenden ..., und sie schwangen auf einem Trapez weiter; zwei andere Trapeze kamen von den Seiten angeflogen, und beide wechselten jeweils auf sie über ...

Es machte Spaß zuzuschauen, wirklich reizend – es störten nur die Leute, die noch immer kamen, die Gänge herunterschritten, in die Reihen rutschten und sich auf ihre Plätze warfen. Im Halbdunkel rief eine Frau einer anderen zu: »Edna, wir sind hier!« Wenn das zum gewöhnlichen Ablauf gehörte – wie es schien, da sich niemand, soweit ich das erkennen konnte, darüber aufregte –, dann konnte ich verstehen, warum die erste Nummer ohne Worte auskam.

Auf der Bühne waren die beiden Trapezkünstler mit ihrer Nummer fertig. Sie ließen sich auf den Boden hinab und verbeugten sich vor dem Applaus, lächelten und wiesen mit den offenen Handflächen auf den jeweils anderen. Als sie Hand in Hand abtraten, dachte ich – sollte ich denken –, daß die Nummer vorüber war.

Dann fiel mir vor Erstaunen richtiggehend die Kinnlade herunter, denn – das Orchester beschleunigte das Tempo – die beiden bisher regungslosen Statuen traten nach unten auf die Bühne und begannen mit ihren Holzsandalen einen Steptanz. Mühelos bewegten sie sich zum Rhythmus, ihre Arme schwangen, die Bronzegesichter grinsten uns an. Es war toll, einfach toll, und als sie fertig waren und die Luftmenschen erneut vortraten, bekamen die vier unter Verbeugungen donnernden Applaus – ich klatschte mit den übrigen Leuten um die Wette. Ein schöner Abgang; der grüne Vorhang ging dreimal hoch und runter, bevor das Rampenlicht unter den Falten des schwankenden Vorhangs verdeckt wurde.

Nun war das Publikum lebendig geworden und freute sich auf die nächste Nummer. *B* ging aus und *C* an, aber ich machte mir nicht mehr die Mühe, im Programmheft nachzusehen; ich wartete nur, was kommen würde.

Der Vorhang hob sich – was war *das*? Vor dem Hintergrund einer Bergszene erstreckte sich etwas Langes über die Bühne. Käfige. Eine lange Reihe von dreißig Zentimeter hohen Käfigen mit Maschendraht, die auf spindeldürren Füßen nebeneinander standen. In den Käfigen Bewegung ... Tiere ... es waren *Katzen*. Gewöhnliche Katzen, jede in ihrem eigenen kleinen Käfig, der so eng war, daß die Tiere nach vorne blicken mußten. Dennoch sahen sie nicht unglücklich aus; eine putzte sich mit der Zunge und den Pfoten das Gesicht. Aber der Schwanz jeder Katze hing hinten am Käfig gerade nach unten – nun, natürlich, nun sah ich es – es waren künstliche Schwänze. Eine Reihe künstlicher Schwänze hing hinten an den Käfigen gerade nach unten. Mit schnellen Schritten kam ein kleiner dürrer Mann im Abendanzug: schmales blasses Gesicht mit einem dünnen Schnurrbart, Anzugjacke mit Schwalbenschwanz bis zu den Knöcheln. Eine einzige tiefe Verbeugung, die Arme schwangen nach oben, dann nach unten und berührten beinahe den Boden. Schnell ging er rückwärts nach hinten und kam hinter dem ersten Käfig rechts zum Stehen.

Eine Pause; leise Orchesterbegleitung setzte ein, und er zog fest am ersten Schwanz und heulte gleichzeitig wie eine verwundete Katze; sein Mund wurde durch den Käfig verdeckt. Es ist nicht einfach, mich zu überraschen, aber dieses schreckliche Katzengeheul ließ mich hochfahren. Dann – die Sitzreihen waren unterhalb der Bühne – sahen wir seinen gebeugten Kopf, der über den Käfigen hin und her sauste. Und unter ihnen sahen wir seine hin und her eilenden Beine und das schnelle Ziehen an den falschen Schwänzen. Sie wurden in einer bestimmten Reihenfolge gezogen und jedesmal von einem schrecklichen Gejaul begleitet. Manche zog er zweimal, raste dann an drei oder vier Schwänzen vorbei, um einen weiter entfernt zu ziehen, und jedes Aufkreischen, Heulen, Jaulen, Spucken, Wimmern – seine Lippen waren geschlossen, aber es konnte nur er sein – ließ die Katzen völlig ungerührt. Seine Schreie aber klangen echt, und er spielte – oder sang, oder heulte oder was auch immer – ›The Bells of Saint Mary‹! Jede einzelne Note, nur bestanden sie aus dem schnarrenden Todesstöhnen oder Aufjaulen einer eingeklemmten Katze; es war ungeheuer lustig, das Publikum tobte vor Begeisterung, und ihr Lachen übertönte beinahe das schreckliche musikalische Geheul.

Mit einem Zug an einem Schwanz, der die Käfige erzittern ließ; schloß er ab; dann trat er hervor und verbeugte sich tief. Sein Arm vollführte dabei einen tiefen Halbkreis, der beinahe den Boden berührte. Anschließend begab er sich wieder hinter die Käfige und nahm seinen irrwitzigen Lauf zwischen den Käfigen wieder auf, zog an den Schwänzen und heulte und wimmerte die Noten des – was sonst – ›Turkey Trot‹. Er beendete die Vorstellung mit *›Just a Song at Twilight‹ – Just a jowl at cat moan … when the sob is screech …*

Das Publikum wollte mehr, unser Applaus forderte es, aber der Mann war klüger als wir. Denn noch ein Lied und die ganze Nummer, glaube ich, wäre langweilig geworden. Dennoch verließ er uns mit einem fabelhaften Abschluß. Wieder und wieder verbeugte er sich vor dem Publikum, tat dann einen Schritt nach vorne und ließ uns irgendwie – ein Heben der Brauen, eine geringfügige Änderung seiner Haltung – wissen, daß er unsere Aufmerksamkeit wollte. Der Applaus verebbte schnell, wir saßen in gespannter Erwartung, er machte einen letzten Schritt an den Rand der Bühne, beugte sich vor und – im Theater war es äußerst ruhig – *schnurrte*. Ein rollendes, katzenähnliches Schnurren, das bis in den zweiten Balkon hinauf gehört werden konnte; und damit waren wir überwältigt: Er trat ab, der Vorhang fiel unter tosendem Applaus, einige im Publikum imitierten seine Katzenlaute.

Der Vorhang war unten, das Publikum unruhig, manche lachten noch leise vor sich hin, und ich fragte mich: was sind diese Varieté-Künstler für Menschen? Wem fiel es ein, daß er eine Begabung – wenn das das richtige Wort dafür ist – für katzenartiges Miauen und Jaulen zu einer Karriere ausbaute, die seinen Lebensunterhalt sicherte?

Die DOVE LADY: der Vorhang ging hoch, und dort stand sie, in einem Paillettenkleid, Arme steif zur Seite gestreckt, und auf jedem Handgelenk, Ellbogen und Schulter eine Taube. Sie lächelte, hatte das Kinn erhoben und sah erhaben aus: jünger und irgendwie besser. Auf vier Stangen, die an jeder Seite der Bühne auf Kästen aufgestellt waren, saß etwa ein Dutzend weiterer Vögel. Ein Fingerschnalzen von ihr, und sie flogen alle auf und stiegen spiralförmig über die Bühne in die Höhe auf. Maude Boothe, die DOVE LADY, hatte nun eine kleine Pfeife im Mund. Ein metallenes Zirpen, und jeder Vogel wandte sich in der Luft um und – sie flogen nicht, sondern glitten über das Publikum, das plötzlich unruhig geworden war, hinweg und hinauf zum Balkongeländer, wo sie sich niederließen und ihre seltsamen Vogelfüße zur Bühne drehten.

Das Orchester setzte – dezent im Hintergrund – ein, und die DOVE LADY dirigierte die Vögel mit kleinen Pfeifsignalen. Sie flogen, ließen sich auf den Armlehnen der Sitze an den Gängen nieder, während die dort Sitzenden sich mit unsicherem Lächeln wegdrehten. Die Tauben bildeten auf der Bühne eine vollkommen gerade Linie und saßen so lange regungslos, bis ein Pfiff ihnen einen anderen Befehl gab. Sie ließen einen Gegenstand, was wußte ich nicht, von Schnabel zu Schnabel gehen, versammelten sich alle auf Armen, Schultern und Kopf der DOVE LADY, während sie herumging. Wieder flogen sie, nun in gerader Linie, über uns hinweg, teilten sich dann in zwei Gruppen. Jeder zweite Vogel drehte in die andere Richtung ab, und alle kamen dann in einer geschwungenen Kurve zur Bühne zurück, wobei sie ein herzförmiges Muster flogen, und ich ... ich sperrte mich gegen dieses Gefühl, es erschien mir als ungerecht, aber ich fand dies alles uninteressant. Es überraschte mich zwar, daß den Vögeln so etwas beigebracht werden konnte, aber ... sonst? Und obwohl ich – aus Höflichkeit – so laut und heftig applaudierte wie die anderen auch, war ich froh, als die Nummer vorbei war.

Und aufgeregt. Denn *E* kam als nächstes dran, Vera und Vernon ... Tessie und Ted. Fast wollte ich aufstehen – ich spürte bereits den Drang in den Muskeln – und fortgehen. *Ich gehörte nicht hierher.*

Aber ich blieb. Die DOVE LADY verbeugte sich ein letztes Mal, dann fiel der Vorhang, der Buchstabe am Proszenium wechselte vom *D* zum *E*, und ich kauerte mich in meinen Sitz, die Arme über Kreuz auf dem Bauch, und versuchte unsichtbar zu werden – als sei ich nicht hier. Doch mein Kopf reckte sich in die Höhe. Auf der Bühne ein Hintergrund: gemalte Bäume, ein Bach – nichts sonst. Ein kleiner Flügel und ein Hocker. Und oh, *oh*, hier *waren* sie. Tessie, meine Großtante, die nun vielleicht dreißig Jahre alt war. Ich hatte sie niemals gesehen und gekannt. Und neben ihr ging, lächelnd, fast grinsend, der zwölfjährige Junge, der erwachsen werden sollte, dreimal heiratete, in seiner letzten Ehe ein Kind zeugte und noch in seinen Vierzigern starb, bevor sein Sohn zwei Jahre alt war.

Ich besaß zwei Fotografien von ihm. Auf einem ist er ein grinsender College-Schüler mit einem kleinen, flachen Hut, der mit einem Freund zusammen in einem offenen Ford Touringwagen saß, auf dessen Motorhaube in weißer Schrift *Eulen, hier ist euer Nest* stand. Das andere Bild war ein gestelltes, professionelles Foto: Krawatte, steifer Kragen, steifes Lächeln, Bart. Etwa fünfunddreißig.

Ich kannte diese Bilder und dieses Gesicht. Hier war aber eine andere Version davon, genau *hier* auf der Bühne, lächelte und nickte, während er den Hocker vor dem Flügel auf die richtige Höhe drehte. Ich wußte, daß er bereits angefangen hatte zu trinken, wahrscheinlich hatte er sich gerade wieder einen Drink genehmigt. Ein zwölfjähriger Junge mit einem Faible fürs Klavier, dort oben mit seiner ehrgeizigen Tante, die uns zulächelte, sich an den Flügel stellte, während er – mein *Vater* – ein Notenblatt umblätterte, seine Finger in Position brachte, zu Tess aufblickte, und sie – es war ihr Moment, der Höhepunkt ihrer beider Leben – zu seiner Begleitung zu singen anfing. *»Some … where a voice is cawling«*, sang sie, *»o-ver land and sea … Some … where a voice …«* Die Finger auf der Tastatur spielten gut, hier, in ihrem größten Augenblick. *»Caw-ling to me-e-e …«* Ihr Gesang war in Ordnung, denke ich; ich konnte es nicht sagen. Saß nur da, war erstarrt und stierte auf diesen verbotenen Anblick. Mein eigener Vater: Sollte ich zu weinen anfangen? Nein. Aber ich schaute nicht mehr auf die Bühne. Ich schloß die Augen und wartete.

Applaus, dann sang sie ein weiteres Mal – ich kannte das

Lied nicht. Noch mal Applaus, und sie sang weiter, und ich schaute auf, und er war da, noch immer da, über die Tasten gebeugt, lächelte, warf einen Blick zur Seite und schenkte uns sein Lächeln. Er spielte dort oben, die weiche junge Wange bewegte sich im Rhythmus der Musik, der geschlagene Mann mit seinen gescheiterten Ehen, der Alkoholiker, der bereits in ihm war, hier, auf dem Höhepunkt ihrer beider Leben, die berühmten Tage – die nicht einmal eine Woche dauerten –, als sie ›am Broadway‹ spielten. Ich hätte nicht herkommen sollen, Danziger hatte recht, wie immer; das war eine verbotene Sache.

Dann war es vorüber, der Applaus verebbte schnell, und sie waren verschwunden. Ich hatte nicht applaudiert, sondern mich abgewandt, denn ich hatte kein Recht hier zu sein; der Sitz hätte leer bleiben sollen. Ich saß da, wollte nach Hause zu Willy und Julia und dort bleiben, und wollte es auch tun; es gab hier nichts mehr für mich.

Aber nun leuchtete das *F* auf, Madam Zelda; ich beschloß, nach ihrer Vorstellung zu gehen. Also blieb ich in der momentanen Dunkelheit und wartete darauf, daß das, was an Gefühlen in mir war, sich auflöste und ich wieder in der Lage war, einen Gedanken fassen zu können.

Madam Zeldas Nummer begann auf traditionelle, aber noch immer wirkungsvolle Weise. Langsam hob sich der Vorhang und gab den Blick auf eine dunkle Bühne frei, in deren Mitte ein harter Lichtstrahl fiel. Während das Publikum leiser wurde, verstärkte sich der Strahl und fokussierte eine große Glaskugel auf einem Kissen. Er verbreiterte sich und beleuchtete nun von unten das Gesicht von Madam Zelda, dann allmählich ihren gesamten Oberkörper. Absurd, aber wirkungsvoll. Sie saß mit gekreuzten Beinen und trug eine Art Haremskostüm, auf dem Kopf einen Turban. Regungslos saß sie da und starrte in die glühende Glaskugel. Das Publikum wartete stumm.

Plötzlich die beeindruckend tiefe Stimme eines Mannes – von hier unten im dunklen Zuschauerraum: »Mad-am *Zell*-da!« Während er sprach, fiel ein Scheinwerferlicht auf ihn; er befand sich im Gang: groß, breit, brauner Anzug, weißes Hemd und dunkle Krawatte. »Sind Sie bereit?«

Eine Pause, die lange genug war, um den Eindruck zu

erwecken, daß sie nicht antworten würde. Dann: »Jaaa«, langgezogen. »Madam Zelda … ist bereit!«

Der Scheinwerferstrahl erfaßte nun auch einen anderen Mann aus dem Publikum, der neben dem großen Mann im Gang saß; er sah zu ihm lächelnd und erwartungsvoll auf. »Ich habe hier einen Brief, der einem Gentleman gehört und an ihn adressiert ist. Wie … heißt er?«

»Sein Name lautet … Robert … Lederer.«

»Und die Adresse?«

»Die Adresse ist … einhundertelf West 8th Street, City!«

»Ist das korrekt, Sir?« – er gab den Umschlag zurück und der Mann nickte und lächelte etwas dämlich. »Vollkommen korrekt!« Schnell ging der große Mann den Gang hoch, ignorierte einige Briefe oder Karten oder was ihm sonst hingehalten wurde, blieb dann stehen und lehnte sich in eine Reihe hinein, um die Hand einer jungen Frau zu ergreifen! »Diese junge Lady, Madam Zelda! Trägt einen Ring! Sagen Sie uns, Madam Zelda, wie der Ring aussieht?«

»Der Ring … der Ring …«

»Ja. Beschreiben Sie ihn bitte!«

»Er enthält einen Diamanten, einen wunderbaren Diamanten, und zu beiden Seiten dieses schönen Steins liegt eine schimmernde Perle!« Wie machte sie das? Durch einen Code, nahm ich an, durch einen ausgefeilten Code, der in dem, was der Mann sagte, verborgen war.

»Richtig!« rief er; das Mädchen schien erfreut und beschämt zugleich. Der große Mann ging mit schnellen Schritten den Gang hinauf und dann hinter mir in eine Reihe, so daß ich ihn nicht mehr sehen konnte, ohne mich umzudrehen. Aber ich hörte ihn. »Ein Gentleman, Madam Zelda! Nennen Sie mir den Namen … den Namen der Schwester dieses Mannes!« Code hin oder her, wie konnte er das wissen?

»Ihr Name lautet … Clara!«

»Ist das richtig, Sir? *Ja*! Der Gentleman sagte, daß Sie recht haben! Und nun, Madam, habe ich die Uhr dieses Gentlemans in meiner Hand! Konzentrieren Sie sich, denken Sie, denken Sie, und sagen Sie mir die Nummer … der Uhr dieses Mannes!«

»Die Nummer der Uhr lautet zwei … eins-acht-sieben … sechs-neun – nein, sieben-neun …« Sie zögerte, der Mann im Gang aber insistierte. »Ja!? Ja?« Und ich saß verstört in meinem Sessel, und die Nummer, die sie sagte, kam mir bekannt vor. Ich kannte diese Nummer. Triumphierend fuhr Madam Zelda fort. »Sieben! Die Nummer der Uhr dieses Gentlemans ist zwei-eins-acht-sieben-sieben-neun-sieben-eins!«

»*Stimmt* das, Sir?« Ich drehte mich in meinem Sitz um. »*Ist* das die Nummer Ihrer Uhr?« Und ich starrte auf Archie, der nickte und dem Jotta Girl, das neben ihm saß, zulächelte. »Ja«, sagte Archie und ließ die Uhr wieder in seine Westentasche gleiten, »das ist vollkommen richtig.«

»Archie ist Z«, sagte ich mir etwas dämlich. Die Nummer seiner Uhr war die Nummer, die in Alice Longworth' Brief erwähnt worden war. Der große Mann im Gang wandte sich jemand anderem zu, das Jotta Girl blickte auf und sah mich zu ihnen hochstarren. Sie sprach zu Archie, der ebenfalls aufschaute, dann gestikulierte und auf einen freien Platz neben ihnen wies. Und ich stand auf, rückte in den Gang und ging die fünf oder sechs Reihen zu ihnen nach hinten, und … *Rube, Rube, schau: ich sitze neben Z. Was nun? Was soll ich nun tun?*

Was ich tat, war … mich zu setzen. Ein wenig mit Archie und dem Jotta Girl zu reden. Und alles, woran ich denken konnte, war, mich nun an Archie zu hängen – soweit dies möglich war. Sein Kumpel werden. Das klang leer, vage, aber … was sonst?

Wir applaudierten Madam Zelda, als der Vorhang fiel; Archie war begeistert. Auf der Vorbühne leuchtete *G* auf, und einen Augenblick später fiel etwas von hinten gegen den schweren grünen Vorhang; unsere Aufmerksamkeit war geweckt. Dann eine Bewegung am unteren Rand, der Vorhang wurde schließlich etwas angehoben, und ein Gesicht erschien wenige Zentimeter über dem Bühnenboden. Die Augen weiteten sich, als er uns zu entdecken schien, der Mund ging auf vor komischem Erstaunen. Gelächter erfüllte den Saal. »Joe Cook«, sagte Archie glücklich; das Publikum wartete und murmelte voller Spannung.

Ich denke, Joe Cook war komisch. Das Publikum jedenfalls

dachte es. Mit schnellen Schritten kam er auf die Bühne, er trug einen lustigen Hut und Kostüm, und ging auf ein Haus in der Mitte der Bühne zu. Schlug laut gegen die Tür – ein Hausbesitzer, der die Miete einforderte. Tat es noch einmal, dann nahm er einfach das ganze Haus – es bestand aus leichtem Holzrahmen und Leinwand – und trug es von der Bühne. Er besaß all das, was Gelächter erzeugte. Das Publikum brüllte. Und ich, nun, ich brüllte nicht unbedingt – sondern, ja, ich *wußte* ... daß Tessie und Ted in den Seitenflügeln standen und ebenfalls Joe Cook zusahen. Ihn beobachteten, aus vollem Herzen lachten und – ja – ihm zulächelten und zunickten, als er abtrat, mit ihm vielleicht einige Worte wechselten, von einem Varieté-Künstler zum anderen.

Fast sofort war Joe Cook wieder auf der Bühne, schweren Schrittes, ächzend, stöhnend, denn auf seinem Rücken trug er drei ›Männer‹, die jeweils auf der Schulter ihres Untermannes standen. Es wirkte realistisch, richtige Kleidung hing an ihnen, und er stampfte unter ihrem Gewicht, bis er – wieder das ›Timing‹ – auf der anderen Seite der Bühne abtrat und uns sehen ließ, daß sie aus Pappmaché bestanden. Als wir in Gelächter ausbrachen, wußte ich – *wußte* –, wer grinsend hinter der Bühne stand und sich voller Freude zunickte, aus Freude darüber, Joe Cook zu kennen, einen Varieté-Star.

Wir sahen uns Joe Cooks Nummer an. Sahen, wie dieser Varieté-Aristokrat herauskam, sich auf einen Stuhl setzte, uns betrachtete und wartete, bis der Saal ruhig war. Dann war es still, und noch immer wartete er. Schließlich, kein Husten, keine Bewegung mehr, ich konnte das Atmen von Archie vernehmen. Wie machte Joe Cook das? Wenn ich dort oben gewesen wäre, lächelnd, wartend, wären mir die Nerven durchgegangen, und ich wäre von der Bühne gestürmt.

Dann sprach er in unsere vollkommene Stille hinein, so, als unterhalte er sich mit einem Freund: »Ich werde Ihnen nun vier Hawaianer imitieren«, und er begann den vielleicht berühmtesten Monolog des Varietés. Ich lächelte. Nicht wegen Joe Cook, sondern wegen der beiden, von denen ich wußte, daß sie dort hinten irgendwo standen und glücklich waren über ihre ›Woche‹, der berühmten dreitägigen ›Woche am Broadway‹, umgeben von der berühmtesten Gesellschaft, die ihre Welt kannte. *Ich hoffte, der große Mann spricht mit euch,* sagte ich mir leise. *Ich hoffe, er hat sich die Mühe gemacht, sich eure Namen zu merken und sie wenigstens einmal zu gebrauchen, in dieser berühmten Woche, eine Erinnerung, von der ihr den Rest eures Lebens zehren würdet.*

Z. Nun, er würde nach Europa gehen; Rube und ich wußten das. Also mußte ich herausfinden, wohin er ging, denn … es sah danach aus, daß ich mitreisen würde. Wer war Z? Z war Archie, aber wer war Archie? Im Taxi zurück zum Hotel sagte ich: »Würden Sie beide mit mir den Abend verbringen? Einige … Cocktails? Dinner. Irgendwo in der Stadt. Mir ist nach Feiern zumute, vielleicht könnten Sie uns etwas herumführen, Arch.«

»Sehr freundlich von Ihnen, Simon. Es wird mir ein Vergnügen sein.«

»Mir auch«, sagte das Jotta Girl, die zwischen uns saß. Dann murmelte sie in mein Ohr: »Sie haben Ihren Mann gefunden?« Ich nickte.

Im Foyer kaufte ich eine *Evening Mail*, und wir fuhren mit dem Fahrstuhl nach oben. Archie stieg im vierten Stock aus, wir fuhren weiter zum zehnten. Ich ging am Zimmer des Jotta Girl vorbei, aber als ich meine Tür aufsperrte, stand sie neben mir. »Oh, ich hätte auch eine Zeitung kaufen sollen; bei Wanamaker's ist Schlußverkauf. Haben Sie etwas dagegen, wenn ich ihre Anzeige herausreiße?«

Ja, ich hatte etwas dagegen, ich hatte etwas dagegen, wenn sie mit mir in mein Zimmer kam. Ich wartete drinnen, bis sie die Anzeige von Wanamakers gefunden und sorgfältig den Abschnitt der Schuhabteilung herausgerissen hatte; keinen Augenblick lang glaubte ich, daß sie das wirklich interessierte. Dann ging ich zur Tür, öffnete sie und sagte: »Wir sehen uns dann um sechs. Unten.«

»Ja, natürlich, unten. Wo sonst?« Und sie ging an mir vorbei durch die Tür, sah mich an und grinste; ich rollte nur mit den Augen und schüttelte den Kopf.

23

Das ist das riesige Gesicht, das für mich immer das Symbol für den Broadway von 1912 sein wird. Archie, kein New Yorker, zumindest war er nicht in der Stadt geboren, hatte folgendes geplant: Er hatte das Taxi nach Westen auf die 32nd Street

THE GIRL WITH THE WINKING EYE

geschickt, wo es auf den Broadway einbog, und dort *war* das riesige Gesicht. Als ich mich aus dem Taxifenster lehnte – neben mir das Jotta Girl – und es anstarrte, *zwinkerte* das große elektrische linke Auge uns zu. Ich habe diese Photographie aus einer Geschichte der *New York Times* über die spektakulären neuen Leuchtreklamen auf dem Broadway, die sich zu bewegen schienen; das Wagenrennen mit drehenden Rädern, fliegenden Hufen und niedersausenden Peitschen auf dem Dach des *Normandie* war ein anderes. »New York ist verrückt nach ihnen«, sagte Archie; ich nickte und grinste. »Ich auch.«

Vor uns lag der nächtliche Broadway, der so anders war als die ruhige Straße, die ich tagsüber entlanggegangen war. Die Bürgersteige und Straßen waren voller Menschen und glitzerten in hellem Licht: das war wirklich der *Great White Way*, denn er war weiß; kein Neon, die Scheinwerfer der Autos und Straßenbahnen, die Schaufenster und Theatereingänge waren von klaren, kerzenförmigen Glühbirnen erleuchtet. Archie grinste: das war *seine* Stadt; als hätte er persönlich jede einzelne Birne selbst eingeschraubt.

Dann enttäuschte er mich. Der Fahrer fuhr nach links, quer über die Straße und parkte gegenüber auf der falschen Straßenseite – vor dem Astor Hotel? Ich wollte nicht dorthin, an einen Ort, der noch zu meiner Zeit existierte und wo ich oft gewesen war. Das Jotta Girl, schien ebenfalls wenig begeistert zu sein. Aber wir gingen hinein, zu den Aufzügen, an denen Archie – Mr. Manhattan persönlich dem Liftjungen einfach zunickte und mit dem Zeigefinger nach oben wies. Dann traten wir auf den Dachgarten des Astor hinaus, den Sie oben sehen – ich wußte nicht, daß es so etwas gab. Dachgärten gab es überall in der Stadt, meinte Arch, während wir an einen Tisch geführt wurden, von dem aus wir den Broadway überblicken konnten; auf Hotel- und sogar Theaterdächern, wo die Stücke gespielt wurden, wenn es das Wetter zuließ. Als wir uns setzten, spürten wir die Hitze der Gasheizgeräte, die überall am Rand aufgestellt waren. Unter dem Glitzern des nächtlichen Himmels tranken wir – was sonst – Champagner. Und redeten. Zumindest Archie; ich stellte meist Fragen. Dieser hochgewachsene, freundliche rothaarige und rotbärtige Mann mit Sommersprossen war Major der U. S. Army *und* – ich war nicht überrascht – Chefberater von Präsident Taft, wie schon zuvor beim letzten Präsidenten, Theodore Roosevelt. Ich nickte, war beeindruckt und dachte an ihr nächtliches Treffen beim Flatiron Building. Nun aber hatte Arch sechs Wochen Urlaub; er brauchte eine Pause, obwohl er keinen müden Eindruck machte. Zuerst einige Zeit in New York, das er liebte. »Dann einige Wochen in Europa.«

»Oh, und wann fahren Sie?«

Es war so leicht. »Mittwoch, kommenden Mittwoch, auf der *Campania*. Sie ist klein und ein bißchen langsam, aber ich mag das, und sie gehört zur Cunard-Linie, also werde ich die Reise genießen. Ich werde niemals seekrank. Ein Freund von mir, Francis Millet, der bekannte Maler« – in seiner Stimme schwang Stolz mit – »läuft heute um Mitternacht mit der *Mauretania* aus. Wollte nicht auf mich warten. Er mag New York nicht, können Sie sich das vorstellen?«

»Um Mitternacht?« Das Jotta Girl schien interessiert zu sein.

»O ja. Es macht riesigen Spaß. Kommen Sie mit. Sie beide. Es wird Ihnen gefallen, es ist wie eine riesige Party.«

Rube … bist du sicher, daß das Z ist?

Wir tranken Champagner und gingen danach schräg über den Broadway. Archie verriet nicht, wohin es gehen sollte. Aber als ich den mächtigen steinernen Greif über dem Eingang erblickte, wußte ich, wo wir waren; das war Rector's. Der Saal war groß, mit Kristalleuchtern ausgestattet, luxuriös und voller Menschen. Wir mußten warten, aber sie kannten Archie, und so warteten wir nicht lange.

An unserem Tisch – wieder wurde Champagner serviert – betrachteten das Jotta Girl und ich die mit dem Greif bestickten Servietten; das Tischtuch war mit dem gleichen Emblem verziert, ebenso die Gläser und das Besteck. Und Archie, der Teilzeit-New-Yorker, sah uns amüsiert an.

Dann unterhielt er uns mit Rector-Geschichten: der ehemalige, nun reich gewordene Jockey, der seinen riesigen Diener eine kleine Kanone auf das Dach schleppen und sie abfeuern ließ, um verschiedene Ereignisse wie seine Hochzeit zu feiern; der reiche Goldgräber aus dem Westen, der einmal im Jahr auftauchte und jedesmal eine Tasche voller Perlen hatte, die er auf dem Tisch durch seine Finger gleiten ließ. Die riesigen Äpfel, die aus Frankreich importiert wurden und mit einem Papiergreif heranreiften, der auf ihre Schale aufgeklebt wurde.

Um uns herum elegante Leute, darunter eine Schönheit, die mich dabei ertappte, wie ich sie anstarrte. Ein nettes Orchester, dem ich, während Archie redete, halb zuhörte; ich überlegte, wie viele Lieder aus dieser Zeit sich erhalten hatten. Sie spielten ›*By the Light of the Silvery Moon*‹ … ›*I Wonder Who's Kissing Her Now*‹ … ›*Meet Me Tonight in Dreamland*‹ … ›*Oh, You Beautiful Doll*‹ … Dann, mitten in ›*Let Me Call You Sweetheart*‹ – Archie beendete gerade das Thema über die Äpfel aus Frankreich – brach das Orchester mitten im Satz ab und begann abrupt ›*I'm Falling in Love with Someone*‹. Archie beugte sich diskret über den Tisch und flüsterte: »Dort ist er! An der Tür!«

Ich blickte auf, sah einen Mann in Abendkleidung, Anfang fünfzig, der nickte, lächelte, sich leicht verbeugte und dem vereinzelten Applaus dankte. Dann drehte er sich um und ging auf das Orchester zu. »Er bedankt sich nun bei ihnen«, sagte Archie. »Er tut es immer.«

»Wer ist das?«

Archie war verblüfft. »Victor Herbert, natürlich! Wenn sie ihn kommen sehen, unterbrechen sie und spielen eine seiner Kompositionen. Und jedesmal geht er zu ihnen hinüber und bedankt sich – sehen Sie? Ein sehr höflicher Mann.«

Wir bestellten unser Essen, das Jotta Girl stupste mich an, Champagner einzuschenken. Nachdem wir angestoßen hatten, fragte ich Archie, ob er Alice Longworth kenne.

Natürlich! Jeder kannte Alice, sie war die Vorsitzende eines Zirkels, dem anzugehören er die Ehre hatte.

Oh? Wie war sie?

»Eine Verrückte. Ziemlich irr. Ihr Ehemann, Nick, gehört dem Repräsentantenhaus an, aber das setzt ihren Leidenschaften kaum Grenzen. Wenn man morgens um drei durch Kieselsteine am Fenster geweckt wird, dann kann es nur Alice sein, die einen dazu zwingt, sich anzuziehen und an einer spontanen Party teilzunehmen. Wir haben zu solch nächtlicher Stunde Golf gespielt und dabei einen Ball durch die leeren Straßen von Washington getrieben. Ich hege die Hoffnung, daß sie und Nick noch vor meiner Abreise nach New York kommen werden.«

Ich denke, das Essen – Lammkeule für mich – war das beste, das ich jemals hatte. Dann – es war schließlich *mein* Abend – orderte ich Brandy. Als ich Archie auf seine beiden Präsidenten ansprach, wurde er ernst; er hatte enormen Respekt und große Achtung vor Präsident Taft; mochte ihn, es war ihm eine Ehre, sein Berater zu sein. Seine wirkliche Liebe aber – so erkannte ich aus seiner Stimme – gehörte Präsident Roosevelt.

Was war an Roosevelt, das er so bewunderte? Nun, Teddy Roosevelt war immer er selbst. Er ging einmal mit dem französischen Botschafter spazieren; als sie den Potomac erreichten, schickte er die beiden Sicherheitsleute nach Hause.

Dann – es war ein schöner Sommertag – zogen sich die beiden Männer aus, schwammen durch den See und wieder zurück, setzten sich auf einen Stein in die Sonne, ließen sich trocknen, zogen sich an und gingen zum Weißen Haus zurück. Er war eigen und verstand es, Spaß zu haben.

Aber auch hart. »Er glaubt an körperliche Leistungsfähigkeit und befahl dem Offizierskorps der Navy einen Neunzigmeilenritt pro Woche. Er meinte zu mir, ›wenn Sie die Proteste gegen meinen Befehl, welcher der Navy diesen Ritt vorschreibt, hören, dann verstehen Sie vielleicht, daß ein großer Teil sowohl der Marine als auch der Armee nur darauf wartet, daß ich das Weiße Haus verlasse, um dann den nächsten Präsidenten mit Anträgen zu überschütten, diesen Befehl zu ändern. Aber ich weiß, der Befehl ist nicht zu hart. Falls er es sein sollte, dann würde ich gerne wissen, warum. Wenn zwei Offiziere der Marine, wenn Sie und ich diesen Neunzigmeilenritt an einem Tag zurücklegen, dann werden wir niemals mehr ein Wort des Protestes gegen diesen Befehl hören. Das wird alle Kritiker zum Verstummen bringen, und Armee wie Marine werden auf seine Durchführung als Teil des ›Esprit de corps‹ achten.‹«

Auf der anderen Seite des Speisesaals stand ein stattlicher Mann von seinem Tisch auf und begann mit schöner Baritonstimme zu singen. Das Lied besaß die Zeile ›*I WANT what I WANT when I WANT it!*« laut Archie stammte es aus einem Musical, in dem dieser Mann auftrat. Während er sang, nahmen die meisten Gäste ihre Gläser, Gabeln oder Messer zur Hand und klopften bei jedem ›WANT‹ damit auf den Tisch. *I WANT what I WANT when I WANT it!*« sang der Mann, und jedes ›*WANT*‹ wurde vom gemeinschaftlichen Schlagen fast übertönt.

Er beendete sein Lied, verbeugte sich, jeder, Kellner und Mitglieder des Orchesters, die ihn leise begleitet hatten, eingeschlossen, applaudierten. Dann setzte er sich, aß weiter, das Gemurmel der Konversation setzte wieder ein, und Archie erzählte weiter: »Am Tag, an dem der Ritt stattfinden sollte – oder in der Nacht, sollte ich besser sagen – klopfte der Präsident an meine Tür, wir frühstückten, und zwanzig Minuten vor vier bestiegen der Präsident, Admiral Rixey, Dr. Gregson und ich unsere Pferde. Der Präsident ritt Roswell und ich meinen treuen Larry. Die beiden Marineoffiziere hatten ebenfalls ihre eigenen Pferde. Wir ritten in leichtem Trab die Pennsylvania Avenue hinunter und erreichten zehn Minuten später die Brücke. Aber der Wind war kalt, Si! Und alles war hart gefroren.

Der größte Teil der Straßen, über die wir ritten, war beim letzten Tauwetter aufgeweicht, von tiefen Furchen durchzogen und so wieder festgefroren. Aber wir schafften es, um sechs Uhr zwanzig das Fairfax Corthouse zu erreichen. Zwei Kavallerieadjutanten hatte ich befohlen, in Fairfax, Cub Run und Buckland Ersatzpferde bereitzustellen, hatte aber keine Erklärung gegeben, für wen sie bestimmt waren. Folglich waren die Pferde die gewöhnlichsten Kavalleriеklepper.

In Fairfax wechselten wir die Pferde zum ersten Mal; wir brauchten nur fünfzehn Minuten, um dies zu tun, und ohne weitere Verzögerung setzten wir uns in schnellem Trab nach Centerville in Bewegung. In Cub Run wechselten wir zum zweiten Mal die Pferde, und für den Präsidenten und mich hätte es nicht schlimmer kommen können. Die neuen Pferde waren langsam und meines störrisch dazu.

Aber der Präsident war bester Laune und machte gegenüber Admiral Rixey Witze über die Straßen in Virginia und fragte sich, was die alten Veteranen denken mochten, wenn ihre Geister ihn hier mit uns Rebellen, wie er uns nannte, über Bull Run reiten sehen könnten.«

»Ist das Jack London?« fragte das Jotta Girl und wies mit ihrem Kinn auf einen Tisch im Saal; wir blickten hinüber.

»Ich glaube ja«, sagte Archie; ich schloß mich seiner Meinung an. Er besaß diesen Blick, dieses Gesicht der Jahrhundertwende, das man auf den Photos des Yale-Football-Teams sieht, bevor sie Helme trugen: das längliche Haar und Rollkragen-Jerseys, die fast gänzlich verschwunden sind. Es war Jack London, keine Frage. »Und ich denke, die Männer bei ihm sind Richard Harding Davies und Gerald Montizambert.«

Ich sagte nichts; ich wußte zwar nicht, wer Richard Harding Davies war, aber natürlich kannte ich – wer tat es nicht? – den berüchtigten und unheimlichen Gerald Montizambert.

»Als wir Gainesville erreichten«, sagte Arch, »waren wir alle der Überzeugung, daß unsere Reise ein Erfolg würde. Jeder hatte seine Kräfte richtig eingeschätzt und wußte, was er sich zumuten konnte. Als wir um neun Uhr fünfunddreißig Buckland erreichten, waren wir bester Stimmung.

Wir wechselten dort die Pferde und begaben uns auf den letzten Abschnitt nach Warrenton. Wir hatten geplant, die Stadt um elf zu erreichen. Einige Zeit lang allerdings sah es hoffnungslos aus; die Straße hatte so tiefe Furchen, daß wir nur noch vorwärtskamen, indem wir die Straße verließen und uns abseits hielten. Jeden guten Abschnitt nützten wir aus und galoppierten, und als die Uhr gerade elf schlug, ritten wir in die Stadt ein. Einige der Leute erkannten den Präsidenten, die Nachricht verbreitete sich schnell. Sie wollten nicht glauben, daß wir in Washington losgeritten waren. Er hielt eine kurze Ansprache, mit dem Ergebnis, daß er für sein Mittagessen nur noch zehn Minuten Zeit hatte.

Um zwölf Uhr fünfzehn verließen wir Warrenton und erreichten auf unserem Rückweg Buckland erst um ein Uhr fünfunddreißig. Ich hatte ein Pferd, das die ganze Zeit über bockte. Als ich einmal abstieg, um nach dem Sattelgurt des Präsidenten zu schauen, brauchte ich fünfzehn Minuten, bis ich wieder aufgestiegen war. Es bäumte sich auf und schlug aus und traf einmal sogar Dr. Gregson, den es fast außer Gefecht setzte. Schließlich versuchte ich einen Sprung auf den Sattel und schaffte es so. Ich war ziemlich froh, als ich es in Buckland zurückgeben konnte, das kann ich Ihnen sagen.

Zwischen Buckland und Cub Run war unsere Stimmung auf dem Tiefpunkt. Admiral Rixey ritt ein prächtiges Tier, das ihm gehörte, und fiel in einen leichten Trab, was für ihn wunderbar, für den Präsidenten und mich aber die Hölle war, denn wir ritten die rauhesten Truppenpferde, die Fort Myer auftreiben konnte. Als wir schließlich Cub Run erreichten und uns von neuem in Bewegung setzten, schickte der Präsident Rixey nach hinten und befahl mir , das Tempo zu machen.

Wenn die Straßen schlecht waren, gingen wir langsam, ansonsten aber galoppierten wir auf den guten Abschnitten wie verrückt. Auf diese Weise kamen wir schneller voran, auch wenn man dies nicht erwarten würde; doch während der langsame Trott uns von den Anstrengungen ausruhen ließ, erwärmte das Galoppieren unser Blut und erfrischte den Geist.

Kurz vor Centerville gerieten wir in einen Blizzard, der von Norden als Schnee- und Graupelschauer über uns herfiel und uns von hier an bis Washington begleitete. Der Wind blies stürmisch, und das Eis schnitt uns so tief ins Gesicht, daß ich glaubte, zu bluten. Dennoch hielten wir ein schnelles Tempo bei, denn – soviel war nun sicher – jede zurückgelegte Meile war eine weniger. In Fairfax erhielten wir wieder die Pferde, mit denen wir losgeritten waren. Niemals zuvor in meinem Leben war ich so erleichtert wie in dem Moment, als mir der Adjutant sagte, daß Roswell und Larry in gutem Zustand und nicht lahm vom Ritt am Morgen waren. Auf anderen Pferden, glaube ich, hätten wir die Strecke nach Washington kaum ohne Unfall zurückgelegt – wenn wir sie überhaupt geschafft hätten.

Fairfax verließen wir bei dunkelster Nacht und gingen fast den gesamten Weg nach Falls Church. Ab Centerville war der Präsident beinahe blind, denn das Eis legte sich auf seine Brille und behinderte die Sicht nach vorne. Er vertraute nun einfach auf Roswell. Ich übernahm die Führung, er unmittelbar dahinter, gefolgt von Gregson und Admiral Rixey.

Ich wagte nicht zu galoppieren, denn wir waren unserem Ziel zu nah, um noch Unfälle riskieren zu können. Als wir einmal zu traben anfingen, lief das Pferd des Präsidenten in einen Graben, fing sich aber, ohne sich oder den Reiter zu verletzen. Ab Falls Church trabten wir, denn die Straßen waren besser und durch die Lichter von Washington, das neun Meilen entfernt war, konnten wir seltsamerweise die Straßen besser sehen. Es war genug Schnee gefallen, um sie sicher zu machen, also trabten wir die ganze Strecke bis zur Aqueduct Bridge. Als wir die beleuchtete Anfahrt erreichten, sahen wir die Kutsche vom Weißen Haus, die ich bestellt hatte, bevor wir Fairfax verlassen hatten. Aber als die Frage aufkam, ob die asphaltierten Straßen für die Pferde sicher genug wären, entschied der Präsident, ›wir werden es mit unseren Pferden bis zum Weißen Haus schaffen, und wenn wir sie führen müssen‹.

Mrs. Roosevelt hielt vom Fenster von Miss Ethels Zimmer aus nach uns Ausschau, und als wir ankamen, stand sie bereits an der Tür und hieß uns willkommen. Wir waren über und über mit Eis bedeckt, und der Präsident in seiner schwarzen Jacke mit Pelzkragen und seinem weitkrempigen schwarzen Hut sah aus wie der Nikolaus. Mrs. Roosevelt hieß uns eintreten und brachte uns einen Julep, den ersten Tropfen Alkohol auf unserem Ritt.

Am nächsten Tag konnte ich mich kaum rühren und wollte nicht aufstehen. Dennoch verließ ich zur gewohnten Zeit das Haus und meldete mich um zehn beim Präsidenten. Ich konnte nicht widerstehen, bei meinem Club vorbeizuschauen, denn ich wußte, daß sie dort alle dachten, wir wären nun einige Tage lang außer Gefecht gesetzt.«

Wir saßen in dem vollbesetzten Restaurant, und eine Minute lang sagte ich nichts. Ich dachte über amerikanische Präsidenten nach. Nichts Besonderes, nur, daß es viele unterschiedliche Charaktere unter ihnen gab. Und daß wahrscheinlich die älteren Jahrgänge etwas besaßen, wovon die jungen nicht einmal eine Ahnung hatten. Jedenfalls, wenn es stimmte, daß hier um 1912 die Gründe für den Großen Krieg noch klein, handhabbar und zu beeinflussen waren, so daß der Krieg verhindert werden konnte … dann waren vielleicht dieser große, freundliche, kompetente und ehrenwerte Mann und die beiden Präsidenten, denen er diente, genau diejenigen, die dies schaffen konnten.

»Es ist fast zehn Uhr dreißig«, sagte Archie. »Wir sollten nun gehen, wenn wir noch zur Party auf der *Mauretania* wollen.«

24

Wir fuhren im Taxi mit etwa fünfunddreißig Stundenkilometern die 7th Avenue hinunter und dann auf der 14th Street nach Westen zum Hudson River, als wir mitten im Satz, mitten im Lachen erschauerten. Wir vernahmen ein Geräusch, das einem buchstäblich die Haare zu Berge stehen ließ; es war das tiefe Heulen eines Schiffhorns. Es hielt an, durchwirbelte die Moleküle der Luft und hörte nicht mehr auf – so tief und dumpf, daß es einem durch die Knochen fuhr. Endlich verstummte es, nicht aber in meinem Kopf und in meinen Nervenbahnen. Wir bogen in die West Street ein und fuhren dann am Fluß und den Docks entlang. In diesem Moment sahen wir plötzlich, nur einige Docks vor uns, die vier riesigen, von Scheinwerfern angestrahlten Schornsteine der *Mauretania*; sie waren im Rot der Cunard-Line gestrichen, oben mit schwarzen Bändern, unter ihnen die leuchtendweißen Aufbauten. Nun tönte wieder das dumpfe Schiffshorn und hörte schließlich auf; nichts blieb zurück als sein Echo, das im Gehirn forttönte, und die erregende Präsenz dieser vier riesigen Schornsteine, die sich von der Nacht abhoben. Das große tieftönende Horn erklang erneut, und ich wollte nichts mehr auf dieser Welt, als auf diesem Schiff auslaufen.

Wir hielten am Randstein an, hinter einem Dutzend anderer Kutschen und Wagen, aus denen Koffer entladen wurden, und stiegen aus – hinein in eine Oase aus Licht, Lärm, Gelächter und Schreie – eine Oase, die von einem anscheinend dunklen und verlassenen Lower Manhattan umgeben war. Bis auf den Bug des Schiffes – der erstaunlicherweise fast den Gehweg berührte und an dem der magische Name *Mauretania* prangte – bis auf ihn und die vier großen Schornsteine, die sich über alles andere erhoben, war alles von dem mächtigen, häßlichen Holzdock verdeckt, dessen Schindeldach ein Stockwerk über unseren Köpfen lag. Dahinter, an der anderen Seite, lag der Hudson; der Mond berührte die Wellen mit seinem gelben Lichtschein. Ein magischer Moment für mich und für das Jotta Girl, denn während wir so standen und warteten – Archie beugte sich in das Taxi und bezahlte den Fahrer – schob sie ihren Arm unter meinen.

Aus den am Straßenrand parkenden Taxis und Wagen stiegen Leute: manche selbstbewußt, andere vorsichtig und beunruhigt um sich blickend, voller Angst, das Schiff könnte plötzlich ablegen. Die meisten aber waren fast ausgelassen. Eine Gesellschaft, sechs Personen in einem Taxi, alle in Abendgarderobe, brüllten betrunken.

Einige hatten ihr Gepäck auf die Gepäckträger hinten an den Wagen geschnallt oder auf den flachen Dächern festgebunden. Andere dagegen, Besucher oder erfahrene Reisende, hatten es bereits während des Tages an Bord bringen lassen.

Ein Polizist am Randstein schickte mit Gesten die Taxen fort, sobald sie entladen waren. Als das unsere wieder in die West Street einbog, rollte leise eine große graue Limousine, nur einen Zentimeter kürzer als ein Laster, von hinten heran. Die Hand des Polizisten ging respektvoll an das Visier seiner Mütze, zwei Reporter mit Melonen – ich war mir sicher, es waren Reporter – kamen angelaufen, ein dritter trottete neben dem Wagen her.

Archie, das Jotta Girl und ich beobachteten, wie die Limousine unter einer Straßenlaterne stehenblieb. Im offenen Vordersitz ein Chauffeur mit einer spitzen Kappe und ein Bediensteter mit Seidenzylinder, beide in dunkelgrüner Uniform. Der Bedienstete sprang auf den Gehweg, bevor der Wagen ganz zum Stehen kam, ging zur hinteren Tür und erfaßte die große vernickelte Klinke. Er öffnete die Tür, als der Fahrer die Handbremse anzog – ein langes knarrendes Geräusch –, dann sprang der Fahrer heraus und ging nach hinten zu einem Laster mit der Aufschrift *Ludlock's Express Company*, der hinter der Limousine geparkt hatte. Der Bedienstete hatte nun die Tür geöffnet, einer der Reporter beugte sich nach unten, nickte und lächelte den Leuten innen zu.

Mit affektierten Gesten stiegen sie aus: zwei Frauen, die der Bedienstete am Ellbogen stützte, zuerst die jüngere, ihr seidener Knöchel suchte nach dem breiten Trittbrett; sie mußte sich kaum beugen, da das Wagendach so hoch war. Nach ihr eine ältere Frau, die vorsichtig und unter Mithilfe des Chauffeurs ausstieg. Die jüngere Frau schaute sich um; sie sah blendend aus, und das Jotta Girl sagte leise: »Wow.«

Ihr Mantel war lang und dunkel – blau oder schwarz, es ließ sich nicht unterscheiden – und besaß einen Hermelinkragen. Sie trug außerdem einen Hermelinmuff und einen dunklen Hut – eine Art Turban, an dem an jeder Seite ein scharlachroter Flügel befestigt war, eine richtige Vogelschwinge; spektakulär. Der Reporter neben ihr sagte etwas, sie wandte sich ihm zu und antwortete. Das Licht der Straßenlaterne fiel auf eine diamantbesetzte Kette, die sie um den Hals trug, und berührte einen großen ovalen Anhänger, der daran hing und wie ein kleines Feuerwerk aufstrahlte. »Echt«, sagte neben mir das Jotta Girl, »wirklich echt …« Das Profil der Frau war nun im Licht, und ich erkannte, daß sie – nun, wenn man nicht schön sagte, so würde man sicherlich nicht einfach hübsch sagen. Unverwechselbar, vielleicht, wie sonst keine. Man sah, daß sie genau wußte, wer sie war, eine wichtige Person, und daß sie es immer schon gewesen war. Die ältere Frau war einfach gekleidet, sie trug zwar keine Uniform, dennoch sah man, daß sie Dienstpersonal war. Sie ging zum Express-Truck zurück, wo der Fahrer die Koffer zur geöffneten Ladeluke schob, von wo der Bedienstete und der Chauffeur sie auf den Gehweg hievten.

Der Polizist war herübergeschlendert – es zog ihn her wie einen Nagel zu einem Magneten –, und die Lady ließ ihm ein freundliches, aber nicht zu breites Lächeln zukommen. »Es wird nicht allzu lange dauern«, sagte sie; der Polizist berührte schnell den Schirm seiner Mütze und legte sich auf den Gehweg, um ihr die Füße zu lecken – nun, er tat es nicht, aber er hätte es wohl gerne.

Da ich sehr neugierig war, zog es mich zum Randstein, das Jotta Girl kam mit mir. Archie blieb zurück, er wollte nicht lauschen. Wir taten so, als ob wir die Straße beobachteten und nach jemandem suchten, der noch nicht eingetroffen war, und hörten den Reporter – er hatte nun Block und Stift gezückt – sagen: »Und darf ich unseren Lesern mitteilen, daß Sie Ihren Aufenthalt hier genossen haben?«

»Natürlich? Ich liebe Amerika:« Sie drehte sich um, um das Ausladen zu überwachen; die Koffer, bislang acht an der Zahl, türmten sich auf dem Gehweg.

»Und glauben Sie immer noch, daß die Suffragetten die Wahl gewinnen werden?«

»Natürlich werden sie gewinnen. Hier und in England. Was sie natürlich auch sollten.«

»Und Sie sind noch immer ... eine Sozialistin?«

»Ja, sicher bin ich eine Sozialistin. Und gedenke dies auch zu bleiben.«

»Und Sie wohnten im – es war das Ritz-Carlton-Hotel?«

»Ja, natürlich, und warum sollte ich nicht?« Sie sah zum Laster zurück. »John? Rudy? Alice? Sind alle da? Sorgen Sie dafür, daß sie sicher an Bord kommen.«

»Ja, Ma'am«, sagte die Gesellschafterin. Die Lady schritt auf die Stufen zu, die an Bord der *Mauretania* führten. Zum Reporter, der ihr nachstarrte, sagte ich: »Wer ist sie?«

»Die Comtesse von Warwick.«

»Und Sozialistin?«

»Das behauptet sie. Und ich denke, das ist sie auch.«

Die Schrankkoffer waren nun alle auf dem Boden, der Bedienstete wies eine Reihe von blau uniformierten Trägern an, und ich zählte. Es waren achtzehn große schwarze Truhen, mit Messingecken, Messingschlössern, schweren schwarzen Riemen, und um die Mitte war jeweils ein breites gelbes Band gemalt, zur schnellen Identifizierung, nahm ich an. Oben auf den Truhen war jeweils eine Adelskrone gemalt, darunter die Initialen *F. E. W.* An jedem Koffer hing ein neu aussehender Aufkleber: *Cunard Steamship Line*. Doch neben den aufgeschichteten Truhen stand ein großer Koffer, der mit Aufklebern von Cunard, White Star Line, Hamburg-American und den von Hotels in allen wichtigen Städten in Europa übersät war; ich wußte, daß er der Gesellschafterin gehörte.

Weitere Taxen und mit Gepäck beladene Laster füllten die

Parkplätze, sobald diese frei geworden waren; der Wagen der Comtesse fuhr weg. Archie, das Jotta Girl und ich sahen uns an und grinsten, dann begaben wir uns zur Treppe hinunter zum Dock. Ich fühlte mich wunderbar glücklich; nur *hier* zu sein, die Comtesse sehen und diese Holztreppe hinabsteigen zu können. Und war – äußerst – gewillt, meine Seele zu verkaufen, wenn ich nur auf diesem großen erleuchteten Schiff auslaufen könnte.

Da lag die *Mauretania*, meilenlang, drei niemals endende Reihen von leuchtenden Bullaugen, Hunderte und Aberhunderte von ihnen, die in der Ferne zu Punkten verschwammen. Ich habe gelesen, ein Linienschiff ist das größte Ding, das sich bewegt, und das war – als wir die Holztreppen hinuntergingen und ich hochstarrte – nicht schwer zu verstehen. Wie konnte es so lang, so groß sein, wie konnte es gemacht worden sein, wie konnte dieses Monstrum schwimmen?

Unten dann über die vergammelten Bohlen des Docks und die Gangway hinauf; eine breite Planke, die mit Querhölzern beschlagen war. Auf ihr standen lachende, aufgeregte Menschen. Ich schaute weg – seltsamerweise war ich nun ein wenig über der Stadt unten zu meiner Rechten – und trat aus der Welt, die ich bislang gekannt hatte.

In eine Welt, die ich in der Form niemals zuvor gesehen hatte; ihre Wärme, Fremdartigkeit, sogar ihr Geruch sagte mir dies. Eine Reihe von lächelnden Männern und Jungen in Uniformen begrüßten uns. Die Pagen, oder wie immer sie auch hier genannt wurden, trugen blaue Anzüge mit Messingknöpfen. Alle schienen glücklich, uns zu sehen, und wiesen uns freundlich den Weg. Hinein in einen großen Raum, der mit Passagieren, Besuchern und schwitzenden Stewards gefüllt war. Golfsäcke lehnten an den Wänden, große Blumenkörbe warteten darauf, in die Kabinen geschafft zu werden. Auf dem Boden, gegen die Wände gelehnt, braune Pappkartons, und auf kleinen Tischen große Schachteln mit Süßigkeiten und Bündel mit Telegrammen. Es gab zweirädrige Handwagen für das Gepäck und Früchtekörbe, Palmen in Töpfen, und Menschen – Menschen, die Geräusche von Menschen, immer mehr Menschen traten neugierig ein.

Wir drei gingen weiter, bewegten uns mit dem Menschenstrom, einen engen Korridor hinab, dann in einen großen und schönen Raum. Über uns erhob sich eine wunderschöne Kuppel aus farbigem Glas, die Wände bestanden aus – ich weiß es nicht – glänzend dunklem Holz. Da stand ein langer, langer Tisch mit weißem Tuch, dahinter lächelnde Männer mit hohen Kochmützen und gefalteten Tüchern, vor ihnen das Essen: Pâté de foie, schwarzer Kaviar, Braten, Aufschnitt, kleine Steaks, Eintöpfe. Früchte, Kuchen, Eiscreme, alles, einfach alles. Lachsscheiben. Wir aßen, die Teller in der Hand, und grinsten uns an, gingen in dem großen Raum umher und betrachteten die Gemälde an den Wänden. Leute kamen herein und gingen wieder hinaus, und wir verloren das Jotta Girl; sie verschwand. Ich setzte meinen Teller ab und wanderte neugierig herum. Wieder hinaus in den Korridor, in dem sich die Leute drängten, die meisten waren glücklich und lachten, aber nicht alle. Nicht die uniformierten Stewards, die mit Eiskübeln zu kämpfen hatten.

Vorbei an Einzelkabinen, die voll waren mit Leuten, die ihren Spaß hatten, die mich einluden, um mit ihnen einen Drink zu nehmen. Vorbei an einer Kabine, deren Tür weit offenstand, darin eine Frau, die alleine weinend auf ihrem Bett saß. Vorbei an aufgeregten Menschen, die sich über ihr Gepäck hinweg unterhielten. Vorbei an anderen, die wilde, ausgelassene Kinder dazu drängten, ins Bett zu gehen.

In die großen Säle, wieder heraus, ich wußte kaum, wo ich mich befand. Was soll ich über sie erzählen? Ich weiß es nicht, außer, daß sie alle anders und doch wieder gleich waren. Jeder Saal besaß eine riesige Glaskuppel, durch die das Tageslicht vom Deck herabfiel. Jede Kuppel war anders, und dennoch ähnlich. Eine war cremefarben golden, der Speisesaal besaß wunderschöne tiefrote Teppiche, die Farbe der Sitzbezüge war ein dunkles Rosa. Die Drehstühle um die Tische waren am Boden festgeschraubt, was einiges über die Ozeanüberquerung aussagte, die vor ihnen lag. Kristallkronleuchter, Teppiche, die zu den Tapeten paßten. Roséfarbene Teppiche, grüne Teppiche. Aus einem Raum, in dem dichtes Gedränge herrschte, in einen anderen, der fast verlassen war.

Die Lounge. Der Rauchsalon mit einem riesigen offenen Kamin. Das Musikzimmer. Die Bibliothek. Überall dunkles glänzendes Holz. Gemälde. Luxus. Ein Luxusschiff, das war es. Und überall waren Pflanzen.

Ich spähte in leere Kabinen und in eine, die nicht leer war, und riß meinen Kopf wieder zurück, bevor sie mich sehen konnten. In den Schlafkajüten standen Nachtkästchen mit kleiner Reling, damit die Sachen nicht herunterrutschen konnten, Gläser in Vertiefungen: ein Schiff, das rauhe Gewässer erwartete.

In der Bibliothek, die fast leer war, sah ich mich um; wieder eine Glaskuppel, dunkle Paneele, Bücherregale, viele Polstermöbel: alles sah neu aus. Im Korridor hörte ich eine Stimme, die sagte, die *Mauretania* käme soeben aus dem Trockendock, wo sie umgebaut worden sei. Ich spähte umher: Niemand war zu sehen. Dann nahm ich ein Fünfundzwanzigcentstück aus meiner Tasche, stellte mich auf Zehenspitzen und warf es hinter eine Buchreihe: wenn ich auch nicht mitkonnte, so sollte wenigstens etwas von mir heute abend auslaufen. Das Jotta Girl kam herein, ein Glas in der Hand, und wir gingen hinaus auf das Promenadendeck. Überall standen Luftschächte, die riesigen weißen Saxophonen glichen, das Deck war voll von ihnen. Sie wurden durch die Vorwärtsbewegung des Schiffes mit Luft gefüllt – keine Klimaanlage. Wir schlenderten an Rettungsbooten vorbei und berührten mit den Händen ihre Oberseiten. Und fanden Archie an eine Reling gelehnt, im Gespräch mit seinem Freund, den er uns vorstellte: der Maler Francis Millet.

Irgendwo sagte eine Jungenstimme: »Alle Leute, die nicht Passagiere sind, an Land.« Ich mußte verblüfft dreingesehen haben, denn Archie lächelte. »Keine Eile«, sagte er. »Sie rufen das noch ein halbes Dutzend Mal aus, und keiner achtet darauf. Aber wenn Sie das Schiffshorn hören, dann ist es ernst gemeint. Wir treffen uns dann auf dem Gehweg, oben an der Treppe; das Dock wird ziemlich voll sein. Und der erste hält ein Taxi auf, es wird nur wenig freie geben.«

Aber danach – das Jotta Girl und ich wanderten umher, wir begannen uns schließlich ein wenig zu langweilen – kamen

Aufforderungen, das Schiff zu verlassen – immer häufiger. Dann kamen sie mit Klingeln, Jungen gingen durch das Schiff und riefen mit einer Glocke ihre Warnung aus. Schließlich die Panik erzeugenden, sich wiederholenden Töne des schrecklichen Schiffhorns. Einen Augenblick lang war ich wieder in der *Greyhound*-Matinée und eilte den Gang hinauf – beeile dich *jetzt*, oder du wirst auf die See hinausgetragen!

Durch eine der offenen Luken in der Schiffsseite drängten das Jotta Girl und ich inmitten der Menge zu einer Gangway. Dann, wir hielten uns an den Händen, um nicht getrennt zu werden, gingen wir die steilen Stufen hinab auf den festen Boden des Docks. Wir schauten uns um und starrten zum Schiff hinauf. Passagiere waren nun entlang der Reling zu sehen, die zu Freunden herunterriefen, während Stewards an ihnen vorbeigingen und etwas verteilten. Dünne farbige Papierrollen, die die Passagiere an einem Ende festhielten und dann herabwarfen. Sie entrollten sich dabei und wurden von den Freunden unten aufgenommen. So verbanden plötzlich Hunderte von diesen bunten Papierbändern das Schiff mit dem Dock; die Gangways wurden nun entfernt und schnell weggerollt, die schwarzen Lukenöffnungen wurden zugeworfen und waren von der langen Schiffsseite nicht mehr zu unterscheiden. Hinter der mächtigen *Mauretania* begannen die Maschinen der Schlepper ihre langsame, wasseraufwühlende Arbeit, schwarzer Rauch kam aus ihren Schornsteinen. Möwen schrien nun, erhoben sich und ließen sich tragen; entlang der Schiffsseite erschien ein Streifen grauen Wassers. Dann erscholl das tiefe Tönen des Signalhorns, der große einsame Abschiedsgruß. Wieder und immer wieder.

Die *Mauretania* glitt an uns vorbei hinaus in den Hudson, die Papierbänder zerrissen; die Reise hatte begonnen. Wie gelähmt starrten wir zu ihr hinauf. Das Heck kam auf uns zu, glitt dann vorbei, und wir schauten zu den erleuchteten Decks hinauf, wo winkende Passagiere standen – und Archie, *Archie war dort oben an der Reling* – seine Hand winkte uns zu und verabschiedete sich verlegen und, wie ich glaube, entschuldigend.

25

Und so habe ich ihn verloren, Rube. Nun, was denkst du? Was hast du erwartet? Ich hätte dies und jenes tun können, magst du sagen. Aber ich bin keine Spürnase. Tat das Beste, was ich konnte, was nicht besonders viel war. Ich weiß, ich weiß. Diese Gedanken gingen mir ständig und sinnlos durch den Kopf, während ich oben in meinem Zimmer im zehnten Stock stand und auf den dunklen Central Park herabblickte. Ich war sehr müde, legte meinen Mantel ab und fragte mich, wie ich mich nun nach meinem Versagen fühlen sollte. Nun, sagte ich mir, wozu mich auch immer Rube überredet hatte, es war mir immer als unrealistisch oder unmöglich erschienen – solch ein Ereignis wie den Krieg, an dem fast die gesamte Welt beteiligt war, zu verhindern. Auf der anderen Seite war ich mir aber auch nicht sicher, ob Dr. Danziger recht hatte: Verändere niemals die Vergangenheit ... oder du veränderst die Zukunft, auf eine Art und Weise, die nicht vorherzusehen ist.

Ich kam mir so dumm vor, während ich auf das Pflaster und die schimmernden Gleise der ruhigen 5th Avenue hinabsah. Doch dann – wie es manchmal vorkommt – kam aus dem Nichts ein Gedanke und setzte sich fest. Ich drehte mich um, verließ in Hemdsärmeln das Zimmer und ging wirklich die Treppe in die Lobby hinab, wo mir der Nachtportier hinterherblickte. Der Zeitungsstand hatte zwar geschlossen, aber die Zeitungen lagen aus; man warf das Geld in eine leere Zigarrenkiste. Zwei Ausgaben der *Evening Mail* waren noch übrig.

In meinem Zimmer, die Zeitung lag auf dem Bett aufgeschlagen, blätterte ich sie durch, fand die Wanamaker-Anzeige des Jotta Girls und riß – so gut ich sie nachahmen konnte – sorgfältig einen Teil der Anzeige heraus, den Teil für Damenschuhe. Blickte darauf, drehte ihn dann um und betrachtete die andere Seite. Sofort hinaus auf den Gang und an ihre Tür geklopft.

Sie öffnete vorsichtig, sah mich, schloß die Tür wieder, um die Kette zu entfernen, ließ mich dann hinein, sah mich an und wartete auf eine Erklärung. Sie hatte die Decke ihres Bettes entfernt, das Bett war noch unberührt, also setzte ich mich auf die Bettkante und wies mit dem Kinn auf den Stuhl, auf den sie sich niederlassen sollte, wie ich dachte. Statt dessen aber setzte sie sich neben mich, ein wenig zu dicht, also streckte ich mich aus und legte den Kopf auf den Ellbogen. Sie wollte diesen Abend ihren Spaß, tat dasselbe – so lagen wir da, die Köpfe kaum zehn Zentimeter voneinander entfernt; sie zwinkerte mir zu und lächelte. Es machte mich nervös, sie wußte das, und um etwas zu sagen, murmelte ich: »Das Jotta Girl.«

»Was?«

»So habe ich Sie genannt. Für mich. Das Jotta Girl. Nach einem Lied.« Ich begann leise die sinnlosen Nonsens-Worte zu singen, die mich als Fünfjährigen so beeindruckt hatten. *»Jotta ... jotta! Jotta, jotta, jink-jink-jing!«* Sie lächelte, nickte, und als ich fortfuhr, fiel sie ein und wir sangen beide. *»Everywhere you go your hear 'em sing.«* Lächelnd über diesen Unsinn morgens um zwei Uhr sangen wir. *«Jotta! Oh, jotta! Jotta, jotta, jink-jink-jing!«* Dann gingen uns die Worte aus. Noch immer lächelnd sagte ich: »Woher kennen Sie das?«

»Ich weiß es nicht: ich habe es schon immer gekannt. Ein altes Lied, oder?«

Ich nickte, sehr langsam. »Ja, ein Lied aus den ersten Jahren des Jahrhunderts.« Ich wartete ihre Reaktion ab, ihre Verwirrung, ein Lied zu kennen, das erst in einigen Jahren geschrieben werden würde. Aber sie erkannte es nicht, es wurde ihr nicht bewußt; sie lag nur da, wartete und beobachtete mich.

Also fragte ich sie: »Haben Sie Ihre Schuhe bekommen?«

»Welche Schuhe?«

Aus meiner Hemdtasche nahm ich das Zeitungsstück aus

meiner *Evening Mail*, faltete es auseinander und zeigte ihr die Anzeige, die sie aus meinem ersten Exemplar des *Express* herausgerissen hatte – die Anzeige für einen Damenschuh. »Das ist der Schuh, für den Sie sich angeblich interessierten.« Dann drehte ich das Blatt um. »Oder war es eher das, das Sie herausgerissen haben, damit ich es nicht sehe?« Oben an der Seite war eine Spalte mit *Abfahrten* überschrieben. Darunter, in kleinerer Schrift: *Nach Le Havre und Southhampton, heute nacht auf der* Mauretania*: Colonel und Mrs. William T. Allen, Kenneth Braden und Susan Ferguson mit Tochter, Mr. und Mrs. Oliver Ausible, Marguerite Theodosia, Tom Buchanan, Ruth Buchanan, Miss Edna Butler, Major Archibald Butt, Berater des Präsidenten …* »Sie hätten das nicht aus meiner Zeitung herausreißen müssen«, sagte ich, »ich hätte es nie bemerkt.«

Sie zuckte mit den Achseln. »Ich mußte auf Nummer sicher gehen.« Sie rührte sich nicht; blieb einfach liegen, den Kopf auf dem Ellbogen, und wartete.

»Dr. Danziger hat Sie geschickt, nicht wahr«, sagte ich.

Sie nickte. »Wir befürchteten, daß Sie mich erkennen könnten; ich war ebenfalls zu Ihrer Zeit am Projekt. Aber er hatte sonst niemanden, den er schicken konnte. Ich erinnere mich an *Sie* am Projekt.«

»Ja, nun, tut mir leid. Ihr Haar ist anders, oder?«

»Natürlich, trotzdem.«

»Nun, es tut mir schrecklich leid. Ich entschuldige mich. Er schickte Sie, um mich zu sabotieren, oder?«

»Ich denke, so kann man es sagen, Simon. Dr. Danziger wußte, wer Z war, als Sie den Namen erwähnten. Am Telefon, damals.«

Ich nickte.

»*Jeder* wußte, wer Archibald Butt war! Jeder auf der Welt, nur Sie und Rube nicht.«

Wieder nickte ich.

»Also ja, klar. Ich bin hergekommen, um Sie von ihm fernzuhalten, soweit mir das möglich war. Bis er abfuhr. Ich denke, Archie war Ihnen gegenüber sowieso mißtrauisch; Sie waren ziemlich direkt.«

»Nun, ich hatte nicht viel Zeit.«

Sie rückte mit dem Gesicht ein wenig näher. »Ich bin also schuld. Was wollen Sie dagegen tun?«

»Oh, ich bin nicht sauer. Es tut mir nicht einmal leid. Ich glaube sogar, daß Dr. Danziger recht hat.«

»Oh? Und wie kommt es dann – wirklich, Simon, wie konnten Sie sich auf ein so unvernünftiges Unterfangen ein lassen?«

»Wie den Ersten Weltkrieg zu verhindern? Oh, ich weiß es nicht. Ich denke, es war mehr eine Gefälligkeit für einen Freund.«

Wir schauten uns an, wir lagen eng beieinander, hinter einer verschlossenen Tür um zwei Uhr morgens. Von der übrigen Welt durch eine Länge eines ganzen Lebens getrennt. Wir schauten uns an und rührten uns nicht. Sonst nichts. Dann lächelten wir, und der Moment, wenn er denn jemals da gewesen war, war fort.

»Wir kehren nach Hause zurück«, sagte sie. »Ich weiß es. Zurück zur lieben alten Julia.« Ich nickte, und wir setzten uns auf.

»So schnell und so bald wie möglich. Ich habe Rube versprochen, mich bei ihm zurückzumelden; das werde ich tun. Und dann für immer nach Hause. Und Sie?«

»Ebenfalls. Klar.«

»Wisconsin, oder?«

»Ich fürchte schon.«

»Wo machen Sie es?«

»Es gibt eine Stelle am East River. In der Nacht, wenn man das andere Ufer nicht sieht ...« Ich nickte, und sie sagte: »Und Sie?«

»Brooklyn Bridge, wenn ich nach Hause gehe. Aber morgen – Central Park.«

»Es ist so seltsam. Was wir können. *Dazu* in der Lage zu sein. Ich habe mich nie wirklich daran gewöhnt.« Sie beugte sich zu mir herüber, und ich dachte, sie wollte mich küssen, ein kleiner Abschiedskuß, aber sie berührte nur kurz meinen Arm, ich nickte, wir lächelten, und dann ging ich.

Am nächsten Tag checkte ich eine Stunde vor Sonnenuntergang oder etwas früher aus dem Hotel aus; meine übrige Kleidung ließ ich im Hotel zurück, dann ging ich in den Park. Von der 59th Street, die hinter mir lag, hörte ich durch die Türen des Plaza die Musik des *Thé dansant* und das gelegentliche fröhlich-melancholische Hupen der Taxis. Es war nicht die *heure bleu*, nicht heute; Regen lag in der Luft. Aber meine Bank war, als ich sie fand, geschützt, ich setzte mich und begann Geist und Körper zu entspannen, begann den seltsamen unbeschreibbaren mentalen Prozeß des Suchens und gleichzeitigen Loslassens, der mir beim Projekt beigebracht worden war.

Als ich schließlich – es war nun dunkel, die Staßenlaternen der 5th Avenue leuchteten – um die letzte Windung des Weges kam, stand vor dem Plaza ein mit Scheinwerfern angestrahlter Springbrunnen, Autos hielten davor und fuhren weg, und Menschen kamen und gingen durch den Eingang an der 5th Avenue. Und überall und dahinter die glitzernden Türme von Manhattan, in der Zeit, in die ich hineingeboren war.

26

In Rubes Apartment saß ich im Sessel, – das Licht der Spätnachmittagssonne bildete ein Parallelogramm am Fenster –, in der Hand eine Kaffeetasse. Aber Rube –, nun, er war nicht nervös. In seinen Armeehosen, den Lederpantoffeln und dem weißen Hemd ging er auf und ab. Durchwanderte sein kleines Wohnzimmer und hörte zu, lächelte, nickte, war *interessiert*. Ich hatte Z gefunden, aber Rube schien dies kaum zu kümmern. Was hatte ich in New York *getan*? Was hatte ich *gesehen*? Wie war es?

Er lachte, als ich aus *The Greyhound* zitierte, dann wollte er wissen, was die Platzanweiserinnen trugen. Und was das Publikum trug, und was in den Pausen im Foyer gesprochen worden war. Und Mrs. Israel und Professor Duryea, der Tanzlehrer – und *Jolson*, mein Gott! *Erzählen* Sie mir davon. Wie die Straßen aussahen. Der Broadway.

Er konnte nicht genug kriegen, ging durch das Zimmer, hörte zu, lächelte, nickte. Kümmerte sich nicht ein bißchen um Z, soweit ich das sagen konnte. Schließlich sprach ich ihn darauf an, und er sagte: »Oh, auch wir haben gearbeitet, Si, während Sie nicht da waren. Wir wissen nun alles über Major Archibald Butt. Ihr Jotta Girl hatte verdammt noch mal recht. »Jotta Girl«, wiederholte er. »wie sind Sie auf den Namen gekommen?« Ich zuckte ein wenig verärgert mit den Schultern. »Ich erinnere mich an sie«, sagte er. »Vom Projekt. Heiße Nummer.«

»Heiße Nummer. Rube, wenn Sie jemals die Fähigkeit dazu erwerben sollten, dann gehen Sie in die Zwanziger; dort werden Sie sich zu Hause fühlen.«

»Ich wünschte, ich könnte es. Jedenfalls, Ihr Jotta Girl hatte recht: Jeder wußte, wer Major Archibald Butt war, nur wir nicht. Das Mädchen an der Kasse bei Safeway weiß es, Ihr Zeitungsjunge weiß es. Und natürlich Dr. Danziger, nachdem Sie ihm den Namen verraten haben. Ich weiß es jetzt auch und habe alles über ihn gelesen. Ihr Kumpel Major Archibald Butt fuhr nach Europa. Das haben wir zu spät erfahren, um es Ihnen noch mitteilen zu können. Wir wissen auch, daß er seine Papiere bekam; die Unterlagen mit den Absichtserklärungen oder was auch immer. Und daß er nach Hause fuhr. Wir kennen sogar das Datum und das Schiff. Aber er kam niemals zu Hause an.« Rube stand an meinem Sessel und grinste mich wie ein kleines Kind an.

»Nun, wenn Sie jemals das Bedürfnis verspüren sollten, dann könnten Sie mir es auch mitteilen.«

»Er fuhr ...« Rube begann zu lachen. »*Ha, ha, ha, ha*, o mein Gott. Er fuhr – ah, *ha, ha, ha, ha*! Si, er fuhr auf der gottverdammten *Titanic*!«

Nach einem Moment sagte ich. »Ich hoffe, es stört Sie nicht, wenn ich nicht lache. Ich *kannte* ihn, verdammt noch mal!«

»Sie enttäuschen mich. Wie Sie es immer schon getan haben. Denn Sie besitzen nicht einen Funken Phantasie. Die absolut erstaunliche Fähigkeit ist an Ihnen verschwendet, *verschwendet*. Alles, was für Sie wichtig ist, ist, in die 80er zurückzukehren, zu *Julia* und Willy. Und zu Ihrem gottverdammten Hund. Dazu noch der offene Kamin und die Pantoffeln, und das genügt Ihnen.«

»Nun ... ja.«

»Was könnte ich mit ihrer Fähigkeit!«

Ich bekreuzigte mich bei dem Gedanken.

»Simon, alter Freund – auch wenn Sie wissen, daß es nicht so ist –, ich vermute, Sie glauben noch immer, daß die Vergangenheit unveränderbar ist. Die *Titanic* ist gesunken. Major Butt ertrunken. Der Erste Weltkrieg hat stattgefunden. Nichts kann dagegen unternommen werden. Die Vorstellung, daß Sie zurückkönnen, bevor diese Dinge passieren, hat sich bei Ihnen noch nicht festgesetzt –«

»Rube, Sie sind es, der nicht begreifen will. Ich hatte Zeit – und gute Gründe – darüber nachzudenken, und der

Gedanke, daß Dr. Danziger recht hatte, kommt mir in den Sinn. Alles, was stattgefunden hat, *ist* unsere Vergangenheit. Welchen *Grund* sollte es geben, zurückzugehen und einzugreifen? Wir sind durch unsere Vergangenheit geprägt; wir würden – blind – unser Schicksal verändern.«

»Dr. Danziger und sein furchtsamer Schüler.« Dann, harsch, als wäre nun der ganze Unsinn vorüber, sagte er: »Si, ich will, daß Sie zurückgehen. Und die *Titanic* vor dem Untergang bewahren.« Ich lächelte, aber er ignorierte es. »Wir haben für Sie einen Paß aus dem Jahre 1911 anfertigen lassen, einen wirklich guten, nur eine Namensänderung. Es ist nur ein großes bedrucktes Blatt, damals gab es keine Photos, Gott sei Dank. Sie müssen zurück, Si, denn – wir haben das nachgeprüft – der Untergang der *Titanic* scheint ein Ereignis zu sein, das den Lauf der Welt, zu der sie gehörte, beeinflußt hat. Mehr als nur der Verlust der Menschen, die mit ihr untergingen, ging mit ihr auch eine ganz bestimmte *Haltung* unter. Wie die Menschen über ihre Welt und ihr Jahrhundert dachten. Nach der *Titanic* war es nicht mehr dasselbe. Der Untergang war wie ein großer Knall, der alles änderte. Die Welt geriet auf einen anderen, falschen Pfad, das Jahrhundert, so wie es hätte sein können, wurde aus der Bahn geworfen. Aber ... wenn Sie in den Mai 1911 zurückgehen könnten?«

Ich grinste und lachte ihn offen an. »Klar, aber ich werde es nicht tun. Ich werde es einfach verdammt noch mal nicht tun. Warum? Welchen Irrsinn haben Sie vor?«

Er sagte es mir und grinste noch mehr. »Nach Hause, Rube. Ich werde nach Hause gehen.«

Er sah mich an, sein Gesicht zeigte einen bedauernden Ausdruck, dann sagte er: »Si, ich hoffe, Sie werden mir das, was ich nun tun muß, verzeihen.« Er ging zu einem kleinen Schreibtisch an der anderen Zimmerseite. Dort stellte er einen gläsernen Papierbeschwerer zur Seite und nahm ein gefaltetes Blatt eines Computerausdrucks mit Löchern an der Seite. Er gab es mir, ich nahm es, faltete es auf – ein langes, doppeltes Blatt.

Ich wußte nicht, was es war, keine Überschrift, nur eine lange Liste, einige Dutzend Zeilen in leicht ausgebleichtem

Druck. Jede Zeile begann mit meinem Namen: *Morley, Morley, Morley,* bis zur linken Seite. Dem ersten *Morley* folgte ein Komma, dann *Aaron D.*, eine Reihe von Zahlen, und *EE, 1. Juli 1919.* Dann *Morley, Adam A.*, eine Reihe von Zahlen, und *EE. 17. Dez. 1918.* Sechs oder acht weitere Morleys, gefolgt von *EE*, das für *Ehrenvoll Entlassen* stand, wie es mir schien. Dann *Morley, Calvin C.*, seine Nummer, und *VERM., 11. Juni 1918.* Ich wußte nun, was das Blatt bedeutete, meine Hand begann zu zittern, das Papier vibrierte, und vor meinen Augen verschwamm alles. Ich wollte es nicht, konnte aber nichts dagegen tun und sah auf den letzten Namen, gerade oberhalb der abgerissenen Seite. Und dort war er: *Morley, William S.* – das S stand für Simon – Seine Armeenummer und *GEF., 2. Dez. 1917. Gerade rechtzeitig zu Weihnachten!*

Ich sah zu Rube auf und wartete; sein Gesicht sah ein wenig verzweifelt aus. Bevor ich reden konnte, sagte er in beschwörendem Tonfall: »Sie mußten dies *wissen*, Si! Und Sie *wollten* es auch wissen, oder? Oder? Ich betrüge Sie nicht; das habe ich niemals getan. Es ist wahr.«

Ich wußte, daß er recht hatte, und dieser einzige Augenblick veränderte plötzlich alles. Ich würde in das New York im Mai 1911 gehen – ich mußte es versuchen! – und die Verrücktheit durchführen, die nur dem Geist Rube Priens entsprungen sein konnte.

»Nein, ich gebe Ihnen nicht die Schuld«, sagte ich. »Es ist nicht Ihre Schuld. Nicht Ihre Schuld, Sie Hurensohn.«

27

Es war kein Problem, im Mai 1911 eine Erste-Klasse-Passage auf der *Mauretania* im Büro der Cunard-Line auf dem Lower Broadway zu buchen. Nächsten Monat würde es vielleicht eng werden, aber jetzt gab es noch viele freie Plätze. Danach kaufte ich Kleidung, ebenfalls auf dem Lower Broadway: Hemden, Hosen, Schuhe, eine Jacke, Mützen für die Ausflüge auf das Deck. Sogar Dinner-Garderobe. Daneben zwei Ledertaschen. Mit einem Taxi fuhr ich zum Pier zweiundfünfzig.

Ich packte in meiner Kabine aus, während wir den Hudson hinabfuhren; wir bewegten uns so sanft wie ein Billardball auf dem Filz – ich erhaschte einen Blick auf die City, die schnell an meinem Kabinenfenster vorbeizog. Als ich in meinen neuen steifen Ausgehklamotten das Promenadendeck erreichte, passierten wir gerade die Spitze von Manhattan, vorbei am Ambrose-Feuerschiff, und vor uns lag die weite offene See.

Die *Mauretania,* die am meisten geliebte. Franklin Roosevelt meinte, ›ihre eleganten, einer Yacht ähnlichen Linien faszinierten mich schon immer, ihre vier riesigen roten Schornsteine mit schwarzen Banderolen und ihr Aussehen, das von Kraft und guter Abstammung zeugt … wenn es jemals ein Schiff gegeben hat, das so etwas wie eine ›Seele‹ besaß, dann die *Mauretania* … Jedes Schiff besitzt eine Seele. Aber die *Mauretania* hat eine, zu der man reden kann … Captain Rostron sagte mir einmal, sie besitzt die Manieren und das Betragen einer ehrwürdigen Lady und benimmt sich auch so.« Im Smithonian, wenn man lange genug danach jagt und sich durchfragt, findet man es: F. D. Roosevelts Modell der geliebten *Mauretania.*

Es gibt nichts, was man an Bord eines Linienschiffes tun muß, nichts, worum man sich kümmern muß. Man wird wieder zum Kind, dem Mami und Papi alles abnehmen. Also wechselt man – mehrmals am Tag – die Kleidung. Spaziert an dem Promenadendeck umher, immer im Kreis, zählt die Runden, atmet die äußerst klare Luft und spürt neue Kraft in den Adern. Dann räkelt man sich in den Liegestühlen, und ein Steward bringt heiße Bouillon, die man sonst eigentlich nirgends trinkt, hier aber mag man sie. Man ist Prinz und Gefangener zugleich: Es gibt kein Zurück mehr. Man befindet sich hier auf dem Schiff, und dort wird man bleiben, nichts wird dies ändern. Aber dieses neuartige Fehlen der Notwendigkeit, Entscheidungen zu treffen, ist befreiend. Und man gibt sich dem Luxus hin, umsorgt zu werden. Man verbringt Stunden im Liegestuhl, eingewickelt in eine Decke, die der Steward besorgt hatte, und das dankende Lächeln ist fast das eines Invaliden. Das dicke Buch, das man mitgebracht oder von der Bibliothek ausgeliehen hat, bleibt ungelesen, während man döst, auf die See hinausstarrt oder mit dem Nachbarn plaudert.

Es gibt nichts zu tun, was einen auf Trab hält. Ich wanderte durch die großen Räume, die ich in der Nacht, in der Archie abfuhr, schon gesehen hatte; die gewölbten Glasdecken leuchteten nun hell im Tageslicht der offenen See. Diese majestätischen Räume gehörten nun uns, den wenigen Auserwählten, uns allein.

Man aß; erstaunliche, delikate Gerichte, und alles, was man wollte, dafür rühmte sich die *Mauretania* und hielt, was sie versprach. Auf dem Deck dieses liebenswerten Schiffes erschien der Ozean, wie man ihn niemals zuvor erlebt hatte. Man schwebte in ihm, man gehörte ihm an. Ich liebte es; hier sah ich den Horizont als Kreis, und wir befanden uns immer genau in seiner Mitte. Ich beobachtete das ferne Schimmern der Wellen, sah sie an uns vorbeirollen, und sah in der Ferne eine Gruppe Delphine, die aus dem Wasser auf- und wieder eintauchten.

Nichts zu tun, und dafür alle Zeit der Welt. Eine Stunde oder länger stand ich am Heck der *Mauretania*, war über die

Reling gebeugt und betrachtete das Kielwasser. Es besaß dieselbe hypnotische Faszination wie die Flammen in einem offenen Kamin. Die breite hellgrüne Straße, die wir soeben gekommen waren, kontrastierte zu der grauschwarzen See. Die riesigen Schrauben, höher als ein kleines Gebäude, wühlten ohne Unterlaß so mächtig in diesem grünen Wasser, daß ich niemals sehen konnte, wie sich die Wellen unseres Kielwassers wieder legten. Die Straße, durch die wir gekommen waren, wurde länger, länger als ich sehen konnte. Hin und wieder war eine kleine Abweichung nach links oder rechts wahrzunehmen, eine kleine Kurve in unserem Pfad über den Ozean, welche die kleinen Ruderbewegungen reflektierte, die das große Ruderblatt korrigierend vorgenommen hatte.

Ich sprach mit den Menschen, die neben mir an der Reling standen. Oder im nächsten Liegestuhl saßen. Oder auf einem Barhocker. Und natürlich mit den Leuten an meinem Tisch im großen Speisesaal. Sehr bald war ich in die *Mauretania* verliebt.

Aber für mich wie für jeden anderen auch setzte nach dem Frühstück an unserem letzten Tag auf See eine Veränderung ein; das normale Leben holte uns ein. Wir redeten über Ankunftszeiten, Ziele und Pläne, und als die See rauher wurde, wir die Geschwindigkeit reduzieren mußten und uns gesagt wurde, daß wir mit Verspätung in der Nacht in Liverpool ankommen würden, grummelten wir.

Schließlich, wir lagen im Mersey vor den Docks von Liverpool vor Anker – der Fluß war für das Schiff nicht tief genug oder die Flut zu gering (ich habe niemals herausbekommen, was davon zutraf) – standen die Passagiere nach Irland an der Reling und sahen den anderen zu, die die Boote des Schiffes bestiegen.

Um zehn Uhr fünfzehn, unser Gepäck war bereits weggebracht worden, traten wir durch eine offene Luke wenige Meter über dem Meeresspiegel auf das Deck der T. S. S. *Heroic*, einer schlanken, schönen Fähre mit einem Schornstein. Auf Anraten meines Stewards hatte ich eine Kabine gebucht; die Irische See würde rauh sein, und in der Dunkelheit konnte man sowieso nichts sehen.

Sie *war* rauh. Ich schlief ziemlich gut, wachte aber oft auf; das Schiff schaukelte hin und her und bewegte sich mit einer Geschwindigkeit von achtzehn Knoten. Ich hörte die See; sie war laut und nah. In der Nacht kam jemand an der Kabine vorbei und sagte ›Allaman‹ – ich verstand, daß wir die Isle of Man passierten; es kümmerte mich nicht.

Um etwa fünf Uhr dreißig oder sechs Uhr ging ich auf das Deck; die Bewegungen des Schiffes waren nun ruhiger, denn wir waren nun im landgeschützten Belfast Lough, der Mündung des Flusses Lagan, wie mir ein irischer Passagier erzählte. Kurz nach Sechs erreichten wir Dunbar's Dock; das Anlegemanöver dauerte eine Weile, und ich schaute mir an, was von Belfast zu sehen war: Hütten ... ein Berg dominierte die Horizontlinie, rauchende Kamine ... ein Glockenturm ... eine Stadt; eine richtige Stadt; vierhunderttausend Menschen lebten hier.

Kutschen warteten am breiten Dock – ich nehme an, man sagt zu ihnen Kutschen; es waren von Ponys gezogene Gefährte, manche offen, manche geschlossen. Automobile waren nicht zu sehen. Für das Grand Central Hotel wartete ein Omnibus – er sah aus wie eine in die Länge gezogene Postkutsche mit vier Fenstern – zwei Pferde und ein uniformierter Gepäckträger warteten. Er lud mein Gepäck und das von zwei anderen Passagieren nach oben auf das Dach; eine davon war eine Frau in Trauer – mit schwarzer Kleidung und schwarzem Schleier. Zehn Minuten fuhren wir zum Hotel an der Royal Street, dem besten in der Stadt, wie mir mein Steward gesagt hatte. Ich mochte es; viel Holz, Glas, Kachelboden, in der Lobby Palmen. An der Rezeption blätterte ich einen Stapel Zeitungen durch, während ich mich eintrug; ich kaufte eine, den *Northern Whig*. Mein Zimmer war schön groß, mit einem großen Messingbett, langen Vorhängen, einer Waschschüssel und einem Krug auf dem Ankleidetisch. Keine Toilette – die war am Ende des Ganges.

Wieder in der Lobby, fragte ich den Portier: »Ich habe Geschäftliches bei Harland & Wolff zu erledigen; ist es weit?« Nicht, wenn ich gern gehe; er holte eine Karte heraus und zeigte mir die Route; es war sehr einfach, immer in Richtung des Flusses Lagan.

Draußen ging ich dann aber nicht gleich zu Harland & Wolff, sondern wanderte einfach durch Belfast, und was ich sah, war eine enge, lärmende viktorianische Stadt, nichts, das neu gebaut war. Eine Stadt aus Stein, zumindest hier im Zentrum, meist gab es niedrige zwei- und dreistöckige Geschäftsgebäude. Die Straßen waren voller Verkehr, alle Wagen von Pferden gezogen, bis auf die großen roten Doppeldeckerbusse, die hier auf den Straßen mit Stromleitungen verkehrten, in den anderen Straßen wurden sie noch von Pferden gezogen. An der Frontseite jedes Busses war ein Schild angebracht, *Marsh's Biscuits*. Neben den Bussen gab es alle Arten an Gefährten, vor die Pferde gespannt waren, und ich sah einen zweirädrigen Karren, der von drei Jungen gezogen wurde. Kein einziges Automobil – ich sah keines. Fußgänger überquerten die Straßen, wo und wann immer sie wollten, und überall gab es Reklameschilder: *Cerebos*, was immer das sein mochte, und *Co-Op Bread*, und viele Anzeigen der Music Halls.

Ich durchwanderte einen oder zwei Blocks mit Music Halls und einem Theater, der Oper, das gerade ein Stück von Arthur Pinero spielte. Und betrachtete die Reklamewände der Music Halls: *Cherburn's Young Stars* im Empire, daneben *Elton Edwin, ein klassischer Banjospieler. Kitts and Windrow, The Rair Impostors and their Mélange.* Im Royal Hippodrome *Alfred Cruikshank, ein Clown, Geschichten und Gesang. Horton und Latrinska* und so weiter. Keiner meiner Varieté-Freunde, obwohl ich wußte, daß sie manchmal Auftritte in England und Irland hatten.

Am späten Nachmittag wieder im Hotel, wo ich versuchte, den *Northern Whig* zu lesen. Schließlich, kurz nach zehn Uhr, eine Taschenlampe bei mir, ging ich durch die nun verlassene Lobby nach draußen, wo ich den Anweisungen des Portiers folgte, deren Schlüsselwort ›Queen‹ zu sein schien. Ich überquerte Queen's Bridge … kam an der Queen's Quay Station vorbei … und ging die Queen's Road entlang …

Je näher ich meinem Ziel kam, desto ruhiger, einfacher und häßlicher wurden die Straßen. Zum Schluß, die Straße fiel zum Lagan hin ab, waren die Häuser häßliche kleine zweistöckige Steinbauten, die Wand an Wand standen, direkt am gepflasterten Gehweg. Arbeiterhäuser, die Häuser der Menschen, die in den Docks und Werften arbeiteten. Keine Lichter mehr, keine Geräusche, bis auf das Schreien eines Babys. Die Straße neben mir war mit Steinen von Feldern oder aus Flüssen gepflastert. Es herrschte Dunkelheit in den Straßenblocks, nur an den Ecken standen Laternen, unruhige, rauchende, orangefarbene Lichter. Ich konnte, wenn ich darunter vorbeiging, das Kerosin riechen; mein Schatten überholte mich unter den Füßen, streckte sich und verlor sich dann in der Dunkelheit vor mir.

Die Straße mündete in eine andere, die Kreuzung war schwach beleuchtet. Ich überquerte sie; sie war verlassen und ruhig. Auf der anderen Seite ging sie als schmaler Weg neben einer Ziegelmauer weiter und stieg leicht an. Gegenüber der Mauer lagen vereinzelt Gebäude, in denen manchmal ein fahles Licht brannte, andere waren dunkel. An einigen konnte ich die gemalten Schilder erkennen: *Schmiede …, Lager …, Holztrocknerei …, Elektrische Generatoren …, Messingverarbeitung …, Galvanisierung …, Stoffmuster …, Bolzen und Nieten …, Polsterei …, Malerei …* und viele andere. Es war dunkel, alles reglos und still, nur die Geräusche meiner Schuhe, hier in dieser Nacht im Jahre 1911.

Dann kam eine Lücke in der Mauer, der Weg bog ab in das ummauerte Gebiet, in der Maueröffnung ein breites hölzernes Tor mit einem schwarzweißen Schild: *Harland & Wolff, Ltd. Schiffbauer.* Dann wieder die Mauer und weitere Geschäfte: *Kupferschmiede …, Messingschmiede …, Siederei …*

Durch einen langen dunklen Block, dann bog ich an der Mauer nach rechts ab, hinunter zum Lagan. Eine letzte Kurve in die Queen's Road, dann waren zu beiden Seiten Ziegelmauern. Das *Lohnbüro …,* dann das *Hauptbüro,* darin ein schwaches Licht. Und zwischen ihm und der *Mastwerkstatt* ein enger Durchgang.

Eine lange Minute stand ich da und horchte …, dann griff ich mit beiden Händen nach dem oberen Mauerrand. Zog mich nach oben, hing an meinen ausgestreckten Armen und lauschte. Keine Pfiffe, keine laufenden Schritte, keine knurrenden Hunde. Nichts, und ich lag mit dem Bauch oben auf der Mauer, schwang meine Füße darüber und ließ mich fallen. Dann starrte ich auf das, was ich hier erwartet hatte zu sehen; nur war alles sehr viel größer, unglaublich viel größer, als ich es mir jemals vorgestellt hatte.

28

Links sehen Sie, was ich sah: Allerdings wurde meine Photographie bei Tageslicht aufgenommen. Jetzt nahm ich es nur als schwarze Silhouette wahr, als riesige, scharf umrissene Form vor dem nächtlichen Himmel und dem Mond, der über dem Fluß stand, welcher das Schiff in zwei Tagen empfangen sollte. Unter der Kiellinie des Bugs war der Stand, der auf die Dame mit dem Champagner und die Schiffstaufe wartete. Die Dame, die die Flasche an dem schwarzen Stahl zerbersten ließ und die – wie ich gelesen hatte – ›hydraulische Startvorrichtung‹ betätigen sollte. Dann würde es eine fast unmerkliche, langsame Bewegung geben: einen Fuß …, einen Yard …, und dieser enorme schwarze Koloß würde danach mit plötzlicher Geschwindigkeit die schiefe Ebene hinabgleiten und mit dem Bug schäumend in das Wasser des Lagan eintauchen, der große schwarze Rumpf würde ein wenig schaukeln, aber schwimmen. Man würde ihn am Dock festmachen, wo Kräne die Aufbauten aufsetzten und das Schiff ausgestattet wurde. In bemerkenswert kurzer Zeit würde die *Titanic* zu ihrer einzigen, mörderischen Reise auslaufen.

Aber nein; dies sollte nicht geschehen. Ich stand in der Dunkelheit zwischen den beiden Gebäuden, sah hinauf und abrupt, plötzlich – haßte ich dieses neue Schiff, das hier in den Himmel aufragte. Wir personifizieren Schiffe gerne, sie scheinen menschliche Eigenschaften zu besitzen: Es gibt gute Schiffe und störrische Schiffe, die sich verweigern, und mir kam diese gigantische Silhouette als bösartig und feindselig vor: Er wußte – dieser monströse Rumpf *wußte*, daß er Hunderte von Menschen, die ihm auf seiner einzigen Reise ver-

trauten, verraten würde. In diesem Moment lag irgendwo, Hunderte von Seemeilen entfernt, ein riesiger Eisberg, der auf das Rendezvous zutrieb, und dieser schwarze Bug wartete nur darauf, sich entlang der blauen Eismasse aufzuschlitzen

– eine Eismasse, die er genausogut um wenige Meter oder Zentimeter hätte verfehlen können; dies war der ganze Unterschied.

Nun, ich war hier, um das Rendezvous zu verhindern. Ich ging los – bewegte mich von Schatten zu Schatten, blieb stehen und horchte – hin zur *Titanic*, deren Ladentüren offen standen. Rubes einfache Idee war folgende: Ich sollte die *Titanic* bereits *jetzt* zu Wasser lassen.

Am Bug, hinter dem Zeremonienstand, suchte ich mit meiner Taschenlampe nach der Startvorrichtung, dem ›Abzugshebel‹, wie Rube es bezeichnet hatte. Er mußte sich irgendwo hier vorne befinden, in Sichtweite der Dame und der Champagnerflasche, um Start und die Worte ›ich taufe dich auf den Namen *Titanic*‹ synchron ablaufen zu lassen. Doch ich konnte ihn nicht finden; nichts, was irgendeine Ähnlichkeit mit einem Abzugshebel aufwies. Ich ging zurück und hinüber zur Steuerbordseite. Auch hier nichts, was einer Startvorrichtung glich. Dann ging ich weiter, hinein in diesen Tunnel unmittelbar unterhalb des Schiffsrumpfes – auch die Photographie unten stammt nicht von mir, aber das war, was ich im hin und her schwingenden Schein meiner Taschenlampe sah: einen Wald aus Holzpfosten, welche die unvorstellbare Masse über mir trugen. Hier in dieser fast völligen Dunkelheit, so einsam wie selten zuvor, spürte ich, wie sich mein Gesicht rötete. Wie, *wie* konnten wir so dumm sein? Anzunehmen, ein Schiff wie dieses könnte so einfach und zufällig zu Wasser gelassen werden. Viel, sehr viel gab es hier vor der Abschlußzeremonie noch zu tun. Eine Art Rollwagen, die auf den Gleisen fuhren – das konnte ich nun erkennen – mußten die Baumpfosten ersetzen. Alle Pfosten mußten mit Vorschlaghammer unmittelbar vor dem Start herausgehauen werden. Wie hatten wir jemals annehmen können, daß ich in der Lage sein könnte, dieses Monster vorzeitig in Bewegung zu setzen? Ich fühlte mich wie ein Kind und schloß beschämt die Augen.

Hoffnungslos kauerte ich unter dieser großen Masse und ließ meinen Lichtschein über die glatte Oberfläche dieser endlosen Stützträger gleiten, dann nach oben, über die Nietenreihen, die die *Titanic* bildeten. Das Ding hatte mich

besiegt, dieses Monster war unberührbar. Frustriert und verärgert hob ich meine Faust und wollte gegen den genieteten Stahl schlagen, aber selbst jetzt, trotz der Wut, berührte ich ihn nur mit der Handfläche; der harte, kalte Stahl hätte meine Knöchel zerschmettert. Das Schiff hätte es nicht gekümmert, meine kleinen Schläge auf dem kalten und taunassen Stahl wären nichts anderes gewesen als ein hilfloses Streicheln von Granit.

Ich drehte das Licht aus, blieb noch eine Weile und kroch dann heraus. Den gleichen Weg, den ich gekommen war, wieder zurück, zu meinem Hotel. Nichts, nichts, nichts konnte getan werden, um zu verhindern, von dem ich als einziger auf der Welt wußte, daß es passieren würde.

Dennoch spürte ich auf dem Rückweg, daß ich noch nicht fertig war. Etwas *mußte* ich noch tun: eine Wanderung durch Irland.

Immer schon hatte ich das machen wollen, hatte gelegentlich daran gedacht und nun, hier am Anfang des Jahrhunderts hatte ich die Möglichkeit dazu. Am nächsten Morgen kaufte ich, was ich brauchte: Wanderschuhe, Geschirr, Rucksack und Karten. Ich sprach mit Ladenbesitzern und den Leuten vom Hotel und bekam viele Ratschläge. Mein Gepäck schickte ich mit der Bahn voraus, und am nächsten Morgen machte ich mich auf den Weg.

Ich möchte jetzt nicht die Geschichte dieser langen und glücklichen Reise erzählen – ich sah, was Reisende in Irland immer sehen: Die Felder besitzen wirklich diesen Grünton, der sonst nirgends zu sehen ist. Ich ging auf Feldwegen, wich großen Schafherden aus, der Schäfer und ich nickten uns zu, und wir legten die Finger an die Mützen. Hielt an Gehöften an, wo ich um Wasser bat, wurde von einem schüchternen und wirklich reizenden Ehepaar empfangen, deren Gesichter und Hände immer verschmutzt waren und selten – jemals? – gewaschen wurden. Sie gaben mir in der Küche, durch die Hühner liefen, Wasser und Lebensmittel, nach denen ich nicht gefragt hatte. Wieder auf der Straße, Meilen weiter, suchte ich nach einem Platz, um die Sandwiches wegzuwerfen und die Feldflasche zu entleeren, war aber beschämt und aß und trank dann doch.

Ich starrte über Felder auf die seltsamen Festungen aus längst vergangenen Jahrhunderten, die noch immer standen, deren Eingänge hoch über dem Boden lagen – als Schutz vor Belagerungen durch die Wikinger? Ich war mir nicht sicher. Manchmal blieb ich eine Nacht, einige Tage oder eine Woche, je nach Laune, in einem Dorf oder einer Stadt, die mir gefiel. Ich wohnte im örtlichen Gasthof oder im Hotel, ließ meine Kleidung waschen, lief umher, redete mit den Menschen, die gewöhnlich – durchaus nicht immer – freundlich waren. Zweimal kampierte ich auf einer Klippe hoch über dem Meer, einmal eine ganze Woche lang. Tagelang saß ich dort und betrachtete die Wellen weit unter mir auf dem steinigen Strand, wie sie ankamen und wieder abzogen. Meistens dachte ich an nichts Bestimmtes, ließ aber das Problem, das auf mich wartete, durch meine Gedanken schweifen. Einen Monat verbrachte ich in Dublin, erkundete es und verkehrte in den Pubs, die Joyce beschrieben hatte. War er nun hier in Dublin? Ich konnte mich nicht erinnern, falls ich es denn jemals gewußt hatte. Wenn, dann habe ich ihn nicht gesehen, oder falls doch, ihn nicht erkannt. Schließlich, an einem Spätnachmittag im nächsten Frühjahr, nachdem ich einige Zeit auf angenehme Weise verbracht hatte, ging ich in eine kleine Hafenstadt – eher ein Dorf – namens Queenstown, deren

Häuser auf einer Reihe von Terrassen über der riesigen Bucht von Cork verstreut lagen. Am Rande einer breiten, unbefestigten Straße blickte ich auf die große Wasserfläche, die unter der späten Sonne glitzerte; zwei kleine Schiffe lagen vor Anker, weit draußen am Hafeneingang ankerte ein Leuchtschiff. Ein fast leerer Hafen, morgen sollte dies anders sein. Plötzlich fühlte ich mich müde, deprimiert, ich hatte noch immer keine Antwort auf mein Problem. Ich fand dann das Queenstown Inn, ein heißes Bad, einen Drink, einen zweiten, nahm mein Abendessen zu mir und ging zu Bett.

Kurz nach acht am nächsten Morgen stand ich in der kurzen Schlange im Büro von James Scott & Co., Agenten von Cunard, Hamburg-American, White Star und anscheinend jeder anderen Gesellschaft, die in Queenstown anlegte. Ich trug ein weißes Hemd, Krawatte und Anzug, und fühlte mich nach dem schweren Tweed und den Stiefeln, die ich im Schrank des Queenstown Inn zusammen mit dem Rucksack zurückgelassen hatte, regelrecht leicht. Mein Gepäck, das ich zu James Scott geschickt hatte, hatte lange auf mich warten müssen. In der Schlange vor mir standen zwei Männer, beide mit Mütze, abgetragenen Mänteln und Hosen, die nicht dazu paßten. Am Anfang der Schlange war eine junge Frau mit einem acht Jahre alten Mädchen, die Tücher um die Schultern und schwarze Strohhüte trugen und die mit zwanzigjährigen Angestellten hinter der Holztheke sprachen.

Ich fühlte mich krank; sah auf das Kind und wollte es ihnen *sagen* und wußte, daß ich es nicht konnte, sah zu und hörte, wie die junge Frau ein Ticket zweiter Klasse kaufte. Ich beugte mich zur Seite und sah es, ein überraschend großes lederfarbenes Blatt Papier, das mit der White-Star-Aufschrift und einem Dampfer mit vier Schornsteinen bedruckt war. Es kostete sie dreizehn Pfund, das Geld hielt sie passend in der Hand bereit.

Der Angestellte beäugte die beiden Männer mit den Kappen und präsentierte ohne zu fragen zwei gleichaussehende Tickets, diesmal auf weißem Papier. »Zwischendeck«, sagte er; keine Frage. Er unterschrieb beide Tickets und sagte: »Zehn Pfund, zehn Shilling«, und jeder von ihnen hatte genau diesen Betrag in der Hand. Ich trat einen Schritt nach vorne, betrachtete neugierig das Ticket, das auf dem Schalter lag, und erkannte, daß es eigentlich ein Vertrag war, der alles regelte, einschließlich der Verpflegung: *Frühstück um acht Uhr: Weizenmehl-Porridge mit Milch, Tee, Kaffee, Zucker, Milch, frisches Brot, Butter ....*

Nun war ich an der Reihe, drei weitere Männer mit Mützen standen noch hinter mir. »Sor?« sagte der Angestellte. Jedenfalls klang es wie *Sor*.

»Einmal erster Klasse.«

»Erste Klasse? *Erste?*« Glücklich lächelte er. »Das ist das erste Mal, daß ich ein solches Ticket verkaufe.« Er mußte zwei Schubladen durchwühlen, bis er ein Erste-Klasse-Ticket fand; es sah aus wie die anderen, abgesehen davon, daß es auf dunkelgrünem Papier gedruckt war und keine Speisekarte besaß. Dann – es eilte nicht, jeder hinter mir konnte warten – holte er einen Deckplan und rollte ihn vor mir auf dem Schalter aus. An beiden Seiten beschwerte er ihn mit einem Tintenfaß und einer Papierrolle. »Und wo wünschen Sie Ihre Kabine, Sor? Wir haben auf jedem Deck freie Kabinen, viele Absagen. Erst letzte Nacht rief mich Southampton an.«

»Das Bootsdeck. Wo ist das Bootsdeck?«

»Das ist Deck A, Sor, das oberste Deck.« Er zeigte auf den Deckplan, ich sah, daß alle Kabinen weit vorne lagen; diese sind dem Seegang sehr stark ausgesetzt, und davon hatte ich genug. Aber Deck B darunter, ebenfalls ein Promenadendeck, hatte auf der ganzen Länge Kabinen, bis auf die Restaurants nahe am Heck. »Deck B ist besser; etwas in der Mitte und so nah wie möglich an dieser Treppe.« Ich zeigte auf die kleine Treppe auf dem Plan, die zum Bootsdeck und dem Boot Nr. 5 ging. Direkt an der Treppe war eine Dreizimmersuite mit eigener Promenade, daneben aber eine Einzelkabine. »Diese hier?«

»B-siebenundfünfzig.« Er sah auf eine gedruckte Liste, dann auf eine handgeschriebene Liste mit den Absagen. »Besetzt, Sor, aber B-neunundfünfzig daneben ist frei.«

»Ich nehme sie.« Ich holte meine Brieftasche heraus, sah ihn fragend an, und dann hatte er seinen großen Auftritt:

durchdringend betrachtete er mich, nicht sicher, ob ich wußte, worauf ich mich eingelassen hatte, und sagte: »Ja, Sor. Das kostet fünfhundertundfünfzig amerikanische Dollar.«

»Reichen einhundertzehn englische Fünfpfundnoten?«

»Das genügt, wunderbar.«

Ich hatte in der Innentasche meines Mantels einen drei Zentimeter dicken Stoß dieser seltsamen englischen Fünfpfundnoten, die nur auf einer Seite des weißen Papiers bedruckt und jeweils so groß wie eine Hundedecke waren. In dem kleinen Raum war es nun vollkommen still, alle schauten gespannt zu, wie ich hundertzehn Pfund abzählte. Der Angestellte nahm sie und legte sie – ich bewunderte ihn – ohne Nachzählen in seine Schublade zu dem restlichen Geld. Er reichte mir mein Ticket. »Gute Reise, Sor.« Ich dankte ihm und ging, von den Blicken der anderen begleitet.

Gegen Mittag ging ich mit meinem Koffer zum Scott's Quay, stellte ihn ab und starrte mit ein paar irischen Emigranten auf die ferne Hafenöffnung. Ich hatte nun wieder meine Kamera dabei und machte, ohne es eigentlich zu wollen, die Aufnahme rechts. Dort lag die *Titanic* und wartete auf uns; von ihren Schornsteinen kamen träge Rauchwölkchen. Sie lag da in all ihrer Arroganz, mein Feind und der Feind von uns allen, unter deren Rumpf ich hilflos gelegen hatte. Sie *wußte* es, und sie wußte, daß ich es wußte, ich allein. Ich sah hinaus zu der großen schwarzen, rauchenden Silhouette und wußte nicht, was ich mit meinem Wissen tun sollte – das Wissen über das, was dort – weit hinter dem Horizont – auf uns wartete.

Dort verließen wir Scott's Quay, dicht gedrängt standen wir auf dem Deck des Tenders *America*, der vollgepackt war mit Post für die Staaten. Aufgeregtes Gerede und Lachen, nur ein junges Mädchen war still und kreidebleich. Als wir über die Bucht fuhren, begann das wartende Schiff größer zu werden, und das Gemurmel der Gespräche wurde leiser. Ich machte ein Photo, sie sehen es auf der linken Seite. Unsere Fahrt über das ruhige Wasser dauerte etwa eine halbe Stunde. Langsam tauchten Details der großen Silhouette auf: eine dünne goldene Linie am oberen Rand des Rumpfes ... Unregelmäßigkeiten auf der schwarzen Oberfläche wurden zu Nietenreihen. Den Passagier mit dem Kilt hatte ich beim Einsteigen in den Tender noch nicht wahrgenommen, doch nun, als wir uns dem wartenden Schiff näherten, begann er auf seinem Dudelsack zu spielen. Eine traurige Melodie, eine junge Frau mit Schal murmelte respektvoll: »Erin's Lament.« Glücklicherweise stand ich nicht zu nahe bei ihm – wenn man eine

Dudelsack-Melodie gehört hat, hat man alle gehört –, die Menge aber hörte schweigend zu. Als er endete, füllte das riesige Schiff unser Blickfeld, und die Vibrationen des Motors des Tenders verebbten unter unseren Füßen. Ich sah hoch hinauf zu den großen weißen Lettern, die den Namen *Titanic* bildeten.

29

Wir lagen neben ihr, schaukelten auf dem Wasser, Männer in einer Frachtluke an der Backbordseite zogen uns mit Bootshaken heran, und ich machte den Schnappschuß rechts. Captain Smith selbst stand dort oben und beobachtete, wie wir an Bord gingen. Eine Gangway wurde heruntergelassen, und wir stiegen nach oben, zur schwarzen Ladeluke.

Drinnen trennten wir uns für immer; alle anderen wurden von uniformierten Besatzungsmitgliedern nach links gewiesen, nur mich mit meinem dunkelgrünen Ticket wies man höflich zu einer Treppe. Den Fuß auf der ersten Stahlstufe, hielt ich einen Moment inne und starrte den anderen nach, die sich plaudernd entfernten, um bald zu ertrinken, falls … falls was?

Durch das Schiff stieg ich nun nach oben, immer weiter, hoch zu meinem Deck – ich wußte noch nicht, wo die Aufzüge waren, noch wußte ich, ob sie so weit nach unten gingen. Die Ausstattung der Stufen veränderte sich, aus blanken Stahlwurden mit Teppichen belegte Holztreppen; sie wurden breiter, die Verzierung des Geländers nahm mit jedem Deck zu, die Geländersäulen waren voller Holzschnitzereien. Ein neues Deck, und nun bestanden die Säulen am Absatz zur nächsten Treppenflucht aus Bronzefiguren, die Lampen trugen; ich sah buntes Glas, gerahmte Bilder, und über der Treppe eine geschwungene Decke aus farbigem Glas, das die Stufen und verzierten Säulen mit buntem Licht überflutete. Die öffentlichen Räume, Lounges und Lobbies, durch die ich kam, waren verschwenderischer ausgestattet als die hinter mir liegenden, ich kam nun an wunderschönen Frauen in modischen Kleidern vorbei, ihre Männer rauchten Zigarren

und trugen Anzüge, Westen, Uhrketten, steife weiße Kragen, manche Schiffsmützen, einige wenige sogar Melonen. Fast alle lächelten, waren erfreut und aufgeregt angesichts der neuen Geräusche und Ansichten. Während ich auf mit Teppichen ausgelegten Stufen durch dieses mächtige Schiff nach oben ging, wurde mir der besondere Geruch der *Titanic* bewußt, der sich von dem der *Mauretania* unterschied; dieser einzigartige Geruch – ich erkannte ihn nun – des Neuen. Die Farbe war erst vor kurzem getrocknet, die Teppiche neu und noch nicht ausgetreten, das Holz frisch verleimt – alles war neu an diesem herrlichen luxuriösen, noch jungfräulichen Linienschiff: Wir waren die ersten.

Für die zufriedenen und aufgeregten Passagiere, die mit mir durch das Schiff liefen, verhieß dies alles reines Vergnügen. Ich sah es an ihren Gesichtern, hörte es in ihren Stimmen, und es berührte mich. Für einige kurze Momente hatte ich Teil an den Erwartungen der Reise, die nun beginnen sollte. Dann trat ich in den Salon der ersten Klasse und sah den glänzenden Flügel, auf dem möglicherweise noch niemand gespielt hatte. Ich erinnerte mich an die Geschichte eines irischen Mädchens, einer Immigrantin, die in einem der Rettungsboote gerettet wurde – hatte ich sie auf der Fähre gesehen? Während das Schiff langsam unterging, stieg sie mit anderen Zwischendeckpassagieren vom Zwischendeck bis hier nach oben in diesen herrlichen Salon. Sie ging weiter hinauf zum Bootsdeck, und als sie sich umblickte, sah sie einen der Immigranten voller Ehrfurcht vor dem Flügel stehenbleiben. Er berührte die Tasten, begann dann zu spielen und ließ sich auf dem Hocker nieder. Seine Gefährten versammelten sich um ihn und begannen zu singen, ihre Blicke starr auf den unvorstellbaren Luxus gerichtet, den sie hier vorfanden. Das war

das letzte, was das Mädchen von ihnen gesehen und gehört hatte.

Die Erinnerung an diese Geschichte – mochte sie nun wahr oder falsch sein – trennte mich plötzlich von den anderen Passagieren: diesen herrlichen Frauen und Zigarren rauchenden Männern mit ihren Kneifern auf der Nase. Wer von ihnen würde gerettet werden? Viele der Frauen, nur wenige der Männer. Ich verdrängte diese Gedanken; ich befand mich hier auf diesem Schiff aus einem gewichtigen Grund und darauf wollte ich mich konzentrieren.

Meine Kabine befand sich dort, wo sie laut dem Plan des White-Star-Deck liegen sollte, nahe der Treppe. Das ist sie, Kabine B 59 auf der *Titanic,* eingerichtet wie ein Hotelzimmer. Die Tür stand offen, der Schlüssel steckte, als ich in der Tür stand und dieses Photo machte. Hinter mir sagte der Steward: »In Queenstown an Bord gegangen, nicht wahr, Sir?« Ich verstand, er wollte das Ticket sehen, und ich drehte mich um: er trug ein grünes Jackett mit Messingknöpfen, ein weißes Hemd und eine schwarze Krawatte. *Wirst du gerettet werden,* ging es mir durch den Kopf, als ich ihm das Ticket reichte. Er gab es zurück und nickte. Ich war der einzige Erste-Klasse-Passagier, der in Queenstown zugestiegen war, mein Gepäck mußte also bald hier sein. Ich nickte und ging hinaus, um mich danach zu erkundigen.

Noch eine Treppe hoch zum Bootsdeck, aber bevor ich sie erreichte, blieb ich stehen. Neben jeder Treppe befand sich zu beiden Seiten jeweils eine Lampe hinter Glas, die nun nicht erleuchtet war. War das nicht die Treppe, fragte ich mich, und waren das nicht die Lichter, die der Zweite Offizier Lightoller sah, als er Frauen und Kinder in die Backbord-Rettungsboote lud? Als er von Zeit zu Zeit nach unten blickte und das grüne Ozeanwasser langsam hochsteigen sah, und in dem Wasser das gespenstische Leuchten dieser Lichter? Ich glaubte ja; glaubte – von dem, was ich darüber gelesen hatte –, daß dies Lightollers Treppe war, die nun auf die Nacht wartete, in der das Meer langsam, Stufe um Stufe, höher stieg.

Ich schloß bei dem Gedanken die Augen und trat auf den neuen Teakholz-Boden des Bootsdecks hinaus, dem höchsten

Deck unter dem blassen Himmel und der schwachen Sonne. Durch das Leder meiner Sohlen spürte ich plötzlich das Vibrieren der großen, viele Decks unter mir liegenden Schiffsturbinen; wir fuhren auf die offene See hinaus. Hier hingen die Rettungsboote, das hier war das Deck, das bald mit Männern, Frauen und Kindern in Rettungswesten gefüllt sein würde. Einige unter ihnen würden Ruhe bewahren, andere weinen oder schreckliche Angst haben, einige würden lachen über diesen, wie sie meinten, falschen Alarm. Hier oben würden überhastet und in Panik halbleere Boote zu Wasser gelassen werden – *verdränge es!* Ich ging zur Steuerbordseite des B-Decks hinüber, wo sich in glänzend weißer Farbe das Boot fünf befand. Hier hing es sicher an einem Schiffskran, glänzend weiß, darüber das straff gespannte Segeltuch; ich berührte die neue Farbe an dem Boot. Unter meinen Fingerspitzen fühlte sich das frisch lackierte Holz weich an und ein wenig warm von der Sonne. Darüber aber war alles solide und wirklich. *Titanic Boat Five* stand in schwarzen Buchstaben am Bug; ich strich über das *T*. Dann faßte ich an die kühle Schiffsreling unter dem Boot fünf, und ich war tatsächlich hier. Auf der neuen *Titanic*, deren Geschwindigkeit nun zunahm – ein zum Untergang bestimmtes Schiff, das mich

und jede andere Seele an Bord zu der riesigen eisigen Masse trug, die auf uns lauerte. Wieder fühlte ich mich sehr alleine und schloß die Augen vor meinem nutzlosen Wissen.

Ich ging weiter; neben mir, so hoch wie ein zehnstöckiges Gebäude, stand ein großer, beige- und schwarzfarbener Schornstein in einer Linie mit drei weiteren identischen Monstern hin zum Heck. Sie ragten durch die Decken der verschiedenen Aufbauten, ihr dünner schwarzer Rauch vermischte sich mit der Luft und verlor sich hinter uns. Riesige Lüftungsschächte wuchsen wie gigantische Hörrohre aus dem Deck. Ich drehte mich um und schaute nach vorne. Direkt vor mir erstreckte sich die geschlossene Brücke über das gesamte vordere Ende des Decks. Eine Tür an der Seite stand offen und schwang in Einklang mit den Schiffsbewegungen hin und her. Ich ging darauf zu und warf einen Blick hinein. Dort waren sie, vier Offiziere, drei in Blau, der vierte, Captain Smith, in Weiß. Sie standen in einer Reihe und starrten durch die langen rechteckigen Fenster. Captain Smith hatte seine Arme hinter dem Rücken verschränkt, eine Hand hielt das Gelenk der anderen. Hinter ihnen, in seinem eigenen verglasten Abteil, war der Steuermann, die Hände auf dem großen hölzernen Rad, die Augen auf dem Kompaß, der sich vor ihm in einem Messinggehäuse befand. Er stand mir genau gegenüber, nur einige Meter entfernt, doch bevor er aufschauen und mich sehen konnte, ging ich wieder.

Eine Weile stand ich dort draußen allein, sah hoch zur Antennenanlage, die zwischen den beiden Masten gespannt war; die erste, die jemals ein SOS-Signal aussenden würde. Durch das Geflecht der schwarzen Drähte summte stetig, trauernd und einsam der Wind, als ob er wüßte, was passieren wird und er es mir sagen wollte. Ich ging zurück zu meiner Treppe.

Hier unten auf dem B-Deck, dessen Seiten durch lange Glasfenster vor der See geschützt waren, war es wärmer; ich ging auf der sonnigen Seite zum Heck. Ein Junge, der auf dem ruhigen Deck mit einem Kreisel spielte, hatte ein kleines Publikum; ich gesellte mich zu ihnen und machte diesen Schnappschuß. *Wird dieser Junge überleben?* Ich war die Frage leid und ging weiter. An jedem Eingang begaben sich Passagiere in das warme Innere, ich ging, weiter zum Heck und dem Eingang zur Veranda und zum Palm Court. In des Hecks standen Passagiere der zweiten Klasse auf ihrem Deck und beobachteten die privilegierte erste Klasse und mich mit meiner roten Lederkamera, als ich sie und den Eingang zum Palm Court aufnahm. Das Photo ist auf der nächsten Seite. Während ich dies in meinem winzig kleinen Sucher sah, dachte ich: *Die meisten von euch werden Sonntag nacht untergehen*. Ich ging weiter, blieb in der Tür rechts stehen und machte die Aufnahme des Palm Court, der leer und deprimierend still war. Ich drehte um und ging auf der Backbordseite zurück und wünschte dann, ich hätte es nicht getan. Es gab dort kaum Sonne, niemand war zu sehen, und die Reihen leerer Liegestühle erzeugten den Eindruck eines verlassenen Schiffes. Meine Schritte klangen, als wäre ich der einzige Passagier, und vorne bog ich um die Ecke zum Bug. Ich zog den Film nach und sah in dem kleinen roten Fenster, daß ich noch ein letztes Bild besaß. Über die Reling gebeugt, machte ich die düstere Aufnahme auf Seite 348: die *Titanic*, die nun über diese seltsam tödlich ruhige See der Nacht entgegensteuerte.

Ich hatte genug, verbrachte den Rest des Tages in meiner Kabine und ließ mir vom Steward das Essen bringen. Ich wollte keine anderen Menschen sehen, die einen ihrer letzten Tage zubrachten, oder vorzeitig Archie begegnen und ihm stotternd und stammelnd alles erzählen und so alles verderben. Wenn es eine Möglichkeit gab, Archie das Unglaubliche glaubhaft zu machen, dann mußte ich sie finden. Ich lag auf meinem Bett, spürte die leichten Bewegungen, hörte die ruhigen, regelmäßigen und beinahe vertrauensvollen Geräusche des Schiffes, das durch eine ruhige See fuhr.

Ich hätte vom Zahlmeister heute morgen erfahren können, welche Kabine Archie hatte; statt dessen durchwanderte ich einfach die öffentlichen Räume, bis ich ihn in der Lounge in einem großen Ledersessel fand: grauer Anzug, einfarbig blaue Krawatte; er rauchte seine Morgenzigarre.

Argwöhnisch schaute er mich an, wie ich näher kam und mich zwischen den Stühlen und großen Loungesesseln

durchschlängelte. Er lächelte nicht: Wer immer ich auch sein mochte, was immer ich auch von ihm wollte, aus meiner puren Anwesenheit auf diesem Schiff konnte er schließen, daß ich nicht diese zufällige Bekanntschaft aus New York war, für die er mich gehalten hatte. Ich vermutete, daß er sich nicht einmal erheben würde. Aber im letzten Moment brachte ihn seine anerzogene Höflichkeit auf die Beine; als ich »Hallo, Archie« sagte und eine Hand ausstreckte, nahm er sie, schüttelte sie mir höflich und betrachtete mich mit scharfen, durchdringenden Augen.

»Setzen Sie sich«, sagte er und wies auf den Sessel ihm gegenüber.

Ich ließ mich nieder, beugte mich zu ihm vor und sagte, was ich mir zurechtgelegt hatte. »Archie, ich weiß von Ihrer Mission. Ich bin nicht Ihr Feind: Ich will, daß sie von Erfolg gekrönt ist. Aber ich möchte Ihnen etwas mitteilen, was Ihnen wahrscheinlich ganz unglaublich vorkommen wird. Hören Sie mir bis zum Ende zu. Und dann, Arch ... warten Sie. Wenn Sie den Beweis vor sich haben ... werden Sie wissen, daß ich die Wahrheit gesagt habe.« Ich sah ungeduldiges Blinzeln und kam zum Thema.

»Ich weiß von Dingen, von denen man unmöglich etwas wissen kann, dennoch ist es wahr. Heute haben wir Freitag. Sonntag nacht, um etwa elf Uhr dreißig, wird dieses Schiff auf einen Eisberg laufen. Zwei Stunden später wird es sinken.« Er beobachtete mich und wartete. »Viele Menschen werden in diesen zwei Stunden gerettet werden. Aber viele Rettungsboote werden nur teilweise besetzt zu Wasser gelassen werden. Und eintausendfünfhundert Menschen werden sterben. Weiß ich das wirklich? Sonntag nacht wird es sich zeigen. Es wird geschehen, und dann will ich, daß Sie Boot Nr. 5 nehmen, das nur mit wenigen Menschen niedergelassen wird. Zuerst einige Frauen, und da keine weiteren in der Nähe sind, werden die Männer zugelassen. Sie und ich, wir könnten da sein –«

»Si, ich habe einige unerklärliche Dinge gesehen; ich weiß, daß sie passiert sind. Möglicherweise wissen Sie das, was Sie mir soeben erzählt haben. Vielleicht. Vielleicht wissen Sie es wirklich. Aber Sie scheinen mich nicht zu kennen. Würden Sie mich nämlich kennen, dann würden Sie nicht auf den Gedanken kommen, daß Archibald Butt neben einem Rettungsboot steht und daran denkt, dort einzusteigen, wenn noch Frauen und Kinder zurückgelassen werden!« Er sah mich an und lächelte ein wenig. »Ich würde dort sein, wo jeder andere Gentleman an Bord sich aufhalten sollte: irgendwo, wo er ruhig darauf wartet, was das Schicksal ihm bereithält. Sehr wahrscheinlich in dieser Lounge, mit einem Glas Brandy, Gottes Willen akzeptierend. Nicht wie ein Feigling neben einem Rettungsboot, während Frauen ertrinken. Ich glaube, das ist der Ort, wo man Sie finden wird, Si. Wenn Sie bereits darüber nachgedacht haben. Ich bin mir dessen sicher.«

»Aber was ist mit Ihren *Papieren*, Arch? Sollten nicht zumindest sie gerettet werden?« Verächtlich blickte er auf mich, den verrückten Spinner. »Ich weiß nicht, wovon Sie sprechen.« Er beugte sich in seinem Sessel nach vorne und sah an mir vorbei auf eine leise tickende Standuhr auf der anderen Seite der Wand. »Und nun entschuldigen Sie mich.« Er erhob sich, lächelte kurz und ging; ich verstand – er hatte mir damit deutlich zu verstehen gegeben, daß ich ihn nicht mehr belästigen sollte.

Ich war gescheitert. Archie würde untergehen, der Erste Weltkrieg eintreten. Aber ich hatte niemals daran glauben wollen, daß ich etwas tun konnte, *irgend etwas*, das diesen Krieg verhindern könnte. Und dennoch, als Archie die Lobby verließ, brannten meine Augen.

Willy, was war mit Willy! Nun ... Jahrzehnte lagen zwischen ihm und dem 2. Dezember 1917, dem Datum seines Todes, das Rube mir gezeigt hatte. Eines Tages würde ich meinem Sohn erzählen müssen, woher ich kam. Nun, ich würde ihn einfach vor dem Datum warnen. Er könnte sich schützen: sich diesen Morgen krank melden, nach links gehen statt nach rechts, *irgend etwas* tun, irgend etwas, das die Ereignisse der nächsten Stunden leicht veränderte. Willy konnte ich die Mittel geben, sich selbst zu retten.

Es kam mir seltsam vor, daß ich hier in dieser ruhigen, fast leeren Lounge saß und diese Gedanken dachte und wußte, was ich wußte – daß dies die Jungfernfahrt der *Titanic* war und zugleich ihre letzte Fahrt. Sonntag nacht würde sie auf einem Ozean untergehen, der so erstaunlich ruhig war, daß sich die Überlebenden an das Licht der Sterne erinnerten, das sich auf dem Wasser spiegelte. Ebenso seltsam kam es mir vor, daß dieses große Desaster eine Frage von wenigen Zentimetern war: Hätte sie den Eisberg, so erinnerte ich mich nun, mit nur etwas größerem Abstand passiert, wäre sie über den tödlichen, unter dem Wasser liegenden Eissporn hinweggefahren, der schließlich ihre Seite aufriß. Und triumphal in New York eingelaufen.

Aber nun? Ich ging in meine Kabine und – die Mahlzeiten ließ ich mir vom Steward bringen – verbrachte dort den Tag, verwirrt und niedergeschlagen. Ich wußte, was kam, *wußte* es; aber was war zu tun? Einfach warten, bis es an der Zeit war, in das fast leere Rettungsboot zu steigen?

Am Morgen duschte ich, zog mich an und begann das Schiff zu durchstreifen. Ich war dieser Frage, meiner Kabine und des Ausblicks auf die monotone See und den durch nichts unterbrochenen Horizont – durch ein Fenster mit Vorhängen, kein Bullauge – überdrüssig. Hörte das Signal des Schiffes, das zum Frühstück rief, zögerte und verwarf dann, zum Speisesaal zu gehen. Ich war zu aufgeregt, um zu essen. Ging hinaus auf das Bootsdeck, wo mich fröstelte, darum durch die Drehtüren wieder hinein. Zwei elektrische, orangeglühende Heizgeräte standen dort. Die Tageskilometer waren auf dem Nachrichtenbrett im Rauchsalon angeschlagen; ich ging hinein und las die Meldung von gestern: von Donnerstag mittag bis Freitag hatte die *Titanic* dreihundertsechsundachtzig Meilen zurückgelegt. Ein anderer Passagier fragte den vorbeikommenden Steward, ob wir heute mehr schaffen würden; er erwiderte, daß wir an diesem Tag mehr als fünfhundert Meilen zurücklegen werden. »Entschuldigen Sie, Steward«, sagte ich, »aber – wie kann ich mit dem Captain sprechen? Es ist sehr wichtig.«

»Nun, Sir, um halb elf, es ist fast schon so spät, kommt er mit der Morgeninspektion auf das Deck. Ich denke, das ist eine gute Gelegenheit, Sir.«

Also wieder hinaus aufs Deck; ich saß in einem hölzernen Liegestuhl und betrachtete das kaum merkliche Rollen des Schiffes – die Reling des Oberdecks fiel langsam, langsam unter die ferne Horizontlinie, blieb da, verharrte … bevor sie wieder langsam nach oben ging. Es beruhigte mich; als ich das Inspektionsteam über das Deck auf mich zukommen sah, wußte ich, daß ich das, was ich sagen wollte, vorbringen konnte.

Hier kamen sie, fünf vom Captain selbst angeführte

Schiffsoffiziere, alle in voller blauer Kleidung, mit Orden und Flügelkragen. Einer aus der Gruppe machte sich Notizen, der große Kopf des Captains mit dem weißen Bart ging von einer Seite zur anderen. Er schaute, kommentierte, nickte und lächelte den Passagieren zu, ging aber schnellen Schrittes weiter; zur Konversation wurde nicht ermuntert. Ich zwang mich aufzustehen und zu reden.

»Kann ich mit Ihnen einige Worte wechseln, Captain? Es ist wirklich wichtig.«

Er sah mich genau an. »Ja?«

»Sir. Captain Smith.« Wie konnte ich mich verständlich machen! »Zufällig bin ich im Besitz von … besonderen Kenntnissen.« Klang nicht gut! Wie sollte ich *es* sagen? Oh, zum Teufel, sag es einfach! »Sonntag nacht werden wir, wenn Sie diesen Kurs und diese Geschwindigkeit beibehalten, auf einen Eisberg treffen. Ganz sicher! Ich –« Ich unterbrach verwirrt; er grinste mich an.

»Oh, machen Sie sich keine Sorgen, machen Sie sich keine Sorgen, Sir!« Beruhigend klopfte er mir mit der Hand auf die Schulter. »Wir wissen über Eisberge Bescheid; das ist die Jahreszeit für Eisberge, und viele Warnungen gingen ein, nicht wahr, Jack?« Er blickte zu einem seiner Offiziere.

»Ja, Sir, von der *Empress of Britain* und der *Touraine*. Sie meldeten Eisfelder, einige freitreibende Spitzen und einige Eisberge, zwischen einundvierzigster und fünfzigster nördlicher Breite und neunundvierzigster und fünfzigster westlicher Länge. Werden weitere Meldungen bekommen, wenn wir uns nähern, Sir.«

Und dieser beeindruckende, angenehme Captain mit dem sauber gestutzten Bart lächelte. »Wir sind also ausreichend gewarnt, Sir«, sagte Captain Smith, »aber ich danke Ihnen« – er berührte mich erneut leicht an der Schulter. »Kein Grund zur Sorge.« Und sie gingen weiter.

So … nun. Was sonst hätte er antworten sollen? Und nun? Nun gab es einfach nichts mehr, was ich noch tun konnte. Außer zu warten. Da ich wußte, was ich wußte, war ich auch nicht mehr in der Lage, mit anderen Passagieren zu reden oder sie anzublicken. An meinem mir zugewiesenen Platz im

Speisesaal saß ich neben einem älteren Ehepaar – er war vor kurzem in Pension gegangen – und einem vierzig Jahre alten Mann, alle Engländer. Ich konnte mit ihnen keine lockere Konversation mehr führen, bei der sie lachten und ich mich die ganze Zeit fragte: *Was wird mit euch nächste Nacht passieren?*

Ich mußte Zuflucht finden vor den Menschen, deren Schuhe – geradezu zwanghaft starrte ich sie an – die nächsten Jahrzehnte auf dem Meeresgrund liegen, deren Kleidung und Körper sich in nichts auflösen würden. Am Sonntag nachmittag streifte ich ruhelos umher und suchte meine Zufluchtsstätte am äußersten Heck, das noch über dem großen Ruderblatt in die See hinausragte. Ein abgetrenntes kleines Achterdeck, das durch eine kurze Treppenflucht vom Hauptdeck B zu erreichen war. An diesem verlassenen, öden Ort, der voll war mit Schiffswerkzeugen – Winden, Kränen, Ankerwinden –, stand ich, lehnte die Arme auf die Reling und versuchte, mich von den Schrecken, die eintreten würden, abzulenken. Ich nahm mein altes Spiel wieder auf und betrachtete das grünlichweiße Fahrwasser, das sich endlos hinter uns herzog.

Der Geist wird freier, wenn man auf das sich ständig verändernde und doch immer gleiche Kielwasser starrt. Dort unten sprudelten Wasserblasen, bildeten eine breite, grüne Wasserstraße, durch die wir soeben gekommen waren. Die Arme auf der Reling, die Hände verschränkt, beobachtete ich den Wasserstrudel, den die Schiffsschraube in der Tiefe aufwarf; betrachtete die gelegentlichen kleinen Kurskorrekturen, die der Steuermann vollzog, – kleine Abweichungen, welche die lange grüne Straße leichte Biegungen nach links oder rechts machen ließ. Sah einen Vogel auftauchen, hier, weit draußen auf dem Ozean. Eine Seeschwalbe, so nennt man sie doch? Sie folgte uns, reglos die Schwingen gespreizt, segelte sie auf dem unsichtbaren Strom warmer Luft, der über uns aufstieg. Plötzlich, die Flügel angezogen, stieß sie auf die Wasseroberfläche hinab und tauchte in das grüne Fahrwasser ein. Ich glaube, diese Vögel schlafen auf dem Wasser.

Und hier machte ich mich frei. Das Deck unter meinen

Füßen und die Reling unter meinen Armen waren zwar massiv, wirklich, und die Menschen in der Wärme des Schiffes lebten. Aber für mich, und nur für mich, war dies alles schließlich ferne Vergangenheit. Meine eigene Wirklichkeit war weit, weit weg; und was heute nacht hier auf dem Atlantik geschehen sollte, war eine alte, alte Geschichte aus einer längst vergangenen Zeit, die ich in keinster Weise beeinflussen konnte.

Doch auf diese Wahrheit konnte ich mich nicht einlassen. Hinter mir, vom Deck des Schiffes, dessen Schicksal ich mich entziehen wollte, hörte ich Schritte näher kommen, dann das Murmeln einer männlichen Stimme, die Antwort einer Frau. Alles wurde wieder wirklich, wurde zum Hier und Jetzt, und ich versank erneut in äußerster Hilflosigkeit.

Jemand tauchte neben mir auf, Unterarme, von Ärmeln bedeckt, glitten auf der Reling neben mir in mein Blickfeld, die Hände verschränkten sich, und ich wußte, wem sie gehörten; dem plötzlichen Glücksgefühl, das mich überkam, konnte ich mich nicht erwehren. Und ich – ich konnte nichts dagegen tun – wandte mich ihr zu, umfaßte das Jotta Girl und küßte sie, lange und fest und wollte nicht mehr aufhören. Tat es dann aber dennoch, ja, *Julia, ich tat es*. Und hier draußen auf dem grauen Atlantik grinsten wir uns dann an, und ich sagte: »Dr. Danziger läßt einen niemals allein!«

»Er mußte sich vergewissern. Also saß ich in der Lounge und beobachtete Sie und Archie von einem Sessel hinter einer Säule aus, bis ich es wußte. Es ist vorbei, Si; Archie wird seine Meinung nicht ändern.«

»Ich weiß, Jot. Was werden Sie tun, wenn es soweit ist?«

»Dr. Danziger sagte, ich soll zum Boot achtzehn gehen. Es wurde mit genügend freien Plätzen zu Wasser gelassen. Und Sie?«

»Boot fünf. Nur einige Frauen waren dort drin, und da keine mehr in der Nähe waren, wurde den wenigen Männern, die dabeistanden, befohlen einzusteigen.«

Seite an Seite, die Arme auf der Heckreling, betrachteten wir dann das lange grüne Band des Fahrwassers, das sich endlos hinter uns herzog, eine gerade Linie, die hin und wieder von den kleinen Korrekturen des Steuermanns gebogen wurde. Gelegentlich betraten Leute das Deck hinter uns; wir hörten ihre Schritte auf den Planken, ihr Gemurmel, ihre Unterhaltungen. Wir hörten einen Mann, eine Frau und ein kleines Mädchen, dann erblickte uns das Kind und kam die Treppe heraufgestampft, so daß wir uns umdrehten und ihr kleines Gesicht und die rote Strickmütze sahen. Einen Moment lang starrte sie uns an, ihre Augen glänzten vor Übermut, dann rief sie »Hallo!« und freute sich über dieses Wagnis. Das Jotta Girl lächelte, rief eine Antwort, aber als sie sich wieder mir zuwandte, waren ihre Augen feucht. »O Gott, Si, *was können wir denn tun?*«

Ich schüttelte meinen Kopf. »Man kann sie nicht warnen«, und ich erzählte ihr von meiner Unterhaltung mit Captain Smith. Wir starrten wieder auf das Fahrwasser.

Aber nicht lange. Sie wandte sich von der Reling ab, hin zur Treppe zum Hauptdeck, und ich folgte. Einige Schritte über dieses untere Deck, dann die Treppe hoch zum Bootsdeck. Ich trottete ihr hinterher und wunderte mich. Über das Deck, ich schloß zu ihr auf und sah sie an. Ihr Gesichtsausdruck war entschlossen, doch sie wollte mir nicht in die Augen schauen – keine Erklärung.

An den Rettungsbooten und ihren Kränen vorbei – sie waren groß, *groß*, wenn man so nah vor ihnen stand. Nun wickelte Jot den Schal von ihrem Hals, einen lavendelfarbenen, dünnen Stoff, und hielt ihn lose zwischen den Händen. Wir gingen mit schnellen Schritten die gesamte Backbordseite des Schiffes entlang – traurig summte der Fahrtwind in den Antennendrähten, die wie bei einem Spinnennetz vom beigen Kamin mit dem schwarzen Rand ausgingen.

Am Ende des Decks, als es nicht mehr weiterging, blieb sie neben der Schiffsbrücke stehen – ein langer enger und geschlossener Raum, der die gesamte Breite des Schiffes einnahm. Eine Tür stand offen, und drinnen standen, Tag und Nacht, vier Schiffsoffiziere, darunter der Captain, die Hände hinter dem Rücken verschränkt, eine Hand umfaßte das Handgelenk der anderen. Die Vorderseite der Brücke bestand aus einer Reihe von hohen Glasfenstern, die einen freien Blick auf die See ermöglichten. Sie sagten nichts und schauten nach vorne. Sie konnten uns hier, neben der Tür, in ihrem Rücken, nicht sehen – nur der Steuermann war dazu in der Lage. Er stand einige Meter hinter den Offizieren, seine ausgestreckten Arme lagen auf dem großen Holzrad, die Augen hatte er auf dem erleuchteten Kompaß, der sich in dem hüfthohen Kompaßhaus vor ihm befand. Er warf uns, an gelegentliche neugierige Passagiere gewöhnt, einen Blick zu, nur kurz, nur einen Moment. Aber er hatte das Jotta Girl gesehen und ihr Lächeln, ihr schönstes Lächeln; und er, nach einem schnellen Blick auf den Kompaß, lächelte zurück; er konnte nicht anders.

Nun lächelte das Jotta Girl noch mehr, ein wunderbares Wahnsinnslächeln, und ging auf den Steuermann zu, hob ihre Arme, als wollte sie ihm den Schal zeigen, der zwischen ihren Händen hing. Sie blieb vor ihm stehen und legte sanft den Schal um sein Gesicht, zog ihn fest zusammen und warf dann die Enden über die weiße Mütze des britischen Seemanns. Der Schal lag auf seinem Gesicht, er hob die Hände, um ihn zu entfernen, bekam aber das dünne Material nicht ganz zu fassen; so mußte er beide Hände zu Hilfe nehmen, um sich wieder zu befreien. Das Steuerrad machte eine Vierteldrehung, dann – den Schal nun vom Gesicht gezogen – ergriff er es wieder, warf einen kurzen Blick auf den Kompaß und korrigierte den Kurs. Dann – wir standen nun wieder draußen vor der Tür – drehte er sich uns zu, das Jotta Girl aber lächelte ihn freundlich an, warf ihm eine Kußhand zu. Er mußte erneut grinsen und schüttelte den Kopf.

Ein, zwei Schritte gingen wir, dann begannen wir zu laufen – rasten über die Backbordseite zurück, wieder vorbei an den Rettungsbooten, die kleine Treppe hinab, über das offene Deck und hinauf auf unser kleines Achterdeck am Heck. Und dort lag er – deutlich sichtbar im Wasser, wenn auch bereits weit hinter uns zurück, – der Schnörkel in der Spur des langen grünen Fahrwassers, der uns anzeigte, daß das Jotta Girl ein wenig den Kurs der *Titanic* geändert hatte.

Nicht viel, aber viel war auch nicht nötig; nur ein klein wenig – einige wenige *Zentimeter* genügten –, aber dies machte den enormen Unterschied aus, ob das Schiff auf dem unter dem Wasser liegenden Eissporn auflief, der seinen Rumpf aufriß und es untergehen ließ ... oder gefahrlos darüber hinwegfuhr. Das Jotta Girl hatte diesen kleinen Unterschied bewirkt, und ich – ich konnte nicht anders –, ich packte und küßte sie in einem Anfall von Freude und Erleichterung.

Wir feierten – nahmen einige Drinks im Café Parisien, saßen uns gegenüber, grinsten uns unablässig an, stießen an – auf uns, auf den Steuermann, auf Dr. Danziger, Rube Prien, Captain Smith, dieses herrliche neue Schiff. Die Gäste an den anderen Tischen lächelten uns zu, wir prosteten ihnen zu und fühlten uns großartig. Um Jot zu ärgern, sagte ich: »Verändere niemals die Vergangenheit! Niemals, niemals, niemals!«

»Ah, halten Sie den Mund.«

»Sie haben das heilige Gesetz gebrochen, oder? Was wird Dr. Danziger dazu sagen?«

»Daß ich genau richtig gehandelt habe.«

»O nein, das wird er nicht sagen. Aber ich sage es. Sie haben richtig, großartig gehandelt.«

Wir achteten darauf, nicht zuviel zu trinken, zum Abendessen nicht einmal Wein. Um elf Uhr fünfzehn saßen wir in der Lounge an einem Tisch für zwei, neben einem Steuerbordfenster; der große Eisberg mußte nahe an uns vorüberziehen, wir wollten ihn sehen. Wir redeten, ich weiß nicht mehr worüber, und schauten oft auf die große runde Wanduhr. Sie wurde mit Luftdruck betrieben, hatte ein Steward mir erläutert, der große Zeiger sprang immer eine volle Minute vor. Als sie von 11:19 auf 11:20 umsprang, hörten wir auf zu reden und warteten.

Draußen, so wußte ich, starrte oben im Korb des vorderen Mastes ein Seemann in dicke Kleidung gehüllt hinaus auf die schwarze See und den Himmel, der mit Sternen übersät war. Jeden Moment nun mußte er sich nach vorne beugen, die Augen zusammenkneifen, sich vergewissern ... um dann schnell die Alarmglocke zu läuten. Ein paar Sekunden vergingen ... einige weitere, die Zeiger der Uhr standen noch immer auf 11:20. Dann hörten wir, was nur wir im voraus wußten: die schnellen Geräusche der Alarmglocke, *klong, klong, klong,* die schwach und fern durch das Fensterglas drangen. Eine lange Pause, der Aussichtsposten sprach – wie wir wußten – über Telefon mit der Brücke. Dann – wir grinsten uns zu – spürten wir die Zeitlupenbewegung des großen Schiffes, dessen Ruder herumgeworfen wurde. Und plötzlich, überraschend, war er da, glitt dort draußen vor unserem Fenster vorbei, ein großer weißer Eisfelsen, der das gesamte Fenster füllte – wir hätten ihn berühren können, wäre das Fenster nicht gewesen. Und dann, fuhr sie auf ihrem neuen Kurs … *auf ihrem neuen Kurs* … auf einem durch das Jotta Girl nur leicht veränderten Kurs, durch den die *Titanic* der riesigen Eismasse entging, der sie zuvor kaum hätte ausweichen können.

Dann hörten wir – nicht allzu laut, spürten es mehr durch die Sohlen unserer Schuhe – das lange, langsam reißende Geräusch, das Kratzen des Eissporns, der tief unter uns genau an der richtigen Stelle den Schiffsboden aufriß und den ersten Schwall Meereswasser einließ, der nicht mehr aufzuhalten war und in zwei Stunden zum Untergang der *Titanic* führen würde. Die Augen Jots weiteten sich, wurden größer, als sie das Geräusch vernahm, alle Farbe wich aus ihrem Gesicht, und sie flüsterte: »Verändere niemals …« In ihren Augen bildeten sich Tränen. »Verändere niemals …« Abrupt stand sie auf, als ich meinen Stuhl zurückschob, sagte sie: »Nein!« Dann, fast wütend: »*Nein*, folgen Sie mir nicht! *Nein*!« Sie drehte sich um und lief schnell weg.

Vor dem Fenster ging ein Schiffsoffizier vorbei, er zeigte keine Eile, wie ich sehen konnte. Der Eisberg war nun verschwunden, irgendwo in der Dunkelheit hinter uns. Ich sah mich um und erblickte Archibald Butt, der mit anderen Männern um einen Tisch saß, wo er, wie ich wußte, bleiben würde. Ich lehnte mich zurück – zwei lange, lange Stunden lagen noch vor mir; ich mußte mich nicht beeilen – und nahm meinen Drink.

30

Ich bin wieder zu Hause. Endlich. Und sitze hier draußen in der Dunkelheit auf unserer Vordertreppe – am Randstein steht eine Straßenlaterne – es geht mir gut. Im großen und ganzen, jedenfalls. Aber ich möchte hier nicht mehr weg, ich möchte nicht mehr woanders sein. Nicht mehr an Rube Prien denken. Oder an Dr. Danziger, und wie recht er hatte. Rover ist draußen, irgendwo auf der anderen Straßenseite. Er schaut oft zu mir herüber; ich sehe das grünliche Schimmern seiner Augen unter der Straßenlampe. Er will sichergehen, daß ich noch hier bin, während er überprüft, ob die Umgebung noch die alte ist.

Was sie auch beinahe ist. Letzte Nacht bin ich um den Block gelaufen, um selbst die Umgebung in Augenschein zu nehmen, und habe dabei den Trauerkranz auf der Tür des alten Mr. Bostwick gesehen: den starren dunklen Kranz mit den Lavendelblüten, den man über die Tür hängt, um anzuzeigen, daß jemand im Haus verstorben ist. Der alte Bostwick war 1799 geboren worden, in dem Jahr, in dem George Washington starb; für einige Monate oder Wochen oder vielleicht auch nur für einige Tage waren sie Zeitgenossen gewesen. Stellen Sie sich das vor! Nun ist er fort, ein Faden zur Vergangenheit gerissen. Aber die zerreißen jeden Tag, die Vergangenheit rückt immer weiter zurück und wird in unserem Bewußtsein immer leiser und leiser.

Düstere Gedanken, die sich mir hier draußen aufdrängen. Aber ich verdränge sie sehr schnell. Denke nicht mehr an das, was passiert ist. Und denke nicht mehr an Jot; ich hoffe, sie wurde gerettet – ich bin mir sicher, daß sie es geschafft hat. Sie ließ nicht zu, daß ich sie begleitete; sie weinte und rannte davon.

Ja, Rove, ich bin noch da; habe nicht die Tür zugeschlagen und dich draußen alleine gelassen. Ich bin da, und Julia ist oben und bringt Willy ins Bett. Ich bin mir sicher, daß es ihm in den Jahren, die kommen werden, gutgehen wird; er ist vorgewarnt. Julia wird selbst bald ins Bett gehen, und ich werde zu ihr kommen – und das ist ein angenehmer Gedanke. Aber dazwischen schleicht sich immer wieder – verdammt noch mal, ich weiß nicht, wie ich das stoppen soll! – das Jotta Girl. Das Wissen, daß wir es hätten tun können, tun sollen, und beinahe auch getan haben. Schlimmer noch ist der kleine Stachel des Bedauerns, den ich dabei verspüre. Ich kann es nicht leugnen und frage mich – o Gott, frage mich, wie es gewesen wäre. Verbann es aus deinen Gedanken, verbann es!

Der alte Rove durchquert den kleinen Lichtkegel der Straßenlaterne, kommt nun mit heraushängender Zunge die Treppe hoch und läßt sich freundschaftlich neben mir nieder, mit der gewissen Erwartung, daß ich ihn hinter den Ohren kraule. In einigen Minuten werde ich dann nach drinnen und zu Julia hochgehen. Und morgen werde ich mir einen Plan machen; Notizen und Listen. Die Fenster im Erdgeschoß sind abzudichten, glaube ich, sowohl in unserem Haus wie dem von Tante Ada. Vielleicht sollte sie für eine Woche zu uns ziehen, das dürfte das beste sein. Und ich muß abschätzen, wieviel Lebensmittel wir brauchen, und Kohle und Holz, mindestens einen Klafter. All diese Dinge, die zu tun sind – *okay, Rove, wir gehen rein* –, um uns auf den Blizzard von '88 vorzubereiten.

ENDE

BILDNACHWEISE

Seite 32: *Frank Leslie's Illustrated Newspaper,* November 11, 1876
Seite 75: New York Bound Archives, New York City
Seite 79: *Frank Leslie's Illustrated Newspaper,* September 14, 1889
Seiten 86, 168 unten, 169, 172 unten, 175, 198, 199, 208, 217, 293: aus der Sammlung des Autors
Seiten 157, 159, 255, 295, 296: Aus *Welcome to Our City* von Julian Street (P. F. Collier & Son, Inc., copyright 1912)
Seite 165: United States History, Local History and Genealogy Division, The New York Public Library, Astor, Lenox and Tilden Foundations
Seite 166: The Plaza Hotel – Statue of William Tecumseh Sherman, Museum of the City of New York
Seite 167: East Side of Fifth Avenue from 59th to 58th Streets, The Byron Collection, Museum of the City of New York
Seiten 168 oben, 171, 172 oben, 173, 174, 177, 179, 192, 193 unten, 195, 196 oben, 197, 213, 214, 215, 226: Collection of The New-York Historical Society
Seiten 180, 190, 196 unten, 241, 242, 243, 244: The Bettmann Archive
Seite 191 oben: Times Square, c. 1912–1913 (North from Forty-third Street), Museum of the City of New York
Seite 191 unten: View of Times Square Looking South, c. 1910, Museum of the City of New York
Seite 194: Criterion Theatre, The Byron Collection, Museum of the City of New York
Seite 228: From *The New York Times,* February 18, 1912
Seite 230: Knickerbocker Theatre, cover of program for *Kismet,* 1911 production, The Theatre Collection, Museum of the City of New York
Seite 231: Montage of Knickerbocker Theatre program for *The Greyhound,* The Theatre Collection, Musum of the City of New York

Seiten 235, 236: *The Greyhound*, 1912 production, The Theatre Collection, Museum of the City of New York
Seite 281: Keith & Proctor's 5th Avenue Theatre program, the Theatre Collection, Museum of the City of New York
Seite 292: From *The New York Times*, February 25, 1912
Seite 328: Courtesy of the Walter Lord Collection
Seite 330: Harland & Wolff (Blick auf das Schwesterschiff der Titanic, die RMS *Olympic*)
Seite 335: Privatsammlung
Seite 334: *Cork Examiner*
Seiten 338, 341: Popperfoto / Archive Photos
Seite 339: Harland & Wolff
Seiten 344, 348: Father Francis M. Browne, S. J., Collection